L'HOMME DE CÉSARÉE

Après plusieurs années au Conseil d'État, Françoise Chandernagor quitte le droit et la magistrature pour se consacrer à l'écriture. Certains de ses romans peignent la société contemporaine, d'autres, en respectant scrupuleusement l'Histoire, des sociétés du passé. Ses romans sont traduits en une quinzaine de langues et deux d'entre eux – *L'Allée du roi* et *L'Enfant des Lumières* – ont fait l'objet de séries télévisées. Elle est, depuis 1995, membre de l'Académie Goncourt.

Paru au Livre de Poche :

LA REINE OUBLIÉE

1. Les Enfants d'Alexandrie

2. Les Dames de Rome

VIE DE JUDE, FRÈRE DE JÉSUS

FRANÇOISE CHANDERNAGOR

de l'Académie Goncourt

L'Homme de Césarée

La Reine oubliée ***

ROMAN

ALBIN MICHEL

ISBN : 978-2-253-26260-2 – 1re publication LGF

AU LECTEUR

Quand, il y a quelques années, j'ai entrepris de ressusciter le monde antique à travers la vie mouvementée d'un personnage secondaire de l'Histoire – Cléopâtre-Séléné, fille de la grande Cléopâtre et unique survivante de sa lignée –, je savais que raconter le destin extraordinaire de cette petite princesse déchue, orpheline et « apatride », née en Égypte, élevée à Rome et devenue reine du Maroc, exigerait plusieurs volumes. Mais j'ignorais qu'après la parution des deux premiers, *Les Enfants d'Alexandrie* et *Les Dames de Rome*, une maladie grave m'obligerait à interrompre brusquement, et pour longtemps, mon récit. Je ne savais pas non plus qu'une fois rétablie, je ne retrouverais pas aussitôt la force d'infuser mon propre sang à ce fantôme pour lui redonner la vie. Car, même lorsqu'ils sont « historiques », les personnages de roman ne se nourrissent que du romancier.

Mais Séléné, qui fut toujours une résiliente, s'est montrée plus forte que mes appréhensions : elle, que l'Histoire avait oubliée, voulait que je raconte son histoire, son histoire tout entière. Mes lecteurs aussi… Nous avons donc, de nouveau, cheminé ensemble elle et moi, ou plutôt je l'ai portée, jusqu'au terme de sa vie aventureuse et tragique, jusqu'à ce moment où, dans un monde déjà globalisé, plus rien ne pouvait exister que l'Empire romain et les tyrans auxquels il allait bientôt se trouver livré.

Pour suivre dans les deux derniers volumes (*L'Homme de Césarée* et *Le Jardin de cendres*) les péripéties des nombreux personnages historiques, mieux vaut évidemment se reporter aux *Enfants d'Alexandrie* et aux *Dames de Rome*. Toutefois, au lecteur qui préfèrerait prendre le train en marche, une liste des principaux personnages placée à la fin de ce volume permettra de resituer chacun dans son rôle et, surtout, de comprendre les liens familiaux qui unissent les uns aux autres. Liens d'autant plus complexes qu'à cette époque les veuvages sont fréquents, et les divorces plus encore : toutes les familles sont recomposées.

Il faut aussi, pour « rattraper » Séléné au moment où elle va rencontrer l'homme de Césarée, savoir que la fille de Marc Antoine et de la reine d'Égypte avait dix ans au moment de la chute d'Alexandrie, du suicide de ses parents et de l'assassinat par Octave, le vainqueur romain, de ses deux frères aînés (dont le fils de César, auquel elle se croyait déjà fiancée). Prisonnière et transportée comme une esclave à Rome où elle doit défiler, chargée de chaînes, sous les huées d'une foule hostile, elle se trouve, au terme de ces épreuves, également privée de ses deux plus jeunes frères : leur mort subite, et peut-être provoquée, la laisse seule et désemparée dans un monde étranger dont elle ignore tout, même la langue. Recueillie par Octavie, la propre sœur du vainqueur, qui parvient peu à peu à apprivoiser le petit être sauvage qu'elle est devenue, la prisonnière se découvre une seconde famille : deux demi-sœurs, filles romaines de Marc Antoine, dont elle ne soupçonnait même pas l'existence. Intelligente, et prudente en dépit de réminiscences traumatiques qu'elle ne peut contrôler et d'un appétit de vengeance exacerbé, Séléné sait se faire accepter de ses ennemis – au point qu'Octave, cédant à la pression d'Octavie, consent finalement à la marier. Mais il la marie aussi loin que possible de Rome et de l'Égypte : en Afrique, au roi d'un pays « barbare », la Maurétanie. Il pense humilier la dernière des Ptolémées et croit s'en débarrasser.

Au moment où s'ouvrent ces pages, Séléné a vingt ans, elle vient d'embarquer pour ce pays inconnu, abandonnant, encore une fois, tout derrière elle – à part un étrange Pygmée égyptien, qui lui tient lieu de *pédagogue* depuis l'enfance…

L'histoire est faite de hasards auxquels les historiens trouvent après coup de la nécessité.

Dans le bateau qui emportait la fille de Cléopâtre vers la Maurétanie, les dés de la Fortune, repris et relancés, roulaient encore une fois sur sa peau. Mais elle, naïvement, relisait son passé à la lumière du présent et croyait enfin dominer son destin : n'avait-elle pas réussi, à force de soumission feinte, à échapper à Rome et aux Romains ? à arracher à son ennemi lui-même le droit de prolonger au-delà des mers la lignée des Ptolémées ? Comme autrefois la reine d'Égypte, sa mère, Séléné commençait à se persuader que ceux qui veulent avec constance sont toujours bien servis par la chance.

Étonnée d'avoir survécu à la ruine de sa patrie, au suicide de ses parents et à l'assassinat de ses frères, et fière d'avoir brisé ses chaînes quand tant de captifs succombaient, la jeune fille croyait maintenant qu'il suffisait de vouloir. De vouloir obstinément. À la façon dont le forgeron bat l'enclume. Vouloir jusqu'à aplatir le malheur, jusqu'à l'user comme la goutte d'eau creuse la pierre, comme la rouille ronge le fer.

Hélas, cette puissance de la volonté n'est qu'un préjugé parmi d'autres. Comment, à vingt ans, Séléné aurait-elle su ce que l'âge seul nous enseigne : l'aléa et le fortuit ont plus de part au succès de nos entreprises que le mérite et l'énergie. Quel homme peut se flatter d'avoir conduit sa vie de bout en bout ? Tôt ou tard, la fermeté se brise contre cette force sans projet, le Hasard... C'était lui, le Hasard, lui et non pas le sens de l'Histoire, qui conduisait Séléné vers Césarée, la ballottant une fois de plus sur les mers, du nord au sud et du sud au nord, du levant au couchant et de l'occident à l'orient.

Peu à peu la fille de Cléopâtre, désamarrée, glissait vers le bord du monde...

Un balcon suspendu au-dessus du vide, une ultime terrasse avant le rien : ainsi Séléné se figurait-elle le pays dont on l'envoyait épouser le roi, un Numide nommé Juba.

La princesse d'Égypte savait que la Maurétanie occupait, au couchant, les dernières terres émergées et constituait, au midi, la limite extrême de la terre des hommes. Des trois continents, l'Afrique était, à son avis, le plus étriqué : un petit triangle rectangle dont les possessions du roi des Maures formaient la pointe extrême, juste avant le Grand Océan. Au-dessus du néant, rien qu'une plate-forme étroite que menaçaient les vagues et les ombres...

Séléné se faisait en effet, de l'Afrique, une idée aussi simple que fantaisiste : ni elle ni ses *tuteurs* romains n'avaient vu de carte du monde. Pas même une carte de l'Italie. Pour la bonne raison qu'il n'existait pas de représentation générale du contour des terres, pas de projection géométrique sur une surface plane. Tout au plus les marins utilisaient-ils des *périples* où figuraient, sur une ligne horizontale uniformément ondulée, telle ou telle portion des côtes avec les noms des ports et les embouchures des fleuves.

Cependant, si la jeune fille avait disposé d'un de ces *périples*, aussi sommaire fût-il, elle aurait pu se faire une idée assez exacte des possessions de son futur époux puisque le royaume sur lequel il régnait était, précisément, un royaume côtier. La Maurétanie formait alors un vaste ensemble composé du Maroc d'aujourd'hui et des trois quarts de l'Algérie, mais les prédécesseurs de Juba avaient renoncé à l'occuper tout entier : ils se désintéressaient de « l'intérieur », montagneux et semi-désertique, qui n'était parcouru que par des lions affamés, des chasseurs de fauves et de rares tribus nomades.

Depuis le fleuve Ampsaga, à l'ouest de l'actuelle Constantine, jusqu'à Sala qui fait face aujourd'hui à la ville de Rabat, de la mer Méditerranée à l'Atlantique, le royaume apparaissait donc comme un mince ruban d'une trentaine de kilomètres de large sur mille sept cents kilomètres de long. Étiré comme une lanière à la limite de la rupture, il se révélait malaisément gouvernable, car, à cause de la barrière du Rif, il était difficile au roi de passer de la partie orientale de sa Maurétanie à sa partie occidentale. Aussi avait-il deux résidences. L'une à l'est, près de Tipasa, s'appelait Iol et il en avait fait sa capitale : c'était, sur la Méditerranée, un ancien port carthaginois où les rois maures avaient bâti leur palais et leur tombeau. L'autre à l'ouest, au pied du Moyen Atlas, se nommait Ouoloubili ou *Volubilis* : situé à cent cinquante kilomètres à l'intérieur des terres, ce poste avancé restait accessible depuis l'Océan par une vieille route punique.

Que le royaume sur lequel elle allait régner fût en fin de compte plus étendu et plus riche que ne le pensaient les Romains, Séléné ne s'en doutait guère. Elle savait juste que la trirème qui allait la livrer à son fiancé la débarquerait à Iol, ce vieux port que Juba s'efforçait de romaniser : n'avait-il pas déjà ajouté au nom berbère initial le nom romain de Césarée ? Iol-Césarée… « N'est-ce pas un peu courtisan ? » se demandait la fille de Cléopâtre, qui commençait à appréhender la rencontre avec ce roi indigène que Rome couvait d'un regard trop complaisant pour être honnête.

Un autre n'envisageait pas sans inquiétude son installation sur le sol africain : Diotélès, le vieux Pygmée né dans la ménagerie d'Alexandrie. Autrefois montreur d'autruches, puis bouffon et *pédagogue* de la princesse, il venait d'être élevé au rang de *préposé aux remèdes d'Asie* dans la suite de la future reine. « Oïoïoïe, geignait-il, pauvre de moi ! Y eut-il jamais homme plus malheureux que le fils de mon père ? Te rends-tu compte, Princesse, qu'à cause de ton destin maudit, je vais finir mes jours en Maurétanie ! Ah, si ! Vu mon grand âge, c'est forcément là-bas qu'on m'enterrera – sans sarcophage et sur une terre inconnue ! Comment vais-je ressusciter ? Voilà ce qui me tourmente, ce qui me crucifie !… J'avais fini par me faire à l'idée d'une petite tombe à Baïes ou à Rome, loin d'Osiris, c'est vrai, mais dans un endroit bien fréquenté, une route où circuleraient des lettrés, une terre où seraient inhumées d'autres cendres distinguées… Au lieu de quoi, l'Afrique ! Moi, un affranchi de Cléopâtre, un érudit, crois-tu que je puisse passer l'éternité à discuter avec des Barbares bredouillants ? des spectres de Gétules mangeurs de singes ? des fantômes de Libyens analphabètes ? des ombres de Garamantes vêtues de peaux de bique ?

— Tu restes encore très en dessous de la réalité, je le crains : à ce qu'on dit, les revenants numides sont tellement sauvages qu'ils ne se soucient même pas de cacher leurs ossements sous un suaire – aux Champs Élysées, ils se promènent aussi nus qu'au sortir d'un naufrage !

— Nauf… Arrête, Séléné ! Prononcer un tel mot à bord d'un bateau ! Mais à quoi songes-tu ? Malédiction ! Par ta faute les nuages accourent déjà, la tempête se lève… Entends-tu les vagues frapper la coque ? le pont craquer ? Oïoïe, misère de moi ! Nous allons couler !

— Du calme, poltron ! Noyé, tu rencontreras chez Neptune une bien meilleure compagnie que si tu meurs de soif chez les Libyens : au fond des mers, il y a quantité de négociants avisés et d'amiraux sagaces, tu trouveras à qui parler ! »

Euphorbe, le jeune médecin marseillais qu'Auguste avait donné à Séléné, s'amusait de ces scènes de ménage. Il avait déjà compris qu'à leur manière la princesse égyptienne et son bouffon formaient un vieux couple qui se chamaillait par plaisir. À l'un comme à l'autre, il ne restait ni famille ni patrie. Pour l'ancien esclave à la « face-brûlée », Séléné était tout. Et Diotélès était l'une des deux seules reliques que Séléné eût gardées d'Alexandrie. Elle mettait son Pygmée dans ses bagages comme elle emportait partout le cornet à dés « en bois de Maurétanie » que lui avait offert autrefois son frère aîné assassiné, Ptolémée César, dit Césarion, fils de César[1].

Quelle aventure, d'ailleurs, que celle de cette babiole ! Quand, dès le premier jour de navigation, les servantes avaient dressé dans l'entrepont un petit autel portatif consacré à Isis, Euphorbe s'était étonné de voir posé aux pieds de la déesse, entre les coupelles d'encens et les assiettes de gâteaux, ce petit gobelet dont le bois précieux était taché, rayé, fissuré : piètre offrande ! À moins qu'il ne se fût agi d'un ex-voto… mais, dans ce cas, de quel bienfait remerciait-il les dieux ?

Au jeune médecin, Diotélès avait expliqué que l'objet n'était qu'un jouet d'enfant. Un cornet à dés vieux de quinze ans, rapporté d'Alexandrie ; la princesse, qui n'avait rien pu conserver d'autre de sa première vie, pas même une amulette, considérait maintenant ce cornet comme un talisman. « Tout de même, avait ajouté le Pygmée, avec le recul je suis frappé que ce bibelot, qu'elle a promené dans les trois parties du monde, soit fabriqué précisément en thuya de Maurétanie. Voilà donc ce gobelet revenu à son point de départ ! Quel clin d'œil du destin ! En plus, il avait été offert à la petite par son premier fiancé, celui qu'elle aurait dû épouser, son frère Césarion… Et maintenant, que va-t-il se passer le jour des noces ? Pour signifier qu'elle quitte l'enfance, c'est sur l'autel de lares inconnus que, faute de famille,

1. Le lecteur peut se reporter à la « Liste des principaux personnages » des *Enfants d'Alexandrie* et des *Dames de Rome*, en fin de volume.

ma princesse devra abandonner ce vieux jouet, précieux don d'un Pharaon ! Demain, le cadeau du fils de César, du quinzième roi Ptolémée, sera sacrifié aux obscurs pénates d'un Berbère... Ah, les dieux se jouent de nous, mon ami, nous ne sommes rien entre leurs mains ! *Ananké* ! »

Mais c'est une autre espèce de fatalité qui, dans cette histoire, avait frappé Euphorbe : pourquoi la fille de Cléopâtre avait-elle, dès l'enfance, regardé comme un porte-bonheur l'instrument d'un jeu de hasard ? Placer ainsi toute sa vie sous le signe du coup de dés, quel symbole ! À l'idée de lier son sort à celui d'une jeune femme dont la Fortune semblait s'amuser, le médecin ne se réjouissait guère.

Il aurait préféré poursuivre sa carrière à la cour d'Auguste, où son frère Musa prospérait. Mais on ne discutait pas les ordres du Prince des Romains. D'autant que Musa et lui n'étaient que des affranchis. Assez riches désormais pour acheter de grands domaines en Narbonnaise, mais à jamais anciens prisonniers de César, anciens esclaves d'Antoine et d'Octavie : un affranchi n'est pas un homme libre, il n'est qu'un homme libéré.

Sur cette condition intermédiaire, le Prince lui-même avait dit un jour en plaisantant tout ce qu'il fallait savoir : « Prêter son cul est un devoir pour l'esclave, un déshonneur pour l'homme libre, et une politesse pour l'affranchi. » Euphorbe espérait seulement que le roi de Maurétanie, une fois marié à Séléné, n'aurait pas le mauvais goût d'obliger un affranchi de Marc Antoine à se montrer poli.

La mauvaise fortune aussi a ses caprices : le navire de Séléné ne fit pas naufrage... Entre Charybde et Scylla, il passa le détroit de Messine sans dommage.

Après six jours de navigation, au petit matin, la trirème qui cabotait le long du rivage depuis la veille approcha enfin de Césarée. Les dernières étoiles pâlissaient ; l'une pourtant, très basse sur l'horizon, brillait encore d'un éclat aveuglant. Les marins ayant replié les voiles, le navire avançait à la rame, lentement, mais plus on se rapprochait de la côte, plus cette étoile brillait.

« Existe-t-il ici une étoile du matin ? » demanda Séléné (depuis qu'elle avait quitté l'Italie, elle s'attendait à tout, même à rencontrer, sur cet étrange continent, des hommes à tête de chien), mais elle se reprit : « À moins qu'il ne s'agisse du Phare ? Le Phare de Pharos, *mon* Phare ? » Son cœur battit plus vite. « Serions-nous revenus à Alexandrie ?

— Non, Maîtresse, dit Euphorbe. Nous sommes très éloignés d'Alexandrie. Encore plus que de Rome ! Il ne s'agit pas du Phare, la "Merveille" que tu as connue dans ton enfance, mais d'*un* phare. Un phare quelconque, pas bien haut – vu d'ici, il m'a l'air trois ou quatre fois moins élevé que celui d'Égypte... »

Tandis que le médecin parlait, l'étoile lointaine disparut et l'aube se leva sur une côte sauvage où les abris semblaient rares. Bien qu'un peu déçue de se trouver plus loin de l'Égypte qu'elle ne l'était dans son exil romain, Séléné eut soudain l'impression – que dis-je ? elle eut la certitude – que ce petit phare dont elle voyait maintenant se découper la silhouette sur le ciel clair, le roi des Maures l'avait fait construire pour elle, pour elle seule : il avait voulu la rassurer, lui rappeler les jours heureux de son passé et lui signifier que, dorénavant, il l'avait prise dans le faisceau de sa lumière et la protégerait de tous les dangers.

En un instant, avec cette impétuosité qui formait le fond de son caractère, elle se persuada que ce monarque inconnu était bon. Bon et doux. Que jamais il ne laisserait la nuit envahir encore une fois la vie de sa reine… Elle dormirait dans le grand jour de son palais et la clarté nocturne de son phare. Elle s'éveillerait à l'aurore en sentant dans la chambre son odeur d'homme ; elle lui sourirait, il viendrait plus près, « vers elle portant son désir et faisant en sorte que, dans le soleil levant, elle le voie en forme de dieu »… Oui, c'étaient bien ces mots-là, troubles et délicieux, qui lui revenaient maintenant à la mémoire, les mots d'une chanson d'amour dont Cypris, sa nourrice d'autrefois, la berçait à la lueur du Phare sur les terrasses d'Alexandrie. Un fiancé assez prévenant pour lui construire un phare, assez généreux pour lui offrir, comme dans la chanson, « tout ce qu'elle désire et qu'il désire aussi », pourquoi le regarderait-elle avec rudesse ? Peut-être un jour pourrait-elle l'aimer ? Tout de même, il devrait d'abord changer de nom. Le patronyme mi-berbère mi-romain qu'il faisait figurer sur ses monnaies, elle répugnait à le prononcer : « Juba », non ! Trop latin, trop laid ! Dans leur chambre, elle lui donnerait plutôt son nom grec, si caressant : « Iobas ». Son nom grec, comme s'ils vivaient à Alexandrie…

Le phare d'Iol-Césarée était, à l'imitation du phare d'Égypte, bâti sur un îlot rocheux relié au rivage par la digue qui fermait le port militaire. Au pied du phare se blottissaient quelques maisons. « Comme à Alexandrie ! s'écria la princesse, ravie, on dirait Pharos ! » Puis, tandis que le bateau pénétrait dans le vaste port marchand, elle apostropha Euphorbe : « Tu dis qu'il est petit, ce phare ? Mais aucun de vos ports romains ne possède encore rien de pareil ! Moi, Séléné, reine de Maurétanie et de Cyrénaïque, j'ai un vrai phare ! »

Agacé par cet enthousiasme de gamine et, plus encore, par la revendication intempestive et périlleuse de son ancien royaume de Cyrénaïque, Diotélès fit remarquer qu'en tout cas, à ne considérer que les maisons en pisé et les rues étroites qu'on devinait au-delà des entrepôts, la capitale de Séléné n'était qu'un gros bourg. « Je ne vois ni théâtre, ni thermes, ni hippodrome, c'est dire ! À quoi peuvent-ils bien occuper leurs journées, tes futurs sujets ?

— À construire leur ville, imbécile ! Ne vois-tu pas le treuil là-bas, et la grue avec sa « cage d'écureuil » où courent des esclaves ? Elle est en train de placer le *pronaos* d'un petit temple. Ils bâtissent un temple à la grecque, ces “Barbares”, ces “sauvages stupides” ! Et le reste de la colonnade se trouve ici, à nos pieds. »

Le quai sur lequel ils venaient de débarquer était en effet encombré par des rondelles de grosses colonnes percées, qu'on avait déchargées d'un bateau du Pirée. Ces rondelles numérotées, il suffirait de les empiler par trois ou quatre sur le site choisi, puis de couler du plomb dans la cavité axiale, pour qu'elles forment à nouveau un pilier d'une seule pièce : la colonne de marbre livrée en tranches était l'alpha et l'oméga du transport maritime et de l'architecture sacrée.

Pour l'heure, elle fut le réconfort des voyageurs. Puisque personne ne semblait se porter au-devant de la future reine, ils s'assirent sans façon sur les blocs éparpillés. Surpris d'avoir dû veiller lui-même au débarquement des bagages, faute que le roi eût envoyé ses domestiques, le pilote du navire s'éloigna en direction d'un bâtiment qu'il appelait « le palais ».

La ville de Césarée, que le petit groupe pouvait désormais contempler à loisir, était construite sur une terrasse qui dominait de plusieurs mètres la grève et les ports ; ce plateau était borné au sud par une haute colline boisée vers laquelle la bourgade semblait ne pousser que de rares pseudopodes : ici ou là, parmi les taillis de chênes verts et les buissons de lentisques, un sentier, une cabane, des réservoirs, mais aucune route n'atteignait la crête. La plupart des maisons se pressaient en bas, autour de deux voies parallèles qui traversaient le plateau d'est en ouest. Les rampes bordées de boutiques et d'entrepôts qui montaient du port venaient buter sur ces deux rues, au-delà desquelles on n'apercevait plus que des ruelles indigènes, étroites et sombres.

Mais ce qui retenait l'attention de Séléné, c'était à gauche du port militaire, au-dessus du remblai, une longue bâtisse disparate que le pilote avait désignée comme le palais royal. La façade la plus proche paraissait modeste : une tour ronde aux murs grossièrement appareillés, puis un édifice d'un seul étage, orné d'une petite colonnade en marbre jaune de Numidie que la proximité des carrières rendait peu coûteux. À l'autre extrémité du « palais », en revanche, la construction semblait plus récente, plus grecque et plus dispendieuse : de la pierre taillée et, pour les portiques, du marbre importé des Cyclades, d'un blanc étincelant. Le roi de Maurétanie prenait-il exemple sur le Prince des Romains ? Sous prétexte de simplicité, il n'avait pas rasé la demeure de ses prédécesseurs, mais il l'enfermait dans un écrin de plus en plus somptueux.

« Ce roi aime la dépense, affirma Diotélès, comme s'il lisait dans les pensées de son ancienne élève. Et la dépense, il l'aime ostentatoire ! Disons-le : carrément folle ! Oh, je ne te parle pas de son palais, mais de ce qu'il est en train d'édifier sur la colline. Tu vois, là-haut, cette bande de maçons qui assemblent des moellons ? Ils montent un mur, percé d'une porte : une entrée de la ville… Je te ferai remarquer, néanmoins, qu'il n'y a pas de route pour aller du bourg actuel jusqu'à cette entrée monumentale : la pente est trop raide. Cette porte du sud est donc exclusivement destinée aux chèvres ! Il est vrai que les Maures, ces bergers mal dégrossis, ne trouvent rien de trop beau pour leurs chèvres… Poursuivons : s'il y a une porte, c'est qu'il va y avoir un mur d'enceinte. On devine déjà, en bas, les fondations des bastions… Vois jusqu'où ira la muraille.» Il montra du doigt, à l'est et à l'ouest, deux portes lointaines dont on apercevait l'arc en pleine campagne. «Te voilà à même de prendre la mesure exacte des ambitions de ton fiancé: vingt-cinq stades de remparts! C'est le quart de l'enceinte d'Alexandrie! Alexandrie, six cent mille habitants, mais Iol-Césarée, combien? Allons, ça crève les yeux: cette cité minuscule tiendrait dix fois dans l'habit qu'on lui taille! Le roi des Maures jette à grands frais un manteau de "Césarée" sur son village d'Iol pour mieux le cacher! Alors, de deux choses l'une: soit ce roi des chèvres est fou à lier, soit – et c'est la grâce que je te souhaite – il est scandaleusement riche…»

Séléné n'avait pas apprécié la tirade du *préposé aux remèdes d'Asie* contre son futur mari: «Toi, fils d'esclaves, tu oses dire d'un roi qu'il est fou? Mais pour qui te prends-tu? Pour Diogène?» Elle lui opposa que les murailles d'Alexandrie aussi enfermaient de grands morceaux de campagne, c'était l'usage de conserver des petits potagers à l'intérieur des cités… Le Pygmée se récria: des potagers à l'intérieur d'Alexandrie? D'où tenait-elle une chose pareille? La ville débordait de son enceinte, au contraire! Certainement, elle ne se rappelait plus rien de son sol natal…

Vexée, Séléné s'entêta: «Je me souviens de tout! Du haut du Phare on voyait des taches vertes!»

Diotélès n'en rabattant rien, elle finit par proposer l'arbitrage d'un tiers. Mais de tous ceux qui transpiraient maintenant au soleil, assis sur leur tranche de marbre, aucun n'avait visité l'Égypte. «C'est sans importance, déclara Séléné, nous demanderons son avis à Cypris dès qu'elle arrivera.

— Cypris ?

— Oui. Je l'enverrai chercher dès que je serai mariée.

— La chercher ? Cypris ?

— Oh, on retrouvera sa trace au Quartier-Royal, je suis sûre qu'elle fréquente encore nos anciens serviteurs… »

Pourquoi, depuis quelques jours, Séléné repensait-elle sans cesse à sa nourrice, sa bonne nourrice qui l'aimait ? À cause du voyage en bateau, peut-être ? C'était en compagnie de Cypris que, dix ans plus tôt, elle avait traversé la Méditerranée de Samos à Brindisi, sur le navire du vainqueur d'Actium, bourreau de ses frères. Puis il y avait eu la découverte du petit phare de Césarée, et aussitôt avait resurgi le souvenir du grand Phare et des terrasses du Palais Bleu où Cypris lui chantait des berceuses. Ensuite, c'était l'une des chansons de sa nourrice qui s'était imposée à sa mémoire, parce que les paroles célébraient l'union d'un couple amoureux… Quoi de plus naturel, dès lors, que le nom de Cypris lui fût encore une fois venu à l'esprit lorsqu'il s'était agi de trouver un témoin pour les départager, Diotélès et elle ? En prononçant ce nom qui n'avait pas passé ses lèvres depuis des années, elle sut brusquement qu'elle allait rappeler Cypris à ses côtés, ce serait son premier acte de reine, la première faveur qu'elle exigerait de son mari : Cypris bercerait leurs enfants. Ainsi Séléné s'abandonnait-elle à l'espérance de renouer la chaîne des temps…

Mais rien n'est plus dangereux que le passé. Personne ne l'avait mise en garde : « Ne te retourne pas, Séléné ! Oublie Rome, oublie Alexandrie ! Laisse derrière toi ces marécages et leurs serpents ! »

Déjà, il était trop tard. En évoquant Cypris devant Diotélès, sûre qu'elle était soudain de sa force nouvelle et de son impunité, Séléné venait d'enclencher un mécanisme implacable : sous les phrases en apparence insignifiantes qu'elle échangeait avec son vieux *pédagogue*, on aurait cru entendre, en prêtant l'oreille, le sifflement d'un de ces automates pneumatiques qu'on admirait dans le temple d'Éphèse – une fois lancées, ces machines allaient au bout de leur course sans que personne pût les arrêter. Car, de son côté, Diotélès ne comprenait rien à ce que disait sa *domina* ; et quand elle lui peignit Cypris vivant heureuse au Palais Bleu, il la crut folle. La stupéfaction se lisait sur son visage, les yeux lui sortaient par le nez ! Il balbutia : « Voyons, Séléné, tu n'ignores pas que, enfin… que Cypris est morte…

— Morte ? Sûrement pas ! Elle n'est pas très âgée, tu sais, et elle a toujours eu une excellente santé.

— Séléné, voyons ! Je ne t'ai pas dit que Cypris était *peut-être* morte… Je te dis qu'elle *est* morte.

— Morte, Cypris ? Comment le sais-tu ? Morte ? Mais quand ? Où ?

— À Rome bien sûr ! Elle est morte à Rome. Il y a dix ans. Peu après l'empoisonnement de ton frère Alexandre…

— Mais… on m'avait dit qu'elle était retournée en Égypte ! On m'avait juré… Alors, elle ne reviendra pas ? elle ne pourra plus m'embrasser ?… Pauvre Cypris ! De quoi est-elle morte ? »

Il était encore temps d'inventer un mensonge. Mais le Pygmée grec n'avait jamais été très attentif aux sentiments des autres : quand on a grandi avec des hippopotames dans une ménagerie, on en garde les manières. Il pétait, rotait, et écrasait les pieds… Et puis le vieux comédien qui sommeillait en lui – montreur d'autruches, cavalier à la peau de lion, bouffon à la tunique rose – ne détestait pas les coups de théâtre. Alors il y alla franchement, déballa tout. Tout ce qu'il avait appris, huit ans plus tôt, en arrivant à Rome avec Nicolas de Damas, l'ancien précepteur de Séléné devenu gouverneur des fils d'Hérode : on lui avait parlé des tablettes de malédiction trouvées dans le vêtement de la nourrice et des herbes que cette Cypris brûlait pour ensorceler sa petite maîtresse ou pour l'empoisonner. Il décrivit, non sans complaisance, la servante mise à la torture : « Il paraît qu'elle a protesté de son innocence, aussi longtemps du moins qu'elle a eu une bouche et une langue… Parce qu'à la fin, tout ça, ma pauvre, c'était en bouillie ! » Il raconta la sœur d'Auguste, Octavie, soudain hors d'elle, ordonnant au bourreau d'exécuter la suspecte dans la maison même, de l'achever sous le fouet, puis « la maîtresse » mentant à Séléné pour la rassurer et exigeant le secret de toute la maisonnée. « Mais tu penses bien qu'avec le temps beaucoup ont bavardé ! Même ceux qui n'avaient pas vu les lamelles de plomb gravées par ta Cypris restaient obsédés par les affaires de magie. Si bien que j'ai cru que tu étais au courant, toi aussi, et qu'Octavie avait fini par te… »

Les explications du Pygmée furent interrompues par l'arrivée d'une opulente *matrone* qui – au milieu d'une nuée de petits esclaves éthiopiens et de porteurs bithyniens – déboulait sur le quai accompagnée du pilote de la trirème.

Rose d'émotion sous son fard, la grosse femme, qui se présenta comme « Annia Fabiana, fille et femme de *chevalier* », se confondit aussitôt en excuses. Elle paraissait si penaude, cette riche Romaine, qu'on l'aurait crue au bord de la prosternation. Du moins ses esclaves faméliques se prosternaient-ils pour elle, rampant et suant sous le soleil d'Afrique. Tout ce petit monde était sur le ventre. « Maudit soit le jour qui m'a vue naître ! geignait la Romaine. D'aussi illustres voyageurs assis par terre, quelle honte pour moi, pour la cité, pour le royaume !... Mais c'est qu'on ne t'attendait pas si tôt, *Regina.* Le roi n'est pas à Césarée... des Gétules ont attaqué une colonie de vétérans... obligé d'aller châtier ces brigands... Quel souci ! Et, pour le roi, quel contretemps !... sera désolé quand... »

Séléné n'écoutait pas. C'est à peine même si elle entendait. Les mots d'Annia la Romaine ne lui parvenaient que par petits paquets suivis de grands blancs. Des amalgames de mots dépourvus de signification, des bribes de sons entre lesquelles le vide gagnait : « ... loger chez moi en attendant... logéchémoi... choisie par le roi comme *pronuba*... mariage prochain... riageprochain... » Pour avancer, les mots s'accrochaient les uns aux autres comme des chenilles processionnaires ; tombés de la bouche d'Annia, ils serpentaient en longues colonnes sur le sol jusqu'à former une chenille géante, un monstre que Séléné regardait passer sans comprendre.

Car en lançant sur un coup de tête le nom de Cypris, en se proposant de la ramener triomphalement du passé, la fille de Cléopâtre avait provoqué un choc en retour, suscité une révélation qui la laissait maintenant à demi sourde et presque aveugle. Sa vue ne s'arrêtait plus qu'à des détails minuscules autour desquels tout restait flou : elle distinguait bien, maintenant, la rigole de sueur qui s'était formée sur le front d'Annia, une petite rigole qui cherchait à gagner le double menton en creusant dans l'épaisse couche de céruse dont la Romaine s'était parée ; mais, derrière ce masque blanchâtre, les traits d'Annia se dissolvaient peu à peu sous ses yeux... Aussi la jeune fille ne répondait-elle rien aux politesses de la *matrone*, qui se trouvait obligée, elle, d'en rajouter sans cesse, de s'humilier, de *flairer la terre*. En vain. Inattentive à ces courbettes, indifférente au présent, Séléné reparcourait en hâte son passé : Cypris... Cypris sorcière et empoisonneuse ? Cypris dont elle avait tété le lait ! Cypris capable de vouloir l'assassiner ? Et Octavie ? Octavie, sa douce bienfaitrice, pressée tout à coup de torturer la nourrice, avide de la regarder mourir sous le fouet ! « La sincère Octavie », celle qui l'avait recueillie, protégée, et qu'elle découvrait soudain capable de l'avoir trompée pendant tant d'années !

Les deux mères de substitution dont l'affection l'avait autrefois sauvée de l'abandon s'entre-assassinaient dans le cœur de Séléné. Laquelle des deux aimer encore ? Si la nourrice était un monstre, Octavie était innocente. Mais si la nourrice était innocente, Octavie était un monstre... Qui croire ? Tout s'effondrait. Une fois encore, le passé dévorait le présent. Et c'est une Séléné absente à tout, une princesse assommée de douleur qu'on poussa dans la litière pour la mener dans la maison de celle qui s'était présentée comme sa *pronuba*, la garante choisie par le roi pour l'accompagner tout au long de la cérémonie des noces.

Ah, les noces, il est bien question de noces ! Marie-t-on une fille de dix ans ? Car Séléné, brusquement tirée en arrière, est redevenue une enfant. Arrachée une fois de plus à ceux qu'elle aime, ceux dont elle s'est crue aimée, elle n'est plus qu'une gamine abasourdie, stupide. Une enfant blottie dans le noir, qui attend, figée d'angoisse, qu'un poignard et deux mains sanglantes viennent, encore et encore, déchirer la toile peinte qui la cache, l'extraire de sa cachette et lui percer l'âme…

Demain, après-demain ou la semaine prochaine, ce n'est pas une fiancée de vingt ans qu'épousera le roi de Maurétanie, celle qu'il va mettre dans son lit est une petite fille de dix ans. Un mariage ? Non, un viol.

Elle aurait pu tomber plus mal pourtant. Le roi des Maures, qui n'avait que vingt-huit ans, était d'une beauté foudroyante. Cette beauté qui a traversé les siècles nous frappe encore aujourd'hui.

Beau, Juba l'est sur ses deniers d'argent, qui nous sont parvenus nombreux. D'ordinaire les monnaies antiques, dont la gravure est grossière et le dessin stylisé, ne flattent guère les souverains qu'elles célèbrent : les portraits y tiennent davantage de la caricature que de la représentation. Or les traits de Juba, sur toutes les pièces qu'il a émises, sont d'une régularité et d'une finesse exceptionnelles. Mieux, ce jeune homme de deux mille ans d'âge semble aussi « moderne » que charmant…

Impression que confirment les quelques bustes retrouvés à Volubilis et à Césarée. Le buste en bronze réalisé à l'occasion de l'entrée en fonctions du jeune roi nous montre un monarque encore adolescent, un garçon au type berbère prononcé : des pommettes hautes, très marquées ; des yeux en amande ; une bouche charnue dont la lèvre supérieure, gonflée, paraît inviter au baiser ; et une chevelure de pâtre numide, épaisse, frisée, dont deux ou trois boucles retombent sur le front. Tout, dans ce visage sensuel et mélancolique, appelle la caresse.

Même la pesante Annia, bien que Romaine, devait être sensible à la séduction un peu animale de ce visage juvénile ou – si le teint bronzé du roi « barbare » la rebutait – admirer au moins sa prestance de cavalier lorsqu'il passait dans les rues de Césarée. Julie, fille d'Auguste, qui avait croisé le jeune Numide lorsque, officier auxiliaire, il servait dans la cavalerie de son père, Julie n'avait-elle pas dit à Séléné qu'il faisait si bien corps avec sa monture qu'on l'aurait pris pour un Centaure ? « J'aimerais bien, moi, passer une nuit avec un Centaure », avait-elle ajouté, rêveuse.

Mais quand, après avoir ramené l'ordre dans les villages, Juba vint chez Annia pour rencontrer sa fiancée, celle-ci ne lui prêta qu'une attention distraite. Ayant conclu, au premier coup d'œil, que ce « Centaure » avait l'air policé, elle retourna à ses pensées.

Elle n'avait guère le temps de s'attarder, en effet. À force de remâcher son passé (Cypris-Octavie, Octavie-Cypris), elle venait de découvrir la vraie coupable dans l'affaire de sorcellerie qui, dix ans plus tôt, avait entraîné la mort de la nourrice… et cette coupable, c'était elle, Séléné ! Elle seule ! Et pour cause : Cypris ne savait pas écrire ! Séléné, maintenant, se revoyait allongée sur un lit, gribouillant à la lueur d'un brasero des signes étranges avec un poinçon, dans l'espoir, sans doute, de faire mourir le Prince et de venger les siens…

Seulement, elle a beau labourer sa mémoire, aujourd'hui elle ne se rappelle plus ce qu'elle a gravé sur le plomb des tablettes. Dans le souvenir confus qu'elle garde de cette époque, la nuit était brûlante, elle avait la fièvre, le brasero de sa chambre fumait, et cette fumée lui piquait les yeux…

À Césarée aussi, ses yeux s'embuent. Tandis qu'elle lutte vainement pour tout se rappeler ou tout oublier, elle a peine à s'empêcher de pleurer. Les larmes, elle en est pleine jusqu'à la gorge. Elle déborde de larmes, elle en vomirait presque, si l'on pouvait vomir de tristesse.

Le mariage a été célébré rapidement. Moins de quinze jours après l'arrivée de la jeune fille. Dès que les fresques de la chambre nuptiale ont été sèches, le roi a ordonné de préparer la cérémonie. Il la voulait sans faste. C'était une recommandation d'Octavie : « Souviens-toi que ce n'est pas une princesse que tu épouses, mais une orpheline. Elle n'a d'autre dot que son passé. Choisis-lui une *pronuba* dans le Second-Ordre de la société, une fille de *chevalier* – de toute façon, il ne doit pas y avoir pléthore de patriciennes à Césarée ! Consommez donc votre union dans la discrétion. Moins on aura l'occasion de parler de la fête à Rome, mieux cela vaudra pour tout le monde… »

Cependant, les usages furent scrupuleusement respectés. Séléné fut épilée depuis les aisselles jusqu'aux chevilles – une épreuve à laquelle elle s'attendait et qu'elle subit sans broncher. Puis, la veille du mariage, les fiancés signèrent le contrat préparé à Rome, et la jeune fille, invitée selon l'usage à sacrifier ses jouets d'enfant sur l'autel familial, dut abandonner son précieux gobelet aux dieux lares d'Annia, une Romaine, et une Romaine de petite naissance – quelle parodie ! et quel crève-cœur !

Le lendemain, elle revêtit la tunique blanche tissée d'une seule pièce dont rêvaient toutes les fillettes romaines, une robe sans couture ni fibule, qui symbolisait l'intégrité du corps virginal ; pour serrer la cordelette qui lui tenait lieu de ceinture, l'ornatrice fit *le nœud d'Hercule*, un nœud rituel aussi décoratif que compliqué. « Ne t'inquiète pas, va, ton mari saura bien le dénouer ! » Rires des servantes. Du bout d'un étroit fer de lance, l'une d'elles sépara la chevelure de sa maîtresse en six mèches égales, qu'on tressa avec des rubans de laine blanche. Ensuite, la fiancée enfila les petits souliers orange de rigueur et on posa sur sa couronne de cheveux le voile de soie couleur de flamme des jeunes mariées.

Si Julie et Prima avaient autrefois porté ce long voile de manière à laisser distinguer leur visage, Annia, la *pronuba* de Séléné, encore intimidée par l'honneur qu'on lui faisait et la confiance que le roi lui accordait, s'en tint à un strict respect des traditions : le voile brodé de Séléné retombait sur son front, dissimulant complètement ses yeux. Lorsque Annia joignit les deux mains droites des futurs époux et que la jeune fille dut prononcer la formule sacramentelle qu'elle trouvait autrefois si belle, « *Ubi tu Gaius, ego Gaia* » (« Où tu seras Gaius, je serai Gaia »), elle n'apercevait son fiancé qu'à travers la trame orangée d'un rideau de soie. Mais peu lui importaient désormais son *Gaius* et leur avenir commun : marchant sans fin à l'intérieur d'elle-même, elle n'attendait de nouvelles que du passé.

« Je vais habiter là où le monde finit » : ainsi, en Italie, Séléné s'était-elle représenté le lointain pays de l'homme qui lui était promis. Mais maintenant qu'elle y était, elle ne regardait ni le pays ni le promis. Car si elle avait quitté Rome sans regrets, elle n'avait jamais fini de quitter Alexandrie, où c'était à un autre époux, un autre amour, qu'on la destinait.

Souvent, les premiers jours, sur le balcon d'Annia, quand elle ne s'y attendait pas, la ville de son enfance avait resurgi sous ses yeux – dans les couleurs bleues du matin, dans les couleurs rouges du soir.

Les aubes à Césarée étaient d'un bleu acide, comme autrefois l'écume des vagues sur les terrasses de Pharos, et les mosaïques du Quartier-Royal, et la statue de Sérapis dans le grand temple de Rhakôtis. Le rouge n'apparaissait qu'au soleil couchant. Il montait à toute vitesse de la mer et il coulait sur les façades de Césarée, comme il coulait autrefois sur les murailles d'Alexandrie qui prenaient des tons de coquelicot, de corail et de confiture. Mais en Maurétanie, juste avant la nuit, ce rouge s'assombrissait d'un coup, on fermait le ciel, on ouvrait en grand la boucherie : c'était un rouge de fin du monde, le rouge noirâtre qui dégouttait de la civière où son père agonisait, le rouge cramoisi qui jaillissait de la gorge ouverte de ses frères…

Pour tuer un homme, les Romains percent sa veine jugulairc dc la pointe de leur dague. Simple et rapide. La mort est presque instantanée. Elle ressemble, écrivent les historiens, à celle du taureau qu'on a bien estoqué. Seul défaut du procédé, le sang gicle si fort qu'il y en a partout, il éclabousse jusqu'aux spectateurs.

Depuis dix ans qu'étaient morts ses frères – Kaïsariôn, le fils de César, et Antyllus, le fils d'Antoine – leur sang n'avait jamais cessé d'éclabousser l'âme de Séléné…

« Hymen, ô hyménée », chantaient d'une voix virginale les jeunes filles du cortège en agitant des flambeaux. Pour écarter le mauvais œil, les petits esclaves aux longs cheveux qui avaient jusque-là servi le roi lançaient des noix en criant : « Plus de noix pour le Maître ! Fini de jouer ! Et fini de nous enculer ! Désormais, il n'enfilera plus que des femmes ! Méchant suceur, c'est la mariée que tu dois baiser ! » La plantureuse Annia Fabiana, bien qu'elle connût l'efficacité de ces couplets contre les maléfices, rougissait un peu en entendant les propos de ces *enfants délicieux* et elle plaignait la vierge qu'elle menait au taureau.

Cependant ses craintes, sa pitié même diminuaient en constatant l'indifférence de Séléné au remue-ménage qui l'accompagnait. Indifférente et docile, la jeune fille l'était depuis le premier jour. Rien, apparemment, ne la touchait, rien ne l'intéressait… Fallait-il y voir, se demandait Annia, la superbe d'une reine déchue ? Elle avait, disait-on, porté le titre de reine de Cyrénaïque dès l'âge de six ans... Cette froideur, en tout cas, allait beaucoup faciliter le travail de la *pronuba* lorsqu'elle devrait abandonner la fiancée au bord du lit conjugal. À cet instant fatal, certaines pleuraient et faisaient des embarras, comprenant soudain que le mariage est à la femme ce que la guerre est à l'homme – tout, sauf une partie de plaisir ! Mais, avec la fille de la Reine-Putain, rien à craindre de ce côté-là, songeait Annia : déjà informée, sans doute, des réalités de la vie par ses scandaleux parents, la jeune Séléné se laisserait vaincre sans un cri.

Deux garçons d'honneur la soulevèrent pour lui faire franchir le seuil du palais, et, passant machinalement les bras autour de leur cou sans même leur jeter un regard, elle se laissa transporter distraitement. Aussi étrangère aux événements qu'elle restait insensible au décor.

Pourtant, aucune fiancée n'étant autorisée à visiter sa future maison avant la cérémonie, le lieu était nouveau pour elle ; et le palais de Césarée avait beau être encore en chantier, Annia et son vieux mari le trouvaient déjà impressionnant par ses dimensions et sa beauté : l'Égyptienne allait, à coup sûr, se déclarer éblouie !

Dans le vestibule, où l'on accomplit le rite de l'eau et du feu, se dressaient encore des échafaudages : pour rappeler les origines exotiques de la fiancée, on était en train d'orner le mur de fresques nilotiques – ibis, roseaux et crocodiles. Les ibis étaient à peine esquissés ; en revanche, la mosaïque du sol, qui représentait

Poséidon et Amphitrite régnant sur les tritons, était achevée ; et c'était une telle splendeur qu'Annia n'en foulait les fines tesselles qu'avec timidité. Mais Séléné regardait fixement devant elle et ne remarquait pas le luxe du sol sur lequel elle marchait.

Suivies des invités du cortège, les deux femmes pénétrèrent ensuite dans l'atrium. Devant l'autel des ancêtres du roi, où la jeune mariée aurait dû déposer des *images de cire* de sa propre lignée, elle passa sans s'arrêter : de sa famille elle ne possédait plus la moindre *image*, ni masque mortuaire, ni buste – la reine sa mère avait été l'ennemie de Rome ; quant à son père, livré par le Sénat à la *damnatio memoriae*, il ne restait plus de lui un seul portrait…

Le cortège parvint rapidement au péristyle qui ouvrait sur l'ancien jardin intérieur du roi Bocchus, prédécesseur de Juba. À l'exception de la *pronuba* et de quelques suivantes, les invités de la noce s'arrêtèrent à l'entrée de la colonnade pendant que le chœur des vierges, et celui des jeunes garçons, continuaient à psalmodier en alternance le vieux cantique *Hymen, ô hyménée.*

Le mari d'Annia, un *chevalier* romain qui avait fait fortune dans l'exportation du poisson salé de la côte, se rappela soudain la manière dont un poète avait, quarante ans plus tôt, commenté cet hymne nuptial : « Arracher une fille aux embrassements des siens, livrer à un homme ardent une chaste vierge : que ferait de plus cruel un ennemi dans la ville qu'il aurait prise ? Hymen, ô hyménée ! » Il était vieux maintenant, le mari d'Annia, il marchait en s'appuyant sur un bâton, et Annia était affreusement grasse, mais il se souvenait encore avec émotion du jour de leurs noces et il éprouvait le regret vague d'avoir alors forcé sa petite épouse de douze ans comme « un ennemi » : avec violence et impatience. Par bonheur, d'autres vers du poème lui revinrent à la mémoire, et ces vers-là dissipèrent son repentir : « Qu'importe si sa bouche se plaint, puisque, tout bas, son cœur te désire !... » Au moment où la fiancée du roi s'éloignait sous la colonnade d'un pas rapide, il ne put s'empêcher pourtant de soupirer : « Pauvre moineau ! »

C'est en entrant dans l'atrium du palais que Séléné avait découvert les fantômes. Ils se tenaient là, immobiles et blancs, parmi la foule des invités. La fixant de leurs orbites vides, de leurs yeux énucléés. Aveugles et menaçants... Il fallut plusieurs secondes à la jeune fille pour comprendre que ces êtres blafards qu'elle apercevait au milieu des vivants n'avaient rien d'immatériel : il s'agissait de statues de marbre qu'on n'avait pas eu le temps de peindre ni d'équiper de leurs yeux de verre. Sa méprise venait de ce qu'elle n'avait jamais fréquenté les ateliers des sculpteurs et qu'ailleurs on voyait rarement des marbres sans fards et des bronzes bruts de démoulage – des statues « sauvages » comme celles-ci. Ces corps blêmes, ces visages livides, elle les trouva repoussants. Des cadavres, que Juba aurait mieux fait de cacher... Elle tâcha de se raisonner, mais plus loin, en traversant le péristyle, il lui sembla que ces fantômes se déplaçaient et qu'insensiblement ils se rapprochaient d'elle : venaient-ils à sa rencontre ? qu'attendaient-ils ? que voulaient-ils ?

Son malaise s'accrut à la vue du jardin de Bocchus.

Au-delà d'une mince bordure d'asphodèles blanchâtres et comme exténués, les fûts des antiques palmiers-dattiers ressemblaient dans la pénombre aux pattes écailleuses d'un vieil éléphant ; et les troncs multiples des figuiers centenaires, enlacés à ceux des ficus indiens tordus les uns autour des autres, avaient l'air de pieuvres géantes enchevêtrées. Même les cordons de la treille accrochée d'arbre en arbre pendaient en travers des allées comme les lambeaux d'une toile d'araignée...

Séléné espéra que la chambre nuptiale serait moins inquiétante. L'avant-veille, sa *pronuba* avait été admise à la visiter avec quelques privilégiés ; la fresque d'Ariane et Dionysos qui décorait la pièce était du meilleur goût, lui avait-elle assuré – des couleurs fraîches et vives, un Dionysos joyeux, une Ariane alanguie... Aucune mauvaise surprise à craindre de ce côté-là, les peintres avaient tous, à peu de chose près, le même catalogue de modèles parmi lesquels les clients choisissaient. Pour les mariages, la romance d'Ariane et de Dionysos s'imposait. Il existait trois ou quatre représentations types du couple célèbre et tout l'art du fresquiste consistait à reproduire au mieux, et dans les dimensions souhaitées, le modèle retenu. À moins que Juba, s'il était aussi riche que Diotélès le pensait, n'eût osé, par caprice, commander à un peintre grec ou alexandrin une œuvre originale ? Non, le temps avait dû lui manquer... Séléné s'attendait donc à trouver une chambre nuptiale aussi banale que rassurante.

Mais en arrivant à la porte de la pièce elle fut désagréablement impressionnée : on n'avait allumé ni le lustre, ni le grand candélabre. Et pas une bougie ! La chambre, à peine éclairée par deux petites veilleuses à huile placées de chaque côté du lit d'ivoire, était presque entièrement plongée dans l'obscurité. Annia poussa « sa » mariée vers le lit, lui en fit admirer la couverture brochée d'or et, s'y asseyant sans gêne, saisit la main de Séléné pour l'attirer auprès d'elle.

Quand elles furent assises côte à côte au bord du lit, la *pronuba* se glissa sous le voile, prit un air mystérieux et chuchota à l'oreille de la jeune fille quelques phrases alambiquées sur la nécessité de se laisser dévêtir (oui, Séléné était au courant) et sur l'obéissance due à l'époux (oui, de cela aussi Séléné était informée, et même de la nature de la douleur qu'elle ressentirait – celle, violente et brève, d'un abcès qu'on perce ; ainsi sa demi-sœur Prima, mariée depuis trois ans, lui avait-elle présenté la chose). Une servante sortit de l'ombre, portant une cuvette et une aiguière ; Séléné se lava les mains, et la femme lui ôta ses souliers couleur de flamme pour lui laver les pieds. Puis, la même enleva les épingles qui attachaient son voile de mariée à sa coiffure, et une deuxième ornatrice dénoua les rubans de laine blanche qui tenaient attachées ses six nattes de cheveux. Ces préparatifs achevés, quelqu'un, dans un coin de la pièce, frappa dans ses mains ; émergeant alors de l'obscurité, une dernière servante s'empara d'une des veilleuses, dont la lueur vacillante, en s'éloignant, sembla éclairer au passage un homme assis, à demi nu. Mais déjà Annia marchait à son tour vers la porte, emportant le second *lucubrum*. En un instant, le cortège des femmes atteignit le couloir avec les deux lampes, et la chambre, refermée, fut plongée dans le noir. Comme un tombeau scellé…

Jamais une Romaine bien élevée n'aurait fait l'amour dans une chambre éclairée. Et si une patricienne vertueuse acceptait à peu près toutes les positions, sodomie comprise, elle refusait de laisser éclairer ses ébats : la lumière du jour était acceptable à la rigueur, mais la lumière artificielle déshonorait une femme. C'était une question de décence. Aussi la veilleuse allumée près du lit restait-elle l'apanage des prostituées. Au point que celles qui pratiquaient l'abattage, on les reconnaissait à leur visage noirci par le suif des chandelles ou la fumée des lampes. L'impératrice Messaline, prétendra-t-on plus tard, révélait au matin, par les traces sombres qu'elle portait sur sa figure, l'ampleur de la débauche à laquelle elle se livrait chaque nuit dans les lupanars de Suburre.

Pour ménager la pudeur de sa jeune épouse, Juba avait donné l'ordre d'emporter les lampes sitôt qu'on aurait débarrassé Séléné de son voile et de sa coiffure. Il était d'usage aussi que le mari, déjà dévêtu et simplement enveloppé d'un drap, attendît dans l'ombre la fin de cette toilette nuptiale, mais Séléné, tout à l'émotion du moment, n'avait pas remarqué la présence du roi derrière les servantes. Tandis que, dans un ballet bien réglé, la *pronuba* et les ornatrices s'éloignaient en emportant la lumière avec elles, il s'était avancé silencieusement vers le lit et, au moment où la porte se fermait, avait d'un geste prompt dénoué le *nœud d'Hercule* et libéré la tunique sans couture de Séléné. Renversant aussitôt la jeune fille sur les oreillers, il glissa les mains sous sa robe desserrée. Mais rien, alors, ne se passa comme prévu.

Pas une fois, en effet, depuis qu'elle avait quitté Alexandrie, Séléné n'avait supporté d'être enfermée dans une totale obscurité. À Rome, au début, si on la mettait dans le noir, elle hurlait à en perdre le souffle et, les yeux révulsés, tremblait si fort qu'on redoutait à chaque fois une crise d'épilepsie. Bientôt, dans la maison d'Octavie, personne n'osa plus obliger la petite prisonnière à rester dans une chambre sans fenêtre ou à dormir sans veilleuse. Lorsque, ayant grandi, Séléné s'était elle-même interrogée sur ses terreurs, elle n'avait trouvé aucune explication, sinon qu'elle étouffait : « Quand il fait trop sombre, je suffoque, je meurs » – une impression qu'elle ne parvenait pas, toutefois, à relier à des faits précis.

Bien entendu, elle n'était pas non plus consciente que depuis un mois, au lieu de se tourner vers l'avenir comme elle se l'était promis en embarquant pour Césarée – un nouveau pays, un nouveau trône, une nouvelle lignée –, elle était repartie dans le passé. Tout l'y avait ramenée : la longue traversée, le vaisseau militaire, le phare de Césarée, le gobelet de Césarion, la découverte du sort de Cypris et même, pendant la cérémonie nuptiale, la procession des fantômes blancs à travers le palais. Autour d'elle, chaque détail lui rappelait soudain le destin tragique des siens et sa solitude de survivante.

Pour parachever ce retour en arrière, ressusciter de pied en cap la petite orpheline d'Alexandrie, il ne manquait plus que de l'enfermer dans les ténèbres, de la ranger à l'intérieur d'une boîte sans air, où deux mains d'homme, à tâtons, viendraient la frôler, la saisir, l'empoigner, puis s'emparer de son corps entier. Un agresseur sans visage ni voix ; juste, dans le noir, deux mains brutales, deux mains invisibles, des mains sans bras posées sur sa maigre poitrine d'enfant, sur ses épaules, sur sa peau nue… Le soldat !

Dans l'obscurité du palais de Césarée, Séléné se crut de nouveau cachée sous la fausse marche d'un escalier peint en trompe-l'œil au fond d'un « jardin menteur », dans le Quartier-Royal d'Alexandrie. De nouveau, elle entendit, effarée, le cliquetis des cuirasses, celles de la cohorte de légionnaires qui avançait de salle en salle et se rapprochait de son refuge. De nouveau, des portes éclatent sous les coups de boutoir, tandis que résonnent les cris des soldats avinés, les soldats qui cherchent les enfants. De nouveau, elle ne respire plus, n'ose plus respirer : un poignard va transpercer sa cachette, déchirer la toile peinte de l'escalier… Déjà, deux mains gluantes pénètrent dans son réduit, deux mains sanglantes l'attrapent, la tâtent, la tirent, la poussent, la blessent… Le soldat ! Le soldat rouge ! « Au secours ! » Elle hurle.

Juba s'attendait à ce que sa fiancée, élevée, et bien élevée, par Octavie, se défendît un peu, à ce qu'elle gémît, pleurât peut-être, pour la forme… Mais hurler comme ça, non, c'est insensé ! Quel démon s'était emparé de son esprit ? Et qu'allaient penser les gardes postés dans le couloir ? Il plaque sa main sur la bouche de Séléné pour la faire taire. Mais elle, elle le mord jusqu'au sang, comme une chienne enragée. Par Hercule, cette fille est folle, elle est folle à lier ! Sous le coup de la douleur, il l'a giflée.

Maintenant elle sanglote, de gros sanglots d'enfant, elle ne se débat plus, elle sanglote à grand bruit, suffoque de sanglots… Il n'a aucune envie de la forcer – parce qu'il n'est pas naturellement violent, pas naturellement violeur, et que, de toute façon, il n'a plus envie de rien ni de personne : une morsure comme celle-là couperait l'élan de Priape lui-même ! Et ces cris d'orfraie, ces hoquets, ces spasmes qui la secouent… Il est furieux. S'enveloppant de son drap, il se lève et se dirige vers la porte, dont les torches du corridor dessinent vaguement l'embrasure.

Les cris de Séléné avaient tiré de leur sommeil les petits esclaves court vêtus couchés dans le couloir. Ils regardèrent passer le roi, étonnés d'un si prompt départ. Leur maître sait vaincre assurément (oh, les cris de douleur qu'a poussés la vierge ! ses halètements de bête forcée ! Dionysos fit-il jamais mieux jouir Ariane ?). Leur roi sait vaincre, oui, mais ce soir il n'a pas su profiter de sa victoire : pourquoi quitter si tôt le champ de bataille quand « l'ennemi » n'aspirait qu'à être encore une fois défait, poussé dans ses ultimes retranchements ? « Vous voyez ce que je veux dire, hein ? » plaisantait l'esclave Zentuc, un jeune Musulame déluré ; et tous les gamins d'acquiescer en rigolant, car la vigueur de Juba, ils étaient ici plusieurs à l'avoir éprouvée.

Une odeur de pourriture flottait sur Césarée. Elle envahissait le palais et le petit jardin du roi Bocchus où, suivie d'une seule servante amenée de Rome, Séléné avait cherché refuge au matin pour cacher sa confusion. L'odeur infecte l'en avait bientôt chassée.

Cette puanteur venait des grands bassins où, au-delà du port et du petit cap qui fermait la baie, on laissait mariner à ciel ouvert des foies de maquereaux et des entrailles de thons. De cette saumure, on tirait la sauce de *garum* dont les Anciens assaisonnaient les plats ; exporté vers l'Italie, comme les lions, les dattes, les sardines séchées et la pourpre précieuse du murex, le *garum* faisait la richesse de la Maurétanie. Heureusement, il était rare que la ville fût incommodée par la lente putréfaction nécessaire à la fortune de ses habitants : les ateliers de salaison avaient été implantés à l'abri des vents dominants – à l'est, le long de la route côtière qui menait vers la nécropole orientale.

Mais au lendemain des noces de Séléné, comme pour mettre la touche finale à une nuit catastrophique, c'était par extraordinaire un vent d'est qui s'était levé, transportant jusqu'au cœur du palais des relents de chairs en décomposition.

Et ce vent humide et tiède, ce vent de folie putride qui soufflait sur Césarée, soulevait le cœur ; on ne savait plus où se mettre, où fuir, où rester ; on toussait, on se bouchait le nez ; pour respirer une autre odeur, les riches brûlaient de l'encens, les pauvres se réfugiaient dans les latrines… La vérité oblige à dire, cependant, que ce vent fou venu d'Orient comptait pour peu dans les égarements de Séléné. La fille de Cléopâtre était folle depuis longtemps, et elle le savait. Ou, plutôt, elle l'avait su. Par moments…

Depuis dix ans, la folie coulait dans ses veines comme une rivière souterraine et elle jaillissait parfois dans les circonstances les plus inattendues. Il suffisait d'un bruit (le cliquetis d'une cuirasse à lames de fer), d'une odeur (celle du sang chaud), pour réveiller ses terreurs. Tenir cette folie en respect, canaliser en permanence le flot sauvage qu'elle sentait sourdre et monter en elle demandait une attention constante. Mais, d'expérience, elle se savait capable de dompter sa violence et de surmonter ses dégoûts – détendre ses muscles, contrôler son estomac, vider son esprit… S'il en était encore temps, si le scandale qu'elle venait de causer n'était pas trop grand, elle parviendrait, pensait-elle, à se reprendre en main. Elle devait simplement veiller à ne plus se laisser surprendre.

Pour supporter sans effroi les assauts de son mari, il suffirait qu'elle voie en pleine lumière son corps nu. Son corps et son visage…

Mais est-ce si sûr ? Parfois elle s'effraie de ne rien comprendre aux impulsions obscures qu'elle jugule. Comment, même dans la nuit la plus noire, a-t-elle pu confondre un jeune homme ruisselant de parfums avec la brute poilue d'Alexandrie qui sentait le vin et l'ail ? Elle ne comprend pas non plus pourquoi, sur la broderie de sa vie aux motifs jusqu'alors cohérents, dégringolent de plus en plus souvent des débris informes, des dessins bizarres, des éclats de verre aveuglants qui percent la toile et tranchent les fils ; et, chaque fois, elle a plus de mal à recoudre le tissu arraché et à reconstituer les motifs détruits. Elle voudrait revenir à la broderie d'origine, à l'histoire principale – la sienne –, mais elle ne sait plus où est le présent, où est le passé, où est le faux, où est le vrai, elle s'affole. Et elle s'en veut de cet égarement…

Longtemps après le départ du roi, elle était restée prostrée dans la chambre nuptiale : à la panique avait succédé l'abattement. Immobile sur le lit, elle gardait les yeux fixés sur l'embrasure de la porte qui laissait filtrer un mince rai de lumière : la lueur des torches du cortège qu'on avait accrochées dans le couloir deux heures plus tôt. Deux heures ? Non, un siècle… Elle ne sanglotait plus, elle se taisait, épuisée comme une femme qui s'est livrée sans mesure à des transports bacchiques – un comble, n'est-ce pas ? Sans un mouvement, elle avait attendu que le jour vînt se lever sur sa honte. Sur le déshonneur de ses noces ratées. Mais, avec le jour, s'était aussi levé le vent d'est…

Quittant le jardin, elle s'était repliée avec sa servante dans une petite salle sans fenêtre pour ne plus sentir l'affreuse odeur de corruption apportée par le vent, une odeur de chairs mortes dont elle feignait encore, le nez dans son mouchoir, de vouloir se protéger, quand, déjà, elle ne cherchait plus qu'à cacher ses larmes. Des larmes de tristesse et de confusion. Que d'humiliations, en effet ! Annia, sa *pronuba*, qui dès l'aube avait été sévèrement tancée par Juba, s'était permis tout à l'heure de la gronder, elle avait même osé la menacer, elle, l'héritière des Ptolémées : « Je t'attacherai de mes propres mains, *Regina*, plutôt que de te permettre de maltraiter encore le roi !

— Par pitié, Annia, obtiens pour moi qu'il n'éteigne pas les lampes… Une au moins ! Rien qu'une veilleuse ! Une petite…

— Demande-le-lui toi-même, *Regina* ! Avec tout le respect que je te dois, je suis la *pronuba* d'une reine, pas l'entremetteuse d'une courtisane… »

À force de supplications, d'excuses et de promesses, à force d'abaissement, Séléné réussit cependant à convaincre sa *pronuba*. Touchée par sa détresse, Annia parla au roi, avec force périphrases et compliments… Et Juba, quand il comprit, ne fut pas moins surpris que la *matrone*. Est-il possible, se demandait-il, que la sauvageonne de cette nuit se plaise à exhiber sa nudité, que cette rebelle rêve d'admirer le glaive vainqueur de son mari, que son instinct, enfin, porte cette vierge à vouloir offrir à son époux le visage impudique de son plaisir ? Ce serait trop beau… et, somme toute, très inquiétant ! « Tout cela me paraît insensé, conclut-il, mais j'y consens. Au point où nous en sommes… »

Deux jours après les noces, le mariage fut consommé à la lueur d'un lampadaire. À ses branches de bronze on avait suspendu trois grosses lampes, pas une de moins. Et toutes ornées de dessins érotiques ! Juba n'avait pas lésiné : puisque la jeune mariée voulait voir, elle verrait… Les lampes répandaient sur les corps étendus une lumière jaunâtre, presque ambrée, et ce fut dans cette chaude clarté qu'obéissant enfin aux préceptes dionysiaques Séléné livra à son époux « le jardin profond, la fleur noire, et la grotte très profonde ». Pas une seconde elle ne ferma les yeux. Car, au-delà du beau visage de son mari, ce qu'elle voyait aussi, bien en face, c'était son propre désir, le désir de vengeance qui l'animait depuis la chute d'Alexandrie ; pas de vengeance sans vengeurs : il lui fallait des enfants, beaucoup d'enfants, puisqu'elle avait été incapable d'assassiner elle-même le Prince…

Comme cette fois-ci la reine restait silencieuse, qu'elle se montrait soumise et ne défendait rien, le roi crut devoir lui montrer tout ce qu'il savait faire. Après quoi, il s'endormit, content de lui.

Le roi de Maurétanie, cavalier chevronné, n'était pas fâché de pouvoir enfin monter cette pouliche impériale qui aurait jeté à bas plus d'un novice. Peut-être même se vit-il en Alexandre soumettant Bucéphale ?

Et pourquoi pas ? Le comportement imprévisible de Bucéphale et celui, non moins déroutant, de Séléné avaient, croyait-il, une même origine : leur étrange rapport à la lumière. Le cheval craignait les ombres mouvantes que projette le soleil, Séléné redoutait l'opacité stagnante des ténèbres, voilà tout. Et puisque, passées les premières minutes, l'union d'Alexandre et de Bucéphale avait été parfaite, Juba en concluait qu'il ne faut jamais contraindre un animal effrayé ; c'est au maître à s'adapter, au maître à comprendre et rassurer pour, à la fin, ramener la bête sur l'obstacle et s'imposer. Quant aux ragots de l'office à propos des lampes qui brûlaient désormais chaque nuit près du lit conjugal (« La jeune reine est une chaudasse, elle n'est pas pour rien la fille de la Grande Putain ! »), quant à ces ragots qui finiraient sûrement par gagner la ville, Juba, en tant qu'époux, s'en moquait. D'abord, parce qu'il était intelligent – et même supérieurement. Ensuite, parce que c'était un soldat.

Séléné l'ignore encore, mais elle a épousé l'un des intellectuels les plus remarquables de son siècle. « Le plus savant des rois », dira un jour de lui Pline l'Ancien, l'encyclopédiste, et Plutarque à son tour assurera que ce roi, « le plus doué des rois », fut « le plus grand des historiens grecs » – ce qui, sous sa plume, n'aura rien d'un mince éloge... Mais Juba, que sa science portait à la nuance et au relativisme, restait surtout un guerrier : n'ayant connu que des amours hâtives, serviles ou tarifées – à l'exception de deux ou trois patriciennes entichées d'exotisme –, il avait rarement eu l'occasion de respecter les convenances sexuelles. C'était son éducation militaire, plus encore que sa supériorité d'esprit, qui le poussait aujourd'hui à mépriser le qu'en-dira-t-on.

Savant et soldat, il n'oubliait pas cependant qu'il était roi et qu'il importait au plus haut point que le prestige d'une reine ne fût pas durablement entamé auprès des imbéciles. Aussi prit-il bientôt l'habitude de ne rendre visite à sa femme que dans la journée, à la lumière du soleil ; le soir, après le banquet, il se retirait dans une chambre séparée. Mais, quelle que fût l'heure, la reine, en digne et impassible épouse romaine, ne le repoussait plus. Jamais non plus, elle ne baissait les paupières. Toujours ce regard fixe sans la moindre lueur d'émotion, ce regard qui semblait ne rien voir – aussi mystérieux que les yeux d'ivoire et d'obsidienne des déesses rhodiennes.

Séléné avait espéré tomber enceinte dès le premier mois. Et de jumeaux, si possible. Comme sa mère. En acceptant d'épouser un Barbare, elle n'avait eu d'autre but que de prolonger au plus vite la lignée des Ptolémées, de transmettre le sang de Cléopâtre. Quant au sang des Antonii, celui de son père Marc Antoine, elle ne s'en inquiétait guère : elle avait deux demi-sœurs, n'est-ce pas, Prima et Antonia, les filles cadettes d'Octavie. Et même un demi-frère encore en vie, Iullus, fils de Fulvia, la première femme de son père. Iullus avait été accueilli, orphelin, chez la toujours généreuse Octavie, qui l'avait élevé avec ses cinq enfants ; mais Séléné le connaissait peu car, plus âgé qu'elle et porté à la méfiance, il l'avait, à Rome, constamment évitée. Il venait toutefois d'épouser Marcella, la fille aînée d'Octavie, et de lui faire un gros garçon, Lucius Antoine, un enfant qui, en dépit de la haine d'Auguste et de la *damnatio memoriae* pesant sur la famille, prolongeait la lignée des Antonii et sauverait leur nom.

Il n'en allait pas de même des Ptolémées, dont tous les mâles sans exception avaient été méthodiquement exterminés. Les mâles seuls, car, raisonnant en Romain, Octave l'*Augustus*, l'Illustre, le Sacré, le Vénéré, avait jugé superflu de supprimer la fille. Or, chez les Pharaons, les princesses royales, co-souveraines, contribuaient autant que leurs frères à la survie de la race ; Cléopâtre la Grande en était un exemple, et ce n'était pas le premier. Aussi Séléné avait-elle hâte de mettre au monde des enfants, filles ou garçons. Mais plutôt des garçons car, avant de reconquérir l'Égypte, ses descendants devraient monter sur le trône de Maurétanie et, chez les Maures, seuls les hommes régnaient.

Voilà à quoi songeait la jeune femme en accueillant à toute heure les élans du monarque. Lui, Juba, aurait peut-être préféré de temps en temps moins de docilité et plus de passion, mais le souvenir de son étrange nuit de noces le rendait circonspect. Du reste, il n'avait rien d'un poète élégiaque et ne confondait pas une épouse avec une maîtresse. Sur ce point, il avait conservé les convictions et les habitudes d'un célibataire.

Célibataire, il l'était resté dans ses mœurs au point de continuer à honorer, en passant, l'un ou l'autre de ses *delicati*, ses *enfants délicieux* – divertissement de jeune homme qui pour lui, féru de culture grecque, demeurait la marque suprême du bon goût. De même entretenait-il en ville deux petites hétaïres venues de Corinthe, courtisanes de haut vol auxquelles il rendait visite chaque semaine comme doit le faire un roi grec soucieux de sa bonne réputation. Bref, ce Numide vivait et sentait en Grec, il parlait d'ailleurs le grec mieux que le latin et mieux que le « libyco-punique », ce mélange de berbère et de phénicien qui était sa langue d'origine.

C'est en grec aussi, et en grec seulement, qu'il écrivait, et il écrivait beaucoup. Lorsqu'il n'était encore qu'un tout jeune officier de cavalerie dans les armées d'Octave, il fréquentait la bibliothèque hellénique de Pollion sur l'Aventin avec plus d'assiduité que les gradins du Grand Cirque ou les prétoires du Forum, rassemblements vulgaires où l'on n'entendait que le latin – et quel latin, par Zeus !...

Très tôt, Juba avait donné ses propres ouvrages à copier aux libraires de l'Argilète. D'abord, un livre intitulé *Similitudes*, où il s'efforçait d'établir des correspondances étymologiques entre la langue des

Romains et celle des Grecs ; puis une *Histoire des Antiquités romaines*, pour prouver que toutes les institutions de Rome avaient une origine hellénique ; enfin, un court traité sur la regrettable dégradation du pur langage attique en *koïné* internationale abâtardie. Nulle part, sur les sept collines de Rome, on n'aurait pu trouver lettré plus amoureux de la Grèce classique que ce prince berbère ! Or Séléné était grecque, grecque d'Égypte, certes, mais descendante authentique des compagnons d'Alexandre : les préjugés culturels du roi de Maurétanie jouèrent en sa faveur – dès le premier moment, et en dépit des extravagances auxquelles elle commença par se livrer, Juba eut envie de la protéger. Un peu comme il défendait, en érudit épris du passé, une tournure désuète ou un mot oublié.

Un mois après son mariage et pour commémorer l'événement, Juba émit une monnaie d'argent datée de la sixième année de son règne. À l'avers, son portrait : profil régulier d'un jeune homme au menton glabre et aux cheveux courts ; légende en latin, *Rex Juba*, le roi Juba. Au revers, le portrait de Séléné, bouclettes sur le front, chignon bas sur la nuque, diadème ; et une inscription grecque, *Basilissa Kleopatra*, la reine Cléopâtre. Faute de place pour écrire en entier le nom de la jeune épouse, il avait fallu choisir entre « Cléopâtre » et « Séléné » ; mieux valait Cléopâtre, un nom honni du peuple romain, mais illustre partout ailleurs, et qui soulignait mieux sa filiation prestigieuse. Plus tard, parmi toutes les monnaies émises au nom du couple royal, une seule porterait le nom, plus personnel et presque intime, de « Séléné ». Cléopâtre-Séléné, qui avait été Séléné pour sa parentèle romaine, redevint donc, pour son mari et dans la vie officielle de la Maurétanie, Cléopâtre. Comme à Alexandrie.

« On dirait que ton roi se gargarise de ce nom-là, Cléopâtre par-ci, Cléopâtre par-là… » ironisait Diotélès, que la jeune femme admettait chaque matin à sa toilette pour se délasser des longues séances de fer à friser. « Il n'y a pas plus épris de noblesse et de généalogie que ces fils de bergers !

— À part peut-être un fils de Pygmées ? Vieux fou ! Tu as de la chance que ma coiffeuse ne comprenne pas un mot de grec ! D'ailleurs, tu divagues, Iobas est un fils de roi.

— Pas du roi de Maurétanie, en tout cas. Celui qui vivait dans ce palais est mort sans descendance.

— Iobas est le fils du roi de Numidie. Peu après que les Romains ont annexé la Numidie, le trône de Maurétanie s'est trouvé vacant par la mort de Bocchu II. Si bien que le Prince… » Ce titre de *Princeps*, « Premier » du Sénat, Premier des Romains, écorchait encore la bouche de Séléné, elle se reprit : « Octave a choisi un Numide pour régner sur les Maurétaniens, voilà.

— Je le sais, figure-toi : ton Numide descend du fameux Massinissa qui fut un traître à ses amis carthaginois et à ses cousins berbères… Ils sont comme ça, les roitelets du pays : fourbes et lâches ! Ah, je comprends que le Prince de Rome ne les craigne pas ! »

Si le mariage de Séléné n'avait été brusquement hâté par une Octavie pressée d'éloigner sa « pupille » avant le retour à Rome de son frère Auguste, Diotélès, né fureteur, aurait eu tout le temps de se renseigner sur la famille et le passé de Juba, et il aurait sans doute nuancé son jugement. Car Juba était, comme Séléné, l'unique survivant d'une race éteinte – un orphelin que la puissance romaine n'avait épargné que pour le produire au Triomphe du vainqueur. À s'en tenir aux apparences, tous deux avaient dû surmonter, à dix ans de distance, des malheurs si semblables qu'ils pouvaient paraître, après coup, prédestinés l'un à l'autre : bien avant que leurs corps s'emboîtent, leurs histoires s'enchâssaient déjà.

L'enfance de Juba est celle d'un petit orphelin arraché dès l'âge de trois ans à sa langue, à sa famille et à sa patrie vaincues, et passé, au gré des circonstances, d'un gardien à l'autre, avant de se découvrir une seconde patrie et une mère de rechange dans le ventre protecteur des bibliothèques et un refuge dans l'étude. Car, en dépit des apparences, la vocation du roi n'est ni militaire ni politique : lui qui sait si peu des siens veut tout savoir des autres – une curiosité d'esprit universelle qui le poussera bientôt à entreprendre en même temps une carrière d'explorateur et une œuvre d'encyclopédiste.

Ce jeune homme a beau être moins prolixe à l'oral qu'à l'écrit, c'est en causant dans la salle à manger, à la fin des banquets offerts aux chefs de tribu et aux voyageurs venus d'Europe, qu'il a peu à peu livré à Séléné, couchée sur le même lit de table, des bribes de sa vie passée. À croire que le vin, même lorsqu'il est comme ici fortement coupé d'eau de mer, lui délie la langue…

Et voici ce que Séléné a compris, petit à petit, de ce que le roi lui confiait alors sans ordre :

HISTOIRE DE JUBA

Des toutes premières années de sa vie, Juba n'avait plus qu'une connaissance abstraite et limitée. Il savait qu'il était né dans la capitale de son père, le roi Juba Ier, au cœur de ce qui était alors la Numidie indépendante.

Ce père, à en juger par ses bustes et ses monnaies, n'avait pas adopté le mode de vie gréco-romain. Il gardait une épaisse moustache et une longue barbe dont seule l'extrémité était taillée, et taillée si pointue qu'on aurait dit un poignard ; quant à ses cheveux, qu'il avait noirs, touffus et frisés, ils étaient disposés autour de sa tête en tortillons superposés et retombaient sur ses épaules en longs tire-bouchons – une coiffure « afro », impressionnante par sa masse. Ce respect des coutumes indigènes, Juba Ier le poussait aussi jusqu'à rester ouvertement polygame ; dans sa citadelle de Zama, il entretenait un harem. Et si ses monnaies d'argent portaient, côté face, une inscription latine (*Rex Juba*), le côté pile était légendé en caractères libyco-puniques incompréhensibles hors d'Afrique.

Pour autant, qu'on n'aille pas s'imaginer un « homme des bois » : Juba Ier parlait assez bien le grec, prétendait descendre d'Hercule – que les Carthaginois avaient importé sous le nom de Melqart –, à l'occasion il portait la chlamyde athénienne, et il n'ignorait évidemment pas la puissance de ses voisins romains. Depuis deux siècles, ses ancêtres avançaient en terrain miné et regardaient soigneusement où ils mettaient les pieds. Ainsi, cent cinquante ans plus tôt, son aïeul Massinissa avait-il longuement balancé entre Rome et Carthage avant d'opter pour Rome. Pour prix de son soutien, il avait pu annexer le royaume voisin et sa capitale Constantine, qu'on appelait Kirta. Plus tard, les ancêtres de Juba, en réclamant l'appui du Sénat contre leur cousin rebelle, Jugurtha, avaient encore fait le bon choix : celui de la docilité bien payée.

Mais les choses se compliquèrent quand les

Romains, faute d'ennemis extérieurs, en vinrent à se déchirer entre eux. En obligeant les pays « amis » à se déclarer pour l'un ou l'autre parti, les guerres civiles qui ravageaient l'Italie devinrent des guerres mondiales ; et Juba Ier, dans ses montagnes, fut sommé de choisir entre César et Pompée.

Qu'importait à un monarque – africain, qui plus est – de savoir lequel de ces ambitieux généraux était le plus « républicain » ? Mais Juba Ier, qui connaissait les deux hommes, se souvenait que Pompée avait autrefois fourni à son père, le roi Hiempsal, un appui politique décisif, alors que César, en aristocrate méprisant, s'était moqué de « l'indigène » et lui avait tiré la barbe en public ; il est vrai que, dans une Rome épilée, cet appendice digne d'un satyre pouvait passer pour une provocation… Il se peut aussi, plus sérieusement, que le roi ait subi l'influence de son voisin et ami, le sénateur Caton d'Utique, ennemi déclaré de César. À moins encore que Juba n'ait eu vent du projet d'un jeune favori de l'Imperator, lequel proposait l'annexion pure et simple du royaume numide…

Toujours est-il qu'il se rangea, sans trop d'états d'âme, du côté des pompéiens. Pour l'heure, de toute façon, les deux adversaires s'affrontaient très loin de l'Afrique, en Grèce et en Asie. Le roi crut qu'il aurait tout le temps de voir venir. Voir venir le vainqueur et aviser. Fatale erreur ! César ne laissait jamais à personne le temps de se retourner…

En quelques mois, Pompée fut vaincu et assassiné, l'Égypte et sa reine conquises, la province d'Asie ramenée à la raison, et César fondit sur l'Afrique. Aux côtés des troupes pompéiennes de la région

– huit légions romaines que commandait le propre beau-père de Pompée –, Juba Ier aligna dans la plaine de Thapsus une brillante cavalerie et soixante-quatre de ses cent vingt éléphants de combat. Mais, au commencement de la bataille qui opposa ses troupes aux légions débarquées avec César, il ne put être présent lui-même : profitant de ce qu'il était occupé contre les césariens à l'est, Bocchus, le roi des Maures, l'avait attaqué sur ses arrières et assiégeait Kirta. Obligé d'aller éteindre le feu de ce côté-là, Juba arriva trop tard pour assister à la charge de ses éléphants.

Dommage. Car ce fut la dernière grande attaque d'éléphants lancée hors d'Asie. Longtemps, l'éléphant avait été le char d'assaut des armées antiques. Il terrorisait les infanteries ennemies ; flèches et lances restaient sans effet sur lui tandis qu'il piétinait allègrement, presque voluptueusement, les rangs des fantassins. Mais, par malheur pour ceux qui l'employaient, l'éléphant est, par nature, plus émotif que le blindé de type courant. Un rien le trouble... Certes, les éléphants de Juba avaient accompli le début de leur mission à la perfection : dans un tonnerre de barrissements, les premières lignes de César étaient enfoncées, de nombreux légionnaires, écrasés ; sous les pattes des pachydermes, les cuirasses éclataient comme des coquilles. Beaucoup d'hommes, jetant leur bouclier, prenaient la fuite, pendant que, sur les flancs de l'armée, les chevaux affolés se cabraient en hennissant.

Cependant, la Cinquième Légion tenait bon. Avant de débarquer, César l'avait spécialement entraînée à cet effet. Convaincu que les mastodontes de Juba ne pourraient être arrêtés que par le bruit, la hache et le feu, il avait fait fabriquer en Sicile des buccins géants qui, dès le commencement de la charge ennemie, poussèrent des beuglements rauques afin de couvrir le barrissement des monstres et de les désorienter. Derrière ces sonneurs, les soldats de la Cinquième contre-attaquèrent : ils jetèrent des torches enflammées sur des cochons enduits de poix qui, grognant, couinant et semant la panique autour d'eux, s'enfuirent jusqu'entre les pattes des géants. Alors, se faufilant derrière ces cochons en feu, les plus braves des légionnaires attaquèrent les énormes pattes à la hache, comme des bûcherons à la cognée.

Surpris de tant d'audace, les éléphants du roi Juba s'arrêtèrent net. Frappant violemment leurs flancs de leur trompe comme pour en chasser des mouches, ils se poussèrent les uns les autres. Ils se balançaient gauchement, semblaient danser sur eux-mêmes. Sourds aux ordres de leurs cornacs, la trompe levée, ils oscillèrent ainsi pendant quelques secondes, d'une patte sur l'autre, puis, brusquement, ils firent demi-tour…

Outre l'émotivité, l'éléphant, en tant que blindé, présente en effet un inconvénient majeur : il ne distingue pas ses amis de ses ennemis. Aussi fonctionne-t-il comme une arme à double tranchant. C'est ainsi que, dans l'affolement, mais toujours avec le même allant, les pachydermes de Juba se mirent à charger l'infanterie des pompéiens et la cavalerie numide qui marchait à sa suite. En un instant, s'étant débarrassés de leurs cornacs, ils culbutèrent leur propre armée.

Lorsque le roi de Numidie, revenant de Kirta, arriva enfin en vue du champ de bataille, dix mille Romains partisans de Pompée s'étaient déjà rendus à César ; sa propre cavalerie s'était débandée et les tribus gétules – ces nomades du Sud toujours prêts à trahir leurs cousins numides – venaient de passer à l'ennemi. Pas une retraite, une débâcle ! Et un carnage. Des éléphants sans maîtres, aux ornements arrachés et aux pattes blessées par les haches adverses, erraient encore çà et là dans la boue et le sang, parmi les soldats mourants. Quant aux bêtes qui n'avaient été ni tuées ni blessées, elles avaient toutes été capturées : César voulait les transporter en Italie pour en faire le clou de son Triomphe... L'Imperator ne s'était pas attardé. Après avoir donné l'ordre d'exécuter à la hache et à la lance tous les prisonniers regroupés comme des bêtes dans un enclos, il marchait sur le port d'Utique, où son ennemi Caton s'était retranché.

Accompagné d'une poignée d'officiers et de son vieil ami Petreius, un glorieux général, Juba Ier revint en hâte vers sa capitale, Zama. Il espérait s'y réfugier, mais la cité avait fermé ses portes. Le roi eut beau se faire reconnaître et tourner autour des remparts en suppliant ses sujets de lui ouvrir, les portes restèrent fermées. Alors Juba demanda qu'au moins on lui renvoyât ses femmes et ses enfants, qui se trouvaient encore dans la ville. Mais les portes ne s'ouvrirent pas davantage. Les habitants expliquèrent par la suite qu'ils n'avaient fait qu'obéir à ses ordres : n'avait-il pas dit, en partant pour la guerre, que, s'il revenait vaincu, il faudrait le laisser dehors ? Évidemment, quand les prudents citadins de Zama racontèrent cette histoire-là, leur roi n'était plus là pour les démentir...

En fait, ayant déjà dans le passé été assiégés par les Romains et ne s'en étant tirés que par miracle, les gens de Zama ne souhaitaient pas tenter leur chance une fois de trop. Puisque la guerre était perdue, la ville royale s'était déclarée ville ouverte pour César, seul moyen d'éviter le pillage et d'éloigner des maisons le vorace légionnaire de base. Portes closes, donc, pour Juba.

Le roi à la barbe pointue, accompagné du vieux Petreius, chevaucha jusqu'à une petite maison qu'il possédait à peu de distance de sa capitale. Là, les deux amis, contraints de se suicider sans aide, décidèrent de s'entre-tuer : ils se combattraient à l'épée sans merci, avec un peu de chance ils se blesseraient à mort en même temps. Sinon, l'un au moins, en mourant au combat du coup porté par son ami, aurait une mort honorable : plus noble, et surtout plus sûre, qu'un suicide par éventration. Caton d'Utique ne venait-il pas en effet de rater sa mort ? Sous prétexte qu'il convenait d'attendre l'arrivée de César et de sa « justice », un médecin appelé par les domestiques lui avait recousu d'office les entrailles à l'intérieur du ventre. Caton, laissé seul et sans armes, avait dû arracher lui-même les points de suture, déballer ses intestins et les déchirer de ses mains…

Mais les dieux, qui avaient décidément épousé le parti de l'Imperator, n'accordèrent pas aux deux amis la mort simultanée qu'ils espéraient. Un seul périt dans leur combat acharné. On prétend que ce fut le roi, ce qui n'est guère vraisemblable, car Juba Ier avait quarante ans et Marcus Petreius soixante-cinq. Le survivant fut contraint de s'embrocher seul sur son épée. Il n'y avait pas de mort douce pour les ennemis du peuple romain.

Les habitants de Zama décidèrent alors de laisser s'enfuir les femmes et les filles du souverain : elles ne pouvaient plus leur servir à rien. Mais ils gardèrent le fils aîné du roi pour l'utiliser, le cas échéant, comme monnaie d'échange avec César ; et si aucun échange n'était nécessaire, si le pardon du vainqueur leur était déjà acquis, le petit, déjà très joli, serait offert au Romain en cadeau de bienvenue. Un peu comme on offre un bouquet. Ainsi réduit à ne plus représenter qu'une aimable preuve d'attention à l'égard d'un ennemi redouté, le jeune héritier du trône attendait l'arrivée de l'ennemi en suçant son pouce. Dans le palais déserté, il était seul ; même sa nourrice se cachait. Mais il avait retrouvé une toupie, qu'il relançait de pièce en pièce à travers les appartements vides.

Cet enfant à la peau ambrée, nommé « Youb » comme son père, allait avoir trois ans.

Quand sur son lit de banquet Juba racontait à Séléné, étendue à son côté, des fragments de cette histoire – « l'histoire d'avant ma vie », disait-il –, il précisait qu'il en devait le récit à des tiers, les lieutenants de César qui avaient laissé des *Commentaires sur la Guerre d'Afrique*. Lui-même ne se rappelait pas grand-chose : sa toupie, oui… et peut-être les cris et l'affolement des femmes du palais quand elles avaient appris la mort du roi ? Pleurs, plaintes, hurlements, hululements, vêtements déchirés, seins écorchés, cheveux arrachés : le harem devait être sens dessus dessous… Or lui, à trois ans, vivait encore au milieu de ces femmes ; tant de femmes, du reste, qu'il ne se souvenait d'aucun visage particulier. Il n'était même pas sûr d'avoir su laquelle était sa mère – à moins que sa mère ne fût déjà morte. Avait-il eu des sœurs, un frère cadet ? Il l'ignorait, il y avait tant d'enfants autour de lui dans ce harem ! La marmaille grouillait, piaillait, braillait, courait sur les tapis ou se traînait dans les cours. Comment y retrouver les siens ?

De sa vie à Zama, il ne se rappelait distinctement que les éléphants. Souvent, dans sa petite enfance, on l'avait mené admirer les éléphants de combat dans les enclos où on les dressait. Les cornacs chargés de les diriger en s'asseyant sur leur cou ne portaient qu'un pagne, mais leur chef, qui avait reçu le noble titre de *Commandant des éléphants*, était chamarré d'or de la tête aux pieds. À son futur roi, ce commandant étincelant présentait chaque animal par son nom. Quelquefois, le petit Juba était même admis à contempler certains de ces pachydermes en tenue de parade, avec des rubans de soie orangée enroulés autour de leurs défenses, un anneau d'or au bout de la trompe et un plumet sur la tête. Il les avait aussi vus défiler aux portes de la ville en costume de guerre, caparaçonnés depuis la tête, que protégeait un frontail incrusté d'argent, jusqu'à la queue, entortillée dans d'épaisses lanières de cuir ; deux clochettes étaient accrochées à leurs oreilles pour les exciter au cours de la bataille, et ils portaient sur le dos une couverture de mailles. « Mais, disait Juba à Séléné, il se peut que je confonde leur tenue avec celle qu'ils avaient pour le Triomphe de César à Rome, l'année d'après : devant son peuple, l'Imperator avait produit plusieurs de nos éléphants. Certains d'entre eux, m'a-t-on dit, portaient sur le dos des candélabres géants qui ont brûlé toute la nuit pour éclairer le banquet de la Victoire… Ces éléphants-là, les ai-je vraiment vus, d'ailleurs ? Ils marchaient en tête du cortège, avec le butin, tandis que j'étais loin derrière, avec les prisonniers. On ne m'avait pas chargé de chaînes, ni même obligé à marcher, j'étais trop petit, j'aurais ralenti la progression. Mais on ne m'avait pas non plus juché sur une charrette comme ton frère cadet… Ah, ton frère, sais-tu que je me souviens de lui ? Je vous ai aperçus au

Champ de Mars, juste avant le départ du Triomphe d'Octave sur l'Égypte – j'avais vingt ans alors, j'étais officier dans les troupes auxiliaires et je me préparais à défiler avec les soldats vainqueurs. Habillé de blanc, comme eux… Vous, les enfants, on vous avait chargés de chaînes, et ton jeune frère était déjà bien malade, n'est-ce pas ?

— Oui, avait murmuré Séléné, la gorge nouée. Il est mort juste après…

— J'ai eu plus de chance, avait repris Juba, rêveur. À l'époque du Triomphe sur l'Afrique j'avais quatre ans, mais les Romains m'ont traité comme un nourrisson qu'on exhibe dans les bras d'une servante. Ma vraie nourrice avait disparu depuis longtemps – dès Zama, je crois. C'est une autre esclave qui m'a porté tout du long. Une forte femme. Gauloise, je pense. Elle avait une carrure d'homme, des bras musclés, mais sa peau… sa peau était très douce. »

Cette peau tendre, et l'odeur rassurante de cette inconnue, son odeur tiède comme le lait bu au pis de la chèvre, il les avait senties chaque fois que, dans cette interminable procession, il enfouissait son visage au creux de l'épaule de la servante, ou entre ses seins, pour se cacher. La foule hurlait de rage, on leur crachait dessus, on leur lançait des œufs pourris et des immondices, le petit garçon avait peur, il aurait voulu que la chair débordante de cette femme-montagne l'engloutît tout entier. Quand, effrayé, il se blottissait ainsi, la tête contre son cou, la servante ne disait rien, ne montrait aucune émotion, mais elle resserrait, comme machinalement, la prise de ses bras autour du petit corps. « Elle m'a porté depuis la Porte triomphale jusqu'au bas du Capitole sans jamais faiblir. Et nous avons fait deux fois le tour du Grand Cirque ! Tu te rends compte ! Toutes ces heures à piétiner en plein soleil ! Oui, toi, tu peux l'imaginer... » Sur son lit de table, il avait eu alors un geste spontané vers Séléné, comme pour la toucher, pour caresser son bras, sa main ; mais, par prudence, il avait retenu cet élan avant d'atteindre le corps de la reine. « Ma porteuse ne m'a pas reposé par terre un seul instant, même pour souffler. Je suppose qu'elle aussi était punie. Une prisonnière sans doute. Qu'on avait tirée du Triomphe sur la Gaule pour la mettre à mon service dans le Triomphe sur l'Afrique. Aucune esclave numide n'avait dû être jugée assez solide pour ce travail : trop frêles, les femmes d'ici !

— Mais ils auraient pu choisir un homme !

— Non. Si l'héritier du trône de Numidie n'était pas capable de tenir son rôle jusqu'à la fin du défilé, il valait mieux qu'il eût carrément l'air d'un *infans*, un tout-petit qui sait à peine marcher, qui ne sait pas parler. Un *infans*, pour le public c'est très émouvant. Un excellent spectacle. Or un *infans* est encore aux mains des femmes, tu comprends, un *infans* a besoin de sa nourrice. Sûrement pas d'un guerrier moustachu ! »

Bien entendu, le roi ne racontait pas les choses de manière aussi suivie – « depuis l'œuf jusqu'à la poire », comme disaient les Romains par allusion à l'ordonnance de leurs banquets. Non, Juba ne partait pas de *l'œuf* ; d'ailleurs, à un homme aussi gardé contre lui-même, il fallait du temps pour se livrer peu à peu, même par bribes et miettes. Surtout à une femme, fût-elle son épouse ! D'autant que la reine, incertaine d'une position qu'elle avait d'emblée fragilisée, restait prudente et ne lui posait jamais de questions. Pas plus qu'elle ne se confiait elle-même.

Lui, cependant, l'interrogeait. Non par amour – un sentiment de cette nature n'avait encore aucune place entre eux –, mais par cette même curiosité qui le pousserait bientôt à vouloir explorer les limites du monde habitable ou à se documenter pour rédiger deux nouveaux livres en même temps, une grande *Histoire de la peinture* et un petit traité sur l'opium, *Péri Opou.* Il dictait en même temps les deux ouvrages à deux équipes de secrétaires et il aurait eu, croyait-il, la force de traiter en parallèle un troisième sujet s'il ne s'était senti obligé de consacrer de plus en plus de temps aux tâches du gouvernement.

Mais quand il gouvernait, c'était le plus souvent sans quitter sa bibliothèque, un bâtiment que les esclaves nommaient la *maktaba* et que Séléné ne découvrit qu'après plusieurs semaines de vie commune. Car, à la différence de la bibliothèque d'Asinius Pollion à Rome ou de celle d'Auguste dans le temple d'Apollon, la bibliothèque de Juba n'était pas un lieu public ; peu accessible, elle se trouvait à l'extrémité du palais de Césarée, dans l'aile des scribes et des affranchis, loin du jardin de Bocchus et des appartements privés où résidait la reine. Diotélès, qui se permettait tout, avait osé y pénétrer sous prétexte de consulter un vieux traité de médecine : n'était-il pas *préposé aux remèdes* ? n'avait-il pas, à Alexandrie, travaillé avec les médecins du Muséum ? Puis, sous le même prétexte, il y avait entraîné Euphorbe, qui était revenu de sa visite aussi étonné qu'ébloui.

Pour consoler Séléné, qui venait d'apprendre une fois de plus qu'elle ne serait pas mère dans neuf mois, le Premier Médecin lui proposa de visiter avec eux ce lieu mystérieux en profitant d'une absence de Juba, parti inspecter l'un de ses domaines de l'arrière-pays. Ainsi ne risquerait-elle pas de déranger le roi dans le refuge intime qui lui tenait lieu de bureau – et, parfois même, tant il aimait les livres, de chambre à coucher !

Un matin, accompagnée de son équipe médicale au grand complet, la fille de Cléopâtre poussa donc la lourde porte en cèdre incrusté d'or qui ouvrait sur le jardin secret de son mari.

Ce qui frappait dans cette bibliothèque royale, sitôt passée la porte, ce n'était pas tant le luxe de sa décoration, plutôt négligée, que l'ingéniosité de sa disposition et des instruments de travail qu'elle contenait.

Il ne s'agissait pas d'une de ces salles fermées qu'un climat plus humide rend indispensables, mais d'une sorte de péristyle : autour d'un bassin profond et d'un jardin de roses, s'élevait une colonnade dont les galeries étaient si larges qu'on avait pu les réduire de moitié pour y trouver la place nécessaire à des rayonnages. Séparés par des pilastres, ceux-ci formaient le long des murs des centaines de casiers où reposaient les rouleaux, les uns couchés et apparents, avec leurs *nombrils* colorés et leurs étiquettes d'ivoire, les autres verticaux et cachés dans des boîtes oblongues ou des armoires à claire-voie. Mieux éclairée qu'une salle close, cette bibliothèque que l'ouverture sur le jardin rendait agréable était surtout mieux protégée des risques d'incendie qui menaçaient partout ailleurs les papyrus. Ici, pas besoin de lampes, susceptibles à tout moment de renverser leur huile inflammable sur les livres – on travaillait à la lumière du jour, et, avec le bassin central, on avait à portée de main tout ce qu'il fallait pour noyer, le cas échéant, un départ de feu.

C'est ce qu'expliqua à la reine le bibliothécaire en chef, Hyllas, un Grec affranchi par Juba, qui commandait une armée de secrétaires, lecteurs, annotateurs et copistes qu'on voyait tantôt occupés à ranger des volumes, perchés sur des échelles, tantôt assis en scribes devant des tables basses sur lesquelles ils recopiaient ou corrigeaient des manuscrits. Certains écrivaient aussi sur de minces plaquettes de bouleau percées d'un trou, qu'ils enfilaient ensuite sur des chaînettes horizontales le long desquelles elles coulissaient.

« Tu n'ignores pas, *Regina*, expliqua le bibliothécaire, que nos érudits ont le plus grand mal à retrouver un passage précis dans un rouleau : difficile d'y placer des repères, et impossible de consulter le livre sans le dérouler. Mais ces plaquettes suspendues – une idée du roi – permettent de surmonter l'obstacle. Quand notre souverain veut conserver des extraits d'une lecture, il ordonne de les recopier sur ces tablettes que nous classons par sujets, dans l'ordre alphabétique. Il suffit ensuite de les faire glisser vivement les unes contre les autres, sans les tirer du casier, pour retrouver par son titre l'extrait recherché. Voilà comment notre jeune roi peut avancer assez vite pour écrire deux livres à la fois. »

Juba venait en somme d'inventer le fichier… Diotélès, qui avait d'abord considéré ce Numide comme un grossier chevrier, ne se tenait plus d'admiration : « Par Pollux, ce monarque est le génie de son siècle ! » Émerveillé comme un enfant, il faisait maintenant glisser d'une main pressée les centaines de tablettes, qui, en se rabattant les unes sur les autres, produisaient un bruit de claquettes exaspérant ; mais, à l'évidence, la répétition de ce son horripilant ne lassait pas plus l'ancien *pédagogue* qu'un concert de sistres ou un duo de castagnettes : Diotélès n'était pas mélomane.

En fait, c'est la bibliothèque entière qui était bruyante et peu propice à la réflexion ou la rêverie. Le jardin et sa colonnade bruissaient des lectures croisées auxquelles s'adonnaient simultanément une dizaine d'affranchis. Car, pour écrire ses deux ouvrages, le roi avait constitué deux équipes complètes : dans chacune, un lecteur déroulait le volume indiqué et le lisait à voix haute au monarque – s'il était présent – ou à Stéphanus, son secrétaire ; puis un sténographe, formé aux abréviations mises au point pour Cicéron, portait sur une plaquette l'extrait choisi ; plus tard, un scribe reporterait en clair, à l'aide du fichier, tout ce qui avait trait à un même aspect du sujet ; ces extraits mis bout à bout seraient ensuite relus au roi, qui ferait un choix parmi les citations et les hypothèses avant de dicter sa propre synthèse, que son sténographe retraduirait à un copiste chevronné pour être enfin remise au libraire…

À chaque étape, le travail de recherche et de rédaction passait donc par la voix. Juba « déroulait » rarement et n'écrivait presque jamais. Aussi sa bruyante bibliothèque ressemblait-elle plus à un gros atelier d'artisan qu'à un refuge pour solitaires en quête de joies immatérielles.

Or Séléné, elle, avait toujours aimé lire d'une manière très singulière : enrouler et dérouler de sa propre main, tout en suivant silencieusement les lignes des yeux. Elle savait, bien entendu, que les hommes pressés procédaient rarement de la sorte ; la plupart des copies comportaient tant de fautes qu'il fallait, pour les lire, une extrême attention et un grand entraînement ; savants et magistrats déléguaient donc cette tâche à des spécialistes. Il n'empêche, l'intense et assourdissante production de l'atelier du roi lui fit peur. Dans la lecture, elle cherchait une tranquillité que cette fabrique de livres ne lui offrirait jamais. Certes, elle pourrait y emprunter des rouleaux, comme elle le faisait sur le Palatin – le chef des scribes ne lui avait-il pas annoncé fièrement que le roi possédait ici quatre mille volumes ? Elle se garda bien de souligner qu'il y en avait sept cent mille dans la bibliothèque d'Alexandrie… D'autant que quatre mille, ce n'était déjà pas si mal. Et le roi achetait sans cesse de nouveaux ouvrages, précisa le bibliothécaire : « Tous les marchands de la Méditerranée se donnent le mot pour nous envoyer non seulement des copies récentes et fiables des œuvres les plus connues, mais aussi des papyrus anciens ou de rares copies sur parchemin d'œuvres perdues ou oubliées.

— Sans parler des faux ! » murmura Diotélès à l'oreille de Séléné.

Il lui avait déjà raconté qu'un libraire de Pergame avait vendu à prix d'or au roi de Maurétanie des traités inédits du grand Pythagore qui s'étaient, déboire prévisible, révélés grossièrement apocryphes. « Qu'importe, conclut-il en rappelant à la jeune reine cette mésaventure dont il se gaussait, ton roi est assez riche pour s'offrir à la fois les vrais et les faux…

— S'il est si riche, il devrait le montrer davantage

aux imbéciles de ton espèce. Sa bibliothèque n'est pas aussi ornée qu'il conviendrait à un grand souverain, observa la reine. Aucune mosaïque sur le sol, pas de fresque au plafond, et une demi-douzaine de bustes qu'on a vus partout : un Socrate médiocre, un Épicure banal et un Démosthène ordinaire... S'il le permet, je vais transformer cet endroit... et le reste de son palais. Je les rendrai dignes de sa grandeur. Car partout ici, ses architectes ont cousu le neuf avec l'ancien – ne dit-on pas, pourtant, que "le nouveau crible doit pendre à un nouveau clou" ? »

Bien qu'impressionnée par l'ingéniosité dont Juba avait fait preuve dans l'organisation de sa bibliothèque, et résolue à remplir ses devoirs d'épouse en le secondant de son mieux, Séléné n'admirait pas encore son mari autant qu'elle l'aurait voulu. « Le roi fait ici le savant en compagnie de ses affranchis, se disait-elle. Mais où, et quand, ce savant-là fait-il le roi ? »

Marchant de long en large sous la colonnade, le roi dicte à son secrétaire favori quelques anecdotes glanées dans d'autres ouvrages : « On dit que ce fut Pancaspé, la maîtresse favorite d'Alexandre le Grand, qui posa nue pour la Vénus sortant de l'onde du grand Apelle et que, le peintre étant tombé amoureux de son modèle, Alexandre lui fit cadeau de sa propre concubine. Ainsi le monarque fit-il preuve non seulement de générosité, mais d'une rare maîtrise de soi puisqu'il ne céda pas à ses sentiments personnels. »

Tout en introduisant cette histoire dans l'ouvrage sur la peinture qu'il a entrepris, Juba se demande si le grand Alexandre a vraiment dû prendre sur lui pour combler les vœux de son peintre attitré : peut-être le conquérant était-il las de sa favorite et ravi, au fond, de se débarrasser d'elle avec élégance ? « Élégance », malgré tout le roi de Maurétanie tient à ce mot, car il admire sincèrement la grandeur du geste – même si, dans ce noble échange, personne ne semble avoir demandé son avis à Pancaspé… Il est vrai qu'elle n'était qu'une esclave et ne pouvait pas espérer grand-chose. D'ailleurs, Alexandre ne l'avait pas donnée à un palefrenier, mais à l'artiste le plus admiré de son temps. « Qui sait, d'ailleurs, si les sentiments de Pancaspé étaient aussi forts que ceux de son royal amant ? s'interroge Juba. Les sentiments des femmes sont plus changeants qu'un ciel d'orage… Quel homme peut dire qu'il les comprend ? »

Lui, par exemple, que comprend-il aujourd'hui à la femme qu'il a épousée ? à ses sautes d'humeur, ses élans, ses lubies, ses silences, ses terreurs ? Son comportement reste imprévisible… Et dire qu'il s'était tellement réjoui de ce mariage ! Il était flatté que la famille des Césars lui confiât l'unique descendante des Ptolémées, à lui, l'orphelin sans patrie, le farouche Berbère, l'otage. De « Barbare mal dégrossi », il devenait ainsi, d'un coup, le parent par alliance des plus grands patriciens romains, les Antonii, les Domitii, les Claudii… et le gendre de la célèbre Cléopâtre ! À la jeune princesse qu'on lui donnait, il était résolu à prouver sa gratitude et son respect. Mais elle…

Peut-être l'a-t-il déçue ? Du passé de Séléné, il ne sait pas grand-chose, il doit l'avouer. Mais il en sait suffisamment pour penser qu'elle et lui ont plus d'une expérience en commun. C'est pourquoi, dans l'espoir qu'elle finira par se confier ou qu'il pourra la deviner, il se livre lui-même, en lui parlant de ses premières années. Mais elle reste de marbre. De jour comme de nuit. À table comme au lit. Verrouillée. Inaccessible. Sous des dehors plutôt aimables, néanmoins. Car elle est polie, cultivée, et devient même élégante.

Depuis qu'il lui a ouvert un crédit illimité sur le Trésor royal et qu'elle prend conseil des *matrones* les mieux nées de Césarée (ce qui, à part la veuve en troisièmes noces d'un sénateur romain, ne va pas bien loin !), elle n'est plus aussi mal accoutrée qu'à son arrivée, ses vêtements se sont allégés, et ses bijoux, alourdis. Sous les épais colliers d'or qu'il lui offre, ses robes de soie ne sont plus qu'un souffle, ses étoles, un nuage de lin. Et le corps qu'elles laissent deviner en transparence, ce corps que Séléné lui abandonne si volontiers en pleine lumière, il le trouve délicieusement fait. Pas une Vénus sans doute, pas même une Diane, mais une petite Galatée : la poitrine haute et très menue, à la mode romaine, la taille mince et bien marquée, des jambes fuselées de nageuse, et la peau de ses cuisses, blanche et douce comme le lait... Sans doute n'a-t-elle pas un profil admirable, mais son visage, qui garde le modelé de l'enfance, est touchant. Des joues presque duveteuses, un petit menton rond, et la bouche fruitée, juteuse, gorgée de sucs, d'un garçon prépubère ou d'une fille de douze ans... Quant à ses grands yeux couleur de bronze, tantôt bruns, tantôt verts, mais toujours dorés, ils illuminent ses traits dès qu'elle consent à s'émouvoir ou, simplement, à regarder. Par malheur, constate Juba, le plus souvent ses yeux ouverts ne fixent rien. Comme la lune, dont elle porte le nom grec de « Séléné », la fille de Cléopâtre est sujette aux éclipses, et ces absences soudaines et répétées la privent de la grâce fragile qui s'attache à son moindre sourire. Un sourire d'enfant confiant. Pour empêcher ce sourire de disparaître, le roi essaie sans cesse de l'intéresser, de l'amuser...

Et il commençait à désespérer quand, tout à coup, elle a manifesté le désir de s'emparer du lieu qu'il préfère à tous dans son palais, ce qu'il y possède de plus personnel : sa bibliothèque. Inutile de préciser qu'il ne s'en réjouit qu'à moitié. Mais comment s'y opposer ? Sa femme s'ennuie, il le sent. Sans doute a-t-elle « le mal du pays » ? Et, contrairement à ce qu'elle dit, à ce qu'elle croit, ce pays n'est pas l'Égypte, mais Rome ; c'est à Rome qu'il craint de la voir s'enfuir. Une fuite qui ruinerait sa propre réputation et la faveur dont l'honore le Prince.

Le mal du pays... Chaque semaine, Séléné écrivait à ses demi-sœurs, filles de Marc Antoine, restées là-bas. Pour Prima – mariée depuis trois ans à Lucius Domitius, un jeune sénateur de bonne famille –, une longue lettre dont elle traçait chaque mot de sa main, et une plus courte, qu'elle se bornait à dicter, pour la cadette Antonia, fiancée au propre beau-fils du Prince, le jeune Drusus. Cette inégalité de traitement révélait ses préférences. Elle éprouvait en effet plus d'affection pour la première que pour la seconde : par l'âge, Prima était sa quasi-jumelle ; simple et joyeuse, elle n'avait pas assez de malice pour qu'on dût se méfier d'elle, et elle adorait Séléné – laquelle avait déjà compris, malgré sa jeunesse, qu'il faut avoir l'esprit d'aimer ceux qui vous aiment... Avec Antonia, en revanche, Séléné n'osait pas s'abandonner : trop belle, cette petite sœur-là, trop silencieuse, trop réservée. « Sais-tu pourquoi elle n'a jamais craint les murènes ? lui avait un jour demandé Prima en faisant allusion aux exploits d'Antonia enfant. Elle n'a pas peur des murènes parce qu'elle est elle-même un poisson froid. — Mais pas carnivore, tout de même ! avait protesté Séléné. — Qui sait ? Si elle avait bien faim !... »

Quand elle n'écrivait pas à ses sœurs, la reine

chantait des poèmes latins en s'accompagnant de sa cithare, elle chantait avec plus d'art, peut-être, qu'il ne convenait à une honnête épouse, mais sa voix de gorge un peu rauque était si prenante que le roi croyait entendre le roucoulement d'une colombe, et il en était touché.

Le reste du temps, elle s'attardait dans les luxueux bains privés du palais, une installation que Juba avait fait construire sitôt noué le bandeau de son *diadème*, car, en fait de thermes, son prédécesseur Bocchus s'était contenté de peu, apparemment plus soucieux de la santé de ses chevaux que de celle de ses épouses… Dans les bains, Séléné se laissait interminablement masser, épiler, parfumer. On lui lavait les cheveux avec l'argile locale, puis on les brossait des heures durant, tandis qu'elle restait, comme autrefois à Alexandrie, passive et somnolente ; peu à peu, elle devenait pareille à une laine souple ; sa longue chevelure s'étalait sur ses épaules tel un écheveau dénoué. « Brodez-moi », murmurait-elle dans un demi-sommeil, et ses ornatrices, qui ne savaient rien des lubies de son enfance, se regardaient, surprises, croyant avoir mal entendu.

Lorsqu'elle était enfin coiffée et rentrée dans ses appartements pour y attendre la visite de son mari, la reine se jetait dans l'action : elle filait ou tissait – comme Livie, la chaste épouse du Premier des Romains. Mais son personnage de *matrone* augustéenne, elle le jouait sans conviction ; quand Juba la voyait pousser si vite sa navette ou tordre son fil avec tant d'impatience qu'il finissait par casser, il devait réprimer une forte envie de rire – d'une fille des

Pharaons, il n'attendait sûrement pas qu'elle jouât les paysannes virgiliennes ! Pour qui le prenait-elle ?... Du reste, pour se distraire de la tâche fastidieuse qu'elle s'imposait, elle avait besoin de convoquer tout son monde : sa teneuse d'éventail, sa porteuse de coffrets, sa flûtiste, sa couturière et sa lectrice. À moins que, renonçant brusquement à la comédie du fuseau et chassant les servantes, elle ne s'emparât elle-même du livre à peine déroulé pour le lire plus vite... Quelle enfant !

Ce jour-là, elle venait de recevoir de sa sœur Prima la copie d'un ouvrage encore inédit que les dames de Rome s'arrachaient. C'était l'œuvre d'un riche *chevalier* d'à peine vingt ans, Ovide Nason, qui fréquentait le palais de Julia, la fille d'Auguste, et toutes les riches maisons du Pincio, la Colline des Jardins.

Dès que Juba vit le titre, *Les Amours*, il craignit le pire : une lecture inconvenante pour une épouse. Et il n'avait pas été vraiment rassuré en écoutant sa femme lui lire quelques-unes des élégies qui composaient le livre : le jeune poète s'éprenait d'une femme mariée, Corinne, qui ne tardait pas à lui céder. Ce qui permettait au jeune homme de conclure, un rien faraud : « Il est stupide, le mari qui s'oppose à l'adultère de sa femme... » « Voilà une "morale" qui va plaire au Prince ! se dit Juba. Au moment même où il vient de faire adopter une loi pour réprimer l'adultère des épouses ! » Avec la *Lex Julia de adulteriis*, l'adultère avait en effet cessé d'être une affaire privée pour devenir une affaire d'État : si un père surprenait sa fille mariée en flagrant délit d'adultère, il avait le droit de tuer immédiatement les deux amants ; et quand c'était le mari qui se trouvait ainsi mis devant « le fait » accompli, il devait répudier sa femme sur-le-champ et la traduire en justice, faute de quoi il risquait lui-même d'être accusé de proxénétisme et privé d'une partie de ses biens. Si de pareilles mesures ne suffisaient pas à ramener la vertu dans une ville que la pudeur semblait avoir désertée, c'était à désespérer des pouvoirs du Prince et du Sénat !

À la vérité, le roi de Maurétanie, qui connaissait bien l'Histoire, s'étonnait de trouver parfois tant d'ingénuité chez un grand chef d'État : faire voter une loi aussi éloignée des mœurs, c'était vouloir *raser un lion* ! En faisant fête à ce jeune Ovide aussi présomptueux que libertin, les dames de Rome avaient déjà répliqué au Maître…

Par chance pour la reine qui le lisait si imprudemment, le livre n'était pas encore publié, il ne circulait que sous le manteau et Auguste ignorait sans doute ce défi à son autorité. Juba crut tout de même devoir attirer l'attention de sa trop naïve épouse sur le contenu quelque peu, disons, insolent, de ces charmants poèmes lyriques… La réponse de sa Cléopâtre le déconcerta : « Insolent, dis-tu ? Au contraire, Iobas, ce garçon est si habile qu'il compense la liberté provocante de ses amours par la soumission politique la plus absolue. Écoute plutôt. » Et, déroulant rapidement le début du volume (elle manie mieux les rouleaux que les fuseaux), elle lut : « "Contemple, Cupidon, fils de Vénus, les succès de César Auguste, ton parent : de la même main qui les a vaincus, il protège ceux dont il fut le vainqueur." La "clémence d'Auguste", cette fameuse clémence d'Auguste à l'égard des vaincus, il la chante dès sa deuxième Élégie, notre poète ! Et avec quelle force dans l'expression ! Or, sur la clémence des Julii, celle de César comme celle du Prince, nous savons à quoi nous en tenir, toi et moi, non ? Et nos familles dans l'Hadès, nos serviteurs privés de sépulture, savent aussi ce qu'il en est ! Je te parie que cet Ovide n'est pas dupe non plus... Mais par des complaisances de cette nature, il achète le droit d'écrire sans risque : "Pourvu qu'au dîner ton pied touche en secret le mien", ou : "Que de fois, sous nos vêtements, nous avons su, ma maîtresse et moi, trouver un hâtif et doux plaisir"... N'aie pas peur, Iobas. Ni pour lui, ni pour les dames qui le lisent. À l'heure qu'il est, le maître de Rome n'est pas si mécontent du marché. »

En parlant de la sorte, la petite reine s'était animée : plus besoin de fard, la couleur lui montait aux joues. Dans l'indignation, elle se révélait soudain vive, passionnée, cinglante. Ses yeux lançaient des étincelles. « Elle brûle comme une demi-livre de poivre, une vraie fille d'Orient ! se dit Juba, agréablement surpris. Et non seulement elle n'est pas sotte, mais elle a l'air capable d'une lecture fine de la politique romaine »... La vérité, c'est que le roi adorait être appelé « Iobas », même quand on le rabrouait. Peu de gens, depuis qu'il était né, lui avaient donné son nom grec, si bien que ce nom lui semblait neuf, et quand sa femme le prononçait en étirant doucement le « s » final, on aurait dit une caresse...

Fut-ce à cause d'Ovide ou de « Iobas », il sut qu'il allait exaucer sa Cléopâtre, lui accorder le droit de mettre le désordre dans sa bibliothèque, de bouleverser, malgré lui, sa vie rangée. « Tout ce qu'elle voudra, pourvu qu'elle s'intéresse à quelque chose, qu'elle me parle, me gronde, me sourie – existe, enfin ! » Évidemment, il allait devoir enfermer ses précieux livres dans des coffres, interrompre ses recherches pendant des semaines, et il ne respirerait plus avant longtemps la délicieuse odeur de cèdre que répandaient ses casiers… Tout cela lui coûtait, mais il surmonta ses répugnances : « Je vais donner des ordres, dit-il. À qui comptes-tu faire appel pour décorer ce lieu qui m'est cher ?

— Les bustes de philosophes, je les achèterai aux Athéniens, leurs sculpteurs ont des dizaines de penseurs en réserve. Sans parler des Esculape, des Euripide et des Homère… Je les choisirai en bronze, naturellement. Il nous faudrait aussi quelques statues de rois. On pourrait commander un buste de ton père… et peut-être faire copier la statue de ma mère que César a placée dans le temple de sa famille ? »

Quelle folie ! « Comment, se demanda Juba, une jeune femme aussi subtile peut-elle soudain proférer de pareilles énormités ? Célébrer à Césarée deux ennemis du peuple romain, en voilà une idée ! » Il détourna la conversation : « Dis-moi plutôt pendant combien de mois tes mosaïstes m'interdiront l'accès du péristyle…

— Je ferai venir des Alexandrins, ce sont les meilleurs. Et les plus rapides. De très grands artistes ! Mais bien sûr, il leur faut le temps d'arriver… J'aimerais qu'ils représentent les travaux d'Hercule. En douze médaillons. Le sujet est banal, mais puisque, par Sophax, premier roi des Numides, Hercule est l'ancêtre de ta lignée, et que, par son fils Anton, il est aussi l'ancêtre de mon père, ce choix s'impose doublement… En fin de compte, nous sommes parents, Iobas, le sais-tu ? Nous avons les mêmes aïeux, nous sommes de la même famille ! » Elle exultait…

Juba ne voyait pas là matière à s'enflammer – il avait oublié que, dès sa naissance, on avait préparé Séléné à épouser son frère… N'importe, l'essentiel était que sa déroutante épouse fût enfin contente. « Et moi, demanda-t-il, que ferai-je pendant que *notre* grand Hercule accomplira pas à pas ses douze travaux sur le sol de *ma* bibliothèque ?

— Tu voyageras ! Nous voyagerons ! Depuis deux ans que je suis ta femme, je n'ai pas quitté Césarée. N'est-il pas temps que je découvre l'autre partie de ton royaume ? Je veux voir le Grand Océan. Il paraît qu'il respire, tantôt montant à l'assaut du rivage, tantôt redescendant : est-ce vrai ?

— Cela s'appelle une marée, Séléné.

— Cet océan n'est donc pas qu'une vallée remplie d'eau, c'est un être ! Un être vivant et dangereux ! Je veux le voir ! Je veux aussi connaître Volubilis. Et admirer avec toi les Colonnes d'Hercule – puisque Hercule est l'ancêtre commun qui nous fait presque frère et sœur… »

Elle voulait voir les Colonnes d'Hercule, qu'elle imaginait comme deux fûts de marbre gigantesques, plantés de part et d'autre du détroit. Deux monolithes d'un blanc incandescent qui se détacheraient sur une mer violette.

Mais, en doublant Tanger, elle ne vit ni colonnes ni temple. Et le passage qu'Hercule avait tracé entre les deux continents en fendant les rochers de son glaive était moins impressionnant que le détroit de Messine entre la Sicile et la Calabre : le canal, ici, semblait moins resserré ; les montagnes, moins oppressantes. Voguant par ce large chenal vers le dangereux océan des Ténèbres, elle comprit que c'est toujours par une grande entrée qu'on pénètre dans l'inconnu et qu'on s'expose au risque. Aux portails trompeurs, elle se promit de préférer les voies étroites et les portes dérobées.

Elle voulait voir les vieux thuyas de Maurétanie, dont on tirait un bois si précieux que, du temps des guerres civiles, il suffisait aux riches Romains de vendre une table en loupe de thuya pour pouvoir s'offrir les services de mille soldats pendant près d'une année.

Mais il n'y avait plus de forêts ; elle ne vit que des chênes-lièges au tronc court, des dattiers jaunis et des acacias rabougris que des troupeaux de chèvres menaçaient. Les collines avaient été déboisées et les thuyas géants, abattus jusqu'au dernier pour satisfaire des marchands avides de profits. Contemplant ces sols dénudés où, des arbres gigantesques d'autrefois, ne subsistaient même pas les souches, exploitées jusqu'aux dernières racines, elle comprit que ce qui condamne un arbre, et peut-être un homme, c'est de monter trop haut et de se détacher du lot. Elle se promit de se faire toute petite aussi longtemps qu'il faudrait.

Elle voulait voir les éléphants d'Afrique, ceux des Carthaginois, des Maures, des Numides, les éléphants d'Hannibal, de Bogud et de Juba Ier. Pouvoir admirer dans leurs montagnes ces bêtes colossales qui défiaient autrefois les légions romaines.

Mais, pour ses guerres, le roi de Numidie avait acheté les derniers mâles de l'Atlas. Capturés par César, transportés à Rome et produits lors du Triomphe, ces malheureux avaient ensuite été contraints de s'entre-tuer dans l'arène pour le plaisir du peuple romain, jusqu'à l'extinction de l'espèce. Les indigènes assurèrent aux voyageurs qu'il ne restait plus, dans tout le pays, qu'une vieille éléphante qu'on ne voyait jamais, mais dont on croyait surprendre, certains soirs, le barrissement triste au bord des fleuves. Cherchant en vain les branches brisées qui révéleraient le passage de cette femelle que sa solitude condamnait à la stérilité, Séléné se dit, une fois de plus, qu'il ne restait aux vaincus d'autre illusion d'éternité que le cri du nouveau-né quand la mère agonise, la tige fragile du rejet qui sort de l'arbre foudroyé…

Elle se jura de ramener Iobas dans sa chambre toutes les nuits, avec ou sans veilleuse. Prête, désormais, à partager son lit de ténèbres avec le soldat rouge.

La trirème royale les avait menés de Césarée jusqu'à Sala. Par beau temps, Séléné était toujours restée sur le pont, avide de reconnaître des yeux l'étendue de son royaume.

Juba avait d'abord pensé s'arrêter à Tanger, une colonie romaine qui lui faisait toujours bon accueil, et suivre ensuite par petites étapes jusqu'à Banasa la route qui reliait entre elles les trois ou quatre cités qu'Auguste avait « déduites » du royaume de Maurétanie lorsqu'il le lui avait donné. Mais Séléné s'y était opposée, arguant de l'inconfort et de la lenteur de la route comparée au trajet maritime. « La route, nous devrons tout de même la prendre de Sala à Volubilis, avait objecté Juba. Et je te jure qu'elle sera moins bonne. Ce n'est pas une voie romaine empierrée, mais un simple chemin muletier qui doit dater d'Hamilcar ! Et puis, il faut traverser des marécages affreux. Et une vilaine forêt. Tandis que si nous descendions par la route romaine jusqu'à Banasa, nous pourrions ensuite remonter le fleuve et débarquer à deux petites journées de ma ville royale... »

Séléné, pourtant, avait tenu bon. Sans avouer que ce qu'elle refusait de voir de près, c'étaient les cités volées par Rome qui jalonnaient la route empierrée : comme par hasard, il s'agissait toujours des ports les mieux abrités et des carrefours les plus peuplés...

Afin de ne pas poser un seul orteil sur la terre romaine – unique but de la nouvelle reine –, ils descendirent le long de la côte jusqu'à la large embouchure du fleuve dominée par la citadelle de Sala.

À bord, Juba, qui avait embarqué six grosses boîtes de livres et trois secrétaires, cessait rarement de dicter. Son *Histoire de la peinture* avançait. Sur le navire la place était réduite, Séléné découvrait des morceaux de l'œuvre en cours tandis qu'elle regardait le paysage ou jouait aux « Trente-Six Cases » avec son médecin. Au début, elle entendait les phrases ; bientôt, elle les écouta, tant la pertinence de certaines réflexions la frappaient : « D'après les Égyptiens, dictait le roi, la peinture aurait été inventée chez eux bien avant de passer aux Grecs... Force est de constater qu'il n'y a en effet aucune allusion à la peinture chez Homère. Pas un tableau, pas une fresque. Rien sur les murs des palais et des temples. » C'était vrai et elle s'étonna de ne s'en être jamais avisée... Ou bien elle l'entendait conclure : « La peinture romaine cherche à rendre la ressemblance, la peinture grecque, la beauté », et elle comprenait enfin ce qu'elle avait eu sous les yeux depuis tant d'années.

Lorsqu'ils remontèrent, à pied ou à dos de mulet, l'ancien chemin punique, plus moyen pour Juba de lire ou de dicter. Alors il reprit par intermittence le récit de ses années d'enfance : une anecdote par-ci, une comparaison par-là. Et, dans sa tête, Séléné s'efforçait de remettre en ordre ces confidences éparpillées :

HISTOIRE DE JUBA (SUITE)

Le roi se souvenait parfaitement de l'assassinat de César. Du moins croyait-il s'en souvenir... car, en vérité, lors de ces funestes ides de mars, il n'avait que quatre ou cinq ans. À cette époque, toujours considéré comme un prisonnier personnel du *Dictateur*, il vivait à Rome. Était-ce dans les *Jardins de César*, une maison de plaisance luxueuse que l'Imperator possédait à titre privé sur la colline du Janicule, de l'autre côté du Tibre ? ou bien sur le Forum, dans la demeure du Grand Pontife, où César résidait officiellement ? Car ce titre religieux suprême, le vainqueur des Gaules le portait déjà depuis plusieurs années. C'est bien simple d'ailleurs, il avait peu à peu raflé tous les titres existant dans la République romaine – triumvir, consul (quatre fois), Imperator, proconsul, *Dictateur* et Grand Pontife, sans parler des titres inexistants jusque-là, mais inventés pour lui seul par le Sénat : *Liberator* et *Dictateur perpétuel*. En somme, il ne lui manquait plus que le titre de roi. Mais celui-là, impossible de l'adopter sans sortir de l'ambiguïté…

Juba, lorsqu'il y réfléchissait, supposait que Calpurnia, la jeune épouse du *Dictateur* à laquelle il avait été confié, avait choisi d'installer son petit otage dans les vastes *Jardins* du Janicule plutôt que dans la résidence urbaine du Grand Pontife. Dans les *Jardins*, on était au bon air, et le parc était immense, si grand même qu'il accueillait déjà un autre enfant étranger : un peu plus jeune que le prisonnier numide, cet enfant d'environ deux ans était accompagné de sa mère et d'une suite nombreuse et brillante. Ces gens recevaient beaucoup, paraît-il, et menaient grand train. Pourtant, Juba ne se rappelait pas avoir croisé dans les allées du parc cet autre petit garçon, nommé Ptolémée César et surnommé Kaïsariôn, le fils unique de César et de Cléopâtre, le frère aîné de Séléné…

« Comment se fait-il que tu n'aies pas vu mon frère ? Pas une seule fois, vraiment ? » s'étonnait Séléné, partagée entre l'indignation (on devait forcément remarquer une femme aussi belle que sa mère, un enfant aussi charmant que Kaïsariôn) et le ravissement (avant même qu'elle fût née, son mari était déjà présent dans sa famille, présent dans sa vie – encore un signe du destin !). « Si tu n'as jamais vu mon Kaïsariôn, jamais joué avec lui, c'est probablement que tu n'habitais pas les *Jardins* du Janicule, mais la résidence du Grand Pontife.

— Tu sais bien que les *Jardins de César* sont si grands qu'ils contiennent plusieurs pavillons, des petits temples, des terrasses, des *odéons*, des salles à manger d'été, des nymphées... Puisque César les a légués au peuple romain et qu'ils sont publics désormais, tu as dû t'y promener plus d'une fois avec tes sœurs quand tu vivais à Rome. Je suis persuadé que j'habitais là. Calpurnia ne pouvait pas héberger d'otages dans sa minuscule maison du Forum. »

Située au cœur de la ville – en bordure de la Voie Sacrée, entre l'ancienne chapelle des rois et le temple des Vestales, à deux pas du siège du Sénat que César faisait reconstruire à ses frais après un incendie –, la résidence du Grand Pontife était ancienne et vénérée de tous, mais, à ses occupants, elle semblait inconfortable et exiguë. Austère. Austère et sombre comme la République des origines. Seul un Caton aurait pu s'en accommoder...

Si, faute de place, l'enfant numide n'y vivait pas, il y passait pourtant parfois – peut-être pour voir le Maître ou être examiné par Calpurnia ?

Mariée dès l'âge de quatorze ans avec César qui en avait quarante-deux, la quatrième épouse du grand homme n'avait toujours pas d'enfant après quinze ans d'union. On la disait stérile, et de cette infirmité elle avait conçu une grande tristesse, au point d'éviter, autant qu'elle le pouvait, la vue des tout-petits. Une raison supplémentaire pour n'avoir pas constamment gardé Juba près d'elle. Elle ne le voyait que de loin en loin, pour s'assurer de sa santé et de ses progrès en latin. Pourtant, elle aimait les enfants. En avoir à elle l'aurait distraite. Protégée aussi. Mais distraite surtout, car elle s'ennuyait. Certaines femmes prenaient des amants. À Rome, les patriciennes n'étaient pas bégueules. Mais Calpurnia n'écoutait pas les jolis cœurs et fuyait les jeunes gens : son mari avait prouvé par le passé qu'il ne plaisantait pas avec la vertu conjugale – du moins, la vertu de ses épouses, car, pour ce qui était de la sienne… Il avait chassé sa troisième femme sur un simple soupçon et érigé cette conduite sévère en principe : « La femme de César ne doit même pas être soupçonnée. »

Calpurnia s'était donc rendue insoupçonnable – les bras toujours couverts, la tête voilée et le « volant matrimonial » si large et long qu'il gâtait la ligne de ses robes. La seule chose qu'elle ne parvenait pas à cacher, c'est qu'elle s'ennuyait. Son illustre époux n'était jamais à Rome. Pendant huit ans il avait combattu, puis pacifié la Gaule – sans elle, évidemment –, puis, une fois franchi le Rubicon, il s'était lancé à la poursuite de ses ennemis, et des amis de ses ennemis, à travers le monde entier : Italie, Grèce, Égypte, Asie, mer Noire, Espagne… Il ne s'arrêtait à Rome que le temps d'un discours, d'un vote ou d'un Triomphe. Elle – entre la triste résidence romaine du Grand Pontife et sa *villa* rurale de Labicum où elle avait dû se résigner, jeune encore, à « cultiver son jardin » –, elle comptait les heures, les saisons, les années…

Au début, elle retournait l'été dans la maison de son père, au bord de la mer, non loin de Pompéi. Mais son père s'était remarié et lui avait donné des demi-frères qui, par l'âge, auraient pu être ses propres enfants. Le tout dernier, Lucius Calpurnius Pison Frugi, était né au moment même où, à Alexandrie, naissait le fils de Cléopâtre, ce Césarion que la rumeur donnait pour un fils de César. Les deux vieux consulaires, le beau-père et le gendre, semaient encore à tout va… D'ailleurs, son père s'était mis à la philosophie et Calpurnia ne pouvait plus faire un pas dans leur *villa* campanienne sans voir jaillir d'un buisson un philosophe hirsute et barbu, tout juste débarqué de Tarse ou d'Éphèse. Cette pédante compagnie lui déplaisait. Elle cessa d'aller sur la côte et, pour mieux gérer les domaines du grand homme et gouverner les esclaves et les otages qu'il lui expédiait de partout, elle ne sortit plus de la noble mais étroite demeure affectée aux Grands Pontifes.

César, même à Rome, y prenait rarement ses quartiers : était-ce sa femme qu'il fuyait ? Sous prétexte des interdits politiques et religieux qui frappaient alors un chef d'armée, il s'installait le plus souvent hors de « l'enceinte sacrée », dans ses somptueux *Jardins*, où il venait d'installer sa maîtresse égyptienne, ou bien dans la résidence officielle des généraux en attente de Triomphe, au Champ de Mars. Calpurnia gardait seule la maison du Forum. Presque aussi vierge, désormais, que ses voisines les vestales…

La veille des ides de mars, cependant, César avait exceptionnellement partagé le lit conjugal, et il avait mal dormi. Elle aussi. Un vent de tempête, des cauchemars… Elle s'était levée avec un mauvais pressentiment, l'avait supplié de ne pas se rendre au Champ de Mars où l'attendaient les sénateurs, provisoirement réunis au Théâtre de Pompée. Mais une foule d'amis et d'obligés étaient déjà là, dans le vieil atrium, pressés d'entraîner le Maître avec eux. Cependant, elle s'accrochait à sa toge – ce qui l'agaçait un peu, lui : une toge est si difficile à mettre, il faut trois esclaves pour bien la placer, cette sotte allait tout déranger… Mais elle le suppliait encore : « N'y va pas, César. J'ai rêvé de Pompée, j'ai vu son fantôme, il vient te chercher, il vient, je l'ai vu… Tu as renvoyé tes gardes du corps, n'importe qui pourrait te tuer. N'importe lequel de ceux-là qui te caressent et qui te flattent », dit-elle en désignant le groupe de fidèles qui entourait son mari. César la foudroya du regard. En désespoir de cause, elle avait alors esquissé le geste de s'agenouiller devant lui, de lui saisir les genoux, comme une suppliante confrontée à un chef ennemi. Il l'avait relevée, soudain troublé, presque attendri. Hésitant…

De cette scène-là, vingt-cinq ans après, Juba croyait se souvenir. Il était alors présent dans la petite maison du Forum : raison de santé ? changement de *pédagogue* ? En tout cas, il revoyait les sénateurs aux toges bordées de pourpre qui se pressaient nombreux et bruyants autour du bassin de pluie, il revoyait Calpurnia en larmes accrochée à la toge du Maître, et lui, petit otage échappé à la férule d'un esclave distrait, lui agrippé à la tunique de sa maîtresse. Bouleversé par l'émotion générale, il pleurait, comme elle. Ne se souvenant ni de son pays vaincu ni de ses parents assassinés, il tentait de retenir un moment son geôlier pour lui sauver la vie. Son cœur battait à l'unisson de la crainte des femmes et de leur dévotion.

De ce qui survint ensuite, il ne se rappelait plus ni le silence qui s'était brusquement abattu sur la Ville à la nouvelle du meurtre, ni le pas métallique des escortes armées qui patrouillèrent dans les rues aussitôt après – des gladiateurs recrutés par les conspirateurs pour maintenir l'ordre, *leur* ordre… Il ne se rappelait pas davantage les hurlements de Calpurnia, ni, plus tard, devant la maison du Pontife, la cérémonie des funérailles et la folie qui s'était brusquement emparée de la foule après l'habile discours de Marc Antoine : les meubles et les statues brisés par une plèbe en furie, les torches des incendiaires, les lynchages, et l'immense bûcher improvisé sur le Forum.

« Après l'assassinat, on t'avait probablement renvoyé dans la *villa* du Janicule, avait suggéré Séléné.

— J'en doute. Car je revois très bien, en revanche, la civière improvisée – une échelle – sur laquelle des esclaves avaient fini par rapporter du Champ de Mars le cadavre de César que les sénateurs avaient abandonné sur le pavé du théâtre, au pied de la statue de Pompée… Je revois aussi sa belle toge blanche déchirée et sa tunique teintée de rouge : vingt-trois plaies ! À cet instant, il y avait beaucoup de désordre dans la maison et les petits prisonniers de Calpurnia devaient être livrés à eux-mêmes.

— Un enfant de cinq ans peut-il garder des souvenirs aussi précis ? Cette histoire est aujourd'hui si connue que tu as dû l'entendre raconter cent fois. Les images dont tu te souviens sont les premières qui se soient formées dans ton esprit quand on t'a décrit la scène. Elles ont la patine de l'ancien, bien sûr, parce qu'elles sont anciennes, mais elles datent peut-être d'assez longtemps après l'événement...

— Je ne crois pas. Je me rappelle parfaitement le bras et la main gauches de César. Son bras pendait hors de la civière. Et il lui manquait deux doigts. L'annulaire avait été sectionné juste au-dessus de l'anneau d'or qui lui servait de cachet. Il avait dû tenter de parer les coups, de repousser les poignards avec ses mains... L'anneau était resté en place, personne n'avait osé le voler, et il n'était pas tombé parce qu'il était très serré, légèrement enfoncé dans la chair du doigt. Mais, au-dessus de cet anneau trop étroit, il manquait les deux premières phalanges... Ce détail affreux, je ne l'ai trouvé nulle part. C'est donc que je l'ai vu moi-même et que j'en suis resté frappé... Quant aux funérailles, il est probable que je n'y ai pas assisté. La famille de Calpurnia avait eu le temps de se ressaisir et de mettre les otages en lieu sûr. Il me semble qu'il y avait avec moi un enfant cantabre et un jeune Helvète, des fils d'alliés douteux ou de chefs vaincus, dont aucun ne parlait la langue des autres. On a dû nous ramener quelque part dans les *Jardins* du Janicule, que ta mère, elle, venait de quitter en hâte pour retourner en Égypte... J'étais toujours propriété de la République romaine, et Calpurnia restait provisoirement ma gardienne, mais, après cet assassinat, elle tomba, me dit-on plus tard, dans un tel abattement qu'elle n'était plus capable de s'occuper de rien. N'est-il pas étrange qu'un homme qui lui avait accordé si peu d'attention lui ait été aussi cher ? Elle ne sortit plus de cette tristesse, sa santé s'altéra et elle mourut peu après. »

Dès la disparition de César, ses héritiers politiques s'étaient posé la question de savoir à qui confier les jeunes prisonniers que le *Dictateur* détenait au nom du peuple romain. Octave aurait voulu les garder dans son héritage en les confiant à sa sœur Octavie, mais Marc Antoine s'y opposa. Du reste, Octavie n'était encore qu'une toute jeune mariée, et son mari d'alors, le consul Claudius Marcellus, s'était fait davantage remarquer comme un opposant à César que comme un allié. Octave n'insista pas.

Après avoir été promené de-ci de-là en attendant le règlement de la succession, Juba fut finalement confié au père de Calpurnia, Lucius Calpurnius Pison Caesoninus, qui se trouvait être l'exécuteur testamentaire désigné par César. Ancien consul immensément riche et estimé des sénateurs au point d'avoir été choisi pour *censeur*, Calpurnius Pison s'était retiré de la politique depuis cinq ans pour s'adonner à la philosophie dans sa propriété de Campanie. Il ne se mêlait plus des événements, et cette indifférence parut à tous une garantie suffisante.

Un beau matin, un navire débarqua l'enfant, avec une cargaison de statues grecques, dans le petit port d'Herculanum : la *domus* maritime des Calpurnii, qu'aujourd'hui les archéologues appellent *Villa des*

Papyrus, était beaucoup plus qu'une maison de plaisance – un palais –, elle possédait son propre débarcadère, au-delà duquel ses bâtiments et ses jardins s'élevaient par degrés jusqu'aux premières pentes du Vésuve. C'était la demeure la plus élégante de la baie de Naples.

Mais le petit Juba, qui venait encore une fois de perdre tout repère, n'avait cure de la beauté du paysage et du luxe des constructions. D'autant que le fils cadet du nouveau maître, Lucius, qui avait à peu près son âge, le traita aussitôt en esclave et se mit à le harceler : « Donne-moi ci, apporte-moi ça. » Lucius ne serait-il pas un jour sénateur et consul, comme tous ceux de sa famille ? Tandis que rien, vraiment rien, ne laissait prévoir que le petit orphelin barbare qui bredouillait le grec et ne savait que trois ou quatre mots de latin deviendrait roi…

Au moment où Juba commençait le récit de ses années de jeunesse à Herculanum, ils arrivèrent en vue de Volubilis. C'était alors à peine une ville. Rien de comparable à ce que deviendrait plus tard la cité, à trente kilomètres de Meknès.

Construit sur un plateau au confluent de deux ruisseaux, le bourg surgissait de la plaine assez longtemps avant qu'on y parvînt. De loin, il apparaissait en ce temps-là comme un monticule de boue jaunâtre. C'étaient ses murailles de briques crues, à demi ruinées, et les maisons en pisé adossées au rempart qui lui donnaient cette couleur boueuse. De près, les fortifications impressionnaient davantage : les hautes tours de terre ocre qui dominaient encore la vieille enceinte ne manquaient pas de noblesse.

Les rois de Maurétanie occidentale, et les Carthaginois avant eux, avaient conçu « Ouoloubili » comme un avant-poste militaire à la lisière des terrains de parcours des tribus nomades. Savoir si ces nomades étaient des Autotoles, des Baquates, des Macinites ou des Gétules importait peu aux gens du cru, car, toutes autant qu'elles étaient, ces tribus razziaient, pillaient et incendiaient les fermes des sédentaires de l'arrière-pays. Pour autant, comme Juba l'expliqua à Séléné, tous ces brigands n'étaient pas également à craindre : quand certains ne dialoguaient avec les paysans qu'à coups de pique, de lame et de gourdin, d'autres se montraient capables de parlementer et même de respecter – quelque temps – un accord passé avec les autorités. Ainsi les « princes » des Baquates, la peuplade la plus anciennement connue dans la région, pouvaient-ils parfois traiter avec les rois maures.

Les Gétules étaient plus redoutables. Bien implantés dans le sud-est de l'*Africa* – jusqu'aux rivages de la Libye, où ils se heurtaient aux terribles Garamantes –, ces Berbères prolifiques et belliqueux s'étaient trouvés progressivement repoussés vers l'ouest par les légions de la Province d'Afrique et par les colonies de vétérans, qu'on installait là avec femmes et enfants après leurs vingt-cinq ans de service ; ces villages romains tout neufs gênaient à présent, par leurs routes, leurs barrières et leurs fossés, le passage des troupeaux que les nomades poussaient devant eux. Cherchant plus à l'ouest de nouveaux pâturages et d'autres terrains de chasse, et portant sur leurs chariots des petites huttes de roseaux, les Gétules étaient ainsi remontés jusqu'au sud de Kirta, d'où ils harcelaient maintenant sans trêve les Numides devenus cultivateurs ou citadins ; ainsi repoussaient-ils devant eux leurs « cousins » musulames qui, en voie de sédentarisation, se voyaient contraints de reprendre leurs vagabondages… Progressant toujours vers l'ouest, de montagne en ravin, certains de ces chasseurs-pasteurs étaient parvenus peu à peu jusqu'aux abords de Césarée, où ils semaient le désordre et contrariaient le développement de la vigne et de l'olivier que Juba s'efforçait d'encourager. On prétendait même que quelques-uns de ces voleurs sans terre avaient réussi à passer la Moulouya et que c'étaient eux, désormais, qui, dans le Rif et l'Atlas, poussaient les Autotoles et les Baquates à la révolte et à l'assassinat.

Volubilis était le poste avancé d'où l'on surveillait les mouvements de ces tribus errantes et d'où partait, de temps à autre, sous la conduite du roi ou d'un de ses délégués, une expédition militaire destinée à renvoyer les fauteurs de troubles dans leurs steppes d'origine.

À peine Juba eut-il installé sa femme dans la grosse maison en pierre qu'on appelait, un peu abusivement, « le palais », qu'il réunit les chefs de tribu les plus fidèles et mit en alerte la garnison permanente et le camp militaire établi à deux milles de la ville.

En Maurétanie, il n'existait pas, comme à Rome, de service militaire obligatoire ni d'engagement volontaire pour vingt-cinq ans. Les Berbères auraient mal supporté une si longue contrainte – ne se nommaient-ils pas, entre eux, *Imazighen*, « les hommes libres » ? Juba ne recrutait donc que des volontaires, et pour dix ans seulement ; il payait leurs services et les payait bien. À tous les autres soldats, il préférait, pour son armée, les Numides et les Maures : les Maures comme archers ou frondeurs, et les Numides dans la cavalerie où, montant à cru et sans rênes des petits chevaux nerveux habitués au terrain, ils faisaient merveille dans les embuscades, les attaques de flanc et les poursuites – de vrais acrobates ! À ces troupes autochtones s'ajoutaient des mercenaires venus du sud de l'Espagne et quelques vétérans italiens des colonies d'Afrique dont la reconversion dans l'agriculture n'avait pas été couronnée de succès. Mais Juba n'aurait pour rien au monde engagé de Gétules. Il haïssait ce peuple des confins en perpétuel mouvement.

Deux mille ans plus tard, quelques intellectuels, plus sensibles aux soubresauts de l'actualité politique qu'aux dangers de l'anachronisme, présenteraient ces pillards comme des rebelles à la « romanisation », décidés à résister aux colons venus d'Europe. En vérité, les Gétules pas plus que les Garamantes n'avaient une idée précise de ce qu'impliquait la « romanisation ». Leur avis là-dessus était même si vague que, dans la lutte menée par Juba Ier contre l'*imperium* de César, c'est le parti de César qu'ils avaient choisi, trahissant la parole donnée pour massacrer sans scrupules leurs frères berbères rangés sous la bannière des Numides. Ni plus ni moins réfractaires à la civilisation romaine qu'ils l'avaient été à la domination carthaginoise, et aussi indifférents au culte de Jupiter qu'ils l'avaient été à celui de Baal Amon, ces hommes du désert réclamaient seulement le droit de vivre en chasseurs-cueilleurs, dans un temps où la sédentarisation, qui permettait de nourrir une population plus nombreuse, gagnait sans cesse du terrain. Ce qu'ils avaient obstinément refusé aux Phéniciens et aux Carthaginois, et qu'ils refusaient maintenant aux Romains comme aux rois numides et aux rois maures, c'était d'entrer, une fois pour toutes, dans le Néolithique : la modernité en somme. Une modernité déjà vieille, tout de même, de dix mille ans…

Ayant réuni ses principaux capitaines, le roi prit le commandement d'une petite troupe formée de cinq centuries et de deux cents cavaliers. On venait d'apprendre, en effet, que deux villages de l'arrière-pays avaient été attaqués, le bétail volé, les granges brûlées, les hommes égorgés et les femmes violées. Les coupables, assurait-on, étaient des nomades venus de l'est. Des Gétules, donc.

On ne prête qu'aux riches : les assaillants étaient, en réalité, des Nigrites venus du sud, des sédentaires qu'une sécheresse persistante avait poussés à abandonner huttes et cultures pour aller chercher leur pitance plus au nord, dans l'écuelle des paysans maures. Mais Juba ne poussa pas l'enquête plus loin, il ne trouvait jamais mauvais de taper sur les Gétules, des brutes sans cadastre et sans lois. Si l'on ne savait pas toujours pourquoi on les frappait, eux, à coup sûr, le sauraient…

Avant son départ, le régiment parada dans la grande rue du bourg – la seule qui fût tracée à la romaine, de la Porte du sud à la Porte du nord ; le reste était un fouillis de ruelles inextricables, coudées, tordues, et à peine plus larges que des couloirs. Quand les soldats défilèrent devant le palais, Juba, qui chevauchait en tête, salua la reine, debout sur un balcon de bois. Elle le trouva superbe. Vraiment roi. Un vrai roi ne négocie pas sans fin avec des sauvages, un vrai roi ne reçoit pas à dîner des danseurs de Carthagène, un vrai roi n'étudie pas l'histoire de la peinture, un vrai roi ne fait pas « l'Homère » : un vrai roi fait la guerre. Son père Marc Antoine, elle l'avait vu plus souvent à la tête de ses troupes que dans la Bibliothèque du Muséum : un roi, pour elle, c'était d'abord un soldat. Elle fut comblée en voyant chevaucher son mari sans selle ni mors, sa cuirasse d'argent étincelant au soleil et sa cape de pourpre flottant derrière lui.

Pour la première fois, elle sentit pour ce jeune homme calme et digne quelque chose qui ressemblait à de l'admiration et, même, à de l'affection, une affection mêlée de crainte : les cruels Barbares ne feraient-ils pas qu'une seule bouchée de sa petite armée ?

Elle passa trois semaines dans une inquiétude pénible. Si Iobas mourait, qu'adviendrait-il d'elle dans ce pays inconnu, si âpre et si stérile, au milieu de populations réduites à vivre de rien et plus cruelles que des bêtes fauves ? Elle avait repris sa cithare, chantait à mi-voix, pour elle seule, quelques-unes des élégies de Properce qu'elle avait autrefois mises en musique : « Un seul amour, en un jour, nous emportera »… Dire qu'elle avait pu, à quinze ans, être troublée par ces vers au point de tomber amoureuse du poète ! Un gandin qui se vantait de ne savoir combattre que dans les lits ! Aujourd'hui, elle savait mieux quelle sorte d'hommes lui plaisait : les puissants et les guerriers, le glaive et la pourpre… Mais, parmi les guerriers, elle n'aimait que ceux qui, comme son père – ou comme Tibère, ce modèle de culture grecque –, étaient capables de citer Eschyle dans le texte ou de discuter des mérites d'Épicharme.

La jeune reine admirait les braves, mais les braves vivent peu. Aussi, abandonnant l'élégie, chantait-elle maintenant la mort d'Hector en imaginant le corps sanglant de son mari. Et plus les jours passaient, plus elle pleurait. Sur lui. Sur elle…

Larmes prématurées. De leur expédition, les soldats du roi rentrèrent victorieux. Une de ces victoires fragiles et trompeuses comme en remportent toujours les armées régulières sur un ennemi mobile et fuyant, un adversaire sans visage. Peu de butin : ni les Gétules ni les Nigrites n'étaient riches. Mais le roi assura à Séléné qu'il avait capturé plusieurs « meneurs » – ses cavaliers traînaient, attachés derrière leurs chevaux, une vingtaine de ces cruels guerriers qui, hâves, dépenaillés et couverts de poussière, avaient plutôt l'air de pauvres bougres.

À la fin du défilé, et avant de regagner leur camp, des groupes de fantassins et de valets d'armes passèrent devant le palais, chacun portant sur son dos, par-dessus son barda, la maigre récolte qu'il avait tirée de cette campagne : des peaux de chèvre dont l'ennemi couvrait parfois ses huttes tressées, quelques tapis roulés, un chaudron en cuivre, une couverture, des boucliers d'osier… Deux de ces hommes avaient une hotte accrochée aux épaules, et Séléné, comme elle les regardait s'éloigner, crut entendre monter de ces paniers fermés un miaulement, une plainte, un vagissement – enfin, un bruit indéfinissable. Elle arrêta les soldats : avaient-ils capturé des fennecs ? des lionceaux ? Ils rirent et, soulevant fièrement le couvercle des hottes, lui découvrirent un méli-mélo d'enfants nus : trois ou quatre bébés entassés dans chaque panier, morveux, poisseux, pisseux, puants, et dont certains ne respiraient plus qu'avec peine. Cependant, dans leur désir forcené de monter vers l'air et la lumière, tous ces petits gardaient encore assez d'énergie pour se pousser, se mordre, se piétiner et se grimper les uns sur les autres. « Ça se démène là-dedans pire que des souris dans un pot de chambre ! » dit l'un des soldats en rigolant. Pour Séléné, ce paquet de bras et de jambes qui s'agitaient en tous sens faisait plutôt penser à une pieuvre, une pieuvre humaine – une horreur !

Dans un mauvais latin, le latin grossier des armées, les indigènes expliquèrent à la reine que « ces crapauds » étaient leur prise de guerre ; dans les campements que les brigands évacuaient en hâte avant l'arrivée de l'armée, on ne trouvait plus que ceux qui ne pouvaient pas marcher et qu'on ne pouvait porter : les grands vieillards et les bambins de deux ou trois ans. Les autres enfants étaient assez grands pour fuir en courant avec leurs parents ou assez petits pour être portés par leurs mères – chez les nomades, assurèrent-ils, on ne découvrait jamais de nourrissons abandonnés sur une natte ; du reste, ceux-là n'auraient pas supporté le voyage en hotte… Les Gétules qu'on trouvait sous les tentes, c'étaient les lents, les lourds, les maladroits. En général, les soldats numides tuaient les vieillards, dont il n'y avait rien à tirer, mais ils triaient les *infantes* et épargnaient les plus beaux ; ils les mettaient ensuite en nourrice à Volubilis, histoire de les remplumer un peu avant de les vendre à des marchands romains venus de Sala ou de Banasa, qui les négocieraient à Tanger pour qu'ils soient revendus à Rome : là-bas, les petits Maures faisaient prime sur le marché des *enfants délicieux*. Le Prince des Romains lui-même était fou de ces petits aux longs cils et aux yeux de jais. « Mais je te cacherai pas, *Regina*, que cette foutue marmaille pèse lourd dans le sac ! conclut le plus âgé des militaires. Sans compter qu'ils nous chient dessus, ces cochons-là ! Mais, pour un soldat qui craint pas sa peine, y a plus à gagner avec ça qu'avec une couverture mitée !

— Je veux te les acheter, dit Séléné.

— Tous ? Pas tous, quand même ! s'exclama le soldat, inquiet de devoir consentir un prix global et, qui pis est, un prix d'ami : il s'agissait de la reine…

— Non, pas tous. » (Elle redoutait maintenant de passer pour folle – et puis, qu'allait en penser le roi ?) « Je ne t'en prendrai qu'un. Donne-m'en un petit, un très petit, mais en bon état.

— Choisis-le toi-même », dit le soldat en déversant sur le sol le contenu de sa hotte.

Ces gosses étaient tous tellement sales, tellement gluants… et maintenant, surpris par le choc, ils couinaient comme des porcelets à l'heure de la tétée. Elle en désigna un au hasard, qu'une servante fut chargée de ramasser et d'emporter. Une autre servante, qui tenait la bourse de la reine, paya le soldat – beaucoup trop cher, à son avis : la reine n'avait même pas discuté le prix !

Déjà, Séléné était « ailleurs », en effet. Elle songeait à ce qu'elle dirait pour sa défense quand son mari apprendrait sa dernière lubie : « J'ai pensé que ce petit ferait un merveilleux compagnon de jeux pour notre premier enfant… » Bien sûr, mais quand ? Quand donc, ce premier enfant ? Y aurait-il seulement un premier enfant ?

S'il osait faire une réflexion dans ce genre-là, alors elle lui dirait la vérité : « C'est toi, Iobas, que j'ai voulu sauver. Toi, cet enfant de deux ans qui ne sait pas encore assez bien marcher pour fuir l'ennemi. Toi, cet enfant sans mère qu'on abandonne seul sous une tente vide. Cet enfant qu'un soldat ramassera comme un trophée et qui passera de main en main et d'un pays à l'autre, jusqu'à ce que… »

Non, elle ment. L'enfant qu'elle a acheté et qu'elle veut libérer, c'est ce bébé arménien vu quinze ans plus tôt dans le Triomphe de son père à Alexandrie, ce bébé encore au sein et déjà condamné, ce bébé qu'elle désirait comme une poupée, ce bébé qu'elle aurait pu sauver et que son précepteur, Nicolas, puis son père lui avaient refusé. Maintenant qu'elle est reine, elle voudrait racheter son passé, réparer son enfance. Mais c'est impossible ! Trop dangereux ! Il ne faut même pas parler de ces choses-là…

Par bonheur, elle n'eut rien à expliquer. Le roi pensa simplement qu'elle avait hâte d'être mère : rien de plus naturel. Il regretta juste qu'elle n'eût pas trouvé, dans les lots rapportés par ses soldats, un bébé gétule plus charmant que celui-ci, qui lui parut bien laid. « Et trop cher ! dit l'économe grec en présentant au trésorier sicilien les comptes de la journée. Pour moi, c'est bien simple, la reine s'est fait rouler ! » Entre affranchis, on ne s'illusionne guère sur la sagacité des *patrons*… Et Euphorbe, le médecin marseillais, de renchérir : « En plus, mes amis, ce gamin hors de prix a la gale ! Et je ne vous parle pas de l'état de ses boyaux, à ce gibier de cercueil ! *Aurum pro fimo*, elle a jeté son or sur de la merde ! »

Magasin de souvenirs

L'or… L'or avait ouvert au petit Gétule la porte de la liberté. L'or ouvre tout, les portes du futur et celles du passé : que reste-t-il de nos lointains ancêtres, sinon ce qui demeure monnayable ? La chair des hommes a péri, mais l'or, « la chair des dieux », est toujours là, triomphant :

… 25. Importante fibule en or en forme d'arc, avec épingle dans la masse. Époque romaine.

L : 8 cm *800/1 500*

… 58. Bague en or sertissant un camée à décor d'Éros tenant la tête d'un satyre. Art romain, Ier siècle apr. J.-C.

800/1 200

… 73. Tête de lion en marbre à la crinière incrustée d'or. Époque romaine, Afrique du Nord.

H : 40 cm *2 600/3 000*

« *Gunugu Igilguili Rusazu Suthul Rusuccuru Cuicul* » : en s'accompagnant sur sa cithare, Séléné chantonne ; elle a mis bout à bout, comme dans une comptine, les noms des villages et des cités qu'elle a traversés ou entendu nommer depuis qu'elle vit en Maurétanie. « *Tubusuptu Zilil Ismuc Zucchabar Icosim Babba* », elle rit. Les étranges sonorités de la langue de ses sujets l'amusent. Elle sait que cette langue mêle le libyque d'origine au punique importé de Phénicie par les Carthaginois. Dans quelle proportion, elle l'ignore, mais il lui semble que les noms de plusieurs de ses serviteurs maures ont des sonorités plus carthaginoises que berbères : son cocher personnel s'appelle Iddibal, le jardinier de Volubilis, Masthalul, et sa charmante masseuse, Izelta Namgyddi. Quant à l'écuyer de Juba et au commandant de la garde du palais, leurs patronymes dépassent en longueur les *tria nomina* des bons citoyens romains et révèlent sans doute un passé familial prestigieux et une position sociale autrefois plus élevée : l'un s'appelle Bodmelqart ben Bodmelqart Tabahpi Guiguil, l'autre Boncar Mecrasi ben Byrycht Balsilec. Elle a compris, au moins, que « ben » veut dire « fils de ». Il s'agit sûrement d'un mot phénicien puisqu'il est semblable à celui qu'utilisaient les Juifs d'Alexandrie.

Ces mots de Carthage restés dans la langue indigène, elle en a déjà assimilé beaucoup, même si, pour l'instant, elle ne peut ni les lire ni les écrire, car le punique, comme l'hébreu, n'indique jamais les voyelles. Quant au libyque, c'est pire : il s'écrit de droite à gauche, verticalement, et de bas en haut... Décidément, ces Barbares ne font rien comme les gens sensés ! Même Juba a renoncé à lire les inscriptions gravées qu'on trouve ici ou là sur des ruines ou des stèles votives. De toute façon, le libyque est si rarement écrit que la perte n'est pas grande ! En revanche, grâce aux conversations qu'elle a avec ses servantes, les mots d'origine carthaginoise sont vite devenus familiers à Séléné. Elle sait déjà se présenter comme la reine Cléopâtre épouse du roi Juba, *Rabbat Cléopatra isat milk Youb* ; elle peut demander un serviteur, *abd*, un secrétaire, *sopher* ; réclamer un médecin, *ruphé*, ou un prêtre, *kouhen* ; exiger de l'or, *harus*, et du parfum, *raqah* ; désigner une ville, *qart*, un cap, *rous*, ou la mer immense, *yam*.

De sa mère, Séléné a hérité le don des langues et la capacité de mémoriser les mots les plus difficiles et d'en restituer la musique : la grande Cléopâtre n'avait-elle pas appris autrefois la langue des indigènes égyptiens et ne l'avait-elle pas fait enseigner à ses enfants ? De cette langue, Séléné a tout oublié, bien sûr, mais, habituée à des phonèmes barbares, elle ne voit pas pourquoi elle échouerait aujourd'hui à comprendre le punique, si difficile soit-il. D'autant que Juba lui a confié qu'il n'avait lui-même appris la langue de ses ancêtres que tardivement – quand, à l'âge de vingt ans, il avait découvert à Rome, dans la bibliothèque du riche Salluste, les *Livres puniques* qui avaient appartenu à son grand-père Hiempsal.

Les rois numides, ancêtres de Juba, avaient en effet réussi, au moment de l'incendie de Carthage, à sauver quelques ouvrages pris au hasard : un traité d'agronomie, des manuels de navigation, les annales du temple de Melqart et une invocation à Baal.

C'était peu, mais le roi Hiempsal, cinquante ans après la destruction définitive de l'empire carthaginois par les soldats romains, y ajouta un récit, mi-historique mi-légendaire, sur les origines de la ville. Il l'avait écrit en punique, puisqu'il s'agissait de sa propre langue. Par la suite, après la victoire de César sur le père de Juba, Salluste, nommé gouverneur des territoires occupés, avait volé ce récit d'Hiempsal et les précieux *Livres* carthaginois dans les archives du palais royal pour les transporter dans sa *domus* romaine. Enrichi par les nombreuses exactions commises à l'occasion de ses gouvernorats, il vivait alors fastueusement sur le Quirinal et sa bibliothèque passait pour la mieux fournie de la ville. Les *Livres puniques* n'en étaient pas le moindre ornement, et, sur le tard, ce champion de la rapine les avait utilisés pour écrire sa fameuse *Guerre de Jugurtha*.

Ce fut dans cette bibliothèque que le jeune Juba découvrit les œuvres anciennes réunies par sa famille et l'histoire de la région écrite par son grand-père. Avec l'aide d'un vieil affranchi numide – qui avait été scribe du roi à Zama, et que Salluste, par distraction, avait raflé avec le stock d'ivoire du Trésor royal –, Juba apprit à lire la langue de ses pères et à la parler.

Il traduisit même en grec quelques-uns de ces textes ou les résuma, et il les fit copier. Le *Périple d'Hannon*, surtout, lui tenait à cœur : un navigateur carthaginois avait, quelques siècles plus tôt, laissé le récit d'un long voyage accompli au-delà des Colonnes d'Hercule – Hannon prétendait être allé aussi loin vers le sud qu'il y a de distance, au nord, entre Carthage et Tanger. Dans ce voyage, il n'avait découvert aucun monstre. Pas d'hommes à tête de chien ni à pattes d'araignée, mais des Éthiopiens vivant dans d'épaisses forêts au milieu de fauves redoutables, et dont la principale richesse était une mine d'or qu'ils avaient exploitée pour des colons phéniciens depuis longtemps disparus ; quant à eux, cet or les intéressait peu car leur monnaie était uniquement constituée de coquillages.

Ce récit avait enfiévré l'imagination de Juba. Alors que rien, à ce moment-là, ne pouvait lui laisser penser qu'il retrouverait un jour un trône en Afrique, il s'était promis d'organiser, dès qu'il le pourrait, une expédition sur les traces d'Hannon. Car, à lire ce navigateur intrépide, la « troisième partie du monde » ne se réduisait pas à un étroit triangle dont Sala aurait été le sommet, il s'agissait en fait d'un territoire immense, plus vaste peut-être que l'Europe et l'Asie réunies. Qui sait même s'il ne descendait pas jusqu'aux antipodes ? Il fallait en avoir le cœur net. Il irait. Un jour il irait…

Mais c'est en lisant *La Guerre de Jugurtha*, le récit écrit trente ans plus tôt par un Salluste retiré des affaires, que Juba comprit la situation politique du royaume de Numidie dont il avait été si brièvement l'héritier. Il fut frappé du discours tenu aux sénateurs par Adherbal, l'un de ses ancêtres venu au siècle précédent chercher du secours à Rome contre un cousin rebelle, Jugurtha : « Mon grand-père, Massinissa, nous a élevés dans les principes que voici : ne cultiver l'amitié que du peuple romain et n'avoir d'ennemis que ceux que Rome nous prescrirait. Si les autres rois ont été reçus dans votre amitié après leur défaite à la guerre, tel n'est pas le cas des rois numides, qui ont été vos alliés quand l'issue de la guerre de Carthage était encore incertaine. Néanmoins, fidèle au commandement de son propre père, mon père au moment de sa mort me prescrivit de me considérer seulement comme l'intendant du royaume de Numidie, dont vous étiez les maîtres légitimes et les véritables souverains. »

Cette phrase-là, quand il la lut, fit un peu de peine au jeune homme. D'autant que son trisaïeul Massinissa avait d'abord opposé aux légions romaines un fier « L'Afrique appartient aux Africains ». Mais c'était dans un premier temps. Ensuite, ses fils avaient réfléchi… En réfléchissant lui aussi, Juba reconnut que l'analyse développée autrefois devant le Sénat romain était juste – ou qu'elle l'était devenue. Les rois numides, ses ancêtres, que Rome n'avait jamais vaincus, avaient pu prétendre à l'indépendance jusqu'à la révolte de leur cousin Jugurtha ; mais à partir du jour où, héritiers légitimes du trône, ils durent faire appel aux troupes romaines pour vaincre cet usurpateur, ils devenaient dépendants de ceux qu'ils priaient d'intervenir pour les rétablir dans leurs droits. Son propre grand-père, Hiempsal, n'était déjà plus un souverain libre de ses actions ; en raison des dissensions internes à la famille royale, il était devenu l'obligé du peuple romain : un « roi ami et allié », c'est-à-dire un dirigeant révocable, et son royaume, un simple protectorat. Les choses avaient encore empiré lorsque, après la défaite de Juba Ier de Numidie et la mort de Bocchus II de Maurétanie, Rome avait été amenée à administrer directement toute l'Afrique, depuis le cap Bon jusqu'aux Colonnes d'Hercule : plus d'écran de fumée, plus de faux-semblants – une annexion en bonne et due forme. Fin de l'histoire, il n'y aurait plus de Numidie, plus de Maurétanie. Dès l'enfance, le jeune Juba en avait pris son parti. Aussi avait-il été ébahi, quasiment pétrifié, lorsque le Prince, impressionné par son courage militaire et l'étendue de sa culture, lui avait proposé tout à coup de remonter sur le trône des rois berbères.

Tout en multipliant les protestations de reconnaissance, Juba tenta de faire valoir au maître de Rome que rien ne l'avait préparé à gouverner un grand pays : il n'aimait que les arts et les livres, et n'aspirait à rien d'autre qu'à vivre en savant, abrité du monde derrière les murailles de papyrus d'une bibliothèque. « Sache, jeune homme, dit Auguste, qu'on peut choisir d'être tribun ou consul, mais qu'on ne choisit pas d'être roi… Tu n'es pas comme ces roitelets d'Orient, les Hérode, les Polémon, les Arkhélaos, qui, partis de rien, ne doivent leur titre de monarque qu'à la faveur d'un général romain. Toi, tu es né roi. Ta lignée est aussi ancienne que l'Afrique. Dans les batailles contre les partisans du Divin César, ton père avait exigé, et obtenu, d'être le seul à porter la pourpre. Tu es le fils de cet homme-là… D'ailleurs, pourquoi t'être donné la peine d'apprendre le punique si ce n'est pas pour t'en servir ? Fie-toi à moi, je ne mets jamais un bât sur un bœuf : ta place est bien là-bas.

— Mais quel sera mon rôle ? » s'enquit prudemment Juba.

Auguste sourit. « Je vois… Ta vraie question est : "Quel sera mon degré d'indépendance ?" Comme l'avait déjà si bien exposé au Sénat ton aïeul Adherbal, tu ne pourras, j'en suis navré, avoir d'autre ami étranger que le peuple romain ; et chaque fois que j'aurai besoin de l'appui de tes troupes dans ma Province d'Afrique, tu me fourniras des chevaux et des soldats. Quant au reste, je te laisse libre de gouverner ton royaume à ta guise. Je compte même te rendre des droits qu'aucun souverain de pacotille n'a jamais eus : ton peuple ne me paiera pas de tribut – ce qui te laissera toute liberté pour le tondre toi-même. En bon berger, bien sûr : sans l'écorcher. Tu pourras aussi émettre autant de monnaies qu'il te plaira, y compris de la monnaie d'or, privilège qui jusqu'alors n'appartenait qu'à moi. Tu entreras en possession de tous les domaines privés ayant appartenu à tes prédécesseurs, tant maures que numides. Et, crois-moi, depuis que j'ai confisqué pour mon compte et celui de ma chère Livie les domaines royaux de Cléopâtre en Égypte, je sais combien ces terres immenses, si elles sont bien gérées, peuvent rapporter ! Enfin, je ne te laisserai pas épouser une danseuse ou une courtisane comme la plupart de ces crétins orientaux, je te marierai à une vraie princesse – je la cherche encore, mais je la trouverai. Délicate attention de ma part, je te la choisirai jeune… Tu vois que je te demande peu et que je te donne beaucoup.

— Pourquoi ?

— Ah, ce qui me plaît avec toi, Juba, c'est que rien ne t'épate, tu ne restes jamais bouche bée comme un bouc devant des pois chiches… Pourtant, même brève, ta question est superflue. "Pourquoi ?" dis-tu. Mais tu le sais aussi bien que moi, Caius Julius Juba ! Je te remets dans la course parce que je n'arrive plus à tenir l'Afrique. Je viens juste, en Espagne, de calmer les Cantabres et les Astures – tu y étais, tu as vu comme l'affaire fut chaude –, et voilà maintenant qu'au nord de l'Empire, des Germains sont en train de repasser le Rhin ! Comment veux-tu, dans ces conditions, que je maintienne assez de troupes en Afrique pour contenir les gens du désert ? C'est sur le Rhin, sur le Danube, qu'il me faut des soldats. Je n'ai pu laisser qu'une seule légion dans la Province d'Afrique, ma Troisième Augusta, et rien en Maurétanie, pas l'ombre d'un légionnaire… Depuis cinq ans, je t'ai vu combattre et commander : en Égypte, en Espagne, tu as été parfait. Et les Africains t'accepteront plus volontiers qu'un proconsul romain : ton nom est resté populaire, songe que ton père avait réussi à lever quatre légions indigènes en plus de sa garde de deux mille mercenaires !… Tiens, reprends donc du concombre, c'est délicieux quand il fait chaud. À mon âge, rien ne vaut les plaisirs innocents ! Ne ris pas… Reste une dernière épreuve, décisive celle-là. » Relevant ses tuniques épaisses et ses chemises de laine superposées, il fouilla dans une bourse et en sortit quatre vieux osselets d'ivoire. « Lance… » Juba, qui savait le Prince très attaché aux jeux de hasard dont il aimait à tirer des conclusions politiques, hésitait. « Vas-y. Courage ! Jette-les. Dépêche-toi, poltron !… Ah, par Hercule, ça, c'est inouï : pas deux sur la même face ! Le coup de Vénus, au premier jet ! Les dieux te sont favorables, mon garçon, c'est important puisque, comme on dit, "la marmite ne ramasse pas les légumes toute seule" !… Eh bien, jeune homme, marché conclu, te voilà roi ! »

À Volubilis, privé de sa bibliothèque, le roi Juba «fait le roi» sept jours par semaine. À la plus grande joie de Séléné ? Pas sûr... Car, pour pacifier au sud, batailler à l'est, négocier au nord, et rencontrer partout les chefs de tribu, il laisse la reine derrière lui, seule avec ses servantes numides et son vieux Diotélès, dont, avec l'âge, le joyeux caractère tourne à l'aigre. Même Euphorbe, le médecin, qui aurait assez d'esprit pour amuser Séléné, le roi l'emmène avec lui. Pour herboriser : ne pourrait-il découvrir quelque remède contre les piqûres de scorpion et les morsures de serpent qui font des ravages dans la région ?

Juba ne passe plus dans la cité que le temps nécessaire à la surveillance des travaux, limités, qu'il a ordonnés : réparation et extension partielle de la vieille enceinte d'argile ; construction, sur l'emplacement du sanctuaire ruiné de Baal «le Cornu», d'un modeste temple à Saturne (en pierre, mais sans un pouce de marbre) ; et démolition de quelques masures pour aménager une placette où l'on bâtira, en enfilade et sur une même conduite, une fontaine, des petits thermes et des latrines publiques. Un peu comme Agrippa vient de le faire à Rome autour de son

Panthéon, mais en plus modeste évidemment, beaucoup plus modeste… La place elle-même ne sera pas un forum ; les Maures d'Occident ne sont pas encore prêts à vivre « à la romaine » : aux esplanades écrasées de soleil, ils préfèrent les dédales, les marchés couverts, les cours étroites et l'ombre des murs.

Ils n'ont pas tort, pense la reine : ici, l'été a de l'avance et la chaleur commence déjà à peser désagréablement sur le plateau. Pas un souffle de vent. Même les lauriers-roses, les *oulili* qui poussent dans la vallée et ont donné leur nom à la ville, souffrent au point que leurs corolles commencent à pendre misérablement. Dans le lit de la rivière ne coule plus qu'un mince filet d'eau, et les citernes se vident peu à peu. Séléné songe à la description du pays que Juba lui a fait lire dans *La Guerre de Jugurtha* : « Le sol est stérile en arbres ; et l'eau, tant de pluie que de source, reste fort rare… De plus, les Gétules, gens grossiers qui se nourrissaient autrefois de l'herbe des prés à la façon des troupeaux, persécutent partout les paysans : n'étant gouvernés par rien, ils errent à l'aventure, s'arrêtent seulement là où les surprend la nuit et ne trouvent de plaisir que dans le désordre. »

La reine juge pertinente cette présentation politique des bandes nomades. En revanche, elle découvre que le climat du pays est pire encore que ce qu'en suggère Salluste : aussi brûlant que celui d'Égypte, à cette différence près qu'il n'y a pas ici, comme à Alexandrie ou à Césarée, des brises marines pour rafraîchir l'atmosphère et apporter un peu d'humidité. Séléné l'Égyptienne s'aperçoit qu'elle ne supporte pas la chaleur, qu'elle hait l'herbe jaunie, maudit les figuiers de Barbarie, craint les déserts et déteste l'Afrique...

Il y a bien, à l'orient du bourg, une longue montagne couverte de forêts – des chênes verts dont elle aimerait aller chercher l'ombre. Mais ce couvert est, lui assure-t-on, infesté de lions. Seuls s'y risquent quelques chasseurs maures capables de capturer les fauves sans les tuer ni se faire tuer. Des marchands siciliens installés dans la cité se chargent ensuite de vendre et d'expédier les plus belles pièces aux écoles de gladiateurs et aux organisateurs de spectacles de toute la péninsule italique : César n'a-t-il pas offert au peuple romain quatre cents lions d'Afrique en moins d'un an ? D'énormes cages en bois, posées sur le pavé devant les grandes maisons de la ville haute, sont l'enseigne de leur métier. Des hyènes, des panthères, des lionnes en attente de livraison y croupissent dans leur urine, et la grande rue s'en trouve infectée. Mais cette odeur n'incommode pas ceux qui font ce sale commerce, puisqu'elle est celle de l'argent. Le métier rapporte plus que l'exportation d'huile d'olive ou, sur la côte, la fabrication du *garum*, cette saumure dont les Romains raffolent. Aussi les revendeurs de fauves venus s'installer à Volubilis ont-ils pu se faire construire auprès des cages les demeures les plus ornées de la ville. Autrement spectaculaires que le prétendu palais dont Juba a choisi de se contenter !

À l'intérieur de ce qui fut autrefois une résidence secondaire du roi de Maurétanie occidentale, il reste pourtant quelques pièces exceptionnelles ; entre autres, deux ou trois tables rondes en thuya de l'Atlas, superbes. Leur bois miellé est joliment marqué de taches rondes bicolores, comme les ocelles d'un paon ou d'un papillon, mais c'est surtout leur taille qui est extraordinaire. La loupe de thuya provient en effet d'une maladie de l'arbre, et ces brillantes marbrures, cette transparence lumineuse ne se trouvent que dans les excroissances de sa racine ; il est donc rare qu'on puisse y découper des pièces de plus d'un ou deux pieds de large. Comme les riches Romains exigent que leurs tables de thuya, plateau et support, soient taillées dans un seul bloc, sans colle ni chevilles, on ne trouve le plus souvent que de petits guéridons, qu'on place dans les chambres comme chevets ou dans les salles à manger comme dessertes. Or les tables que possède Juba atteignent quatre à cinq pieds de diamètre ! Et elles sont rehaussées d'ivoire ! Il en a déjà vendu une pour un million deux cent mille sesterces…

La reine, pour sa part, se soucie peu de la valeur marchande du thuya de Maurétanie, mais elle aime ce bois depuis l'enfance, car c'est celui que Kaïsariôn, avec son cornet à dés, lui a appris à admirer, à caresser. Elle décide donc qu'à l'automne, lorsqu'on rentrera à Césarée, on transportera ces tables superbes pour les installer dans son appartement du bord de mer : elles y seront mieux mises en valeur, et elle en profitera davantage.

Elle a aussi résolu de transformer son jardin de Volubilis, elle veut y trouver de la fraîcheur la prochaine fois qu'elle y viendra. Puisque Juba n'est jamais là, mais toujours dans les collines à traiter avec les tribus raisonnables et à refouler les autres vers l'Atlas, elle va faire ce que faisait autrefois la pauvre Calpurnia pour tromper sa solitude : cultiver son jardin. Sur son ordre, on abat les vieux arbres secs, on remue la terre, on creuse. Elle veut un « paradis » à la manière d'Alexandrie. Avec des pergolas couvertes de vigne et des buissons de tamaris. Mais il faut d'abord tracer au milieu l'un de ces canaux étroits et longs que les Grecs appellent *euripes*.

« Où prendrons-nous l'eau ? s'inquiète l'ingénieur.

— À la source qui va alimenter la fontaine publique. L'eau de l'aqueduc passera par mon canal avant de rejoindre les installations destinées au peuple.

— Alors il faudra que tes jardiniers s'engagent à ne pas souiller cette eau, *Regina*, car c'est la même eau que les indigènes boiront ensuite. Il faudra aussi que le brave Masthalul n'en prélève rien pour arroser. Sinon, il n'en restera plus assez en aval pour faire fonctionner les thermes et les latrines…

— Il a raison, dit Diotélès, qui continue à se mêler de ce qui ne le regarde pas. Ici, ma chère enfant, nous ne pouvons pas compter sur la crue du Nil !

— J'avais remarqué… Et je ne suis plus ta "chère enfant", Diotélès, je suis ta reine. Le roi a ordonné qu'en son absence tout m'obéisse !

— *Basileia*, *Regina*, ma petite enfant chérie, souviens-toi que les rois peuvent tout sur les hommes, mais rien contre la Nature…

— Sottise ! Qu'on creuse des puits ! Qu'on creuse des puits partout ! D'après ma mère – loué soit son nom que les Romains honnissent –, César disait toujours qu'en quelque endroit qu'on soit il suffit de creuser la terre pour trouver de l'eau. Même sur une île sableuse et déserte, il y a de l'eau. Souviens-toi, Pygmée, de ce que tu m'as toi-même raconté : quand les Alexandrins ont assiégé César dans le Quartier-Royal et qu'ils ont empoisonné les réservoirs qui alimentaient le palais, l'Imperator a fait creuser un puits au beau milieu de la cour d'honneur. Ses hommes ont pioché pendant trois semaines et, tout à coup, l'eau a jailli et c'était la meilleure eau du monde… Alors, ne discutez plus, faites venir des esclaves, des pioches, et creusez ! Je suis lasse des obstacles qu'on met sans cesse sur mon chemin ! »

Elle est de très mauvaise humeur : le petit Gétule qu'elle avait acheté vient de mourir. Euphorbe le lui avait bien dit, cet enfant était malsain. Mais elle ne l'a pas écouté, elle n'écoute jamais personne, elle le reconnaît. D'ailleurs, avec les enfants, elle n'a pas la main heureuse. Elle n'a pas non plus sauvé Ptolémée Philadelphe, ce petit frère si fragile qu'elle tentait d'amuser en gonflant ses joues et en soufflant pour imiter les hippopotames du Nil, et il riait, le pauvre, il riait. Mais il était mort… Désormais, les bébés à naître, ces ombres « du seuil » qu'Énée a entendus vagir dans le lieu le plus obscur des Enfers, ces enfants mort nés qui attendent désespérément de se réincarner, ces âmes minuscules qui volettent sans but se méfient d'elle : ils ne veulent pas venir dans son ventre. Ils préfèrent rester ce qu'ils sont. Des fantômes tristes et inachevés. Le rêve d'une ombre.

Le seul avantage qu'elle trouvait aux absences répétées de Juba, c'est qu'elle avait le lit conjugal pour elle seule : elle pouvait garder une veilleuse allumée et faire coucher une servante à ses pieds. De cette manière, ses cauchemars devenaient plus rares. Dorénavant, ce n'étaient plus ses rêves nocturnes qui l'inquiétaient, mais la fréquence de ses rêves éveillés.

Longtemps sa vie diurne s'était déroulée comme un fleuve dont elle avait fini par connaître les rives et dont elle devinait à peu près l'embouchure. Non que cette vie fût sans méandres ni surprises, mais ces surprises n'inversaient pas le sens du courant – toujours, même dans son enfance de prisonnière, elle avait su d'où elle venait, qui elle était. Maintenant, c'était différent : plusieurs fois par jour, le cours ordinaire de sa vie était coupé par des pensées saugrenues, interrompu par des bribes de scènes arrachées à d'autres vies que la sienne – barrages, cascades, soubresauts, dérivations, après lesquels elle avait peine à reconnaître la forme ordinaire de son fleuve, la couleur de son destin.

Elle tenta un jour d'expliquer son malaise à Diotélès. Après tout, il était vaguement médecin : ne rappelait-il pas toujours que, du temps où il était montreur d'autruches, il lui avait sauvé la vie en Syrie alors qu'elle n'avait que trois ans ? Elle lui dit : « Imagine que tu contemples une mosaïque colorée représentant, par exemple, les Quatre Saisons et que, tout à coup, au milieu du médaillon de l'Automne, le visage de Bacchus se trouve à moitié recouvert par une mosaïque plus ancienne, une frise en noir et blanc, comme celles du siècle passé... L'artiste ne peut pas avoir mélangé ses modèles à ce point-là, n'est-ce pas ?... Non, attends, je m'explique mal, pense plutôt à une grande fresque sur les murs d'une salle à manger. Par exemple, l'histoire de Jason et Médée – les scènes habituelles, tu sais : Médée aidant Jason à conquérir la Toison d'or, Jason trahissant l'amour de Médée, et Médée assassinant leurs enfants... Mais, alors que tu contemples cette fresque brillante, tu t'aperçois que, dans telle scène, Médée a pris la tête d'un satyre barbu, dans telle autre Jason est dévoré par une panthère, ou bien il a des ailes, comme Éros. Et brusquement, tu ne sais plus de quelle histoire tu es le spectateur, tu es perdu... Mais, perdu, tu ne le seras jamais autant que je le suis ! Parce qu'une mosaïque ou une fresque, tu en prends d'emblée une vue générale, tu peux en constater très vite les anomalies. Moi, je n'ai aucune vue d'ensemble. Les scènes, je ne peux les découvrir que successivement. Et toujours sous un vernis brunâtre, une croûte sale. Chaque fois que ces images incongrues, tachées de sang ou de fumée, me tombent dessus alors que je dévidais tranquillement le fuseau de ma vie, le fil est coupé et je ne sais plus comment le renouer... J'ai l'air absente, Iobas parle en plaisantant des "éclipses lunaires de Séléné", mais il ignore qu'un jour peut-être je ne reviendrai plus… Tu comprends ?

— Pas vraiment, non. Cette histoire de fleuve, de fresque, de mosaïque et de fuseau me semble pour le moins obscure… Des cauchemars, peut-être ?

— Mais non, je ne dors pas ! Ces accidents surviennent alors que je suis bien éveillée ! Ce qui fait que je crains davantage encore les jours que les nuits… »

Évidemment, Diotélès ne pouvait pas comprendre grand-chose aux interférences qui troublaient Séléné. Peut-être aurait-il fallu que la reine pût recourir à une métaphore d'aujourd'hui, une comparaison cinématographique par exemple : sa vie se déroule en somme comme un grand film en couleurs, réaliste et chronologique, mais soudain, sans explication, apparaît sur la pellicule une brève séquence en noir et blanc tirée d'un Chaplin des années vingt, ou des images en accéléré tournées par les frères Lumière. Elle tente de s'attacher au nouveau récit, mais, à son tour, celui-là s'efface ou brûle… Bientôt l'ensemble est si décousu qu'elle s'égare, elle est au bord des larmes. Quand cela a-t-il commencé ? À l'époque de son mariage, ou avant, quand le Prince… ?

Mais elle ne comprenait toujours pas ce qui déclenchait à nouveau ces crises brutales : une odeur ? la chaleur ? la fatigue ? À moins qu'elle ne fût en butte aux facéties d'esprits mauvais, de démons et de stryges acharnés à sa perte. Les Érinyes… Pour assainir le palais, il aurait fallu pouvoir, comme en Égypte, agiter des sistres dans chaque pièce : ces Furies détestaient leur bruit métallique. Mais comment trouver des sistres à Volubilis où personne n'adorait Isis ?

Elle se bornait donc à brûler de l'encens, et c'était sans effet. Quand Juba revint enfin, elle l'accueillit avec soulagement. Elle aimait encore mieux l'obscurité avec lui que la clarté du jour avec ses fantômes.

Dans le noir, elle reste blottie contre son mari, il la prend doucement dans ses bras, caresse ses cheveux, lui dit combien il regrette de l'avoir laissée si longtemps – Volubilis n'est pas l'endroit le plus gai du royaume, c'est une citadelle faite pour des fauves captifs et des soldats de garde. Elle dit : « J'ai eu peur... Et j'ai honte : par désœuvrement, j'ai saccagé tout ton jardin ! tout arraché, tout bouleversé ! Pardon », il dit : « Je suis là maintenant » et la serre plus fort dans ses bras. Mais on dirait que cette étreinte ne lui suffit pas, car, appuyant la tête contre la poitrine de son mari, elle semble vouloir entrer en lui, disparaître dans son corps. Elle se love davantage encore au creux de ses bras, comme si elle désirait qu'il la broie. C'est la première fois... Bouleversé, il dépose timidement deux petits baisers sur son front. Mais ce soir-là il ne la touche pas davantage, de peur de ressusciter aussitôt la jeune femme indifférente qu'il connaît trop bien ct qui n'a jamais eu avec lui cette sorte d'abandon...

Quelques jours avant le départ de Juba et de Cléopâtre-Séléné pour Césarée, les administrateurs de la ville, qui portaient encore leur nom carthaginois de *suffètes*, offrirent un grand banquet en l'honneur de leurs jeunes souverains. Ils s'excusèrent sur la pauvreté des ressources gastronomiques locales : impossible de proposer à leurs hôtes des langues de flamants ou de la laitance de murène. Impossible aussi de leur servir de la viande de porc, les dieux autochtones en refusant l'offrande avec dégoût… Mais on leur présenta des cervelles de singe rissolées, des escargots macérés dans de l'origan, de la gazelle rôtie à l'aneth, et pour finir – car ils voulaient montrer qu'ils connaissaient les usages romains et que la reine, élevée à Rome, ne serait jamais dépaysée chez eux – ils firent apporter pour elle, rien que pour elle, et en grande cérémonie, la tourte traditionnelle romaine : la *placenta*, ce mélange bourratif de farine et de semoule de blé, fourré au fromage de brebis et au miel, et saupoudré de graines de sésame.

C'était un dessert romain, certes, mais pas un dessert raffiné. Son aspect même était peu engageant : spongieux, plutôt rond mais de forme irrégulière, et très aplati au milieu (le feuilleté tenait rarement le coup). Séléné n'en avait jamais été friande, mais elle en avait été définitivement dégoûtée vers douze ou treize ans, quand Tibère, ayant assisté par accident à l'accouchement d'une esclave dans un couloir, avait raconté cette expérience aux petites filles du Palatin : « Le plus dégoûtant, mes pauvres, c'est le gâteau qu'on vous sortira du ventre après la naissance du bébé, on dirait une *placenta* pleine de sang ! » Il faudrait quelques siècles de plus aux gynécologues pour adopter la terminologie suggestive inventée par l'adolescent ; il est vrai que la description de Tibère manquait encore de précision : il avait parlé aussi d'une sorte de méduse qu'on tire du ventre maternel en l'attrapant par un de ses tentacules…

Séléné était restée marquée par le récit du fils de Livie, si marquée qu'elle n'avait plus jamais mangé de *placenta*. Ce soir-là, toutefois, parce qu'elle était reine, elle se devait d'honorer ceux qui l'honoraient et elle se força. Aussitôt elle eut le cœur au bord des lèvres. Juba, prévenant, posa la main sur son bras : « Laisse », et, se tournant vers le Premier Suffète, il expliqua : « La reine a tellement apprécié ton dîner qu'elle a mangé avec excès, et la voilà maintenant prise de nausées. Les femmes sont des petites natures !

— Elles sont surtout d'une nature différente, dit finement le Premier Suffète. Chez elles, la nausée est une promesse de bonheur, n'est-ce pas ? » Et là-dessus, clin d'œil appuyé... Séléné, qui savait malheureusement à quoi s'en tenir, en aurait pleuré.

Mais quand elle sortit de la salle du Conseil avec sa longue robe de soie safran, ses brodequins pourpres à hautes semelles, sa ceinture d'or et son diadème tissé de fils d'argent, une petite foule l'attendait pour la voir et l'acclamer. Des mères lui présentèrent leurs nourrissons barbouillés, qu'elle dut embrasser, d'autres lui offrirent des sucreries collantes, qu'elle dut goûter, des infirmes agitèrent leurs moignons, qu'elle dut toucher, et de vieux admirateurs en guenilles jetèrent sous ses pieds des rameaux de laurier, qu'il lui fallut enjamber au risque de se rompre le cou. Pour remercier tous ces pauvres gens de leur zèle maladroit, elle leur dit quelques mots en libyque, et aussitôt ce fut du délire : « *Rabbat Kleopatra !* Que ta descendance soit longue sous le soleil ! Que tes jours soient nombreux comme les étoiles ! »

Qu'il était aisé d'être reine en temps de paix ! Ces

sujets l'aimaient, et elle ne voulait que leur bonheur… D'où venait cependant que, chez elle, cette joie restait, comme le bois clair de Maurétanie, constellée de taches sombres ? Aurait-elle eu, elle aussi, quelque maladie cachée dans ses racines ?

Depuis qu'elle est reine, qu'on la traite en reine, qu'on l'acclame, qu'on se prosterne à ses pieds, qu'on prévient ses moindres désirs, qu'on a rebrodé de perles son diadème de lin blanc, qu'on lui fait porter des capes de pourpre et des robes en plumes de paon, Séléné se voit comme un grand sarcophage doré. Magnifiquement doré, oui, mais un sarcophage…

Et, à l'intérieur, ce n'est pas son corps d'adulte qu'épouse la forme du bois. À l'intérieur, il y a un vide immense et, perdu au milieu du vide, le cadavre d'une toute petite fille momifiée. Une affreuse petite fille emmaillotée dont on n'aperçoit que le visage, noirci, ridé, rétracté dans la mort. Une vieille petite momie prisonnière d'une enveloppe d'or trop large pour elle.

La reine porte en elle le cadavre d'une petite fille.

Qui libérera cette enfant pour lui donner enfin une sépulture à sa taille ?

Lorsque les souverains quittèrent Volubilis, Juba imposa de remonter par la route de Banasa jusqu'à Tanger. Le chemin qui traversait les colonies « déduites » par les Romains n'était encore que rarement dallé, mais il était bien tracé, et ils purent voyager en *raeda*, une berline fermée que tirait un équipage de mules conduit par Iddibal. Stéphanus, le secrétaire du roi, avait d'abord prétendu monter avec son maître, qui, même en litière, profitait toujours de ses déplacements pour avancer ses ouvrages. Mais Séléné exigea de voyager seule avec son mari et, à peine installée sur les coussins, comme une petite fille qui réclame un conte, elle lui demanda de poursuivre le récit de sa vie chez les Calpurnii. Alors, tout en grignotant des pignons de pin et des dattes fourrées, il raconta ; et, comme il avait du temps, il fit un récit mieux ordonné…

HISTOIRE DE JUBA (SUITE)

Calpurnius Pison Caesoninus, père de la malheureuse Calpurnia et propriétaire de la plus belle *villa* d'Herculanum, était un ancien consul d'une soixantaine d'années qui semblait revenu de tout, sauf de la philosophie. Il cherchait maintenant un sens à sa vie.

Il ne le cherchait pas dans la religion, qui ne servait qu'à « relier » entre eux par des pratiques communes les gens d'un même pays ou d'un même métier. Les dieux de sa religion, qui avaient été ceux d'Homère, Calpurnius Pison les respectait comme on respecte sa patrie, mais il doutait qu'ils fussent occupés des hommes. De toute façon, sa religion ne pouvait lui proposer ni explication du monde ni conseils moraux : c'était là le rôle de la philosophie.

Les sectes philosophiques étaient alors nombreuses en Italie. Calpurnius s'était donné la peine de rencontrer des adeptes des principales communautés. Il n'avait exclu de sa quête que les sophistes, fabricants de raisonnements faux, et les cyniques, ces fanfarons de l'animalité qui traînaient sans caleçon dans les rues de Rome, se masturbaient en public et déféquaient n'importe où. Du reste, il avait passé l'âge de dormir dans une jarre et de manger des graines de lupin…

Il s'était d'abord tourné vers les pythagoriciens, mais la secte menait alors une existence soumise à un tel nombre de règles que ses initiés, condamnés au végétarisme et au silence, ne vivaient plus qu'entre eux, dans l'attente d'une proche réincarnation.

Les stoïciens l'intéressèrent davantage. Les vertus qu'ils prêchaient – endurance, frugalité, humilité – étaient certes d'un rude accès, mais ils ne blâmaient pas la richesse puisque aucun homme, riche ou pauvre, n'avait choisi son destin. Mais Calpurnius, quoique multimillionnaire, n'adhéra pourtant pas à leur doctrine. Il la trouvait un peu courte : ses adeptes ne cherchaient ni à expliquer le monde ni à le changer, ils bornaient leur propos à un bon usage – un usage résigné – de la condition humaine. L'ancien consul aspirait à plus.

C'est alors qu'il avait décidé d'approfondir la doctrine du « Jardin », comme on appelait l'école d'Épicure. Plus philosophe que Pythagore ou Zénon, Épicure faisait porter ses leçons sur la cosmogonie avant d'en venir aux règles de vie. Il exposait que l'Univers, le « Tout », est constitué d'un vide infini et de corps – êtres ou planètes – formés d'atomes invisibles et insécables qui se sont attachés entre eux au hasard des rencontres. Quand ils se désagrègent, ces corps libèrent leurs atomes, qui s'assembleront autrement pour former d'autres corps, dans un recommencement perpétuel.

« S'il en est ainsi, conclut soudain Juba en se tournant vers sa jeune épouse blottie au fond du chariot, non seulement nous ne mourrons jamais tout à fait, mais rien ne s'oppose à ce qu'il y ait, dans le vide infini, un nombre illimité de mondes. Nous n'habiterions, toi et moi, que l'un des multiples mondes possibles. Il y a peut-être ailleurs, en cet instant, sur une planète inconnue, une autre Cléopâtre et un autre Juba... N'est-ce pas extraordinaire ? »

Il rayonnait. Dans la voiture qui les menait au pas des mules vers Tanger, sa joie philosophique éclairait tout : le vieux cuir de l'habitacle, les coussins brochés, les tapis précieux, et le cornet de pois chiches grillés que, dans son brusque élan métaphysique, il avait renversé sur le plancher. La nuit n'était pas encore tombée que, déjà, « le plus savant des rois » souriait aux astres : « Un nombre illimité de mondes... »

Aspirait-il à gouverner la lune ? Séléné avait le vertige.

Non que la pluralité des mondes l'impressionnât (elle ne la concevait même pas), mais Juba jonglait avec des notions et des mots qu'elle ne comprenait pas, et elle s'ébahissait de l'enchaînement rapide, et presque joyeux, de ses idées. Jamais elle n'aurait imaginé que son mari pût philosopher de la sorte et y prendre autant de plaisir. En tout cas, il était inutile qu'il précisât quelle doctrine son protecteur Calpurnius avait adoptée, puis lui avait enseignée : l'épicurisme, évidemment ! D'autant qu'Épicure ne prêchait pas le dépouillement, pourvu que les heureux élus de la Fortune en fissent profiter leurs amis – ce qui convenait sûrement au grand propriétaire qu'était Calpurnius Pison…

« À Herculanum, mon *tuteur* tenait table ouverte », reprit Juba (et Séléné, assise à son côté et le voyant de profil, se dit une fois de plus qu'il était incroyablement beau, beau comme la plus belle des statues : un jeune Dionysos dont elle aurait aimé caresser le visage, le cou, les épaules, si seulement il avait été de marbre !). « Bientôt la *villa* d'Herculanum accueillit le plus vaste cercle d'épicuriens de toute la Campanie, la crème de la secte, poursuivait le roi. Des amis des Calpurnii, comme eux récemment "convertis", se rassemblaient autour de disciples plus confirmés et des quelques maîtres qui résidaient sur place à l'année. »

Le plus connu de ces gourous barbus était Philodème, un vieux philosophe syrien né sur la rive gauche du Jourdain, à Gadara, petite cité de la Décapole. Philodème de Gadara était devenu en quelques mois l'alter ego du maître de maison, on ne les voyait plus l'un sans l'autre. Le philosophe avait même dans la *villa* son bureau et sa propre bibliothèque, une petite pièce où s'entassaient sans ordre les centaines de *Commentaires* produits en trois siècles par les disciples du grand Épicure. Lui-même ne lisait rien d'autre, et, lorsqu'il n'enseignait pas, il dictait : une trentaine de traités – sur la musique, les passions, ou les poèmes.

« Rome sombrait alors dans les guerres civiles, rappela Juba. Notre vieux maître Philodème prônait le rétablissement d'un pouvoir fort. J'ai entendu dire qu'il avait autrefois, par Calpurnius, connu César et qu'il s'était déclaré en sa faveur. On prétend que, de son côté, César n'était pas resté insensible aux théories d'Épicure… Je n'en sais rien, je sais seulement que, dans la guerre avec Pompée, Calpurnius ne s'est jamais prononcé ni pour ni contre son gendre. Il est resté neutre. En vrai philosophe.

— Justement, tu ne m'as rien dit de ce qu'enseignaient Épicure et Philodème sur les principes du gouvernement, les hommages dus aux dieux, la sagesse utile… Car personnellement, vois-tu, je me soucie peu de l'"insécable", mais j'aime Isis qui, grâce à son fils, a tiré notre monde des griffes de Seth le Mauvais… Ton Philodème, que disait-il d'Isis ?

— Les dieux, j'en conviens, n'ont pas une grande place dans l'Univers tel que le conçoit Épicure… Et je crains qu'ils n'en aient pas occupé une plus considérable dans la pensée de Calpurnius. Il faisait, aux jours de fête, toutes les libations prescrites, mais je l'ai entendu dire un jour à son fils Lucius – ce garnement qui me tirait les cheveux quand je calculais plus vite que lui ! –, je l'ai entendu dire que les dieux n'ont pas d'existence indépendante de la pensée qui nous les fait voir… Aussi serait-il vain de les redouter. De même qu'il serait vain de craindre la mort, qui n'est jamais que la dispersion d'un agrégat temporaire : "Aussi longtemps que nous sommes vivants, disait Calpurnius, la mort n'est pas là, et, lorsqu'elle est là, c'est nous qui n'y sommes plus."

— Ah, le beau raisonnement ! Ton Calpurnius et ses amis ignoraient-ils qu'il y a, juste avant l'éparpillement de nos petits atomes, un terrible passage ? J'ai vu le "passage" de mon père, le "passage" de mes frères : du sang chaud, du sang noir, du sang puant ! Et leur terreur, Iobas, leur terreur… Ces images affreuses, cette odeur qui ne part pas me donnent aujourd'hui le droit de dire à tous les philosophes de la terre : Taisez-vous ! »

Sa voix s'étrangla. Elle respira profondément, ferma un moment les yeux, puis elle reprit, d'une voix raffermie : « Mais toi, Iobas, toi, je ne te comprends pas. On t'a élevé dans l'impiété, c'est vrai. Mais tu ne me sembles pas homme à rester enfoncé dans les plaisirs, comme le sont, paraît-il, les adeptes de ta secte…

— Il est vrai que le cercle de Calpurnius recherchait le plaisir, mais non pas le plaisir des fêtards et des débauchés. Le plaisir, pour Épicure, n'est que l'absence de troubles. »

Et Juba d'expliquer à Séléné que le plaisir ne se trouvait pas dans le mouvement, mais dans la stabilité : l'*euthymia*, la santé du corps et la paix de l'âme, une « mer d'huile » en somme, comparaison qu'aimait le maître du « Jardin ». Pour atteindre cet équilibre intérieur dans notre séjour ici-bas, il fallait vivre raisonnablement – boire de l'eau plutôt que du vin, écourter les banquets, ne pas s'inquiéter des dieux, et fuir les puissants en se retirant dans un lieu tranquille où déguster sereinement chaque heure de la journée. « Voilà toute la philosophie.

— Vivre dans une retraite ? Comment comptes-tu, toi, étant roi, appliquer ces beaux préceptes ?

— Je ne suis pas épicurien, Séléné, détrompe-toi. Ma nature imparfaite me porte à satisfaire trop de curiosités, à agir, à voyager... Du reste, ce n'est pas l'Univers qui m'intéresse, c'est la Terre. Pas la cosmogonie, la géographie. Je ne suis pas épicurien, j'ai seulement été élevé dans la doctrine du "Jardin" : quand, à cinq ou six ans, je suis arrivé à Herculanum, je ne savais pas encore lire couramment, et devine quel livre on m'a donné pour achever mon apprentissage ? Un petit traité de Philodème... »

Plus que par les idées de Philodème, mort quatre ans après l'arrivée de Juba en Campanie, l'enfant avait été impressionné, et formé, par la beauté de la *villa* et la qualité des œuvres qu'elle renfermait.

De nos jours, les fouilles du site permettent d'imaginer l'originalité de ce quasi-palais construit sur le rivage même. La jetée privée mène à la partie la plus classique de la maison : large atrium, cour carrée, bassin de mosaïque et fontaine. Mais c'est dans l'aile gauche, au-delà des bibliothèques, que se trouve le chef-d'œuvre architectural de la *villa* : quatre colonnades de plus de cent mètres de long, et, au centre, un bassin de soixante-six mètres, une *natatio* tournée vers la mer, dont la margelle est bordée de très hautes statues en bronze aux grands yeux de verre, représentant des danseuses d'autrefois en péplum dorique : hiératiques et figées chacune dans une pose différente. Un déambulatoire, qui double la colonnade sur la droite, semble avoir été transformé lui aussi en galerie d'art : entre les rangées de bustes identiques montés sur des gaines de pierre, les *hermès*, on a exhumé de nombreux bronzes et marbres représentant des philosophes, des orateurs, des rois – copies grecques de chefs-d'œuvre du IIIe ou IVe siècle avant notre ère, commandées par un collectionneur fortuné.

Tout, dans la *villa des Papyrus*, respire en effet la richesse, et tout y célèbre la raison et le bon goût. Seule concession aux délires de l'esprit et du corps : une statue luciférienne du dieu Pan aux pieds fourchus s'accouplant avec une chèvre renversée sur le dos, dont il a placé les pattes arrière sur ses épaules pour la « besogner » plus commodément… Mais ce groupe, unique reproduction d'un original grec, n'a peut-être pas été acquis par le gardien de Juba, mais par son fils, Lucius Frugi, le galopin qui séchait les cours de Philodème et se plaisait à provoquer le trop gentil prisonnier de son père. Un galopin qui, devenu plus tard consul et proconsul, ne cessa jamais, selon Sénèque, de passer la plus grande partie de ses nuits en festins et en beuveries, «ne s'éveillant que vers midi où commençait sa matinée». Un tel homme se serait plu, sans doute, à commander en Grèce des copies de silènes ventripotents et des moulages de vieux boucs amateurs de chèvres...

«Je ne détestais pas Lucius, reprit Juba. Je lui étais même reconnaissant d'exister : si le vieux Calpurnius n'avait pas eu un rejeton de mon âge, aurait-il eu l'idée de m'éduquer comme un patricien romain ? Grâce à ce "faux jumeau", que j'étais censé stimuler dans ses études par mon exemple et divertir dans ses récréations plus noblement que ne l'eût fait un enfant acheté au marché, j'ai pu bénéficier des meilleurs professeurs et de la bibliothèque la plus fournie. Chose plus extraordinaire encore, jamais dans cette maison je n'ai été battu. On nous raisonnait avec patience. Et l'on nous autorisait même certains relâchements entre les leçons : nous pouvions, Lucius et moi, faire courir nos chevaux dans le petit hippodrome de la maison ou organiser, dans la piscine, des concours de nage avec les jeunes esclaves du *pedagogium*. Est-ce sous mon influence que Frugi a par la suite révélé un goût prononcé pour la poésie ? En tout cas, il est aujourd'hui le meilleur ami d'Horace, poète favori de Mécène. Épicuriens tous les trois... Connais-tu Horace, Cléopâtre ?

— Certes ! Pour plaire au Prince, il a craché sur le cadavre de ma mère...

— *Uxor*, tu ne peux pas passer ta vie dans le ressentiment ! Il faut oublier... J'ai oublié, moi.

— Oublier ? Oh, mais l'oubli était facile pour toi : tu avais tout perdu à trois ans, et tu ne te souvenais de rien ! Moi, Iobas, je me souviens. Et je me rappelle même, je le crains, tout ce dont je ne me souviens pas… »

Séléné ne s'expliqua pas davantage. Elle ne voulait rien dire au roi des visions incohérentes qui troublaient le cours de ses jours, de ces Érinyes qui la poursuivaient. Rien, non plus, de ce qu'elle attendait des enfants que les dieux lui refusaient…

Juba n'avait pas été malheureux à Herculanum, il le reconnaissait volontiers. Et il se réjouissait maintenant d'apprendre que le fils de son *tuteur* – le bouillant Lucius Calpurnius Pison Frugi, qu'on appelait plus sobrement « Frugi » pour le distinguer de son père – venait d'être, à moins de trente ans, désigné comme consul.

Bientôt même son ancien compagnon de jeux deviendra l'un des conseillers les plus écoutés du Prince et il fera une brillante carrière civile et militaire ; quand Juba le croisera dans le bureau d'Auguste, il n'en sera pas surpris : il sait depuis toujours qu'à la différence de son père, le jeune Frugi aime les querelles et les empoignades, donc la politique et la guerre, seules façons permises de se jeter dans la bagarre quand, devenu un adulte policé, on continue à ne rêver que plaies et bosses...

Déjà, dans la *villa*, Frugi « aux griffes encore tendres » le mettait au courant des événements politiques que Calpurnius père affectait de mépriser et, même, d'ignorer. Réduit à glaner des renseignements auprès de tous ceux qui passaient, les courriers, les marchands, les marins, le jeune garçon informait ensuite son souffre-douleur – devenu peu à peu son ami – de l'état des relations entre les assassins de César, du conflit entre Octave et Antoine, des tergiversations du Sénat, et des amours de Cléopâtre. « Cléopâtre n'aime pas Antoine, pas plus qu'elle n'aimait César, elle aime le pouvoir, tranchait le gamin. À mon avis, elle va tâcher de séduire Octave, elle fait boire un philtre à tous les hommes qu'elle désire. Et après (il baissait la voix), et après, elle les chevauche… Tu comprends ce que ça veut dire en bon latin ? » Juba acquiesçait, l'œil vague, ne sachant s'il devait sourire finement ou prendre un air accablé. « Chevaucher », vraiment ? Il essayait de se représenter la scène…

Ainsi, tandis que Philodème de Gadara et ses successeurs formaient l'esprit du petit prisonnier numide et le dotaient d'une solide armature morale, Frugi, plus épais, le préparait à vivre dans un monde moins pur.

Devenu roi de Maurétanie, Juba, aujourd'hui, sait gré aux nobles Calpurnii de l'avoir, au sens propre, élevé : le père et le fils, chacun à sa manière, lui ont tout appris de ce qu'il faut savoir pour régner. Et, en prime, ils lui ont transmis leur goût du bonheur…

Aussi avait-il été désolé, à seize ans, d'être arraché à leur amitié et au monde qu'ils avaient créé – les bibliothèques bien remplies, la grande piscine, les danseuses de bronze, l'ombre douce des tonnelles chargées de vigne, et la mer qui s'étendait, violette comme un décor peint, devant les fenêtres de la *villa*… Octave, qui n'était encore ni Prince ni Auguste, venait brusquement de se souvenir de lui et l'envoyait suivre une formation militaire dans un camp de la Cisalpine.

Un an plus tard, Frugi était entré à son tour dans l'armée. Mais les deux camarades ne se retrouvèrent pas : Juba, comme étranger, servait dans la cavalerie numide des troupes auxiliaires, à la Sixième Victrix, dont l'enseigne est le taureau ; Frugi, fils d'un sénateur et destiné, en tant que tel, à suivre « la carrière des honneurs », commença directement son apprentissage à l'état-major, comme tribun militaire auprès du général de la Deuxième Macedonica, stationnée en Espagne.

Habitué à la douceur épicurienne, Juba avait d'abord trouvé rude la discipline militaire, ses chefs semblaient persuadés qu'on ne peut éduquer un homme sans l'écorcher... Mais il aime, a toujours aimé, monter. Nul besoin qu'un décurion l'insulte, qu'un chef d'escadron l'éperonne : sans étriers, sans mors, sans bride, par la seule pression de ses jambes, l'inclinaison de son buste et la force de sa parole, il sait imposer sa volonté au cheval le plus rétif, qui saute, vire et vole au gré de son cavalier. Très vite, l'agilité et l'audace de Juba, sa grande jeunesse et sa rare beauté suscitèrent l'admiration des Numides qui formaient la cavalerie de la Sixième.

Lorsque, un peu plus tard, après la bataille d'Actium, Juba rejoignit l'armée d'Octave pour marcher sur la Syrie et l'Égypte, il faisait déjà fonction d'officier : étonné par les talents équestres de ce Barbare et par sa popularité chez ses compatriotes africains, le préfet qui commandait l'aile de cavalerie de la Sixième l'avait choisi pour aide de camp.

Aussi le jeune homme est-il présent au siège

d'Alexandrie. Quand Marc Antoine, assiégé, tente une ultime sortie, dégage l'hippodrome et parvient à mettre en fuite une partie de la cavalerie d'Octave, Juba participe à l'engagement. Son préfet vient d'être tué d'une flèche sous ses yeux ; malgré tout, face à Antoine, il s'efforce d'empêcher ses escadrons de lâcher la position, il crie, ordonne, fonce, perce, tranche, combat avec l'insouciance de ses dix-huit ans ; il perd un cheval sous lui, perd trois décurions, perd cinquante soldats, il est repoussé, revient à la charge, recule, attaque à nouveau… « Comme un moustique ! » lâche Antoine, agacé.

Au moment où, avec sa troupe d'auxiliaires, Juba est finalement contraint de se replier, il hait de bon cœur le père de Séléné : pour vaincre, il est raisonnable de haïr l'ennemi, c'est ce qu'aurait dit Achille et ce que pense le jeune officier. Mais ensuite ? Lorsque la victoire est acquise, n'est-il pas permis aussi, comme aux héros d'Homère, d'admirer le vaincu ? Quand l'hippodrome est enfin repris aux antoniens par les légions d'Octave, Juba ne peut plus marchander son estime à l'amant de Cléopâtre : revenant à la pondération que ses maîtres lui ont enseignée, à leur objectivité, il sait qu'il vient de combattre un grand soldat. Octave, lui, n'est pas un soldat – on ne l'a jamais vu en première ligne, ni même à la tête de ses troupes dans les batailles.

Quant au reste, sur le conflit qui avait opposé les deux beaux-frères, Antoine et Octave, et leurs conceptions divergentes de l'Empire romain, quinze ans plus tard Juba n'avait toujours pas d'opinion. À l'époque, en tout cas, ce n'était pas son affaire : à Rome, il n'était qu'un étranger. Et il n'avait alors qu'une hâte : retourner dans sa vraie patrie, les livres, et retrouver ce parfum des *nids* en bois de cèdre qui avait pour lui la douceur d'une odeur maternelle…

Le roi dut interrompre son récit ; après huit jours de route ils étaient arrivés à Tanger, colonie romaine où les *duumvirs* municipaux les reçurent avec tous les égards dus à des souverains en visite : trois pleines journées de festivités – avec six bestiaires de Gétulie affrontant dans l'arène d'énormes fauves locaux, deux exécutions capitales *ad bestias*, des danseuses de Cadix, une pluie de roses, et banquet sur banquet. Pour le protégé d'Auguste, les édiles n'avaient pas lésiné. D'autant que Juba portait comme eux le titre de *duumvir* – maire – dans deux des colonies romaines d'Espagne, Cadix et Carthagène, où il se rendait régulièrement. Les édiles de Tanger se sentant flattés qu'un roi pût s'honorer d'être un *duumvir* comme eux, le couple royal eut du mal à s'arracher à leurs embrassades citoyennes. Mais sitôt que, de Tanger, les monarques eurent enfin pris le bateau pour Césarée, Séléné, impatiente, voulut entendre la suite de l'histoire de son mari. Et pour l'amuser, Juba raconta.

Bien sûr, il ne lui dit pas qu'il avait combattu à Alexandrie et aperçu, sur le champ de bataille, la cuirasse d'or à tête de lion qui distinguait Marc Antoine au milieu de ses soldats. Il ne dit pas qu'il avait entendu sous les murs de la ville le bruit formidable que produisaient les Romains d'Octave en frappant sur leurs boucliers. Il ne dit pas qu'il était entré avec eux dans le Quartier-Royal abandonné et qu'il y avait trouvé ouvertes toutes les portes des palais. Il ne dit pas qu'il avait vu, sur les places, mettre à bas les statues de la reine, et que les Alexandrins eux-mêmes les brisaient. Il ne dit pas que l'Égypte était faible, la ville, résignée, et que Grecs et indigènes s'y disputaient la palme de la lâcheté. Il ne dit pas que, du vivant même de Cléopâtre, le règne des Ptolémées appartenait déjà au passé. Il ne dit pas, surtout, que personne ne pourrait avant longtemps s'opposer à la puissance romaine… Au regard de l'immensité de l'Univers et de l'infini du Temps, tout cela avait-il d'ailleurs la moindre importance ?

Cependant, il ne put cacher à la reine qu'en Égypte, Octave lui avait octroyé la citoyenneté romaine. Simplement, il ne précisa pas que ce fut sur le champ de bataille et en récompense de sa belle conduite face à Antoine près de l'hippodrome… Il dit seulement : « Je commandais aux décurions auxiliaires, j'étais en quelque sorte l'adjoint du préfet de cavalerie. Or, d'ordinaire, c'était un Romain qui remplissait cette fonction-là. Donc… » Donc, devenu citoyen romain, il s'appelle désormais Caius Julius Juba, voilà ! *Caius Julius*, le nom de ses deux « propriétaires » successifs, César et Octave Auguste. On l'a nommé comme on nomme les esclaves affranchis. Et, dans ces *tria nomina* conformes à l'usage latin, son propre patronyme n'apparaît plus qu'en surnom final, une sorte d'appendice amusant : « le Juba », comme on dit « le Balafré » ou « le Rouquin »…

Séléné est effondrée. Iobas est-il donc si content d'être accommodé « à la romaine » ? et de porter le nom de l'assassin de son propre père ? A-t-il perdu la mémoire de ce qu'il fut, la fierté de ce qu'il est ? Et elle, l'Égyptienne, lui aurait-on aussi, à son insu, imposé la « citoyenneté » ? À elle, l'unique descendante de l'illustre lignée des Ptolémées ! À elle, qui fut reine à six ans et fiancée au Pharaon ! Comment s'appelle-t-elle désormais ? Livia-Séléné ? Octavia-Cléopâtre ?

Non, ils l'auraient plutôt appelée Antonia. Comme ses sœurs, comme son père. Un Romain, lui. Et un Romain fier, paraît-il, de mourir en Romain et de n'avoir été vaincu que par un Romain... D'après Prima, ç'auraient été là ses dernières paroles, adressées à Cléopâtre à l'intérieur du tombeau où elle s'était barricadée.

Séléné n'y croit pas : ces paroles-là, qui les aurait rapportées ? L'Imperator mourant n'a parlé qu'à Cléopâtre, et aucun tiers n'était présent dans le tombeau, sauf Iras et Charmion, les suivantes. Or les trois femmes ont été emprisonnées ensemble, et c'est ensemble qu'elles sont mortes peu après. « Qui dès lors, se demande Séléné, a pu savoir ce que se sont dit mes parents dans les derniers moments ? » D'ailleurs, Diotélès – qui prétend avoir bien connu le médecin personnel de la reine, lequel, seul de toute la cour, a visité les prisonnières et recueilli leurs confidences –, Diotélès a une tout autre version : avant de demander à la reine la coupe de vin qui l'achèverait, Antoine agonisant lui aurait donné un ultime conseil : « Fais ce que tu pourras pour sauver ta vie, mais ne fais rien qui soit contraire à ton honneur. » Voilà un propos vraisemblable. Et non pas cette exaltation finale de la romanité !

Quant à Juba, inutile maintenant qu'il lui raconte la guerre qu'il a faite trois ans plus tard en Espagne, cette lutte acharnée contre les Cantabres, ces combats sans merci contre des hommcs qui défendaient leur pays, une guerre cruelle où son comportement – cruel aussi, Séléné n'en doute pas – lui a valu d'être une nouvelle fois remarqué par Octave et d'obtenir, dans la foulée, le trône de Maurétanie. Inutile qu'il s'attarde sur l'épisode, elle a compris : elle a épousé un « citoyen romain » qui servira fidèlement sa patrie d'adoption.

Elle n'espère plus de protecteur.

De nouveau, son regard de cendre, sa tristesse. Juba est atterré. On dirait qu'elle lui en veut – mais de quoi ? Il est citoyen romain, et après ? C'est un honneur qu'il n'a pas sollicité et qui ne l'engage à rien. Sûrement pas, en tout cas, à se soumettre *ac cadaver* à la politique augustéenne quelle qu'elle soit. Combien de citoyens romains a-t-on déjà vus se dresser contre d'autres citoyens romains au cours de l'histoire ? Combien en connaît-on qui ont assassiné des consuls dûment désignés, des sénateurs respectés ? Combien même qui, tel Coriolan, ont déclaré la guerre à la ville entière en s'alliant à ses pires ennemis ? « Citoyen romain » : un avantage juridique immédiat mais, pour l'avenir, une simple clause de style... Juba trouve cependant sa jeune épouse trop novice en politique pour lui expliquer ces choses-là. Du reste, il ne sait pas jusqu'à quel point il peut avoir confiance en elle : elle est apparentée à la famille princière, après tout ; et puis, elle est si changeante !

Elle boudait, réfugiée à l'autre extrémité du pont. Le roi la laissait bouder et dictait à ses secrétaires quelques considérations sur les natures mortes peintes par le grand Zeuxis, le maître de la peinture de chevalet. Tout en rappelant l'anecdote bien connue des raisins peints avec tant de réalisme que des oiseaux les crurent vrais et qu'ils vinrent becqueter la toile, « le plus grand des historiens grecs » surveillait sa Cléopâtre du coin de l'œil : il la plaignait – il aurait voulu la serrer dans ses bras et lui dire que l'Histoire dure longtemps, qu'aucun empire n'est éternel, lui enseigner la patience et le détachement…

Mais voici qu'à la proue du bateau elle semblait soudain contente. Contente d'apercevoir Césarée : elle souriait, appelait ses servantes et son Pygmée, applaudissait – un enthousiasme dont le roi était tout étonné… On doubla le phare, le navire longea la passe du port militaire et, tandis qu'il poursuivait vers le port de commerce, le long bâtiment hétéroclite du palais royal déroula peu à peu, sur leur gauche, face à la mer, ses marbres brillant au soleil levant. Séléné regardait avec avidité, désignant du doigt une maison neuve, une statue repeinte.

La ville avait embelli durant leur absence. La construction des remparts avançait – lentement, il est vrai. Mais on était allé beaucoup plus vite pour creuser le bas de la colline afin d'y édifier les gradins du futur théâtre à la grecque – et on avait vu grand : six mille places. Juba était satisfait, toute vraie ville ne doit-elle pas posséder un grand théâtre ? À cet égard, le dénuement de Césarée lui faisait pitié.

Les ouvriers avaient fait vite aussi pour élever dans la pente, en surplomb de la cavité qui accueillerait les gradins, un petit temple rond à six colonnes avec un aigle sur le fronton. Avant son départ pour Volubilis,

Séléné n'en avait même pas remarqué les fondations. Surprise, elle demanda à qui serait dédié ce petit bijou d'architecture, si bien proportionné et bâti à la vitesse de l'éclair.

Parce qu'il n'ignorait pas quel torrent de protestations suivrait sa réponse, Juba éloigna d'abord son secrétaire et les femmes de chambre, puis, avec un demi-sourire, en regardant la reine bien en face, il dit : « C'est une chapelle à Auguste-et-Rome...

— Auguste et Rome ? ! Alors notre "Apollon-Bourreau" n'a même plus besoin de mourir pour devenir dieu ! Il fait mieux que César, il est un dieu de son vivant ! Il n'est pas roi, non, ce serait trop d'orgueil, mais il est dieu !

— Il ne l'est qu'en dehors de l'Italie, Cléopâtre. Il craindrait trop chez lui les réactions des citoyens : de la Cisalpine jusqu'à la Sicile, il est défendu d'adorer le Prince. Mais il est permis aux habitants des royaumes lointains de lui rendre un culte discret...

— Il l'a "permis" ? Dis plutôt qu'il l'a exigé ! Quand Auguste annonce qu'il tolère, c'est qu'il ordonne... Et quant à la discrétion !... Donc, "Auguste-et-Rome", hein ? Mais pourquoi Rome ? Est-ce une nouvelle déesse ? Une sœur d'Athéna ? Une fille cachée d'Héra ? D'où sort-elle, cette femme-là ? »

Comme un vieux *grammairien* fatigué qui doute d'être compris d'une élève trop dissipée pour être attentive, Juba expliqua calmement, en détachant ses mots : « On élève maintenant des temples à "Rome", comme, en d'autres temps, on en a élevé à la Fortune virile, à la Concorde, au Bon Retour, à la Paix. Même si l'on parle au bas peuple de "la déesse Roma", ce sont des temples dédiés à des idées. Et la Paix romaine n'est-elle pas un noble idéal ? Songe, Cléopâtre, une paix universelle, l'homme cessant enfin d'être un loup pour l'homme…

— Je sais, je sais. L'âge d'or ! Le lion dormira avec l'agneau ! Mais il faudrait d'abord avoir vaincu les Parthes et les Germains…

— De toute façon, *Uxor*, nous n'ouvrirons ce petit sanctuaire qu'une fois l'an, pour l'anniversaire du Prince.

— Et, bien sûr, tu comptes sur moi pour participer à ces réjouissances ?

— Disons, *Anassa, Basileia, Regina*, ma petite bogue de châtaigne, mon doux hérisson, disons que je ne te conseille pas de tomber malade ce jour-là…

— Très bien. Dans ce cas, je veux qu'on construise aussi un temple à Isis, un grand temple ! Pardon, Iobas, je n'exige pas, je t'en prie seulement. Tu es le maître… Mais j'aimerais qu'on entende ici, plutôt que le braiment des ânes, les injures des muletiers et les chansons obscènes, le bruit régulier des sistres chasseurs de démons et la douce mélopée des hymnes à l'"Étoile de la Mer", j'aimerais qu'on croise dans nos rues de saints prêtres au crâne rasé, qu'on élève une statue de granit noir à Osiris le ressuscité, que les vierges de la ville tissent chaque jour des guirlandes de fleurs pour la "Mille-Noms", et qu'on nourrisse des crocodiles dans un bassin couvert de lotus. »

Si elle espérait embarrasser son mari, c'était raté. Il savait bien, lui, que le culte d'Isis, interdit à Rome, était permis dans tous les ports. Or, avant d'être une capitale, Césarée était un port… De plus, la reine était égyptienne et, même en terre romaine, tout étranger avait le droit de célébrer son culte national pourvu qu'il participât aussi aux cérémonies publiques. «Je donnerai des ordres, dit Juba en s'inclinant, je donnerai des ordres pour que mes architectes te consultent dès demain sur l'emplacement de ce temple. Que je veux immense – à la dimension de mon respect pour ta famille et pour toi.»

Il songeait même déjà à faire davantage: imprimer des signes isiaques sur les monnaies qu'il émettrait, chaque fois que le revers de la pièce ne porterait ni le titre de la reine (*Basilissa Kleopatra*), ni le croissant de lune qui rappelait son second prénom de «Séléné». Dans ce cas, plutôt que le sempiternel éléphant d'Afrique, on graverait un sistre, un cobra royal, le nœud d'Isis ou les cornes de la vache Hathor. Une façon de souligner que lui, le berger berbère dont César se permettait d'humilier le grand-père, lui, Caius Julius Juba, l'ex-otage des Calpurnii, était désormais l'héritier d'une civilisation millénaire.

Grâce au futur temple d'Isis, la réconciliation du roi et de la reine était déjà presque acquise quand ils découvrirent ensemble la nouvelle décoration de la bibliothèque. Les douze grands médaillons incrustés dans le pavement pour illustrer les Travaux d'Hercule se révélaient d'une finesse exceptionnelle: aucune des tesselles de la mosaïque ne dépassait en taille l'ongle du petit doigt; aussi le modelé des visages, le dégradé des couleurs et le jeu des ombres étaient-ils rendus avec la précision d'une peinture sur toile. Et – ce fut une surprise pour le roi – Séléné avait fait reprendre en fresque, sur la voûte de la colonnade, chacun des médaillons de la mosaïque de telle manière que le sol semblait se refléter dans le plafond en un mystérieux jeu de miroirs. Impression d'étrangeté qui se trouvait encore accentuée par l'effacement progressif des limites entre le végétal et le minéral : les pilastres qui séparaient les rayonnages avaient été ornés de rinceaux et de fleurs peintes, tandis que des acanthes véritables et du vrai lierre montaient des bordures du bassin central pour s'enrouler autour des colonnes. Plus que jamais, maintenant qu'on l'avait décorée avec tant de profusion, cette bibliothèque ouverte à l'air libre était une bibliothèque-jardin, un *paradis* des livres.

Même s'il craignait un peu que la communication plus étroite entre le dedans et le dehors ne finît par nuire aux rouleaux enfermés dans les placards, le roi était enchanté. Au sens propre : cet ensemble avait quelque chose de magique. Tout, jusqu'aux nouveaux bustes de « penseurs » (des bronzes dont la patine verdâtre se fondait admirablement dans le décor), avait été choisi avec goût. Et avec affection ? Peut-être… Du moins voulut-il voir là un geste d'amitié de la part de sa femme, une preuve d'attachement dont, sans doute, elle-même n'était pas consciente. Un instant, il posa la main sur son épaule. Mais il se reprit, presque aussitôt. Ce soir, il irait plutôt voir ses gentilles hétaïres corinthiennes, qui savaient si bien, en dansant, onduler des hanches et remuer leurs fesses comme deux petits flans au miel…

Cependant, il était content de la reine. Du temple isiaque qu'elle lui réclamait, elle ferait une merveille, il en était sûr. Il décida de lui laisser aussi superviser la construction des grands thermes publics qu'il envisageait de bâtir à l'est de la ville.

Césarée serait leur œuvre commune. Leur « enfant » ? Pas vraiment… Juba, certes, était trop philosophe pour désirer à toute force une postérité de chair et d'os qui, tôt ou tard, se dissoudrait dans le vide infini. Mais il était quand même trop roi pour mépriser l'espérance d'une longue lignée inscrite dans la mémoire des hommes.

Une surprise, plus heureuse que la découverte brutale du temple dédié à Auguste, attendait la reine dans son appartement : de Rome, un messager avait apporté une lettre d'Octavie, la sœur du Prince, qui annonçait le prochain mariage de sa fille cadette Antonia avec Drusus, le fils de Livie. Les noces seraient célébrées le mois prochain, juste avant la « fermeture de la mer », dans la grande *villa* qu'Octavie possédait en Campanie, à Baules. Auguste, qui s'apprêtait à partir pour l'Espagne et la Gaule, retarderait son départ. « Cette union, Livie la désirait depuis si longtemps qu'il ne peut que s'associer à sa joie », soulignait Octavie. De ses propres sentiments, la sœur d'Auguste ne disait rien, c'eût été imprudent. Mais Séléné n'ignorait pas que, prétextant sa mauvaise santé et sa tristesse depuis la disparition, à l'âge de vingt ans, de Marcellus, le fils qu'elle adorait, elle avait fait durer les fiançailles de sa fille aussi longtemps qu'il était possible ; cette alliance des Claudii et des Julii ne pouvait en effet servir que son ennemie intime, sa belle-sœur Livie.

Incapable de donner un enfant à son époux, Livie

introduisait peu à peu les Claudii – Tibère et Drusus, ses fils d'un premier lit – dans la famille de son tout-puissant mari. Elle était comme le coucou, qui met ses œufs dans le nid des autres… Le mariage d'Antonia étant devenu inévitable du fait de son âge (elle allait bientôt fêter ses dix-neuf ans, presque une vieille fille !), Octavie ferait pourtant bonne figure. À cause du prochain départ des hommes pour les Provinces de l'Ouest, les noces seraient célébrées dans l'intimité. « On n'y a convié que la famille proche, expliquait Octavie dans sa lettre, mais la fête sera magnifique, ajoutait-elle, magnifique ! » Naturellement, Séléné, en tant que demi-sœur de la mariée, était invitée. Son mari aussi, « si du moins, précisait Octavie, ses affaires n'exigent pas sa présence en Maurétanie ».

La sœur d'Auguste ne disait jamais un mot de trop et n'écrivait pas de phrases inutiles ; Séléné comprit qu'Octavie la mettait en garde : la présence de Juba n'était pas vraiment souhaitée, la mer serait bientôt fermée et il n'était pas question de le garder plusieurs mois en Italie alors que le sud de la Maurétanie demeurait troublé. Sa place était à la tête de ses troupes, c'était pour assurer l'ordre qu'on lui avait rendu un trône, on le lui rappelait.

Mais Séléné désirait avoir son mari à ses côtés : il est roi, il est beau, il a de la culture et de l'esprit, elle veut le montrer… Pourquoi ne reprendrait-il pas la mer aussitôt la fête finie ? Avec un peu de chance, les vents ne seraient pas encore contraires, les vagues, pas encore déchaînées. « Parions », proposa-t-elle. Juba sourit : « Parions ! »

À vrai dire, il ne détestait pas la ténacité de la reine, ses entêtements déraisonnables, bien que cette fois-ci son obstination fît bon marché de la vie de son mari ! Mais il n'était pas craintif ; et il s'amusait de la deviner pareille à toutes les jeunes mariées : avide de s'exhiber dans son nouveau rôle. Car elle prévoyait, lui dit-elle, de s'installer à Rome après les noces pour y passer toute la mauvaise saison, elle vivrait chez sa demi-sœur Prima et son mari Domitius, dans la grande demeure des Domitii qui s'étendait au-delà du mur Servien, sur la Colline des Jardins. Elle rêvait, apparemment, de renouer avec la vie mondaine…

Lui, qui avait si souvent trouvé déconcertante, étrange même, l'épouse que le Prince lui avait donnée, se sentit rassuré par cet égoïsme tranquille, cette vanité ordinaire : la fille de Cléopâtre était une femme comme les autres.

Séléné elle aussi se réjouissait d'être, pour une fois, « comme les autres ». À l'occasion de ce mariage, elle se donnerait l'illusion d'appartenir encore à une fratrie, de rejoindre une famille, sa « famille romaine ». Bien sûr, elle savait qu'il ne s'agissait pas de sa *vraie* famille. Ses parents, ses frères étaient morts depuis plus de treize ans déjà, éliminés par le vainqueur romain. Mais en recueillant la petite prisonnière, la sœur d'Auguste lui avait offert la chance d'entrer dans un groupe d'enfants de son âge : les « enfants du Palatin ».

Au début, Séléné n'avait pas bien su qui était qui au sein de la bande rieuse qui courait de l'atrium de Livie au jardin d'Octavie. Les quatre mariages de son père, les trois mariages d'Auguste, les trois mariages d'Agrippa, les deux mariages d'Octavie et les deux mariages de Livie rendaient difficile la comptabilité des rejetons et l'intelligence de leurs relations. À l'époque, faute qu'on lui eût fait des présentations détaillées auxquelles les circonstances de son arrivée ne se prêtaient guère, Séléné avait très vite divisé les enfants de sa *fausse* famille en trois sous-groupes : « les sœurs », « les cousins » et « les ennemis »[1].

« Les sœurs », Prima et Antonia, nées du mariage de son père avec Octavie, sœur d'Auguste, étaient ses demi-sœurs. Par l'âge, Séléné était même la quasi-jumelle de Prima, leur père se trouvant, à l'époque de leur conception, officieusement bigame. Ces deux sœurs qui lui étaient tombées du ciel à l'âge de dix ans, Séléné les avait aussitôt aimées.

Elle avait ensuite distingué, au sein de la nébuleuse du Palatin, un sous-groupe d'enfants qu'elle nommait ses « cousins ».

D'abord, venait Julie, née d'un premier mariage d'Auguste mais élevée par sa belle-mère Livie ; Julie était restée l'unique enfant du Prince. Et si elle était bien la cousine germaine de Prima et d'Antonia, à Séléné elle n'était rien.

Même chose pour les trois enfants qu'Octavie avait eus d'une première union, Marcellus, Marcella et Claudia : bien que demi-frère et sœurs de Prima et d'Antonia, ils n'étaient pas apparentés à Séléné. Cependant, elle les voyait eux aussi comme des cousins.

Cousine encore, avait-elle cru, Vipsania, la première fille d'Agrippa, orpheline de mère, qui grandissait chez Livie telle une enfant adoptive. Car elle était depuis longtemps fiancée à Tibère, l'aîné des fils que Livie avait eus de ses premières noces. Quant à Tibère lui-même, et à son cadet Drusus, Séléné, dans

1. Voir la « Liste des principaux personnages » des *Enfants d'Alexandrie* et des *Dames de Rome*, en fin de volume.

son enfance, ne les considérait pas comme des « cousins », ah non ! Elle les craignait en ce temps-là, elle les croyait ses « ennemis », puisqu'ils étaient les « ennemis » de Julie et des enfants d'Octavie, tous persuadés que Livie poussait les fils de son premier mariage dans l'affection d'Auguste au détriment de ses héritiers légitimes. « Ennemis » donc – même si Drusus n'était jamais bien méchant avec elle, et si Tibère lui avait plusieurs fois prouvé son amitié...

Curieusement, alors qu'elle s'attachait ainsi à de pseudo-« cousins » avec qui elle n'avait rien en commun, la fille d'Antoine et de Cléopâtre avait toujours négligé un authentique demi-frère, Iullus. C'était l'un des deux fils qu'Antoine avait eus avec sa première femme, Fulvia. À la mort de Fulvia, Iullus avait été recueilli par la deuxième épouse de son père, la toujours charitable Octavie, tandis qu'Antyllus, son aîné, rejoignait à Alexandrie son père et sa troisième épouse, Cléopâtre. Le joyeux Antyllus que Séléné avait toujours connu et adoré, le tendre Antyllus que les Romains vainqueurs avaient égorgé sous ses yeux et dont elle porterait le deuil toute sa vie, Antyllus lui était apparu comme un frère à part entière, alors que Iullus, aussi proche d'elle par la naissance, restait un étranger : c'est à peine si elle l'avait remarqué pendant les dix années passées dans la maison d'Octavie. Réfugié dans l'étude des tables de trigonométrie et la composition de vers hermétiques, ce fils d'Antoine cherchait à se faire oublier de tous – et d'abord de cette demi-sœur que son ascendance maternelle rendait encore plus suspecte aux Romains qu'il ne l'était déjà lui-même... Bientôt, on l'avait envoyé guerroyer sur le Danube, et Séléné n'aurait presque rien su de lui si, brusquement, Octavie n'avait décidé de marier ce dernier mâle de la lignée des Antonii avec l'aînée de ses propres filles, Marcella.

La « famille » romaine de Séléné, largement « recomposée », n'était donc pas toute simple, et, en privilégiant l'endogamie, le Prince allait encore la compliquer. Pour l'heure, il se disposait à unir la plus jeune de ses nièces, Antonia, à Drusus, le cadet de ses beaux-fils, après des fiançailles qui avaient paru interminables. Ce long délai lui avait été nécessaire pour vaincre les réticences persistantes d'Octavie à l'égard de sa belle-sœur Livie, qu'elle allait jusqu'à soupçonner d'assassinat. Il faut convenir que depuis longtemps Livie, comme une araignée, tissait sa toile, et Octavie était trop fine mouche pour se jeter étourdiment dans ce filet...

C'était le proche départ du Prince et de ses deux beaux-fils pour une tournée d'inspection dans les Provinces d'Occident qui avait fini par précipiter les événements. Auguste comptait en effet s'adjoindre Tibère et Drusus, vingt-cinq et vingt-deux ans, pour achever la pacification de l'Espagne ; ils passeraient ensuite par la Gaule celtique, puis monteraient jusque chez les Bataves, au bord du Rhin, afin de réconforter les légions et de donner quelques leçons aux Germains. Au total, une promenade militaire d'environ deux ans. L'énergie de ses jeunes beaux-fils, leur désir de bien faire, leur *furia* étaient dans ce type de circonstances indispensables au Prince : lion au logis, il n'avait jamais été qu'un petit renard au combat...

Avant son départ, il organisa diverses festivités, inaugurant notamment un temple de soixante-seize colonnes dédié à Romulus divinisé. Il y pria solennellement le fondateur de la Ville d'« augmenter l'empire et la majesté du peuple romain, en guerre et en paix ». Après cette cérémonie, il célébra dans l'intimité familiale le mariage de sa nièce Antonia avec son beau-fils.

À sa résidence du Palatin, blottie dans l'ombre du temple d'Apollon et peu à peu dévorée par les bureaux, le Prince avait préféré pour ces noces la côte napolitaine. Avant de disparaître un jour sous les cendres du volcan et les vagues de la mer, cette côte offrait une multitude de stations balnéaires qui se succédaient comme les perles d'un collier : Baules, Baïes, Puttéoli, Stabies, Herculanum, Pompéi. Quelle belle lumière il y avait alors ! Transparente, légère : une aube perpétuelle. Deux mille ans plus tard, des jeunes filles représentées sur les mosaïques à demi ruinées des *villas* courent encore, en deux-pièces, sur le sable des plages. Dans cet éternel matin du monde, elles lancent une balle que personne ne rattrapera et dévoilent, pour le seul bonheur des lézards, leur peau nue et leur nombril parfait. En bikini. Comme si le Temps n'existait pas, n'avait jamais existé, à Baules, Baïes et Capri…

À Baules, entre le lac Lucrin et la mer, Octavie possédait une belle *villa maritime*, celle même où son arrière-petite-fille Agrippine trouverait un jour la mort ordonnée par Néron. Livie, elle, avait à Baïes une grande maison, héritée de César. Cette extrême proximité des belles-sœurs ennemies, obligées de rester face à face, ou côte à côte, jusque dans leurs villégiatures, n'était certes pas ce qui souriait le plus à Octavie dans ce projet de mariage en Campanie. D'autant qu'elle avait autrefois célébré là les noces de son fils Marcellus avec sa nièce Julie, mariage d'enfants qui n'avait duré qu'une année du fait de la mort prématurée du garçon – une mort survenue à Baïes encore, mais, était-ce un hasard ? chez Livie...

Depuis ce drame, le Prince avait remarié sa fille unique à son meilleur ami Agrippa, qu'il venait de faire investir de la « puissance tribunicienne », le rendant presque aussi nécessaire au gouvernement de l'Empire qu'il l'était lui-même. Désormais, les deux compères se partageaient les tâches : quand Auguste était à Rome, Agrippa visitait les provinces ; et quand Auguste était dans les provinces, c'est Agrippa qui surveillait Rome.

Aussi Julie n'assista-t-elle pas au mariage de sa cousine. Elle accompagnait alors son « vieux » mari qui inspectait les Provinces d'Orient : Grèce, Phrygie, Syrie... Bientôt, ils iraient dîner à Jérusalem, chez le roi Hérode. L'été même des noces d'Antonia, Julie, en touriste éclairée, visitait le site de Troie : une stèle commémorative, élevée peu après par Agrippa, nous apprend qu'elle y échappa de justesse à la noyade ; son cabriolet fut emporté par un fleuve en crue et, séparée de sa suite, elle ne reçut aucun secours des habitants d'Ilion, trop effrayés par la tempête pour l'assister ! Par chance, comme toutes les filles du Palatin, elle nageait bien... Tandis qu'en Asie Julie se battait contre les éléments déchaînés, Prima, elle, figurait en bonne place aux noces de sa sœur : son mari, Lucius Domitius, venait d'être désigné comme consul de l'année et le couple était bien vu du Maître. Quant aux filles aînées d'Octavie, Marcella et Claudia, elles étaient présentes, elles aussi, avec leurs enfants, Marcella accompagnée de son nouveau mari, Iullus, qu'on présentait toujours en société comme « le fils de Fulvia », faute d'oser prononcer le nom d'Antoine désormais interdit.

Rattachée bon gré mal gré à cette famille de bric et de broc qu'on n'appelait pas encore « famille impériale », Séléné n'aurait pour rien au monde manqué ce mariage, que ce fût avec ou sans Juba. Certes, elle vivait en Maurétanie, mais, à condition d'échapper aux naufrages et aux accidents, quand les vents étaient favorables on ne mettait que deux ou trois jours pour aller d'Afrique en Italie. Et comme les déplacements maritimes étaient plus rapides que les transports terrestres, Séléné se trouvait à peine plus éloignée de la baie de Naples que ses sœurs romaines. Pour sillonner les mers, il fallait seulement ne pas redouter la mort. Mais Séléné ne la craignait pas. Ce qu'elle craignait, c'était la nuit, les souterrains, et les mains rouges…

À Baules, pour les noces, il ne manquait que Julie, Séléné la regretta. Même si, treize ans plus tôt, leur premier contact avait été plutôt acide, elle aimait depuis longtemps cette « fausse cousine ». Car Julie était encore plus adorable qu'insupportable : capricieuse, insolente, désespérément légère, mais gaie, spirituelle, généreuse, et courageuse jusqu'à la témérité. Des défauts d'enfant, des qualités de philosophe.

Avec cela, exquise comme un printemps campanien : un teint d'aurore qu'elle avait protégé de la céruse autant que des ardeurs du soleil ; la prunelle noire d'une Napolitaine ; la bouche moqueuse d'une vendangeuse ; et des cheveux blonds qui bouclaient si naturellement qu'elle les laissait s'échapper du chignon, comme une petite paysanne déshonnête, pour le plaisir de les sentir mousser sur son cou et ses épaules. Les hommes étaient fous d'elle, y compris le vieux mari, âgé maintenant de quarante-sept ans, auquel « le chef de la bande », « le Parrain des parrains », le Prince enfin, l'avait imposée.

Les servantes et les femmes du peuple aimaient aussi la fille du Prince. Parce qu'elle avait « les mains percées » et donnait à toutes celles qui savaient l'émouvoir. On ne faisait jamais appel en vain à sa pitié. Aussi lui rendait-on en affection ce qu'elle distribuait en aumônes : on la savait haïe de sa marâtre et victime, depuis sa naissance, de mauvais procédés, on la plaignait, on aurait voulu plaider sa cause auprès d'un père qui ne la défendait pas assez.

« Que voit en elle mon oncle, à part un ventre ? » demandait Prima, plongée jusqu'aux épaules dans l'eau sulfureuse des thermes avec Séléné, juste débarquée de Césarée. On avait renvoyé les masseuses, même Izelta Namgydi que la reine emmenait partout ; on bavardait sans contrainte. « À vingt ans ma cousine va offrir à son mari un quatrième enfant ! s'étonnait Prima. On peut dire qu'elle ne lambine pas ! On devrait lui tresser des couronnes ! Moi qui n'ai encore donné que deux héritiers à Domitius, je tremble à l'idée d'affronter une nouvelle grossesse… Mais lui, mon oncle, sais-tu comment il vient de remercier Julie de son dévouement ? Il lui a arraché ses deux fils, Caius et Lucius. Pour une somme symbolique, devant notaire, il les a rachetés à leur père Agrippa, qui ne peut rien lui refuser, bien sûr ! Lucius venait à peine de naître : racheté après pesée, comme un cochon au marché ! Une vieille coutume romaine, paraît-il… Et il les donne à Livie, sa mule stérile. Pour que ces gamins soient désormais ses héritiers directs, il passe par-dessus la tête de sa fille : la maternité de Julie, il l'efface. Plus aucune trace ! Maintenant, c'est Livie leur mère. Voilà la pauvre Julie qui après ce tour de passe-passe se trouve non seulement dépossédée de la plus grande partie de son héritage au profit des prétendus « fils d'Auguste », mais devenue légalement la demi-sœur de ses propres enfants ! Quelle famille, par les douze dieux ! Quelle famille !

— Que dit Octavie de toutes ces choses ?

— Ma mère ne dit rien, tu la connais. Et moi, je ferais sûrement mieux de me taire !... » Elles venaient d'entrer dans l'étuve sèche. « Ne ferme pas ce rideau, petite reine ! Surtout pas ! Les rideaux sont aussi dangereux que les paravents, les portes ou les volets : les espions de Mécène sont partout – il y a des jours où j'aimerais mieux vivre en Maurétanie... Entre nous, Livie a gagné. Elle triomphe sur toute la ligne. Pour la succession de mon oncle – tu sais qu'il va mal en ce moment –, pour sa succession elle est de toutes les combinaisons possibles : par les deux bébés volés à Julie, qu'elle élève, mais aussi par les fils de son premier mariage, ces foutus Claudii qu'elle cherche depuis toujours à glisser dans nos lits à nous, les Julii, seuls descendants de César ! Et, grâce à cette idiote d'Antonia, la vieille garce y a enfin réussi : avec Drusus, Antonia engendrera des petits Julio-Claudiens, des chiots bâtards... Grand merci à ma sœur ! Et les petits-enfants de ma mère seront des petits-enfants de Livie, n'est-ce pas joli ?

— Antonia avait-elle le choix ?

— Autant que n'importe laquelle d'entre nous !

— Assez peu, donc...

— Plains-toi ! Ton mari est beau comme un jeune dieu ! Julie l'avait repéré, d'ailleurs... Antonia, elle, aurait pu échapper au sort commun, résister. Ma mère l'aurait soutenue, et mon oncle n'aime pas chagriner sa sœur... Seulement, Antonia s'est laissé entortiller par la vieille mule, qui l'a persuadée que Drusus était amoureux d'elle – et je t'offre des petits cadeaux par-ci, et je te passe des billets doux par-là ! Pour finir, c'est elle, Antonia, qui est tombée amoureuse de Drusus, elle qui a voulu l'épouser ! Un garçon qu'elle connaît depuis l'enfance, presque un frère, et un faux jeton, en plus… Mais, à ce qu'il paraît, elle l'aime à la folie !

— Tu te trompes, Prima. Antonia est la moins sentimentale d'entre nous, elle ne lit même pas de poésie. Si elle épouse le fils de Livie, c'est qu'elle trouve ce mariage raisonnable. Et peut-être l'est-il, en effet ? »

L'Antonia qui, à dix ans, accrochait des boucles d'oreilles aux ouïes des murènes et claironnait des obscénités dans les latrines, l'inconsciente qui, à quinze ans, se présentait imprudemment comme la « nièce d'un roi », Antonia l'audacieuse, la provocatrice, celle-là n'existe plus : elle est devenue « raisonnable ». Elle a pris le virage peu après la mort brutale de son grand frère Marcellus, l'espoir de l'Empire et de toute sa fratrie, l'Enfant de l'âge d'or.

Plus fine que Prima, plus équilibrée que Séléné, elle s'est alors efforcée d'évaluer posément les chances qui, dans le jeu politico-familial, pouvaient rester à une adolescente de son âge, fille de Marc Antoine et nièce d'Auguste. Elle a fait mentalement « le tour de ses provinces et de ses colonies », comme aimait à dire son oncle, et, à l'arrivée, il ne lui a pas semblé qu'elle disposait de très grandes ressources.

Sur quoi s'appuyer en effet ? La réputation de son père ? Parlons-en ! Sa mémoire était frappée d'interdit, on avait détruit ses statues et martelé son nom sur les stèles publiques… L'habileté de sa mère ? Octavie, anéantie, s'abîmait dans le deuil de Marcellus et n'avait trouvé de forces, dans un ultime sursaut, que pour empêcher Tibère ou Drusus d'épouser la veuve de son fils, sa nièce Julie ; mais, pour contrer ainsi une dernière fois Livie, elle s'était privée de la seule arme qui lui restât : son gendre Agrippa, premier lieutenant du Prince, dont elle venait d'obliger sa fille aînée Marcella à divorcer pour qu'il pût engrosser Julie. Maintenant, faute de mâle dans son camp, Octavie, la chère et triste « Mamma », était impuissante. Du reste, elle se laissait mourir à petit feu, emmaillotée dans ses voiles gris comme une momie, le corps alourdi et le visage ravagé. On aurait dit qu'elle craignait d'augmenter sa douleur si elle renonçait au bonheur des larmes. À peine si elle se souciait du chagrin de ses filles qui la voyaient agir comme si elle n'avait plus personne au monde. Antonia eut peur. Peur d'être bientôt orpheline. De se retrouver seule, exposée à tous les dangers…

Mais ses sœurs ? N'aurait-elle pu espérer la protection de l'une ou l'autre de ses quatre sœurs ? Écartant d'emblée sa demi-sœur Séléné, qui n'était restée dans la maison que comme une sorte de « cousine pauvre » qu'on ne songeait pas alors à marier, elle jugea vite que les trois autres n'avaient pas contracté d'alliances assez brillantes pour l'en faire bénéficier. Marcella, divorcée d'Agrippa, avait été jetée dans les bras de Iullus Antoine, lequel portait comme un fardeau son patronyme gênant. Claudia, la futile et crédule Claudia, seconde de la fratrie, avait épousé d'abord un riche vieillard toujours alité, qui passa bientôt du lit au cercueil, puis un neveu adoptif de Messala Corvinus, ce digne sénateur que, jouant sur l'assonance, les filles d'Octavie n'appelaient plus que Messala *Matella* – « Pot-de-chambre » : pendant la guerre d'Égypte, il avait commis des pamphlets ridicules sur les vases de nuit, prétendument en or fin, de leur père Marc Antoine. Ce deuxième mari de Claudia, parent du Pot-de-chambre, était, lui, plutôt jeune, mais si gravement malade qu'on doutait qu'il pût atteindre l'âge requis pour le consulat. « Ma cousine Claudia a la vocation du veuvage ! » disait Julie. Quant à Prima, elle avait été mariée à Domitius, un sénateur sympathique et fort bien né, mais qui, de l'avis de ses pairs, ne serait jamais qu'un figurant sur la scène publique – un consul de plus, *magistrat* à l'année, sans grand charisme.

Le seul soutien sur lequel en principe Antonia aurait dû pouvoir compter était celui de son oncle et de sa tante. Mais pour l'oncle, inutile d'y songer ! Face à Auguste, l'adolescente restait tétanisée. Un homme trop complexe, trop effrayant… Avec sa tante, les choses se passaient mieux : Livie était simple, toujours de bonne humeur, plaisantait avec elle, s'amusait à la maquiller, à lui essayer ses bijoux, lui disait qu'elle était belle, de plus en plus belle.

Et c'était sans doute vrai : quand elle s'apercevait dans les grands miroirs circulaires du palais, qu'elle parvenait à distinguer sa silhouette et ses traits dans le placage d'or qui recouvrait la surface de bronze poli, Antonia ne se trouvait plus si mal. Un corps élancé fait pour la nage et la course, des cheveux épais, des traits réguliers. De profil surtout, elle était, selon

Livie, admirable : un profil de médaille. Antonia ne se voyait pas de profil, mais elle avait décidé de faire confiance à sa tante – sur son physique comme sur d'autres sujets. Quand Livie, pour la distraire du chagrin perpétuel de sa mère, l'avait invitée à se joindre au Prince et à elle-même pour visiter Éphèse et la Syrie, elle avait accepté avec joie. Par hasard, le jeune Drusus était du voyage… On connaît la suite : à leur retour d'Orient, on avait annoncé les fiançailles des deux jeunes gens. Quatre ans plus tard, enfin, ils se mariaient.

Soyons juste : Livie était une intrigante (« un Ulysse en jupon », dira plus tard son petit-fils), mais elle ne cherchait pas seulement à flatter sa future bru lorsqu'elle louait sa beauté, tous les historiens latins conviennent qu'Antonia était, de loin, la plus belle des filles du Palatin. Certes, moins « sexy » que Julie. Moins piquante, même, que Prima, dont nous admirons encore aujourd'hui le gracieux déhanchement sur le bas-relief de l'Autel de la Paix. Et moins touchante que Séléné. Mais « belle », la dernière fille d'Octavie l'était assurément. Au point de parvenir à le rester sur les monnaies antiques, d'ordinaire si peu flatteuses.

Cette perfection garde néanmoins quelque chose de glaçant : plus encore qu'à une Vénus descendue des nuées pour séduire les mortels ou à une tendre Latone, on sent qu'on a affaire à une Junon – un marbre sans fêlure, capable de résister à tout, une maîtresse femme apte à la survie en milieu hostile… Et Dieu sait si cette qualité allait lui être utile dans une « famille impériale » qui n'avait rien d'un cocon douillet !

À Baules, malgré sa tunique droite un peu raide, son voile orangé un peu épais, la sage Antonia fut, de l'avis général, une mariée resplendissante. D'autant plus rayonnante qu'elle n'avait jamais détesté Drusus. « Ils s'entendent bien », fit remarquer Livie, au comble du ravissement.

Comme un frère et une sœur, Antonia et Drusus éprouvent en effet l'un pour l'autre de l'amitié, et même de la tendresse. Dans leur bouche, le traditionnel « Où tu seras Gaius, je serai Gaia » n'est pas un vain mot, ainsi pensent les invités de la noce. Quant au reste – *les plaisirs de Vénus* –, ils se débrouilleront. Antonia est assez belle pour que Drusus n'ait pas à se forcer…

Lui, d'ailleurs, n'est plus du tout l'enfant gâté des premières années, le petit mouchard, le « faux jeton » dénoncé par Prima. Il a changé. Certes, il reste le beau-fils préféré du Prince, non sans raison : il se montre tellement plus souple, plus aimable que son frère Tibère, il sourit, il plaisante. Au cirque, au théâtre, c'est lui que la plèbe acclame. Chose étrange, Tibère, d'habitude si prompt à se vexer, ne prend pas ombrage de cette popularité : il adore son petit frère, il l'aime depuis l'instant où Octave a fait jeter le bébé à peine né devant la maison de leur père – Tiens, Claudius Nero, reprends ton paquet ! Longtemps, tous deux se sont sentis orphelins de leur mère, Tibère surtout – on la lui avait arrachée. Ils ont grandi auprès d'un père détruit par ses échecs politiques et ses déboires conjugaux, un père publiquement humilié, dont tout le monde riait. Quand, à la mort de cet homme médiocre mais aimant, ils rejoignirent le Palatin, ce fut pour découvrir, déjà grands, une mère inconnue qui ne vivait que pour son puissant mari, souvent absente, inquiète, lointaine, mais terriblement exigeante avec eux. Ils se sont réfugiés dans leur amour mutuel et partagent désormais un grand secret : ils sont républicains. Comme l'était leur père, Claudius Nero. Au cœur du palais, ils rêvent maintenant de rendre au Sénat et au peuple romain le pouvoir que leur beau-père a confisqué… Opposants cachés, opposants malheureux, ils ne se sentent à l'aise que sur le front des légions : là, ce n'est plus le Prince qu'ils servent, mais leur patrie. Ils se rejoignent eux-mêmes et, dans la guerre, ils trouvent enfin la paix.

Les cérémonies du mariage romain sont un peu longues : entre la prise des auspices, la signature du contrat, l'échange des promesses, le sacrifice, le cortège, le banquet et la visite de la chambre nuptiale, Tibère piaffait d'impatience. Il n'aspirait qu'à retrouver les camps – il dormait tellement mieux sous la tente ! –, même s'il se réjouissait du fond du cœur de l'union de son frère avec Antonia. C'était la seule des nièces d'Auguste qu'il appréciait. Les autres filles du Palatin – Claudia, Prima, Julie surtout, « la princesse » – avaient toujours été des gamines mal élevées, coquettes, moqueuses. Sa fiancée à lui, Vipsania, celle qu'il avait enfin épousée deux ans plus tôt, elles l'appelaient autrefois « la Pisse-au-lit » ou « la Touche-pipi », sous prétexte que c'était une fillette beaucoup plus jeune que lui, une petite qui n'avait que vingt mois quand on les avait promis l'un à l'autre.

Seules Antonia et Séléné se montraient gentilles avec « la Pisse-au-lit » lorsqu'elle venait, poussant son cerceau à grelots, jouer un moment dans leur jardin de buis… Lui, cette toute petite fille qui n'avait plus de mère, il cherchait déjà à la défendre, il la prenait sur ses genoux pour la consoler, il lui rendait sa poupée, que les autres lui volaient pour la faire pleurer.

Et Vipsania, peu à peu, avait pris l'habitude d'aimer ce grand maladroit, qui à Rome se cognait partout. Ils formaient désormais un excellent couple ; les regards amoureux dont il enveloppait sa très jeune épouse ne mentaient pas, même si, de sa part, ils étonnaient… Ainsi y eut-il parfois, dans la famille d'Auguste, des mariages heureux. Mais rien de durable, jamais. Que Tibère et Vipsania profitent vite de leur bonheur, il est fragile. Tôt ou tard, le Prince le détruira. Par méchanceté ? Non, par opportunisme : un nouveau montage l'arrangera mieux…

Comme un Corleone sicilien, Auguste aime sa famille car sa famille est sa chose. Il la pétrit comme une pâte à laquelle il donne la forme qu'il lui plaît. Il mélange les uns avec les autres, brasse, malaxe, et si l'un de ses proches lui résiste, il le broie ; les miettes retourneront dans la pâte, puisque rien ni personne ne doit sortir de la famille. Il touille, il tord, il tue, mais d'abord les siens, et en vase clos ; après quoi, il mêle leurs restes – pour que rien ne se perde des richesses accumulées et du pouvoir conquis.

À force de croisements et de recroisements, l'arbre généalogique des Julio-Claudiens deviendra rapidement si complexe qu'aujourd'hui il ne peut plus être représenté de manière intelligible. Autour de ces héritiers, il flotte comme un parfum d'inceste. Bientôt il ne s'agira plus seulement d'un « parfum »...

Car tous les enfants du Palatin passeront dans le malaxeur impérial. Les innocents de la petite bande, ceux qui, autrefois, couraient sans souci dans le jardin d'Octavie, seront gauchis, réduits et concassés, jusqu'à ne plus former qu'une même pâte. Pâte brisée, indéfiniment retravaillée. De plus en plus grise, de plus en plus sale. Encore deux générations, et les descendants du Prince seront tous fous.

« Elles sont toutes en jaune, c'est sans doute la mode », avait songé le Prince, agacé, en découvrant les robes des invitées aux noces d'Antonia – jaune safran, jaune miel, jaune souci, jaune d'or, jaune de cire, des soieries délicates et coûteuses dans toutes les nuances du jaune, et des franges, des franges sur tous les voiles, sur toutes les ceintures. Seules Livie et Octavie, plus âgées et plus sensées, échappaient aux injonctions de la mode : Octavie parce que, depuis son deuil, elle ne portait que du gris et du brun ; Livie parce que, épouse du Prince, c'était à elle de donner le ton, et elle venait de décider de passer au *viride*, un vert franc, en même temps qu'elle abandonnait le *nœud romain* pour une coiffure plus simple. « Que de futilités, ô dieux ! Si seulement, se disait le Prince, si seulement cela pouvait détourner ces charmantes créatures de se mêler de politique… Mais non ! Elles ont autant d'idées sur la forme du gouvernement que sur la longueur d'un volant ! »

Ce n'était pas non plus sans agacement, ni même un peu de dégoût, qu'Auguste contemplait maintenant les découpeurs de viande en manteau brodé et les immenses plats d'argent que les serviteurs faisaient circuler autour des lits du banquet nuptial ou déposaient l'un après l'autre sur les tables : huîtres du Lucrin, sèches farcies à la truffe d'Afrique, cigales de mer libyennes, cardons blancs de Cordoue, chevreau rôti de Gétulie, turbot à la sauce alexandrine, figues de Carthage, tortillons au miel de l'Hymette – des montagnes de nourriture venues de tous les pays du monde et, en perspective, de longues heures vouées à la mastication, des heures perdues pour le travail quand, du Rhin jusqu'à l'Éthiopie, et de l'Atlantique jusqu'au Caucase, la sécurité de cet immense empire requérait toute son énergie… Il est vrai qu'on ne pouvait pas, pour un mariage, se contenter d'une purée d'anchois et de deux saucisses de Lucanie ! Pour sa part, il ne goûterait qu'aux huîtres et aux pruneaux de Damas qui garnissaient le turbot. Il avait un faible pour les pruneaux, presque autant que pour le concombre. Nicolas de Damas, l'ancien précepteur de Séléné, établi désormais à Jérusalem comme conseiller du roi Hérode, lui en envoyait régulièrement de là-bas. Au point que ces grosses prunes séchées, il les appelait « des nicolas », et tout son entourage, servilement, l'imitait : « As-tu reçu tes nicolas ? Nous voulons des nicolas ! » Corbeaux sans cervelle, prompts à répéter n'importe quoi ! Croasseurs de basse-cour ! Pies du maître ! Il hait les courtisans. Mais il en faut, bien sûr, il en faut : l'adulation est la compagne la plus fidèle du pouvoir, et l'imitation du langage du chef, la forme ultime de cette adulation. Ah, la bêtise a de l'avenir ! Il tâche de s'en accommoder puisque, si puissant qu'on soit, on ne peut pas bâillonner tous les imbéciles.

Nicolas de Damas était donc devenu le fournisseur attitré du Tout-Rome en douceurs orientales ; ayant ainsi habilement attiré sur lui l'attention et la bienveillance du grand homme, il sollicitait maintenant la permission d'être son biographe.

Pouvait-on écrire déjà la biographie d'un homme de quarante-cinq ans ? Dans ses lettres à Nicolas, Auguste en doutait : « Veux-tu dresser si tôt mon bûcher ? », mais, au fond, il n'était pas mécontent qu'un étranger cultivé – que la postérité supposerait plus impartial qu'un Romain, parce que moins impliqué – voulût raconter sa jeunesse et ses combats d'une manière qui lui agréerait. Il se méfiait davantage de l'*Histoire des guerres civiles* de Cremutius Cordus et des écrits secrets d'Asinius Pollion.

Asinius, l'indocile Asinius, restait le seul sénateur qu'Octavie reçût encore. Ce soir-là, elle l'avait même imposé au banquet, à l'une des meilleures places, qui plus est. Avec Mécène et sa femme, Asinius était l'unique ami invité, les autres convives appartenaient tous à la famille proche. Dix-huit dîneurs seulement et six lits. De ces deux tablées de neuf, l'une était présidée par le Prince, l'autre par sa sœur. Un repas très intime, que Livie, pour sa part, avait voulu entrecoupé d'intermèdes nombreux, des chants, des poèmes, des pantomimes ; entre la *gustatio* apéritive et le premier service, on avait assisté à une représentation de la rencontre entre le berger Pâris et les trois déesses du mont Ida, avec, dans le rôle de Vénus, une jeune beauté à la danse expressive et au corps non moins parlant. Au théâtre, elle jouait, paraît-il, le rôle sans voiles – que faisait donc la police de Mécène ? Ici, heureusement, Livie avait exigé une tunique. Mais la mousseline cachait à peine les plus aimables secrets de l'actrice : tantôt les mouvements de sa danse entrouvraient à demi la draperie, tantôt ils la plaquaient étroitement sur ses hanches et ses seins… Même les *matrones* applaudissaient. Auguste soupira. Qu'il était donc difficile aux femmes de revenir à la *pudicitia*, maintenant que les désordres de l'État les en avaient éloignées ! À quoi servait de leur avoir interdit, dans l'arène, le spectacle des lutteurs nus ? de les avoir reléguées en haut de l'amphithéâtre pour les empêcher d'admirer de trop près les muscles des gladiateurs ? Elles trouvaient toujours le moyen de salir leur regard et de souiller les yeux des autres ! Entre les rebelles des Asturies et les dames de Rome, il ne savait lesquels lui causaient le plus de soucis, il lui prenait parfois l'envie de baisser les bras, de se voiler la face et d'aller se coucher. Dormir ? Mais il n'arrivait plus à dormir ! Jamais avant le petit matin. Il allait devoir encore changer de conteur…

Après le turbot aux pruneaux, Livie faisait maintenant défiler ses nains – une manie innocente, au moins ! Elle les collectionnait depuis longtemps, on lui en envoyait de tout l'Empire. Elle se vantait de posséder la plus petite naine du monde : une Asiatique, Andromède, qui mesurait à peine plus d'une coudée. La tête de cette monstresse n'était pas trop grosse, son corps semblait même bien proportionné, on aurait dit une poupée. Livie s'amusait parfois à la coiffer, à la chausser, et elle lui tissait de minuscules tuniques bariolées… Comme cette Andromède était très fragile – le moindre choc l'aurait brisée –, des esclaves la portaient dans une corbeille doublée de plusieurs épaisseurs de soie.

La naine, souriante, salua le public de sa petite main à la façon d'un gladiateur vainqueur : les doigts écartés, elle levait la main comme un rétiaire brandit le trident qui vient d'étriper le mirmillon ! Les dîneurs applaudirent. Machinalement, Auguste tourna la tête vers Séléné, couchée au bout du lit de droite : il s'était brusquement rappelé qu'elle possédait un nain elle aussi, l'un de ces nains à la peau brûlée qu'on nomme « Pygmées ».

Au moment où, de loin, il se tournait ainsi vers elle, la reine de Maurétanie leva les yeux. Leurs regards se croisèrent et…

… et Séléné crut voir le Prince faire, avec le doigt, un geste obscène. Un geste qui la ramenait des années en arrière, au temps où on livrait à ce Minotaure, dans l'une des galeries souterraines du palais, des fillettes mal nourries, des gamines vierges qu'il faisait défiler devant lui, examinait minutieusement et tâtait jusqu'entre les cuisses – de la main et du doigt – avant de solliciter l'avis de sa jeune « prisonnière », la fille de la Reine-Putain, invitée à participer à la désignation de la victime.

Rougissant malgré elle à ce souvenir dégradant, la sueur au front, le feu aux joues, Séléné détourna les yeux. Pour se donner une contenance, elle fixa intensément les dîneurs du lit d'en face, dans l'espoir d'engager une conversation. Avec Pollion, par exemple ? Mais Asinius Pollion, par-dessus la tête de Livie, répondait à une question d'Auguste.

Quant à Claudia, elle n'entendit pas l'appel muet de la sœur de ses sœurs ; trop occupée à fouiller de la main entière dans un ragoût de tétines de truie, elle avait déjà maculé de sauce toute sa serviette et le devant de son « surtout de banquet »... En désespoir de cause, et toujours sans regarder dans la direction d'Auguste, Séléné héla un petit échanson phrygien qui passait devant la table et elle lui demanda à boire. Elle cherchait à gagner un peu de temps puisqu'il n'y avait aucun secours à attendre de Prima ni de Juba, qui dînaient à l'autre table, celle d'Octavie. De toute façon, en présence du Prince, son mari semblait abdiquer toute fierté : renonçant à porter la pourpre royale chez le Maître de l'Empire, il était allé jusqu'à revêtir, pour ce court séjour, la toge blanche empesée du citoyen romain...

Au jeune échanson, surpris, la reine demanda du vin. Ce soir-là, Livie faisait servir à ses hôtes un vin rare, un Falerne de l'année d'Opimius qu'on n'avait coupé d'eau qu'au quart. Mais pour les femmes, pas de vieux Falerne, même filtré à la neige, ni de Sétia, le vin préféré du Prince : pour toutes, de l'eau pure, tels étaient les ordres du Maître. Auguste rappelait à qui voulait l'entendre qu'autrefois les Romaines ne buvaient pas de vin, fût-il coupé aux sept huitièmes ; un citoyen dont la femme s'était enivrée pouvait la punir de mort, sans autre forme de procès, et c'était pour vérifier que leur épouse ne buvait pas en leur absence que les hommes avaient pris l'habitude, en rentrant, d'embrasser leurs femmes sur les lèvres. « Et que les femmes ont pris l'habitude, elles, de masquer leur haleine en croquant des feuilles de laurier ! » lui avait un jour rétorqué Julie, qui s'amusait encore, à cette époque, du passéisme de son père et se plaisait à braver le *mos majorum*, la « coutume des ancêtres », qu'Auguste tenait à rétablir.

Séléné but donc du vin, comme les hommes : après tout, elle n'était pas romaine, c'est sur la Maurétanie qu'elle régnait... Elle but lentement ; comme les coupes étaient taillées dans du cristal de roche, on pouvait voir, en transparence, ce que chacun buvait ; elle tenait à montrer qu'elle ne buvait rien d'incolore, elle buvait rouge et noir, noir sang – à la santé du Prince !

En dégustant son Falerne elle ne regardait pas Auguste, mais elle l'entendait : il parlait toujours avec Asinius Pollion, couché à deux places de lui sur le lit que présidait Livie. Il lui parlait de Julie qui, disait-il, avait commencé elle aussi une collection de nains. « Ma fille prétend satisfaire un appétit de connaissances fort légitime à l'égard des curiosités de la Nature. Mais je sais bien qu'elle ne cherche qu'à rivaliser avec sa belle-mère. Saine émulation, d'ailleurs... Tant que ces dames n'entreprennent pas de collectionner aussi les veaux à deux têtes, je m'estime heureux et je les laisse faire. Agrippa s'en amuse comme moi. Un Romain marié ne doit-il pas être raisonnable pour deux ? »

« Verse encore ! » dit Séléné à l'échanson parfumé en lui tendant sa coupe vide ; il fallait trouver le courage de replacer son buste dans l'axe du lit : à force de tourner la tête vers la gauche, par-dessus son épaule, elle risquait d'attraper un torticolis ! Elle devait se redresser et oser dévisager « le Minotaure » sans rougir, sans même ciller. Du reste, elle commençait à se demander si elle n'avait pas rêvé : comment le Prince aurait-il eu l'audace, si près de sa femme, de faire un geste aussi laid ? Non, sûrement, elle avait rêvé. Depuis quelques mois, ne souffrait-elle pas d'étranges visions ? C'était sans doute, une fois de plus, un morceau de son passé qui venait de tomber dans le présent…

Mais, à propos du passé justement, que lui voulait-il donc autrefois, l'égorgeur de ses frères, dans les souterrains du Palatin ? Que cherchait-il, lorsqu'il l'obligeait à assister au viol de petites filles terrifiées, arrachées à leurs campagnes ? Et pourquoi recommençait-il à la salir aujourd'hui ? Pourquoi la poursuivait-il ? Même après avoir bu deux coupes d'un trait, elle revoyait toujours son doigt, dressé comme un sexe : le *digitus impudicus*. Ce fut à la troisième coupe, « Verse encore ! », qu'elle trouva la force de poser à nouveau les yeux sur « l'Apollon Bourreau » et de les y laisser fixés. Pour le défier.

Tout en parlant avec Antonia et Tibère, Auguste finit par sentir sur lui ce regard insistant : il s'arrêta au milieu d'une phrase, étonné, inclina légèrement la tête vers elle comme pour un salut poli, puis il sourit. Un sourire sans ironie. Un sourire tout simple. Mieux, un sourire enfantin. Qu'à cause de ses vilaines dents il cacha aussitôt derrière sa main. Comme un petit garçon pris en faute ou un garnement qui pouffe. Rien que de puéril, de très innocent… Bien joué ! Quel comédien ! Dieux du Ciel, comme elle haïssait sa duplicité ! Comme elle le haïssait !

Et dire qu'autrefois il avait osé prétendre que la

reine d'Égypte, sa mère, s'était offerte à lui ! Mais qu'aurait-elle pu trouver à ce godelureau, elle qui avait eu un Marc Antoine dans son lit ? Auguste n'était pas vraiment laid, mais bien trop fluet pour sembler beau ; et sous ses traits réguliers d'éternel adolescent transparaissait parfois, l'espace d'une seconde, la violence noire de son âme. Un cœur cruel, un être tordu, qui n'aimait rien tant que mettre les autres mal à l'aise, offenser leur pudeur pour jouir de leur trouble. Et troublée, elle l'était. Ce soir-là, elle l'était...

Troisième coupe donc : « Verse, petit Phrygien, verse. » Ce n'était plus du Falerne qu'on servait maintenant, ni du Sétia, mais un vin que Livie produisait elle-même dans sa propriété de l'Adriatique, un Pucinum à la gentiane et aux herbes, excellent pour la digestion.

Mécène, le voisin de gauche de Séléné, entreprit – enfin ! – de lui adresser la parole, mais, de ce qu'il lui dit, elle ne saisit presque rien. Cet épicurien chamarré avait toujours eu l'art des discours alambiqués. De plus, suivant un programme de vieillissement éprouvé, il commençait, après avoir perdu ses cheveux, à perdre ses dents ; donc il chuintait. Peut-être aussi avait-elle déjà trop bu pour suivre le raisonnement des autres ? Tout de même elle comprit, vaguement, que, pour faire l'aimable, le ministre l'interrogeait sur la Maurétanie, sur Césarée, sur son palais... Toutes choses dont elle savait bien qu'il se moquait éperdument ! « Je suis désolée, dit-elle.

— Désolée de quoi ?

— Désolée... Absolument désolée... Désolée de... Enfin, pour Julie...

— Julie ? Et pourquoi ? »

Sautant résolument du coq à l'âne et de Charybde en Scylla, « Je suis désolée que son père l'ait privée de ses enfants, fit-elle à mi-voix. Il ne les a même pas adoptés, à ce qu'on m'a dit : il les a achetés à Agrippa pour un *as*. Après les avoir posés sur une balance. » Elle s'efforçait de chuchoter, mais, malgré elle, sa voix montait, elle parlait trop fort : « Ce serait, paraît-il, l'une de vos anciennes coutumes, remise en usage rien que pour lui – comme s'il avait trouvé les deux bébés abandonnés sur un tas d'ordures ! » Elle prononçait « ab*on*donnés », glissant malgré elle sur les mots trop longs. « Il fallait supprimer toute trace de, comment disent-ils, vos légistes ?, de *filatio*… non, de *fella*… oh non ! oh, de *fi*, de *fi-li-a-tion* antérieure… » Elle avait du mal à articuler, la tête lui tournait un peu. D'ailleurs, elle n'aurait pas dû parler de cette histoire-là, elle était folle, c'est au chef du renseignement qu'elle était en train de donner son avis sur la famille du Prince ! Il fallait arrêter tout de suite, elle le savait, mais elle continuait : « Je ne connais pas grand-chose au droit romain, je suis grecque. Mais si je comprends bien, hein, Agrippa a vendu ses fils au poids. Et lui, le Prince Auguste, il est (attention, mot difficile en vue : détacher chaque syllabe), il est dé-sor-mais le père légitime des enfants de sa fille… Vous dites que les rois d'Égypte, mes ancêtres, étaient (prendre son élan : mot glissant) in-ces-tueux, comment qualifiez-vous le Premier des Romains ?

— Ne bois plus de vin, *Regina*. Il donnait de l'esprit à ta mère, mais toi, il te rend bête. »

Et pour ne pas en entendre davantage (un beau

geste de sa part), le ministre changea ostensiblement de position pour s'adresser à son autre voisine, Marcella. Il ne restait plus à Séléné qu'à se taire, ou à parler avec Tibère, étendu sur le lit d'à côté, à gauche de la mariée.

Tibère... Séléné lui jeta un regard désespéré, mouillé de tristesse et de nostalgie. Elle avait de si bons souvenirs de lui : il l'aimait bien autrefois, il l'avait même sauvée du fouet. Que ne l'avait-il sauvée aussi du souterrain, lui qui, le premier, l'avait mise en garde contre « le dieu oblique » ! Remarquait-il, ce soir, qu'elle avait de nouveau besoin de lui, qu'elle l'implorait en silence ? Sans doute pas... Il ne jurait plus que par sa Vipsania ! Bon, la petite méritait d'être aimée, c'était une gentille fille, et, dès qu'elle avait su marcher, on l'avait façonnée pour ce mari-là, alors s'ils étaient heureux, tant mieux.

Pourtant, entre deux beignets de cardons, et malgré son bonheur officiel, Tibère finit par entendre l'appel muet de Séléné ; pour aider son ancienne compagne de jeux à qui Mécène, ce valet du Maître, ce « cul épilé », tournait le dos avec une insolence choquante, il entra aussitôt en conversation, mais il le fit comme il faisait tout, avec peu d'à-propos et beaucoup de brusquerie : « Sais-tu, *Regina*, qu'aux Jeux séculaires offerts l'an dernier par César Auguste on a montré un animal africain surprenant ? Il est issu, je pense, du croisement d'un chameau et d'une panthère. Il a la peau tachetée de la panthère, avec la silhouette du chameau – le même museau fendu, les mêmes pattes graciles... Mais son cou est plus long car, d'après le laniste qui le produit dans l'arène, cet animal est obligé, en Afrique, de brouter les arbres à leur sommet. C'est très curieux, n'est-ce pas ? Y a-t-il des monstres semblables chez toi, en Maurétanie ? »

Et, pour occuper le terrain que Mécène « l'efféminé » avait laissé si scandaleusement vacant, voilà Tibère parti à comparer l'originalité de cette girafe exhibée au Forum et l'extraordinaire d'un rhinocéros présenté en même temps dans l'arène où, aiguillonné par des piqueurs, il avait successivement encorné un lion, un buffle, et un ours énorme. « Et dire que le peuple romain ose encore prétendre qu'on ne le gâte pas ! »

Séléné l'écoutait, rassérénée, en tâchant de ne plus lorgner du côté du Prince. De ne plus voir sa main, son doigt, son sourire, et ce regard pointu, étincelant, qui vous pénétrait jusqu'au cœur et vous laissait sans volonté, tremblante comme une agnelle livrée au couteau du boucher… Elle héla l'échanson à la longue chevelure, qui lui servit une autre coupe.

Au moment où elle la portait à ses lèvres, Tibère posa la main gauche sur son bras pour arrêter son geste. « Il ne faut plus », dit-il. Et, sur le bras nu de Séléné, il laissa longtemps peser sa main, sa main carrée et forte, qui pouvait broyer une pomme énorme ou casser trois noix à la fois. Il la laissa jusqu'à ce que la reine eût reposé la coupe sur le trépied. Et même un peu après…

Elle ? Elle baissait la tête, accablée de honte. Honte d'avoir trop bu, honte de rougir, honte de ne savoir que dire, honte de se ramollir, de se sentir anéantie, livrée ; honte aussi d'avoir trop chaud, de plus en plus chaud, honte de brûler, et honte de désirer que ce moment, si humiliant, durât longtemps…

Magasin de souvenirs

Catalogue, vente archéologie, Paris, hôtel Drouot :

… 75. Buste d'applique représentant un jeune homme à la chevelure constituée de mèches épaisses. Il s'agit probablement d'un buste de Tibère jeune. Bronze à patine verte lisse. Il est possible de relier cette œuvre au sesterce représentant Drusus et Tibère enfants entourés de cornes d'abondance, daté de 23 av. J.-C.

Art romain. Période julio-claudienne, Ier siècle av. J.-C.

H : 8 cm *1 500/2 000*

Après le banquet et les chants d'hyménée, Juba et Séléné rentrèrent dans la même chambre. Comme tous les bons époux.

Juba, qui n'avait pas mangé plus que le Prince, se sentait de l'appétit de reste pour d'autres plaisirs ; ce soir, il traiterait sa femme en hétaïre : il la trouvait si appétissante lorsqu'elle était ainsi, un peu ivre – alanguie, hésitante, le regard vague, la peau moite, et sa bouche enfantine entrouverte, offerte…

À peine la porte franchie, le voilà qui laisse tomber sur le sol son « surtout de banquet » et, en embrassant sa Galatée dans le cou, il commence à retrousser par-derrière sa longue robe couleur de paille et sa *tunique intime.* Les femmes de chambre préposées au déshabillage sortent sans bruit. Izelta, la petite Mauresse de Séléné, a laissé une grosse lampe allumée, mais elle n'a pas pris le temps d'y remettre de l'huile, pressée, comme les autres, de profiter de l'aubaine pour aller manger les restes du dîner.

Très vite, la flamme a baissé, faseyé ; elle s'éteint au moment où Juba, renversant Séléné sur le grand lit d'ivoire, lui arrache le bandeau qui lui comprime les seins, ce *strophium* que les prostituées ne retirent jamais et que les reines n'enlèvent même pas pour dormir. Dans la chambre, il fait nuit noire et Séléné ne sait plus très bien où elle en est. Mais elle a assez bu pour ne pas avoir peur. Quand Iobas couvre de baisers sa jeune poitrine qu'il vient de libérer, elle redécouvre, étonnée, qu'elle a deux seins, deux petits seins pointus qui ont, comme deux faons, une vie séparée l'un de l'autre et des besoins différents, des sensations autonomes. Ses cheveux aussi, ses cheveux que son mari a peu à peu dégagés de leur échafaudage de rubans et de nœuds, ses cheveux reprennent vie, ils bougent, chatouillent son cou, son front… Mais ces impressions délicieuses ne parviennent à son esprit qu'amorties, ouatées – elle est déjà presque endormie. Les mains qu'elle sent sur son corps nu, ces mains qui la touchent partout, qui la caressent et qui l'emportent, à qui appartiennent-elles ? À Tibère, qui a frôlé son bras ? Au Prince, qui lui a montré le doigt ? Le vin l'a grisée ; à demi assoupie, dans le noir elle laisse cet homme invisible la manier d'autant de façons qu'il lui plaît : elle est à sa merci, molle et abandonnée comme un chiffon. Il baise sa bouche. Mais non, ce n'est pas le soldat rouge, cet homme dont la langue force le barrage de ses dents, c'est Auguste, c'est Tibère, c'est un inconnu, c'est son maître. Elle est à lui. La langue, maintenant, glisse sur ses seins, une main écarte ses cuisses, c'est Auguste, c'est Tibère, c'est l'homme du souterrain. Elle ne peut plus, ne doit plus lui résister, il la pénètre, il la viole. Ô douceur de cette violence, miel et fiel, un feu dans ses veines, un arbre dans son ventre, et tant de rameaux qui montent dans son corps, tant de rameaux. Elle s'entend haleter, gémir, elle crie…

Quand, plus tard, Juba la garde en silence entre ses bras, étroitement enlacée, elle se souvient, malgré la nuit épaisse, qu'elle est couchée avec son mari et, pour la première fois, elle lui caresse l'épaule. Timidement. Maintenant, mieux réveillée, elle pose un baiser léger sur cette épaule douce qu'elle a plaisir à effleurer du bout des doigts ; elle dit : « Iobas… » Il la serre plus fort contre lui. Comme s'il lui était reconnaissant de prononcer son nom tendrement. Pourtant… pourtant tout à l'heure, dans l'ombre, c'est à un autre qu'elle s'est donnée, elle le sait. Son mari, elle l'a trompé – avec une illusion, un fantôme, un dieu peut-être ? Et c'est à ce simulacre qu'elle doit d'avoir enfin découvert le sens du mot « volupté »…

Le désir n'est pas une anticipation, c'est une réminiscence.

Les jouissances qu'on espère et celles qu'on se rappelle ne sont qu'une seule et même chose : plus Séléné se créait de souvenirs avec « l'homme de la nuit », plus elle désirait l'ombre qui le lui ramenait et le corps familier à travers lequel, chaque fois, il ressuscitait.

Pendant les derniers temps du court séjour de Juba en Italie, ils firent l'amour avec furie : lui avec elle, qu'il regrettait de ne plus voir en pleine lumière ; elle avec Auguste, Tibère, ou quelque roi gétule ou germain qu'elle imaginait grand et sanguinaire. Chaque après-dîner ranimait *les joies de Vénus*, pourvu que Séléné eût bu deux ou trois coupes et que la lampe fût éteinte.

Peu avant de repartir pour la Maurétanie, Juba, de plus en plus échauffé, osa suggérer à sa femme quelques « variantes », dont, depuis leur première nuit commune à Césarée, elle semblait avoir perdu la mémoire : « Ce soir, mon petit miel, combats-moi plutôt comme un Parthe : en me tournant le dos… » Mais, par crainte de l'effaroucher, il renonça à lui demander la permission de la traiter en jeune garçon

– il avait, du reste, tout ce qu'il fallait à Césarée, même si ses *delicati* ne l'amusaient plus.

La veille de son départ, fâché de devoir une dernière fois moucher la lampe, il lui dit que, dans cette obscurité imposée, il avait l'impression de jouer à « Amour et Psyché ». « Malheureusement c'est moi l'époux, qui tiens ici le rôle de la pauvre Psyché condamnée à ne pas savoir avec qui elle jouit... » Séléné trouva la remarque piquante et dit, comme en plaisantant : « Crois-tu donc que moi, je connaisse avec certitude le visage de celui auquel je m'unis ? Ne sens-tu pas qu'il m'arrive parfois de... tâtonner ? » Il rit, et, en riant, ils s'enlacèrent encore. Séléné ne se donnait plus pour procréer et réparer le passé, elle se donnait enfin « pour le plaisir ». Trois ans après leur mariage, ils vivaient leur lune de miel...

Ce fut au point qu'elle voulut rentrer à Césarée avec lui : « Cinq mois sans toi ? Mais comment vivrai-je si longtemps sans te voir, sans te toucher ? » Il la raisonna : « La reine de Maurétanie ne peut jouer un tour pareil aux grandes dames qui l'attendent à Rome ! Prima serait la première offensée. Et Octavie ? Pendant ces noces, elle était trop occupée pour que vous puissiez vous parler, mais tu dois lui rendre visite dans sa maison du Palatin. Songe à tout ce que tu lui dois ! Si tu revenais avec moi, tu ne la verrais pas. »

Le roi rembarqua à Pouzzoles, sur une mer déjà grosse. Tandis que sa trirème, fendant les vagues, dépassait l'ultime pilotis de la dernière jetée, Séléné en larmes courait sur le quai.

Pour qu'il se rappelle les nuits de Baïes, pour qu'il ne l'oublie pas, la reine écrivait chaque semaine à son roi : « C'est en dormant que je te retrouve. Souvent, en rêve, il me semble que j'appuie ma tête sur ta poitrine, ou que mon épaule soutient ta tête. Dans mes songes, je reconnais tes baisers. Quand la nuit est profonde, que tout s'éteint autour de moi, je rêve que je te caresse, homme lointain, homme inconnu, fantôme ; et, dans mon sommeil, je prononce des mots plus osés que je n'en dirais éveillée… J'aimerais tant, Iobas, te tenir contre mon cœur ! Je voudrais, les yeux fermés, frotter d'huile de rose la trace des cicatrices que la guerre t'a laissées. Suivre en aveugle leur ligne si fine, presque effacée. Déjà, sous mes doigts, je crois sentir ta peau… Viens à moi, mon maître, par tes pensées, par tes lettres. Viens à moi. Et, dans ton prochain message, mets un mouchoir longtemps gardé dans l'encolure de ta cuirasse, un mouchoir qui m'apportera l'odeur vivante de ton corps. Car j'ai froid. Malgré la bonté d'Octavie et la chaleur de mes sœurs, je sens souffler sur Rome un vent glacé… »

Ces tendres lettres de Séléné laissaient Juba perplexe. Certes, il était touché. Des mots qu'elle écrivait, naissaient des images qui le troublaient. Mais il était incapable de lui répondre sur le même ton. Elle, autrefois, avait chanté Properce et lu Ovide ; lui ne lisait ni Catulle, ni Tibulle, ni aucun de ces faiseurs de vers élégiaques à la mode d'Alexandrie.

Son embarras ne se résumait d'ailleurs pas à une question d'expression, c'était aussi une affaire d'éthique : il avait beau, à l'inverse des moralistes de la vieille école, admettre que l'endroit où l'homme décharge sa semence n'est pas toujours indifférent et que la femme peut être plus qu'un simple réceptacle, beau savoir aussi, *horresco referens*, que la jouissance de l'homme peut s'augmenter de celle de sa compagne, il craignait de voir Séléné rappeler trop souvent ces moments délicieux où ils s'effondraient dans les bras l'un de l'autre, hors d'haleine et épuisés : ils étaient mariés, quand même ! N'était-ce pas être adultère envers sa propre femme que de l'aimer d'un amour trop ardent ? S'ils n'y prenaient garde, leur union risquait de dégénérer en passion – la pire des catastrophes en général, et dans un grand royaume plus qu'ailleurs. Allaient-ils en plus se donner le ridicule de laisser paraître cet amour au-dehors, comme des bergers joueurs de flûtiau ? Mais pour qui le prenait-elle ? Un *mollis* ? un impudique ? un luxurieux ? un *petit Grec* ?

« J'ai pour elle, songeait-il, de l'affection. De l'estime aussi, beaucoup. Et même de l'ambition : elle a l'étoffe d'une grande reine… Si je parviens à la guérir de ses peurs et de ses visions, ma Cléopâtre sera une souveraine illustre, capable de faire briller la Maurétanie en y bâtissant des merveilles, en y rassemblant des poètes rares et des statues précieuses. Et pour peu qu'il lui vienne des enfants, elle les élèvera, j'en suis sûr, de manière à rendre immortelle notre double lignée et à honorer Hercule, notre ancêtre à tous deux. » Mais il fallait commencer par calmer les élans de la reine, l'empêcher de confondre le plaisir et l'amour, la ramener dans les bornes d'une douce amitié conjugale.

Malgré le mauvais temps qui obligeait les lourds cargos à rester à quai, des vaisseaux militaires chargés de courriers et d'officiers continuaient à faire la navette au plus court entre les deux continents. Les lettres de Juba, qui gagnaient Carthage ou Utique par les chemins côtiers, embarquaient de là pour la Sicile ou la Calabre et remontaient ensuite vers Pouzzoles ou Ostie sur de prudents caboteurs qui rasaient les grèves, ou directement vers Rome grâce aux chevaux de la Poste impériale.

Le roi, pour éviter des épanchements dangereux, donnait à son épouse des nouvelles détaillées des combats qu'il livrait dans les montagnes, au sud de la Numidie. Il était en train de réorganiser son armée : il avait, au début, calqué l'ordonnance de ses troupes sur le modèle des légions, mais, depuis quelques années, il voyait bien que rien n'était moins adapté à la nature accidentée du terrain et à la rapidité de mouvement des tribus nomades. Il venait donc de réduire sensiblement les effectifs de son infanterie au profit de la cavalerie. Plus de la moitié de son armée était désormais constituée de cavaliers aptes à lancer le javelot, à combattre à l'épée et même à tirer à l'arc dans toutes les positions.

Cette cavalerie souple et rapide, il l'organisait maintenant en très petites unités capables de poursuivre jusqu'au fond des ravins et des bois les fuyards dispersés ou, en formations encore plus réduites, d'éclairer le terrain à l'avant des fantassins. Pour ce faire, il avait débauché nombre d'auxiliaires numides de l'armée romaine et retourné en sa faveur des Musulames capturés ; ses officiers maures et espagnols, d'une fidélité éprouvée, encadraient de près ces troupes courageuses, et même belliqueuses, mais peu portées à l'obéissance dès que s'offrait une occasion de piller.

« Prenez garde, soldats, leur disait Juba quand, monté sur son petit cheval barbe, il parcourait le front de l'armée pour la haranguer. Prenez garde au *moretum* ! Le ravin, le roncier, la rivière grossie par les pluies sont autant de souricières vers lesquelles l'ennemi cherche à vous attirer. Au fond de ces pièges, il fait briller son or, ses tapis, ses femmes – c'est le petit bout de *moretum*, de fromage fort qui appâte la souris, mais à peine en aurez-vous approché que la trappe se refermera derrière vous... »

De toutes ces réformes militaires, et des succès qui s'ensuivaient, il entretenait longuement sa Cléopâtre dans ses lettres, en même temps qu'il l'informait de l'état d'avancement des travaux entrepris à Césarée : la construction du théâtre s'achevait, il avait racheté en Espagne quelques centaines d'esclaves gaulois et cantabres qui, pour avoir édifié le théâtre de Carthagène l'année passée, savaient s'y prendre – « ils ont achevé de tailler les vingt-sept gradins et attaquent maintenant le grand mur de scène, qui malheureusement, depuis le palais, nous masquera la vue sur les gradins et sur le sanctuaire dédié au Prince» (sous-entendu: réjouis-toi, impie!). Quant au temple d'Isis, les plans étaient prêts, on n'attendait plus qu'elle pour lcs approuver.

Il lui parlait aussi des propriétés royales. Sur les collines, l'acclimatation de l'olivier était une réussite, la première récolte se révélait prometteuse – «bien sûr, notre huile de Maurétanie n'aura pas la qualité de celle de Cordoue, elle n'est pas très bonne à boire, mais elle sera excellente pour la palestre et les onguents».

La pourpre de Maurétanie restait par ailleurs la meilleure du monde, supérieure à celle de Tyr. Mais les gisements de murex, ce coquillage qu'on écrasait pour en tirer la teinture, commençaient à s'épuiser le long de la Méditerranée; aussi en faisait-il rechercher de nouveaux: «Je reste persuadé que c'est au bord du Grand Océan qu'on trouvera les colonies de murex les plus nombreuses, mais il faudrait descendre au-delà de Sala, ce qu'aucun Romain n'a jamais fait... Figure-toi que j'ai grande envie, moi, de m'y risquer! Il y a longtemps que j'en rêve: depuis que j'ai publié un commentaire du récit d'Hannon, un ancien navigateur carthaginois. Comme lui, je voudrais suivre la côte vers le sud, tenter de contourner l'Afrique... Qui sait d'ailleurs si, chemin faisant, je ne rencontrerai pas un éléphant? J'aurai bientôt fini mon *Histoire de la peinture*: plus qu'un seul volume à dicter! Me voilà maintenant tenté par l'écriture d'un livre sur l'éléphant de Maurétanie... Régnant en Afrique, je me dois d'écrire sur l'Afrique, n'est-ce pas?»

Ces lettres de monarque exclusivement occupé de

son royaume, Juba les terminait tout de même par quelques phrases que seul Iobas pouvait signer : « Je marche quelquefois, malgré moi, jusqu'à ton appartement aux heures où j'avais l'habitude d'y aller pour te voir, mes pieds m'y portent d'eux-mêmes… Et, de ta chambre vide, je reviens aussi triste que si tu m'avais fermé ta porte. »

Sous la pergola ombragée de vigne dont elles croquaient les derniers grains ou suçaient les vrilles acides pour parfumer leur haleine, les « filles d'Octavie » papotaient. « Mais pourquoi Julie aurait-elle été affectée par la vente de ses enfants ? demandait Claudia. D'abord, il lui reste sa Julilla, qui aura bientôt quatre ans, et si elle veut de nouveau des fils, il lui suffit d'en faire : les dieux lui ont donné toute la fécondité qu'ils refusent à sa marâtre !

— C'est vrai, renchérit Marcella, il ne faut pas s'exagérer les contrariétés de Julie. Son Lucius lui a été racheté à deux mois, elle n'avait pas eu le temps de s'y attacher. C'est un peu différent pour Caius, sans doute : à trois ans, un enfant montre déjà quelques émotions, il fait des mines, il a des tendresses, commence à parler, j'admets qu'on puisse s'y intéresser… Mais je ne crois pas que Julie le connaissait beaucoup, ce petit. Elle est obligée de suivre Agrippa dans tous ses voyages pour se montrer aux Provinces, et son père ne lui permet pas d'emmener ses enfants, il craint pour leur santé. Et comme, sitôt qu'elle revient à Rome, elle se lance dans un tourbillon de réceptions pour éclipser Livie, elle n'a pas le temps d'embrasser ses bébés ou juste en coup de vent, dans les bras d'une nourrice. Alors…

— Avant que nous n'allions plus loin, petite sœur, murmura Claudia en se tournant vers Prima, dis-moi plutôt si le grand garde roux qui se tient à deux pas derrière toi comprend le grec. Et le petit bossu accroupi là, dans le coin, avec sa balayette ?

— Ne t'inquiète pas. Nous pouvons parler librement. Le grand Germain sait quelques mots de latin, mais pas un mot de grec. Quant à mon bossu, c'est un Arménien qui comprend le grec, lui, bien sûr, mais il serait fort empêché de le parler : nos soldats lui ont arraché la langue, je ne sais plus pour quel péché…

— Il peut quand même noter nos conversations et les rapporter aux espions du Prince…

— Pas le moins du monde, ma chérie, ne sois pas si méfiante ! Mon bossu ne sait ni lire ni écrire. Et tu penses bien que j'ai interdit de le lui apprendre. Le voilà donc, pour notre bonheur, muré comme une tombe. Tout juste peut-il grogner… Avoue que c'est commode ! »

Séléné faisait rouler des peaux de raisin entre ses doigts. Elle se sentait triste, mal à l'aise : un lourd couvercle de convenances et d'interdits pesait sur la Ville ; plus encore que par la peur, on se sentait écrasé par l'ennui. Finies, les joutes politiques qui avaient été le divertissement par excellence de l'aristocratie romaine. Les plaisirs et les affres du gouvernement étaient dorénavant le privilège d'un seul. L'éloquence elle-même dépérissait. Le Sénat n'était plus qu'une chambre d'enregistrement et les jeunes patriciens, faute de pouvoir prononcer des discours immortels, infligeaient à leurs amis la lecture de leurs œuvres poétiques – d'interminables « récitations », suivies d'applaudissements convenus. Des réunions aussi joyeuses que des crémations : longue attente, longue patience, compliments exagérés comme des éloges funèbres et louanges distribuées à la chaîne comme des condoléances… Quant aux jeunes dames de Rome, elles n'étaient déjà plus ces filles du Palatin insouciantes et joyeuses que Séléné avait aimées. Leurs parfums étaient plus lourds, leurs bijoux plus chargés, leurs appétits plus âpres, leurs bouches plus amères… Il y avait longtemps, de toute façon, qu'aucune Romaine ne ressemblait plus à la naïve et austère Calpurnia : les guerres civiles étaient passées par là, et la République, en s'effondrant, avait entraîné dans sa chute toutes les valeurs d'autrefois. Désormais, si la crainte était partout, la vertu n'était nulle part. Pourquoi les filles du Palatin auraient-elles échappé à la règle ? Elles étaient de plus en plus riches et de plus en plus désœuvrées, elles seraient de plus en plus grasses et de plus en plus tristes. Du reste, ce soir-là, leur petit cercle de « cousines » restait incomplet. Il y manquait la seule qui eût encore pu donner quelque entrain aux autres : Julie, revenue d'Asie à Athènes, mais toujours enchaînée à son Agrippa voyageur. Quant à Antonia, la jeune mariée, elle ne s'était pas jointe à ses sœurs ; elle ne voulait pas se trouver mêlée à une assemblée qui risquait de tenir sur Livie, sa belle-mère désormais, des propos désobligeants.

En dépit des apparences, le petit groupe commençait à se disloquer. Marcella, par exemple, en voulait encore à Julie de lui avoir, pour obéir à Auguste, volé le mari qu'elle adorait – Agrippa, elle l'avait aimé comme une petite boulangère aime son boulanger. Elle gardait un cœur de midinette… Serait-elle venue manger du raisin chez Prima si Julie y avait été présente ? En tout cas, elle ne semblait pas disposée à se joindre aux autres pour plaindre sa cousine : « Voulez-vous mon avis, mes chéries ? Julie est ravie d'avoir vendu ses fils à notre oncle, c'est le meilleur tour qu'elle pouvait jouer à sa vieille marâtre. "L'usurpatrice" ne voyait-elle pas déjà son Tibère ou son Drusus succéder au Prince ? N'avait-elle pas obligé son mari à les couver avec elle, ses œufs de coucou ? Mais les voilà chassés du nid ! L'oncle Auguste y met ses petits-fils. Avec Agrippa pour tuteur, au cas où il lui arriverait malheur… Finies, oubliées, enterrées, les prétentions de cette sale bande de Claudii ! C'est toujours ça de pris ! »

Séléné, qui s'était d'abord attendrie avec Prima sur le sort de la pauvre Julie maltraitée par un père cruel, commençait, elle aussi, à voir les choses d'un autre œil : et si Julie, fine mouche, y avait malgré tout trouvé son intérêt ? Elle aurait bien aimé connaître là-dessus l'avis de Juba, mais il n'était pas question de confier ces choses-là à des courriers que la police du Prince pouvait arrêter. Du reste, à son grand désespoir, son époux lui écrivait peu et seulement pour l'entretenir de conquêtes ou d'architecture. C'est à peine si, à le lire, on aurait pu penser qu'ils étaient mari et femme et même, depuis peu, de vrais amants. Du plaisir qu'elle avait découvert dans ses bras – même si c'était en le prenant pour un autre –, il ne semblait pas faire grand cas…

Enfin, Julie revint. Sans son mari, resté en Asie. Elle avait obtenu une permission : après sa malheureuse excursion troyenne et son bain forcé, elle avait accouché d'un fœtus mort, et les médecins avaient persuadé Agrippa de ménager un peu sa prolifique reproductrice.

Aussitôt la fille du Prince avait gagné Dyrrachium, d'où, insoucieuse de la saison, elle avait embarqué pour Brindisi ; même en décembre, quelques heures de traversée ne l'effrayaient pas – son père n'était plus à Rome, son mari n'y était pas encore : à elle, la liberté !

Avec Julie la blonde rentrèrent dans la Ville la joie, la folie, le défi et l'excès. Julie était le vrai soleil de l'Italie.

« Plus de franges ni de pompons, décréta Julie, et finis, les tissus couleur de poireau !

— On venait juste de commencer à en porter, protesta Claudia.

— Oui, mais c'est fini, ce jaune verdâtre vous donne à toutes des mines de déterrées. À croire que ma belle-mère ne l'a mis à la mode que pour plomber les teints délicats… Cet hiver, nous allons porter du rouge cerise. »

Les cousines se regardèrent en riant. Julie n'en faisait jamais d'autres – avec des robes rouges, les femmes de quarante ans, au teint plus chaud, plus hâlé, seraient contraintes de se rajouter sur la figure une bonne couche de blanc, Livie la première… « Finie aussi, la coiffure en bandeaux ! Vous êtes-vous regardées, mes pauvres petites, avec ce chignon de vieilles ? Retour au *nœud romain* de ma tante Octavie, mais amélioré, rajeuni », dit-elle en tournant la tête de droite et de gauche pour faire admirer sa nouvelle parure : non plus un seul gros bourrelet de cheveux sur le haut du front, mais plusieurs petits rouleaux perpendiculaires à ce *nodus* frontal et harmonieusement répartis autour du visage. « Bien sûr, il vous faudra placer sous chaque mèche un rembourrage de crin. Mais convenez que c'est autrement seyant que des cheveux sans ornement ! Et pour celles à qui mes petits nœuds n'iraient pas, perruque ! Il faut varier les plaisirs : perruques blondes, perruques rousses – nous porterons sur nos têtes, comme des couronnes de laurier, toutes les chevelures vaincues de la Germanie ! Les *matrones* tristes qui en sont restées aux nattes, aux bandelettes et aux bonnets de nuit n'oseront jamais nous imiter. À nous, les compliments des consuls et les vers des poètes ! À nous, les regards des voluptueux et les hommages des époux frustrés. Et tant pis pour ces fichues tisseuses et enquiquineuses du Palatin ! Le vieux proverbe ne ment pas : "Tout le monde ne peut aller à Corinthe" ! »

Autour des jeunes femmes occupées à préparer les Saturnales qui, à la fin décembre, réjouissaient les familles romaines, couraient quatre bambins beaux comme des Cupidons, que leurs nourrices ne parvenaient pas à faire tenir en place : la ravissante Julilla, unique enfant qu'Auguste eût laissée à Julie, et trois des petits-enfants d'Octavie – la blonde Pulchra, fille de Claudia, Domitia la rousse, fille de Prima, et le placide Luc Antoine, fils de Marcella. Ils avaient tous entre trois et cinq ans, et n'étaient pas encore passés dans la broyeuse impériale.

De certains d'entre eux nous avons encore le portrait à cet âge, comme nous avons, en buste, celui de la « Julie aux multiples nœuds » et de Vipsania, la jeune épouse de Tibère qui, regardant toujours la « méchante » de son enfance avec admiration, avait été l'une des premières à s'inspirer de la coiffure nouvelle, quoique avec modération : elle n'arborait pas une douzaine de petits nœuds, comme la fille du Prince, mais deux gros nœuds seulement, de part et d'autre d'une courte raie médiane.

« Voilà bien Vipsania, dit Julie en souriant. Toujours prête à composer ! Elle veut suivre ma mode – je suis maintenant l'épouse de son père ! – mais elle craint de fâcher la mère de Tibère… Donc elle trace un départ de raie. Comme Livie. Mais au lieu de coiffer ses deux mèches en bandeaux, elle les roule en nœuds. Comme moi. Le résultat ? Aussi brillant qu'un accord sur l'Arménie entre Rome et les Parthes ! Un salmigondis d'intentions dont on ne sait plus, à force d'y avoir marié les contraires, s'il s'agit d'un traité de paix ou d'une déclaration de guerre !… J'ai décidé de regarder l'affreuse coiffure hybride de Vipsania comme une déclaration de guerre.

— Oh non ! s'écria Séléné, non, Vipsania veut bien faire. Elle est si douce, si soumise… Invite-la avec nous, je voudrais la revoir, invite-la.

— Pour te faire plaisir, *Regina*, je l'inviterai. Du reste, si mon mari l'apprend, il sera content. Bien qu'en vérité il la connaisse fort peu… Réjouis-toi, non seulement j'inviterai Vipsania à mon prochain dîner, mais je lui ferai la grâce du Cyclope : je ne la mangerai qu'au dessert. »

Sur les guéridons d'argent du palais de Julie au bord du Tibre, les jeunes femmes avaient étalé les petits cadeaux qu'elles feraient bientôt déposer chez leurs amis ou leurs « clients » avec une lettre de vœux : des agrafes de chaussure, une branche de corail, de la gelée de figues, une monnaie ancienne, un flacon d'albâtre, un panier de « nicolas », une ceinture tressée... Elles avaient traîné toute la journée, en grand équipage, dans les boutiques du Forum pour amasser ces babioles ; elles auraient pu, bien sûr, passer des commandes à leurs libraires et à leurs orfèvres, mais, pour les Saturnales, ce n'était pas l'usage ; les présents devaient rester modestes et prouver seulement une parfaite connaissance des goûts et des besoins du destinataire. Une jarre de thon d'Antibes pouvait être un bien meilleur cadeau qu'une coupe d'argent. « Livie et Antonia vont organiser au Palais une fête comme celle que donne le Prince mon oncle quand il est là, dit Prima. Il y aura des esclaves déguisés en maîtres, un banquet présidé par un bouffon, une loterie, et l'habituelle vente aux enchères de tableaux retournés contre un mur. Avec ma chance, je vais encore acheter très cher une croûte barbouillée par un palefrenier, tandis que, pour cinq cents sesterces, la meilleure amie de Livie emportera une petite toile de Métrodore... »

Julilla, qui voulait absolument voir de près la petite branche de corail sculpté trouvée par Claudia, s'accrochait à la robe de sa mère et tirait sur son étole. « Arrête ! dit Julie. Tu vas finir par me déshabiller tout à fait ! » Malgré le froid que les braseros ne parvenaient pas à chasser, Julie avait gardé sous sa *palla* une épaule nue : elle profitait sans vergogne de l'absence de son père. Quand il était à Rome, il surveillait les tenues de sa fille avec autant de sévérité que si elle avait douze ans. On racontait qu'un jour où elle était venue au Palatin en mousseline transparente, avec un « volant matrimonial » un peu court, le Prince, fâché, lui avait ostensiblement tourné le dos. Le lendemain, elle s'était présentée au Palais dans une robe de laine épaisse, tissée « à la maison », qui lui cachait les bras et les pieds, et par-dessus, une *palla* blanche si serrée autour de sa coiffure et de son cou que, malgré son collier d'or, elle avait presque l'air d'une vestale... « Enfin une tenue de bon goût ! » s'était exclamé le Prince, tout sourire, en la serrant dans ses bras. Et Julie, non moins souriante, de répondre d'une voix assez forte pour être entendue de tous les assistants : « C'est qu'aujourd'hui je me suis habillée pour mon père. Hier, j'étais habillée pour mon mari... »

Son « vieux » mari (quarante-huit ans) la protégeait de son père, en effet. Séléné était persuadée que c'était même là ce qui faisait rayonner Julie davantage aujourd'hui qu'à l'époque où elle était l'épouse-enfant, si bien « assortie », du jeune et doux Marcellus.

Julilla continuant à tirer sans ménagement sur l'étole de sa mère, Julie, fâchée, appela une nourrice qui emporta l'enfant comme un paquet. « Ta Julilla est ravissante, dit Séléné. Elle te ressemble d'une manière étonnante.

— Je regrette que tu n'aies pas rencontré mes garçons. Caius, lui, est le portrait d'Agrippa : un visage carré, un menton fort, un front bombé – un physique de lutteur ! Et, par-dessus le marché, une santé de paysan sarmate... Pour Lucius, je ne sais pas vraiment. À sa naissance, il ressemblait à un cœur : un front très large, un nez riquiqui, une bouche minuscule et un tout petit menton pointu. Il a d'étranges yeux en amande, tu sais, des yeux que je n'ai vus à aucun des Julii. Ni aux filles que mon mari a eues de ses précédentes unions. »

En entendant Julie chercher ainsi des ressemblances, Séléné resongea aux histoires qu'on colportait dans la bonne société romaine. On disait que, lorsque la fille du Prince accouchait à Rome et que son mari, occupé quelque part sur la frontière, était absent, c'était le Prince lui-même qui «relevait» l'enfant. À la naissance d'un citoyen romain, la sage-femme posait en effet le nouveau-né par terre, au pied de la chaise d'accouchement: le chef de famille, après avoir attentivement regardé le bébé, décidait de le prendre – et cet acte valait reconnaissance – ou de le laisser. S'il ne le «relevait» pas – parce qu'il doutait de sa paternité, que l'enfant lui semblait malformé, ou que le couple avait déjà une progéniture abondante – on «exposait» l'enfant dans la rue, tout nu sur un tas d'ordures. À défaut de contraception, et compte tenu des dangers de l'avortement, les Romains de tous les milieux trouvaient cette façon de procéder aussi élégante que raisonnable: on n'allait tout de même pas imiter les Juifs, ces crétins qui finissaient dans la dèche sous prétexte qu'on doit nourrir tous les enfants qui vous viennent! Ces principes-là ruinent une nation civilisée! «Infanticide»? C'était trop vite dit, tous ne mouraient pas, non, il ne fallait rien exagérer! Certains des nourrissons «exposés» étaient récupérés dès le lendemain par des marchands d'esclaves qui les élèveraient pour les vendre. D'autres les mutileraient pour les mettre à mendier. L'abandon n'excluait donc pas «un sort meilleur»...

Cette délégation de la puissance paternelle d'Agrippa, Auguste, en tout cas, la prenait très au sérieux – au point de scruter longuement, à la lueur des lampes, le visage du nouveau-né dans la crainte d'y déceler une ressemblance avec l'un des jeunes poètes qui soupiraient pour Julie. Il n'aurait pas hésité, tout le monde le savait, à jeter à la voirie un bâtard de sa fille... Si donc Lucius, bien que différent du reste de la nichée, avait passé ce redoutable examen avec succès, il fallait, pensa Séléné, qu'il eût tout de même quelques traits d'un de ses proches – ceux d'une femme par exemple, quelque ascendante de Julie, puisqu'il arrive que la matrice, en cuisant la semence du père, lui imprime sa propre marque. « Peut-être, suggéra-t-elle, ton Lucius ressemble-t-il à ta mère ?

— Je l'ignore. Quand j'ai vu ma mère pour la dernière fois, j'avais deux semaines. Voilà d'ailleurs une coïncidence amusante : c'est à peu près l'âge qu'avait Lucius quand il m'a vue pour la dernière fois ! Mon père adore arracher les nouveau-nés à leurs génitrices... »

Dehors, l'air de Rome sentait l'hiver et le bois brûlé ; dedans, la fumée des braseros envahissait la grande galerie de la maison de Julie. Au bout du parc, on voyait briller le long du Tibre les premières lumières du soir. Sur les sept collines qui plongeaient peu à peu dans l'obscurité, des lampes s'allumaient ici et là, piquées comme des vers luisants. Une vue dont Séléné était incapable de profiter, tant l'odeur âcre du charbon de bois la mettait mal à l'aise. Elle se sentait au bord de la nausée. Elle s'efforça de ne respirer que par la bouche. « Ne crois pas qu'on m'interdise de rencontrer mes garçons, poursuivait Julie. Non... Certes, je n'ai aucun titre à faire valoir pour qu'on me les montre, mais enfin, selon la loi, ils sont mes frères désormais, et mon père est trop bon juriste, et trop fin politique, pour m'opposer une interdiction sans fondement… Il se trouve seulement que voir ces petits est devenu compliqué, trop compliqué pour moi. Depuis que je suis rentrée d'Athènes, je suis allée deux fois chez la femme de mon père dans l'espoir de les croiser. La première fois, Livie m'a dit qu'ils étaient malades – rien de grave, mais pas question de les sortir du lit. La deuxième fois, je manquais de chance, m'a-t-elle annoncé, les enfants venaient de partir pour sa *villa* de Prima Porta – courir au grand air avec les fameuses poules blanches qu'elle y élève est, paraît-il, devenu indispensable à leur santé… À quoi bon insister ? »

Tandis que Julie exposait ainsi, en aparté mais sans prudence excessive, ses difficultés familiales à Séléné, ses élégantes servantes grecques avaient continué à proposer aux jeunes femmes des boissons chaudes et des friandises. Avec leurs plats d'argent chargés de galettes, elles tournaient au milieu des groupes, gracieuses et souriantes. Chez Julie, tout était luxueux – même les servantes. Vêtues de lin fin, coiffées de résilles d'or, elles ne se parfumaient pas à l'huile de jonc comme les esclaves gauloises ou les pensionnaires de lupanars : toutes embaumaient la crème d'iris et l'huile de violette. Mais, comme celle des feux de bois, cette odeur de violette parut soudain trop forte à Séléné. Insupportable, même. Brusquement, sa bouche s'emplit d'une salive abondante, un flot de salive épaisse et si salée qu'une nausée brutale l'envahit ; elle n'eut que le temps de passer derrière le dossier d'un des fauteuils d'osier. Elle vomissait ; entre deux haut-le-cœur bruyants, elle vomissait en cascade sur le sol lustré. Les conversations s'étaient arrêtées. Des esclaves préposés aux latrines surgirent des coins les plus obscurs et, à quatre pattes, nettoyèrent le pavement. Les servantes jetaient sur les braseros des feuilles de laurier séchées pour chasser l'affreuse odeur répandue par « la petite reine ». Malgré le froid, on entrouvrit les portes sur la terrasse… Séléné était honteuse. Et tachée. Izelta, attrapant une aiguière, versa de l'eau sur la robe de sa maîtresse pour en chasser les vomissures. Maintenant la reine était trempée jusqu'aux pieds, tremblante, et incapable de faire un pas.

Un vertige la prit, on l'assit sur un pliant. Il lui sembla que toute la galerie s'enfonçait dans une ombre épaisse, les voix ne lui parvenaient plus que de très loin. Sur ce fond noir, opaque, elle ne distinguait que Julie, qui se tenait près d'elle, mais c'était une autre Julie – son fantôme, amaigri, échevelé, vêtu de haillons sanglants, qui disait dans un rire fêlé : « Ce qui me plaît, vois-tu, c'est de sentir les chiens lâchés sur moi et d'arriver quand même à semer la meute ! » Une fanfaronnade. Et d'autant plus atroce que cette femme ensanglantée, il était clair que « les chiens » l'avaient rattrapée et étaient en train de la dévorer…

Quand Séléné reprit conscience, elle était couchée sur un lit de la *domus*, vêtue par une ornatrice d'une robe propre ; et la vraie Julie, la jeune, la belle, était à son chevet. « Je suis empoisonnée, murmura Séléné. Comme mon frère Alexandre…

— Y a-t-il longtemps que tu vomis aussi violemment ?

— Trois semaines, un mois peut-être ? Ce sont des odeurs qui, d'un coup… les odeurs, les goûts, tout a changé, tout me semble altéré… Quelqu'un m'empoisonne, j'en suis sûre.

— Quelqu'un ? Qui donc ? »

Ne pouvant plus, comme on l'avait fait pour son frère, accuser la pauvre Cypris, morte, ou le Prince, absent, Séléné hésita sur le coupable, puis dit : « Mécène… Mécène, je crois.

— Mécène ? Mais comment ? Et pourquoi, surtout ?

— Pour qu'il ne reste plus de rois. Plus de rois d'Égypte ni de Maurétanie. Il finit le travail commencé il y a longtemps… Il achève de détruire nos lignées.

— Oh, petite reine, Mécène se moque bien de ta lignée ! Il ne s'occupe pas de l'Empire, c'est l'affaire de mon père et de mon mari. Lui ne s'intéresse qu'à la Ville : ses spectacles, ses poètes et sa sécurité. Toi, tu n'attaques personne dans les rues sombres, tu n'écris pas tes Mémoires, et tu applaudis volontiers les petits danseurs dont il fait ses mignons : tu es parfaite, *Regina* – pour Mécène, une étrangère modèle… Non, tu n'es pas empoisonnée. Pendant ton évanouissement, j'ai bien regardé ton visage. Et ton ventre. À mon avis, tu es enceinte.

— C'est impossible !

— Vraiment ? Ne couches-tu pas avec ton mari ? T'es-tu crue stérile ? Je ne voudrais pas être impudique, mais n'y a-t-il pas quelque temps déjà que tu n'as plus vu ton sang ? Ne me dis rien. Tu le diras à mon médecin, que j'ai fait appeler, et nous prendrons en même temps l'avis de Musa, qui est le frère de ton Euphorbe. Tu as confiance en Musa, n'est-ce pas ? Musa ne te veut aucun mal. Personne, ici, ne te veut de mal… »

Elle lui parlait comme à une demeurée, ou une folle. Séléné s'en voulait de s'être donnée en spectacle. Et quel spectacle, grands dieux, quel sale spectacle !

Le sang… Julie lui parlait du sang – as-tu vu ton sang ? demandait-elle. Mais le sang, le sien, celui des autres, Séléné le voyait tout le temps ! À Rome comme en Maurétanie. Même quand elle ne saignait pas, elle croyait sentir monter de sa *tunique intime* et de son pagne l'odeur du sang noir, la puanteur du sang recuit. La même odeur qui, à Alexandrie, montait de la civière de son père au pied du Mausolée et du corps égorgé d'Antyllus, abandonné au soleil…

À ces seuls souvenirs, la voilà reprise de dégoût, de nouveau secouée de hoquets. Julie, sans s'effrayer, lui prend la main : « D'ordinaire, ces nausées-là cessent après trois ou quatre mois. J'ai la chance, moi, de ne pas en souffrir. Mes premiers mois de grossesse sont toujours les plus heureux de ma vie : je suis encore mince, légère, et capable de m'adonner à ce qui m'amuse, tout en alléguant mon état pour refuser ce qui m'ennuie ! Je suis si joyeuse, alors, que les hommes s'y trompent. Me voyant si libre, prête à célébrer les fêtes d'Adonis ou à courir de banquet en banquet, ils me courtisent comme jamais. Et les mauvaises langues de souligner aussitôt que mon mari a la goutte et des rhumatismes, et que j'ai vingt-cinq ans de moins que lui !… Sais-tu ce que j'ai répondu un jour à l'une de ces *matrones* qui passent leurs après-midi à filer la laine chez Livie ? Elle s'étonnait devant moi, la vieille pie, que mon fils Caius ressemble tant à mon mari. Je lui ai glissé à l'oreille : "Ne le répète pas, ma bonne amie, mais je ne prends de passagers que lorsque la cale est chargée..." Le mot a fait le tour de Rome, comme tout ce qu'on dit sous le sceau du secret. On a même osé le rapporter à Agrippa, qui a cru à une invention malveillante... »

Oh, Julie, quelle imprudence ! Ne sais-tu pas que la vie est tragique ? Sous le plaisant babillage de Julie la rieuse, Séléné croit encore entendre l'étrange phrase prononcée tout à l'heure, d'une voix brisée, par la Julie exténuée de sa vision : « Ce qui me plaît, c'est de sentir les chiens lâchés derrière moi et de les semer ! »

« Les chiens », la jeune et belle Julie les provoque, les excite à plaisir, elle croit s'en jouer, mais quand ils auront pris sa piste, quand ils la traqueront tous ensemble et qu'elle sera privée de refuge, privée d'appuis, épuisée, elle ne pourra plus leur échapper. « Oh Julie ! dit Séléné, tu ne devrais pas rire de tout... »

Julie n'a pas été surprise par le verdict des médecins : Séléné est enceinte de plus de deux mois. « Depuis le mariage d'Antonia, depuis Baïes », a aussitôt précisé d'elle-même la petite reine, une fois convaincue qu'elle n'était pas empoisonnée. Julie s'étonne : comment Séléné peut-elle donner une date aussi précise alors que, l'instant d'avant, elle lui a laissé entendre qu'elle était très mal réglée ? À moins que son joli mari ne lui fasse l'amour si rarement qu'elle puisse en marquer les jours d'une pierre blanche ?

Dans ce cas, le jeune Juba est moins ardent que le « vieil » Agrippa ! Quelquefois, son « Marcus » peine à marcher tant ses genoux le font souffrir, et, comme le Prince son beau-père, il a cessé de se déplacer à cheval, on le porte en litière sur le front des troupes ; mais jamais il ne laisse passer la nuit sans s'approcher de sa femme. Quand Julie voit au-dessus d'elle son visage de boxeur au front bosselé, aux yeux enfoncés, au nez cabossé, quand, de ses énormes pattes à la peau calleuse, il touche doucement son ventre nu, elle frémit – et ce n'est pas que de plaisir ! Mais elle ne le repousse pas, elle satisfait même de bon cœur tous ses désirs : elle lui est si reconnaissante d'avoir étendu sur elle son ombre bienveillante ! Il est son rempart.

Personne jusqu'ici ne l'avait protégée contre sa marâtre et contre son père. On la plaignait, sans oser la défendre. Mais un homme, aujourd'hui, pourrait s'il le voulait se dresser contre le Maître du monde : son meilleur soldat, qui est aussi son meilleur architecte, son meilleur *magistrat* et son ami le plus fidèle, celui qu'à deux reprises déjà Auguste a lui-même désigné comme son successeur – Marcus Agrippa. Bien sûr, Agrippa le roturier, méprisé du Sénat et même des simples *chevaliers*, ne défiera jamais son Prince : il connaît son rang, il connaît sa place – la deuxième. Mais pour qu'Auguste respecte enfin sa propre fille, il suffit qu'il sache incertaine l'issue d'un affrontement éventuel avec son gendre. Car la puissance d'Agrippa égale maintenant la sienne. Or s'en prendre à la mieux née des trois épouses qu'il a eues, la plus belle, la plus brillante et la plus sensuelle, serait pour Agrippa un *casus belli*.

Les amies de Livie, Plancine, Urgulania et une demi-douzaine d'autres sottes dont la vertu se borne à un usage régulier du métier à tisser, répandent partout le bruit que Julie trompe son mari. Mais elle ne le trompe pas – ou si peu… Elle a bien trop besoin de lui. Ce besoin, il arrive même qu'elle le prenne pour de l'amour. Un amour qu'elle aurait préféré sans doute plus filial, moins incarné, mais celui-ci, tel qu'il est, lui procure une sécurité dont elle n'est pas encore lassée. Si bien que ce couple improbable, réuni par la force, forme tout compte fait un assez bon couple.

Julie décida que Séléné resterait chez elle toute une semaine, le temps de voir les meilleurs médecins, ceux qu'on appelait « gynécologues » à la manière grecque ; ils lui donneraient des conseils pertinents sur sa grossesse. À Prima, déçue de se voir privée de sa sœur préférée, Julie expliqua qu'il était naturel qu'une reine fût à l'occasion hébergée chez la fille du Prince : « Mets-toi dans la tête que, désormais, cette petite Séléné que nous avons connue otage est une reine. La reine d'un pays barbare, je te l'accorde, et une métisse elle-même ! Mais reine. Et toi, ma pauvre Prima, tu fais piètre figure aujourd'hui avec ta petite *domus* coincée entre le lit du Tibre et les *Jardins* de Lucullus sur lesquels ce cochon de Messala a mis la main. Ta sœur n'a guère de place pour s'y promener. Ton mari devrait revendre ses *Jardins* à Pot-de-chambre et faire bâtir, comme nous, un palais neuf sur la rive droite – tiens, en face du Mausolée de mon père, pourquoi pas ?

— Mais c'est loin du centre ! Et il y a peu de ponts.

— Oh, le centre nous rattrapera vite, ma chérie. Ne vois-tu pas avec quelle rapidité la Ville grandit ? Chaque jour arrivent de pauvres gens sans toit ni terres qui dorment sous les portiques ou dans les greniers, des petits paysans qu'on chasse de leurs fermes pour donner les terres aux *vétérans* ou former de vastes domaines dont les propriétaires n'emploieront que des esclaves. Nés libres, ces désœuvrés sont moins bien lotis que le dernier des affranchis ! Qu'ont-ils à vendre, en effet ? Leurs suffrages ? Même pas, il n'y a plus de vraies élections. Leurs bras ? Ils sont si nombreux, les malheureux, et si peu aptes aux métiers des villes qu'on a rarement besoin d'eux. Leurs corps ? Nos légions ne recrutent plus, elles ont même congédié deux cent mille soldats – la Paix romaine... Du matin au soir, ces hommes des champs traînent au Cirque, sur les gradins d'en haut, ceux d'où l'on ne voit rien. Ils ont le ventre vide, et si le grand César n'avait pas mis en place, pour les plus pauvres, des distributions gratuites de blé, on relèverait chaque matin des monceaux de cadavres dans nos rues. Quant à ceux que mon père raye peu à peu des listes de l'aide publique, je les vois passer parfois au bout de mon jardin – la tête voilée, ils se sont jetés dans le Tibre et leurs corps flottent entre deux eaux...

— Oh, tais-toi, Julie, tu es sinistre quand tu t'y mets ! Et puis quoi ? Tu veux redemander la République ?... Réjouis-toi plutôt que Séléné donne enfin un fils à son joli mari. Quant à Antonia, garde le secret, mais elle est enceinte, elle aussi. Et depuis la même date que Séléné – la fête de Baïes. Enceinte dès sa première semaine de mariage, n'est-ce pas étonnant ? Puissent Junon et Lucine la protéger ! Dommage seulement qu'elle s'apprête à mettre au monde des hermaphrodites sociaux, des espèces hybrides, comme ce chameau-panthère qu'on nous a montré aux Jeux séculaires. Des Julio-Claudiens, tu imagines cette monstruosité ! Enfin, tant pis, j'aime ma sœur, il faudra que j'aime mes neveux... »

Julie, soudain saisie d'une saine émulation, se dit qu'elle voudrait bien, elle aussi, un autre enfant : un fils. Si Caius et Lucius Julius César (c'était leur nom légal désormais), si Caius et Lucius, ses aînés, vivaient assez longtemps pour ne pas décevoir leur grand-père, elle pourrait peut-être garder cet autre enfant… Un fils, qu'elle appellerait Marcus…

Aussitôt, l'envie lui prend de repartir en Grèce pour s'y faire engrosser. Mais impossible : les médecins lui imposent encore un mois de repos. Alors, elle va s'amuser. Ne plus se soucier de ses fils, ni des pauvres paysans, ni du gouvernement : s'amuser ! Que le plaisir, le rire et la démesure l'emportent sur tout… et Dionysos, sur Apollon !

Les Saturnales organisées chez Livie furent lamentables. Du moins était-ce l'opinion de Julie : une loterie misérable ; des enchères à l'aveugle où, pour cent mille sesterces, elle-même n'avait emporté qu'une éponge ; et des esclaves qui, selon la tradition, jouaient les maîtres, mais sans oser vraiment se moquer – pouvait-on, sans risque, ridiculiser le Prince et son épouse ? Bien que leur éminente dignité ne fût pas encore protégée par la *Loi de Majesté du Peuple romain*, le projet était dans l'air, et si Mécène ne s'y était montré réticent, son père aurait sûrement obtenu du Sénat cette nouvelle restriction des libertés ! Bref, à son avis, la soirée fut bête à pleurer, même les bouffons rivalisaient d'obséquiosité !

Heureusement, Marcella avait lancé l'idée de jouer aux dés en donnant des gages, et c'était elle, Julie, qui, en tant que fille du Prince absent, avait eu le privilège d'inscrire ces gages sur des petits tessons de poterie, les *ostracas*, et de les faire tirer au sort par les invités de Livie. Or, pour rendre les gages piquants, et même coquins, elle ne manquait pas d'imagination…

À tour de rôle, chacun des hommes conviés à cette fête des Saturnales dut affronter l'une des dames aux dés ; on ne jouait pas d'argent : le perdant – ou la perdante – devait seulement prendre une *ostraca* dans la corbeille réservée à son sexe, lire à haute voix le gage inventé par Julie, et s'exécuter sous les applaudissements des autres participants.

Les jeunes femmes de la famille rirent de bon cœur. Et Livie elle-même s'y mit, quand sa vieille amie Urgulania dut faire le tour de l'atrium à cloche-pied et, levant trop haut son « volant matrimonial » pour sauter, révéla, sous son austère *stola*, des bandes molletières rose tendre. On rit encore (mais Livie, plus discrètement), lorsque Marcia, autre pilier de « l'ouvroir » du Palatin et beauté sur le retour, fut contrainte d'aller chercher avec les dents une pièce d'argent au fond d'une bassine d'eau ; en relevant la tête elle dévoila, sous une perruque trempée, l'horrible mélange de fards dont elle usait et qui avaient dégouliné sur son visage : elle avait les joues noires de khôl, le menton rougi par le minium ; et son blanc de céruse délayé lui donnait l'air d'un vieux mur décrépi. On rit toujours, mais cette fois-ci sans Livie, en voyant Lucius Domitius, les yeux bandés, obligé de reconnaître à tâtons sa Prima parmi trois jeunes beautés. Le malheureux palpa, bien sûr ; il palpa beaucoup, et il y eut de petits cris délicieusement effarouchés avant que Prima, Aphrodite d'occasion, pût recevoir sa pomme…

Puis, ce fut à Iullus Antoine de faire mine d'accoster une passante – jouée par Julie elle-même – dans une rue de la Ville pour la convaincre de lui donner son adresse : « Hé, la belle, attends-moi ! Quel est ton nom, ma jolie ? Où peut-on te voir ? Tu ne réponds pas ? Où habites-tu ? Es-tu déjà prise ? Hou, la pimbêche, elle se tait ! Bon, alors, adieu… Tu ne me dis même pas adieu ? Tu sais, j'en ai amadoué de plus rétives ! Si tu continues à m'ignorer, je t'aborderai sur le Forum autant de fois qu'il le faudra… Veux-tu souper avec moi ? Combien demandes-tu pour venir ? Je t'enverrai du parfum… Es-tu sourde ? Tu presses le pas, tu cours ? Ne t'en fais pas, salope, on se reverra ! »

Les Romains ont toujours été doués pour le harcèlement, et Iullus Antoine, d'ordinaire si réservé, montra dans cette circonstance qu'il était un vrai Romain et le digne fils de son père… Après quoi, à la grande joie des esclaves qui, conformément à la tradition, avaient emprunté des vêtements à leurs maîtres et se mêlaient ce soir-là aux nobles invités, un nouveau tirage au sort inversa la situation : l'épouse de Iullus, Marcella, fut forcée d'aborder, dans la même rue (le salon ouvert sur l'atrium), un promeneur inconnu joué par Fabius Maximus, le mari de Marcia. Marcella n'avait pas une grande expérience des *louves* romaines et du racolage ; pour une *matrone* vertueuse, le rôle qui lui était échu pouvait sembler plus difficile à tenir que celui, plutôt édifiant, que s'était réservé Julie. Mais Marcella se prit au jeu et, oubliant qu'elle n'aimait guère sa cousine depuis que celle-ci lui avait pris son premier mari, elle obéit à ses ordres et feignit avec talent d'être celle qu'elle n'était pas. Ayant relevé sa longue *stola* en la faisant blouser dans sa ceinture pour imiter la toge courte des *louves*, elle marcha vers l'honorable Fabius Maximus avec une lascivité dont on n'aurait pas cru capable une fille d'Octavie et elle engagea, sans préliminaires, la conversation : « Suis-moi, beau brun, pour cinq sesterces je ne te refuserai rien. » Elle posa la main sur la toge de Maximus comme pour l'attirer vers elle ; lui, bien dans son rôle aussi, se défendit : « Va-t'en, putain, tu empestes le mauvais parfum ! Va-t'en ! » Mais Marcella insista : « Ta figure est un peu ridée, mon vieux badaud, c'est vrai. Et ton "petit oiseau" ne chante plus… Mais je sais bouger mes fesses de manière à aiguiser les glaives les plus émoussés. Pour trois sesterces, je t'accorderai ce que tu n'oserais même pas demander ! Je connais des danses qui ranimeraient un mort… Trois sesterces seulement.

— Le vin te fait chanceler, *lupa*, tu n'es plus en état de danser, répliqua Maximus. Mais couche-toi, et pour cinq *as*, pas un de plus, je me couche sur toi… » Marcia, l'épouse de Maximus, vers qui convergeaient maintenant tous les regards, faisait grise mine – si tant est que le mot convînt à une femme dont le visage était multicolore depuis qu'elle l'avait débarbouillé dans la bassine… Marcella ayant finalement conclu, pour deux sesterces, sa négociation avec l'élégant Maximus, celui-ci, comme un client véritable, passa le bras autour de sa taille avant de la rendre à son mari.

Livie, choquée par ce geste enveloppant, ne riait plus du tout. Impassible et glacée, elle regardait Julie. En face, Antonia regardait Livie, et Séléné regardait Antonia. Les deux demi-sœurs, enceintes en même temps, avaient été dispensées de gages et autorisées à s'asseoir ; sur sa chaise, Antonia, qui vivait maintenant chez sa belle-mère, gardait l'air farouche d'une antique Sabine qu'on aurait entraînée malgré elle aux Mystères lubriques de la Bona Dea…

Séléné, pour sa part, trouvait le jeu assez drôle ; c'était plus que du badinage, certes, mais pas encore de la débauche. Elle s'étonnait cependant que Julie pût se montrer si téméraire dans la maison même de son père. Mais Livie, le regard fixe, restait curieusement muette et ne cherchait pas à arrêter cette course à l'abîme. Sans doute attendait-elle que la fille du Prince s'enfonçât davantage dans le dévergondage pour pouvoir en rendre compte à Auguste dans une lettre détaillée…

Un frotteur d'argenterie à la toge tachée entonna alors une chanson à boire, l'une de ces chansons propres à faire rougir les filles et à réveiller les garçons, chansons qu'on appelait précisément « poèmes de Saturnales ». Pendant ces jours de fête tout n'était-il pas permis, et même de crier sur les toits ce qu'une Lucrèce n'aurait pu entendre sans frémir ? D'autres esclaves du Palais, non moins éméchés, reprirent en chœur le refrain obscène, tandis qu'après une partie de dés animée le mauvais sort tombait sur Plancine, la fille cadette du servile Plancus et la plus jeune des protégées de Livie : Plancine, qui se targuait de vouloir rester « la femme d'un seul homme », une vertueuse *univira* (le beau mérite à dix-huit ans !), se vit ordonner d'aller embrasser dans le cou le doyen des cuisiniers, un gros saucier suant et soufflant, aux lèvres lippues et au sexe proéminent…

Pour défier sa marâtre et les conventions, non seulement Julie avait imaginé des gages aussi scandaleux qu'humiliants, mais elle n'hésitait pas à confondre les conditions bien au-delà de ce qu'exigeaient Saturne et la coutume. « Tu vas voir que la prochaine *ostraca* enjoindra à un sénateur de la famille d'aller baiser le cul du portier ! grommela Antonia, assez bas pour que Séléné seule l'entendît. Devons-nous rester complices de ces délires ? » Et, se levant brusquement, la benjamine des filles d'Octavie demanda à la maîtresse de maison la permission de se retirer dans ses appartements : son état et celui de la reine de Maurétanie ne leur permettaient plus, sans dommage pour « leur fruit », de se tordre de rire toute une nuit... Un peu vexée qu'on pût croire sa bru désireuse de lui donner une leçon de vertu, Livie n'acquiesça que du bout des lèvres – mais, à la réflexion, n'avait-elle pas déjà, avec le baiser forcé de la noble Plancine au saucier priapique, tout ce qu'il fallait pour pousser Auguste à tancer sa fille ? « J'avoue, ma petite Antonia, lâcha-t-elle enfin dans un soupir trop profond pour être honnête, j'avoue que j'ai moi-même grande envie d'aller dormir. Je me sens lasse. Et notre bien-aimée Marcia tombe de fatigue : voyez, elle n'a plus de teint... » Ayant ainsi, non sans perfidie, ramené l'attention sur la malheureuse « débarbouillée » qui s'en serait passée, Livie se fit soudain plus impérieuse, et même impériale. Elle frappa dans ses mains : « La fête est finie, mes amis ! Tout le monde va se coucher ! Je te chasse aussi, ma chère Julie, nous avons assez ri. »

Dans le vieux et triste atrium du Palais – lumière pauvre, colonnes de basalte gris, sol de mosaïque noir et blanc à l'ancienne, « pas de dépenses somptuaires », recommandait Auguste –, Livie venait d'inaugurer un magnifique autel dont l'éclat rutilant et la finesse d'exécution attiraient agréablement l'œil. Elle l'avait payé de ses propres deniers et dédié à Cérès, protectrice des moissons, et à la Concorde. Ce qui mettait l'ouvrage et sa commanditaire à l'abri de la critique…

Si la concorde régnait en effet entre le Prince et son épouse, si elle se montrait complaisante au point d'accepter les plus médiocres fantaisies sexuelles de son tout-puissant conjoint, c'était toujours la guerre entre elle et la fille unique du Prince. Pourtant, le Prince lui avait confié Julie au berceau, bien avant que la petite fût sevrée, mais elle aurait alors préféré élever son propre fils, Drusus, qu'Auguste lui avait retiré dès la naissance pour l'expédier à son mari précédent… Si bien que la rancœur accumulée contre le Prince par chacune des deux femmes, faute de pouvoir s'exprimer librement, se tournait en griefs sans cesse renouvelés de l'une contre l'autre. Soit inconscience, soit perversité, Auguste jetait de l'huile sur ce feu. Ne venait-il pas de s'étonner, dans une lettre de remontrances à sa fille, qu'elle reçût dans sa maison de la rive droite des hôtes douteux : sa cousine Claudia, dont la réputation n'était plus excellente ; des jeunes femmes divorcées et non remariées, dont la réputation était encore pire ; et – là, c'était le bouquet ! – une célèbre actrice de pantomime. « Autant dire une prostituée, écrivait-il. Pourquoi ne peux-tu prendre exemple sur ma chère Livie et avoir, comme elle, des amis convenables et posés, des Marcia, des Haterius, des Fufius ? »

Espérant toucher par ricochet sa trop édifiante marâtre sur un point sensible, son âge (le 30 janvier, Livie allait fêter ses quarante-trois ans), Julie répondit en peu de mots : « Rassure-toi, cher Père, moi aussi quand je serai vieille j'aurai de vieux amis. »

Elle voulait maintenant retourner en Grèce au plus tôt, rejoindre Agrippa à Lesbos où il hivernait : « Quelque chose me dit que je vais avoir besoin d'un bouclier... » Elle rit. Elle avait fait venir Prima et Séléné dans la chambre égyptienne de sa grande demeure des rives tibérines, elle voulait leur avis sur ses nouvelles robes – elle ne portait aucune tenue plus de trois fois. « Je suis incroyablement riche ! » disait-elle en riant.

Elle, riche ? Non. C'était Agrippa, son mari, qui l'était. Et Livie, avec les immenses propriétés qu'elle possédait désormais non seulement en Italie, mais dans le monde entier. C'étaient ces deux-là et, plus rarement, la modeste Octavie, qui bénéficiaient des largesses répétées du Prince. C'étaient eux, que les rois d'Orient, dans l'espoir de sauver leur diadème, couvraient de cadeaux somptueux. Pas Julie. Qui n'était que la fille aînée du Prince, lequel avait aussi deux « fils », Caius et Lucius, promis à un plus brillant avenir que leur « sœur »...

Sa cousine préférée, Prima, et Séléné, demi-sœur de cette cousine, Julie les reçut entourée des meilleurs domestiques de sa garde-robe privée, distincte, comme dans toute bonne maison, de la *scaenica*, qu'elle réservait à ses apparitions officielles. Dans la *privata* de Julie, fort peu de robes assez longues pour cacher les pieds... Autour de la maîtresse des lieux très concentrée voltigeaient ses ornatrices, ses couturiers, ses brodeuses, son cordonnier personnel, son orfèvre attitré et ses trois singes. Drapant son corps à demi nu dans des mousselines arachnéennes, des linons moirés, des voiles de Cos brodés d'or, et glissant ses pieds menus dans des mules ornées de perles ou des cothurnes en peau de crocodile, Julie expliquait à ses visiteuses : « Je ne veux pas partir sans emporter d'ici un petit trousseau d'été : Mytilène est une ville charmante, mais nous n'y avons qu'une centaine de domestiques, et personne à Lesbos n'est capable de me couper convenablement une *royale* dans une pièce de soie – et je ne vous parle pas du tissage ! Je rêve d'une étamine de laine améthyste qui mettrait en valeur mes cheveux blonds... Et d'une robe couleur de l'air, ajouta-t-elle en se tournant vers le préposé aux teintures. Je te parle, bien sûr, de l'air quand il est tiède et sans nuages, tu vois la chose : quand le vent d'ouest ne risque pas d'apporter la pluie. » Elle revint à pas lents vers Prima : « Comment trouves-tu cette étoffe ondée pour une *palla* ? Un peu lourde, non ? Mais pourquoi, par Zeus, n'avons-nous pas ici de ces grands miroirs polis qu'Antonia a fait poser dans ses appartements du Palatin, pourquoi ? Appelez-moi notre architecte !... Je ne peux me voir que dans tes yeux, Prima. Que me disent-ils de ce tissu-là ? Vite, ton avis, ma chérie ? Je dois me hâter : dans trois semaines, adieu Rome et la vieille bique, je pars, je fuis.

— Mais la mer ne sera pas rouverte avant mars, objecta Prima. Regarde Séléné : c'est seulement alors qu'elle regagnera son royaume.

— Mer ouverte, mer fermée, je m'en moque ! Et puis je ne suis plus enceinte, les tempêtes peuvent me secouer, je n'ai rien à perdre. De toute façon, quand on rejoint la Grèce par Brindisi, la fatigue n'est que celle de la route : douze jours de voiture, mais seulement deux pour la traversée. Ensuite, une *raeda* confortable jusqu'à Athènes, puis la trirème d'Agrippa qui m'attend au Pirée... Séléné, veux-tu quelques-unes de mes vieilles robes ? Elles sont en très bon état, je ne les ai portées que deux ou trois fois, les veux-tu ? »

Tout en sachant que Séléné n'était plus la petite prisonnière qu'elle avait connue chez sa tante Octavie, et tout en faisant sonner bien haut son nouveau titre de « reine », Julie ne s'était pas complètement déshabituée de l'image de la pauvresse à qui l'on fait la charité. Aucune des filles du Palatin n'avait du reste la moindre idée des richesses de la Maurétanie, ce pays barbare où, sûrement, les indigènes vivaient tout nus, s'enduisaient de beurre et festoyaient en buvant de la bière : elles n'étaient pas très fortes en géographie des régions conquises… Mais Séléné ne s'offusquait pas plus de leur ignorance que de leurs bontés intempestives. Elle s'en amusait même. « Julie, dit-elle avec douceur, je suis comme toi, aujourd'hui : incroyablement riche…

— Ah bon ? Eh bien, tu devrais dépenser davantage pour ta garde-robe. Regarde comme ce manteau tissé de fils d'or irait bien avec la couleur de tes yeux !

— Tu veux dire que mes habits sont indignes de mon rang ? Tu as raison. J'aime mieux habiller mes villes que mon corps. La chair est périssable, le marbre est immortel. Si les dieux me prêtent vie, j'attacherai mon nom, et celui de mes enfants, à des monuments. Comme mon mari.

— À ta guise, petite reine. Mais viens donc faire un tour en Grèce : aux ruines de Sparte et de Corinthe tu comprendras que le marbre est moins durable qu'on ne croit ! Tout meurt, ma belle, tout ce que nous croyons éternel périra, et d'abord, cette jeunesse charmante que tu te refuses à parer. Pour t'instruire, je t'emmènerai méditer avec moi sur les ruines de Troie ! Non, c'est plutôt moi qui, la première, irai chez toi. Je rêve de passer les Colonnes d'Hercule et d'entendre le soleil plonger dans l'Océan avec un sifflement strident… »

L'image était belle et Julie, sensible à la poésie. Du reste, comme tous les Romains bien élevés, elle savait Homère par cœur et pouvait réciter de mémoire des centaines de vers de Virgile. Elle goûtait même, disait-on, les poèmes abscons de Iullus Antoine !

Cependant, ce bruit strident dont elle parlait à propos du soleil couchant parut étrange à Séléné : Julie croyait-elle que le soleil plongeait pour de bon dans la mer ? Le bruit qu'elle espérait entendre au-delà des Colonnes d'Hercule, n'était-ce pas celui du fer rougi au feu que le forgeron trempe dans l'eau et qui, en se refroidissant, émet un grésillement de friture ? Dieux du Ciel, c'était donc cela ! Julie prenait le soleil pour un brandon qui, toutes les vingt-quatre heures, touchait la terre ! Elle ignorait que le soleil est infiniment éloigné de nous et qu'il tourne autour du globe dans un vide universel… Séléné sut gré aux savants du Muséum d'Alexandrie de lui avoir autrefois enseigné ces vérités élémentaires, et à Iobas, d'avoir complété ses connaissances sur le monde des astres en lui parlant de philosophie.

Et de nouveau – bien qu'elle eût conscience que ni le roi ni elle ne comptaient davantage dans l'immense univers que de minuscules fourmis – elle eut hâte de rejoindre la petite fourmilière dont elle et lui étaient, après les dieux et dans l'infime portion du Temps qui leur était imparti, les seuls maîtres.

Nous ne savons pas ce que nous vivons. Les continents dérivent sous nos pieds sans que nous nous en avisions. Nous ne sentons pas non plus le mouvement profond des sociétés. Nos vies brèves, nos intelligences courtes nous font prendre l'écume des jours pour une lame de fond, les tsunamis, pour le flux des marées.

L'anecdotique d'un côté, le répétitif de l'autre nous masquent les perspectives, ils nous trompent sur le poids respectif des événements. Davantage aujourd'hui qu'hier ? Peut-être, tant le culte de l'éphémère et le goût du divertissement sont devenus puissants, et les peuples, futiles... Mais, pas plus que la dérive des continents, l'aveuglement des nations sur leur destin ne date de la semaine dernière : qui, en 1988, aurait pu prévoir que l'empire soviétique s'effondrerait un an après ? et quel augure pouvait prédire en septembre 1788 que dix mois plus tard l'Ancien Régime aurait sombré ? Exemples de cécité collective qui incitent à penser qu'à la veille de la chute de Rome les nobles patriciens se souciaient surtout de leur place au Cirque...

En tout cas, dans les débuts du principat d'Auguste,

certains, comme Séléné ou Pollion, croyaient encore qu'il n'y aurait pas de grand « Empire romain », pas même de paix durable : quand, à Césarée, la fille de Cléopâtre s'assit dans sa chaise d'accouchement pour donner naissance à son premier enfant – le « vengeur » qu'elle espérait tant –, les guerres civiles n'avaient cessé que depuis quinze ans, et les guerres extérieures, jamais. Le nouvel équilibre mondial semblait d'autant plus fragile qu'il reposait sur les épaules d'un seul homme. Que celui-là vînt à se heurter au Hasard, que la Fortune si versatile se détournât de lui un instant, et, aussitôt, le Sénat romain reprendrait l'avantage, les chefs de clan s'entre-tueraient, et les peuples vaincus, relevant la tête, chasseraient les légions. Ni la jeune souveraine vindicative, ni les nostalgiques de la République ne sentaient encore déraper leur sol familier sous la lente poussée des masses invisibles dont la dérive modifiait peu à peu la carte du monde…

Le vengeur si longtemps attendu par Séléné fut une fille. Exclue, donc, de la succession au trône de Maurétanie, sinon d'Égypte ; mais en Égypte, pour l'heure, il n'y avait plus de trône… Quand la sage-femme mit l'enfant dans les bras de son père, la reine eut peine à cacher sa déception. « Pauvre petite, dit-elle, je t'aimerai bien quand même…

— Elle est normalement constituée et en bonne santé, constata le roi, toujours posé. Je suis content d'elle. Et nous lui donnerons des frères. Sais-tu que mon ancêtre Massinissa a eu quarante-trois fils ? Il est vrai qu'il avait plus d'une épouse… »

L'enfant reçut le nom égyptien de Cléopâtre Théa,

qui avait été celui de plusieurs princesses de la lignée des Ptolémées. Mais, pour l'ordinaire, on l'appellerait simplement « Théa » – Déesse.

Théa fut confiée à des nourrices ibères réputées pour la qualité de leur lait. Bien que fort occupée par la construction de son temple à Isis et par les nouveaux aménagements qu'elle faisait réaliser dans le palais, la reine passait la voir deux fois par jour. Quand l'enfant put enfin lui rendre son sourire, elle osa la trouver ravissante, « aussi belle que l'était la "Reine des rois" ma mère, assura-t-elle.

— Tu n'as jamais vu de portrait de ta mère, maugréa Diotélès, et tu ne te rappelles sûrement pas mieux ses traits que les remparts d'Alexandrie... D'ailleurs, ta mère n'était pas belle. Rien de comparable à ta sœur Antonia, qui est la perfection même. Ta mère n'était pas belle, pas vraiment – elle était juste... irrésistible. Aucune des statues qu'on lui élevait ne lui rendait justice parce qu'il fallait la voir en mouvement, la regarder vivre : la grâce d'une danseuse et le port d'une déesse, le regard sévère d'une souveraine mais le sourire charmeur d'une courtisane. À moins que ce ne fût l'inverse : un sourire timide de bergère, avec le regard langoureux d'une Laïs... Et toujours, il y avait le charme de sa voix dont elle jouait comme d'un instrument, tantôt claire, tantôt voilée, tantôt suave, tantôt glacée... Tu le sais, je n'ai jamais aimé les vieilles – je te parle des filles de plus de douze ans... Mais ta mère, ah, ta mère ! Bien sûr, je lui tenais tête, je récriminais, je répliquais. Parce que je suis naturellement insolent. Et qu'un bouffon, de toute façon, se doit de bouffonner... Pourtant, je serais allé d'Alexandrie à Memphis sur le ventre si elle l'avait exigé ! Sur le ventre ! Par respect pour l'actrice, la très grande actrice qu'elle était... Alors, évidemment, ta petite Mauresse, là, ta Théa, elle peut bien devenir aussi jolie qu'elle voudra, ce n'est pas demain qu'elle pourra égaler sa grand-mère ! Il n'y aura jamais deux Cléopâtre, vois-tu. Jamais...

— Mon nom, Pygmée, est Cléopâtre-Séléné, et celui de ma fille, Cléopâtre-Théa. Il y a trois Cléopâtre désormais, trois ! »

Sa première grossesse ayant coïncidé par hasard avec sa découverte du plaisir, Séléné s'était persuadée de ne pouvoir engendrer que si elle sentait d'abord monter en elle la puissante sensation éprouvée par surprise à Baïes.

Pendant son séjour romain, elle avait tenté d'évoquer le sujet avec sa sœur Prima pour en savoir plus long : « Au moment où ton mari te féconde, au moment où, en quelque sorte, sa présure coagule ton lait, où la glu prend, ne ressens-tu pas aussitôt quelque chose de différent ? une sorte de chaleur qui naît dans ton ventre et qui envahit tout, jusqu'à ta tête ; soudain tu entends mal, tu ne vois plus, tu as le souffle coupé, tu halètes, mais tu ne souffres pas, hein, pas du tout ! Dans ton corps, la fièvre s'élève encore, ta peau rougit, tu es en sueur, ton mari aussi, tu crois que ton ventre va éclater... Pourtant il n'éclate pas, au contraire : quelque chose, dans tes viscères, se recroqueville, se contracte, se serre de plus en plus. Tu as envie que ça se resserre encore davantage, tu as envie, envie... Et tout à coup, tu perds conscience ! Voilà, c'est le germe du fœtus : il avait grimpé peu à peu jusqu'au creux de ton estomac, et il vient de s'accrocher à ton foie ! »

Prima s'était montrée dubitative. Quoiqu'elle eût déjà deux enfants, elle n'avait jamais rien éprouvé de tel – peut-être s'agissait-il d'une sensation propre aux femmes égyptiennes ?

En tout cas, le souvenir précis de ce qu'elle prenait encore pour une « montée de maternité », comme il y a des montées de lait, guidait Séléné dans sa recherche effrénée du plaisir. Juba était à la fête. Même si certains soirs, après une longue journée de travail, il était tenté de demander grâce. Il dut renvoyer ses deux hétaïres à Corinthe, il n'avait plus le désir de les voir… Et il en venait à s'interroger : se pouvait-il qu'à Rome, en son absence, cette épouse insatiable eût regardé d'autres hommes ? découvert d'autres plaisirs ? se pouvait-il même qu'on l'y eût poussée ? Certes, la réputation de ses deux demi-sœurs était au-dessus de tout soupçon, mais on ne pouvait en dire autant de Claudia, ni de Julie…

Habitué à se garder contre lui-même, Juba s'interdit pourtant de laisser courir sa pensée, il ne voulait pas céder à la jalousie, un sentiment répugnant qui s'attachait au cœur comme une sangsue et ne vous lâchait qu'exsangue… D'ailleurs, pour ce qu'il en savait, à Rome Séléné avait été bien trop incommodée par sa grossesse pour succomber aux mirliflores du Sénat. Le tempérament de feu qu'elle lui avait révélé à Baïes et confirmé depuis son accouchement, elle le tenait sans doute de sa mère : c'était en somme un héritage innocent, un trait de caractère familial…

Il y avait déjà deux Cléopâtre amoureuses de

l'amour – qui sait ce que Cléopâtre Théa allait leur réserver ?

Séléné s'étonna bientôt de n'avoir pas autant d'enfants qu'elle avait d'orgasmes.

Ne comprenant pas pourquoi, elle s'acharna, car quelle raison de vivre lui restait-il si, avec elle, s'arrêtait la lignée des Ptolémées ? Pour amener et ramener Iobas dans son lit, tout lui parut bon : les parfums les plus capiteux, les poses les plus lascives, les mots les plus doux. Il lui fallait un fils. Seul un fils pourrait reconquérir l'Égypte, seul un fils la rendrait vraiment mère.

Certes, elle ne doutait plus d'être féconde, ni d'être fécondée : chaque fois que, dans les bras de son mari, elle ressentait la même émotion qu'au moment de la conception de Théa, elle était sûre qu'un germe d'enfant venait de se fixer dans son ventre ; mais, par une étrange malédiction, cet embryon mal enraciné se décrochait dans les heures suivantes. Dès le lendemain soir en effet, dans le lit du roi, son ventre éprouvait le même appétit que lorsqu'il était vide, puis, sitôt qu'elle fermait les yeux, le même accomplissement que si un nouveau germe avait remplacé l'ancien… Elle s'ouvrit de ses inquiétudes à son médecin : « Je perds sans cesse des bébés. Plusieurs par mois. »

Euphorbe eut l'air perplexe : « Vraiment ? Je ne sais si la chose est possible… Mais nous pourrions, si tu le souhaites, faire venir de Grèce l'un de ces "gynécologues" dont nos dames font tant de cas. Néanmoins, je connais maintenant assez bien les humeurs de ton corps pour te dire que tu es d'une nature humide,

Regina, trop humide : tes fruits partent avec tes eaux. Il faudrait commencer par assécher la matrice : éviter les bains prolongés et pratiquer des fumigations – locales, évidemment. En suivant ces prescriptions, je suis sûr que tu concevras avant même que le roi n'embarque pour Carthagène ! »

Si son frère Musa, assez pragmatique pour avoir fait fortune, se réclamait de l'école médicale des « empiriques », Euphorbe, plus jeune et plus savant, était un « dogmatique ». Comme autrefois l'illustre Glaucos à Alexandrie, c'était un idéologue impatient. Il raisonnait vite et raffolait des catégories binaires – le chaud, le froid ; le sec, l'humide ; le plein, le vide. Dès qu'il avait trouvé un système qui lui plaisait, c'était son « lit de Procuste », il y faisait tout entrer, n'hésitant pas à retailler les faits à la mesure de ses explications. Il faut dire, à sa décharge, que c'est le propre des disciplines neuves. Maintenant que la médecine est une science, les sociologues, les psychanalystes et les économistes ont pris la relève et, en dignes faiseurs de systèmes, nous gratifient de théories péremptoires qui feront bien rire leurs successeurs…

Par bonheur pour la réputation de la médecine en général, et d'Euphorbe en particulier, après deux désagréables fumigations « locales » Séléné tomba enceinte.

Quand il revint de Carthagène, le grand port d'Espagne d'origine carthaginoise dont les rois maures étaient restés les édiles, Juba apprit que, selon toute probabilité, la reine attendait des jumeaux. Décidément, les jeunes femmes de la famille se surpassaient ! À Rome, après avoir enfanté un petit Drusus – bientôt surnommé « Germanicus » en l'honneur de son père, victorieux sur le Rhin –, Antonia était de nouveau enceinte. Prima aussi. À Aquilée, au pied des Alpes, où cantonnaient les légions de Tibère en partance pour le Danube, Vipsania avait donné naissance à un autre Drusus, si solide qu'on l'avait surnommé « Castor », du nom d'un lutteur vedette des arènes. À Baïes, Claudia avait eu de son deuxième mari si délabré – ou peut-être d'un autre ? – un joli Marcus Messala Barbatus, qui se trouvait être le petit-neveu du plus proche voisin de Prima, ce Messala Pot-de-chambre haï des filles de Marc Antoine. À Athènes, enfin, Julie venait d'accoucher d'un quatrième enfant ; malheureusement, c'était une fille : Agrippina.

Persuadée qu'elle ne serait pas plus chanceuse que Julie et qu'elle ne donnerait toujours pas naissance à ce guerrier vengeur auquel elle devait consacrer sa vie, Séléné vécut la fin de sa grossesse dans l'appréhension : tous les accouchements étaient dangereux, et un double accouchement l'était deux fois plus. « Mais ta mère n'a eu aucune peine à vous mettre au monde, ton frère et toi, rappelait Diotélès. – Mais ma mère ne faisait rien comme personne, tu me l'as dit cent fois ! Et moi, de toute façon, j'aurai des jumelles !... »

Si elle n'avait eu la joie de voir achevé son temple d'Isis avant d'entrer dans « les douleurs », Séléné aurait désespéré de l'issue de l'accouchement tant il fut difficile. On aurait dit que les enfants se battaient à qui sortirait le premier, qu'ils s'empoignaient à l'intérieur de son ventre, et, dans cette lutte sans merci où toujours l'un semblait glisser sur l'autre, la main de la sage-femme ne parvenait à attraper au passage qu'une épaule ou un genou – rien qui pût lui permettre de tirer l'un des deux combattants au-dehors pour aider sa parturiente. La reine avait beau s'être accrochée autour du ventre des amulettes bleues et vertes représentant Bès, le dieu nain qui aide les Égyptiennes en couches, et Touëris, la déesse hippopotame qui préside aux grossesses sur les bords du Nil, elle vivait un martyre. Cent fois elle crut mourir, et crut les enfants condamnés ; elle souffrait tellement qu'elle suppliait la sage-femme d'appeler un chirurgien pour découper les fœtus à l'intérieur de son utérus et les en extraire par morceaux ; entre deux cris, elle priait Isis et promettait à la Mille-Noms de lui dédier, dans son temple, une statue en or si elle la sauvait. De son côté, Juba, informé par Euphorbe de la méchante résistance de ses jumeaux, ne savait plus à quel philosophe se vouer, il est vrai qu'Épicure ne s'était guère penché sur la question… En désespoir de cause, il s'engagea, lui aussi, à offrir un présent à la déesse de Séléné : une toiture en plaquettes de marbre à la place des tuiles ordinaires dont le nouveau temple était couvert.

À la tombée du jour, les bébés épuisés cessèrent enfin de lutter et laissèrent leur mère les jeter dans la vie. C'étaient deux garçons. « Je l'aurais parié ! s'exclama la sage-femme. Ils débattaient déjà entre eux de la succession au trône ! »

Le premier sorti, qu'on tiendrait désormais pour l'aîné et le légitime héritier du royaume, fut appelé Hiempsal, comme le grand-père numide de Juba. Le second, plus petit, plus faible, fut rattaché à la lignée ptolémaïque et reçut le nom grec d'Alexandre.

Le temple d'Isis avait été bâti au bout de l'îlot du phare, en avant de la tour, pour être immédiatement aperçu des marins qui entraient dans le port. Du moins était-ce la raison donnée par Séléné pour choisir cet emplacement, malcommode faute d'espace, et mal desservi car uniquement accessible par la digue étroite du port militaire.

Bien entendu, la vérité était autre : l'un des rares souvenirs précis que la fille de Cléopâtre gardait d'Alexandrie était celui des temples qu'elle y avait fréquentés, le sanctuaire d'Isis *Lokhias*, construit sur le cap du Quartier-Royal, et le temple d'Isis *Pharia*, implanté sur l'île de Pharos, au pied même du grand Phare. Or, en découvrant autrefois Césarée par la mer, la jeune femme avait été frappée par la similitude entre la disposition du petit port qu'elle avait sous les yeux et celle du grand port d'Égypte. Certes, ici, pour le voyageur venant du nord, le « cap Lokhias » se réduisait à une jetée, et l'emplacement du « Port des Rois » était occupé par un vulgaire port de pêche ; à droite, la digue paraissait bien plus courte que l'Heptastade égyptien, et l'îlot en avant du port, ridiculement petit comparé à Pharos. Il n'empêche que, vu de la mer, le port de Césarée, le plus actif d'Afrique depuis la destruction de Carthage, avait l'air d'une Alexandrie miniature, et la présence, alors exceptionnelle, d'un phare ajoutait à la ressemblance.

Poussant l'imitation jusqu'au bout, Séléné trouva donc naturel de bâtir le temple d'Isis à l'ombre du phare. Elle dédia le sanctuaire à « la Reine du Ciel », Isis *Séléné*, celle des incarnations de la déesse qui réglait la course des astres.

Pour édifier l'*Iseum* voulu par la souveraine, on avait démoli les quelques vieilles maisons puniques situées à la pointe de l'île. Même ainsi, le temple n'était pas très grand. Dans sa première cour, un bassin d'eau douce, « le Nil », où l'on s'efforçait sans grand succès de faire pousser des lotus ; à l'angle du bassin, une statue de pierre noire, finement sculptée, celle du pharaon Thoutmôsis III qu'Octave avait volée à Alexandrie et offerte à Séléné en cadeau de mariage. La reine ignorait tout, bien sûr, de cet ancien pharaon étranger à sa lignée, mais, pour lui faire pendant, elle avait commandé à Alexandrie une statue en basalte du dernier Grand-Prêtre du culte de Ptah, un garçon qui s'était suicidé à seize ans au moment où Dionysos, le dieu d'Antoine et de Cléopâtre, abandonnait à grand bruit la ville assiégée. Séléné se rappelait avoir joué à la mourre, à la balle, ou aux « Douze Mercenaires », avec ce noble héritier de la caste sacerdotale quand, pour quelques jours, il venait de Memphis : si elle était devenue la Grande Épouse royale de Césarion, c'était lui, l'enfant, qui les aurait couronnés…

Au plus près de la mer, s'ouvrait le second parvis du temple, dont le déambulatoire aux épaisses colonnes papyriformes servait aux processions de la *Navigation d'Isis.* Au centre, l'autel réservé à la déesse, puis un escalier raide qui montait vers une petite plate-forme où, derrière un rideau entrouvert, dans l'ombre de la *cella*, on apercevait la statue richement vêtue de la Mille-Noms, celle que les Grecs adoraient sous les pseudonymes d'Aphrodite ou de Déméter, les Syriens et les Phrygiens sous ceux d'Astarté ou de Cybèle. Mais, quels que fussent ses noms d'emprunt, Isis restait *l'Unique*, « origine et principe des siècles », celle qui dit : « Je suis tout ce qui a été, qui est et qui sera. »

Quand *l'Unique* s'incarnait, comme ici, en *Séléné*, elle portait toujours un manteau noir semé d'étoiles. Lorsque la reine aurait accompli son vœu, le nouveau visage et les mains d'or de la statue s'accorderaient donc à merveille à la poussière d'étoiles qui couvrait son vêtement : plus que jamais, la « Mère de toute chose » rayonnerait…

En attendant le bienheureux jour où les prêtres recevraient ce magnifique ex-voto royal, Séléné, tout juste relevée de l'impureté des accouchées, vint remercier la déesse qui l'avait protégée. Les pastophores d'Isis *Séléné*, tous habillés de noir pour accorder leur tenue à celle de la déesse de la nuit, s'avancèrent pour accueillir la reine. L'un portait avec précaution l'urne contenant la précieuse eau du Nil, un autre tendit à la visiteuse la situle sacrée. Elle fit une libation d'eau d'Égypte sur l'autel, puis une libation de lait, comme à Alexandrie autrefois – d'abord intimidée par les austères desservants au crâne rasé, puis fière, comme autrefois, de la sûreté et de l'élégance de son geste. Dans le parfum douçâtre des guirlandes suspendues au cou de sa déesse et l'odeur violente de l'encens qui brûlait sur les trépieds, de nouveau elle eut dix ans…

Séléné a dix ans pour l'éternité, dix ans, mais trois enfants maintenant, et un grand royaume à gouverner puisque, encore une fois, le roi s'en va… Malgré la joie qu'il ressent quand il voit ses deux solides garçons dévorer leur nourrice, et malgré sa tendresse croissante pour son étrange petite reine, dès l'automne il s'en va. Vers l'ouest. À Volubilis d'abord, puis à Sala. Et au-delà même de Sala – toujours plus avant sur l'Océan, plus avant dans les montagnes. À la recherche de gisements de murex, de troupeaux d'éléphants, d'îles mystérieuses, de plantes inconnues, de peuples sauvages. À la poursuite de son rêve…

Magasin de souvenirs

Catalogue, archéologie, vente aux enchères publiques, Paris, Drouot-Richelieu :

… 326. Amulette bicolore bleu et noir du dieu nain Bès grimaçant, barbu, et coiffé de plumes. Petits éclats. Égypte, époque ptolémaïque.

Dim. : 3,2 × 4 cm 400/500

… 347. Statuette de la déesse Isis dans sa forme d'Isis Magicienne. Debout dans l'attitude de la marche, elle est vêtue de la perruque tripartite surmontée d'une dépouille de vautour, et son châle, attaché sur la poitrine par la croix ansée, « le nœud de vie », recouvre une tunique plissée. Dans la main droite elle brandit un sistre et, dans la gauche, un serpent dont, par ses formules, elle neutralise le venin. Yeux incrustés de pâte de verre. Bronze. Forte oxydation verte. Égypte, fin de l'époque ptolémaïque.

H. : 25 cm 6 000/7 000

La région est en paix. Les domaines royaux sont florissants, les Musulames restent tranquilles, les Massaesyles, silencieux, et les Gétules, invisibles. Avec l'aide des affranchis venus de Grèce qui occupent le bâtiment administratif construit devant le théâtre, sur la placette qu'on appelle pompeusement « le Forum », la reine peut gouverner. Juba lui a délégué tous ses pouvoirs sur la partie orientale du royaume. Pour la première fois, elle émet une monnaie à son seul nom – avec son profil d'un côté, et le petit temple d'Isis de l'autre. *Basilissa Kleopatra*…

Sitôt régente, elle entreprend de nouveaux travaux. Elle veut faire de Césarée la perle de l'Afrique. Car la ville se peuple peu à peu. De riches affranchis, des marchands espagnols, des banquiers italiques y font construire des *domus* trois fois plus vastes que celles des sénateurs à Rome : dans l'enceinte gigantesque voulue par le roi, ce n'est pas la place qui manque…

Les notables indigènes, propriétaires d'huileries ou d'immenses plantations d'arbres fruitiers, délaissent les *villas* grossières de l'arrière-pays pour bâtir, eux aussi, sur le plateau littoral. Et comme il faut bien nourrir ces bouches supplémentaires, de petits maraîchers s'installent à l'intérieur du rempart, au bas de la colline ou même un peu plus haut, en défrichant les broussailles.

Partout, pour amener l'eau, ces paysans creusent dans la pente des rigoles et des citernes ; on cherche dans la montagne, au-delà de la Porte du sud, de nouvelles sources à capter. L'eau, c'est la vie. Or les premiers fleuves sont loin de la ville, encore ne s'agit-il pas de vrais fleuves, mais de cours d'eau intermittents que chaque été laisse à sec. Séléné, par l'intermédiaire de Julie, demande d'abord à Agrippa, grand constructeur d'aqueducs, de lui envoyer ses meilleurs ingénieurs en hydraulique. Puis elle se ravise : inutile d'enjamber les vallées, il suffit de stocker les pluies qui tombent l'hiver sur Césarée. Pour ce genre de travail, les Alexandrins sont les meilleurs – elle se rappelle les vastes réservoirs souterrains du Quartier-Royal, ceux par lesquels elle avait autrefois tenté de faire fuir Antyllus… Six mois plus tard, trois spécialistes venus d'Alexandrie sont à l'œuvre ; dans le tuf de la colline, ils font tailler de larges galeries drainantes qui alimenteront plus bas puits et fontaines.

Séléné a prié aussi Octavie de lui faire copier l'œuvre de son vieil ami Vitruve, maintenant disparu, et de lui trouver en Campanie deux ou trois architectes capables de réfléchir au plan le mieux approprié à sa cité. En vraie souveraine grecque, elle ne conçoit pas de laisser sa ville se développer sans ordre, au hasard de ses ruelles, comme Rome l'a fait. Iobas ne s'est pas montré assez rigoureux sur ce point. Mis à part ses prodigieux remparts qui anticipent d'un bon siècle l'avenir de la ville, on dirait qu'il ne sait pas qu'on doit, dès le début, organiser l'espace, ainsi que le conseillait Aristote et que le fit Alexandre le Grand. Elle, régente du royaume, va remédier à ce laisser-aller. Et elle est pressée d'agir car elle ignore combien de temps elle a devant elle : nul ne sait quand le roi rentrera, puisqu'il ignore lui-même où il va…

Très vite, elle décide qu'il faut prolonger jusqu'aux Portes de l'est et de l'ouest les deux axes parallèles au rivage. Les *domus*, les *villas*, les boutiques devront s'aligner sur ce tracé qu'elle fera daller à ses frais. Élargies et rallongées, ces avenues seront coupées à angle droit par de nombreuses rues montantes. Pour l'instant, il n'y en a que trois ou quatre, raides et courtes, des rampes tout au plus, qui viennent toutes du port marchand ; elle en voudrait davantage, qui partiraient du port de pêche et du cap des saleurs. Du reste, seul un plan en damier convient à une ville digne de ce nom. Elle va montrer à tous ces Barbares, Romains compris, ce que veut dire le mot « civilisé ».

Un jour où, dans son théâtre tout neuf, elle préside à la représentation d'une comédie de Ménandre, il lui vient l'idée de vaincre la colline qui domine les gradins – pour rendre enfin accessible la monumentale Porte du sud, celle que Diotélès, moqueur, appelle toujours « la Porte des chèvres ». Déjà, dans le bas de cette montagne, au milieu des buissons d'acanthe aux feuilles vernissées, les maraîchers ont ouvert des bouts de sentiers pour atteindre leurs nouvelles parcelles. Il suffirait de poursuivre l'un de ces raidillons, non pas en allant tout droit, la côte est trop rapide, mais en progressant de courbe en courbe et de terrasse en terrasse. Grâce à cette piste en lacet, les petits ânes gris des paysans chargés de bottes et de paniers pour la ville ne seraient plus obligés de contourner toute la colline pour entrer par la Porte de l'est. La Porte des chèvres et son chemin sinueux deviendraient bientôt, pour les Numides de l'arrière-pays, leurs ânes et leurs mulets, l'accès le plus naturel à la capitale. Par la suite, rien n'empêcherait même de construire ici ou là, à proximité des bassins souterrains, un jardin sacré, un temple – qui sait même, quelques bâtiments royaux. Pourquoi pas, tiens, un pavillon de réception pour les hôtes étrangers ? ou un petit palais d'été ? Quand la chaleur pèse sur la ville comme une grosse femme assise, l'altitude rendrait ce bâtiment plus frais que le palais d'en bas et mettrait ses occupants à l'abri des puanteurs intermittentes des tanneries et des ateliers de salaisons…

Un palais d'été. Conçu par elle et pour elle – comme celui d'Antirhodos, protégé de la populace d'Alexandrie, avait été la maison de plaisance de sa mère…

Le roi lui avait écrit de Volubilis, où il s'était arrêté quelques mois pour faire manœuvrer ses cohortes, visiter des villages, et passer des accords avec les tribus d'éleveurs qui parcouraient la montagne. Il fit savoir à Séléné que le jardin de leur *domus* (« Depuis que tu as méprisé cette demeure, je n'ose plus l'appeler "palais" ! »), ce jardin qu'elle avait redessiné trois ans plus tôt, avait beaucoup profité, il était superbe : « Il y a maintenant dans ton petit canal des poissons de rivière si gras et si colorés qu'ils concurrencent la mosaïque du fond – on n'avait jamais rien vu d'aussi luxueux dans ce pauvre pays ! » Quant à la montagne couverte de forêts où il s'était aventuré avec Euphorbe pour herboriser, il y avait découvert une plante inconnue : elle poussait en buissons assez hauts qui portaient des fleurs jaunes l'été et un feuillage persistant le reste de l'année. « Mais "feuillage" n'est pas le bon mot. Cet arbuste n'a pas de vraies feuilles sur ses tiges, seulement des sortes de doigts, de longs doigts verts. Et lorsqu'on coupe l'un de ces doigts, ce n'est pas du sang qui coule, mais un lait blanc, très épais. » Le médecin avait recueilli ce lait pour l'essayer sur plusieurs serviteurs de leur suite. Frotté sur la peau comme un onguent, le lait s'était malheureusement révélé irritant. Sucé comme au pis de la chèvre, il provoquait de graves inflammations des gencives. Mais Euphorbe lui avait trouvé de meilleurs usages : introduit dans le cuir chevelu par une incision, il éclaircissait la vue et, broyé avec sa feuille, puis mêlé à du moût de vin, il avait sauvé la vie d'un de leurs porteurs indigènes mordu par une vipère et dont la jambe enflait déjà ; l'homme s'était mis à rejeter le venin par en haut tout en l'expulsant par en bas – un purgatif miraculeux ! Le roi était ravi. « Le suc même de l'Olympe ! écrivait-il à sa femme. Tu sais que je ne suis pas du genre à cirer les genoux des dieux, mais offre de ma part deux coqs blancs à Esculape... » Ne venait-il pas, grâce à son médecin, de découvrir le remède dont il rêvait pour guérir les morsures dont souffraient ses sujets ? Sur-le-champ, il décida d'appeler cet arbuste « euphorbe » en l'honneur de son savant compagnon. Dès son retour à Césarée, disait-il à Séléné, il écrirait lui-même un opuscule sur le sujet afin de porter à la connaissance de tous les vertus curatives de « l'euphorbe ».

Juba II, politique circonspect et érudit prudent dont le goût pour la recherche scientifique, la vérité historique et l'exactitude géographique fut loué par ses contemporains, aurait sûrement appartenu à l'école des « empiriques » s'il avait été médecin ; mais à Volubilis cette année-là, pressé par le « dogmatique » Euphorbe de hâter l'expérience pour en proclamer le résultat, il généralisa à partir d'une expérience unique et d'un cas biaisé. Car, en dépit du respect avec lequel Gallien, le grand médecin grec, et l'encyclopédiste romain Pline l'Ancien reproduiront plus tard des phrases de son petit traité, nous savons maintenant que, non seulement l'euphorbe de Juba ne guérit pas les morsures de serpent, mais qu'il s'agit d'un toxique dangereux.

Sans doute dans un premier temps, comme tout remède extrême, un poison violent passe-t-il pour un contrepoison. Aujourd'hui encore, dans le Moyen Atlas, n'assure-t-on pas que l'euphorbe, parce qu'il rend malade, guérit les cancers ? Ce qui vous tue vous sauve. C'est en politique, plus encore qu'en médecine, que de nos jours cette croyance prospère ; et l'idée que tout poison est l'antidote d'un autre fait plus de ravages dans les urnes et sur les réseaux sociaux que dans les hôpitaux. Regardons-y donc à deux fois avant de sourire des naïvetés du roi Juba…

En recevant la lettre apportée de Volubilis par un jeune soldat, Séléné décida d'écrire directement au port de Sala où Juba devait repasser afin de prendre la mer en direction des terres inconnues – il espérait, disait-il, contourner l'Afrique… Elle le mit au courant des grands travaux entrepris à Césarée et de la bonne santé de leurs enfants. Puis, ayant donné au roi des nouvelles du pays, elle s'abandonna, pour le mari, aux tendresses de l'amante. Parce qu'elle craignait de ne plus le revoir, elle laissa parler son cœur, et puisque son Iobas était déjà trop loin pour la prendre au mot, elle alluma sans honte des feux qu'elle ne pouvait éteindre.

Ce fut, en somme, un exercice littéraire, une lettre coquine telle qu'elle imaginait maintenant les billets que, dans les derniers mois d'Alexandrie, sa mère la chargeait de remettre à son père, reclus à l'autre bout du port dans sa Timonière, en misanthrope désespéré.

Un moment, elle se revit petite fille, seule à la proue de la barque royale dans les matins glacés, plus lourdement parée que l'Isis *Pharia* et tout enraidie par la peur : comme chaque fois son père allait la repousser, et comme chaque fois c'est à elle que sa mère en voudrait. Les amants terribles se renvoyaient leur fille comme une balle... Le vent, la brume, la barque : ce souvenir était si triste qu'il lui donnait chaque fois envie de pleurer ; elle le chassait comme on balaie d'un geste las le moustique qu'on ne peut écraser.

Au plus vite, elle retournait à son travail de reine dont elle avait découvert qu'il était le plus puissant des divertissements. Elle en oubliait sa cithare aux notes plaintives et ses interminables brossages de cheveux. Avant de démolir de vieilles masures pour refonder Césarée, il lui fallait en effet établir un cadastre, lever des impôts, importer des esclaves, ouvrir des carrières, signer des décrets ; elle était occupée toute la journée. Le soir, si elle ne donnait pas de banquet aux vassaux du roi, elle prenait près d'elle la petite Théa, si jolie qu'elle la chérissait de plus en plus. Pour amuser l'enfant, elle faisait le méchant crocodile ou le gros hippopotame. Et la petite – en riant de peur comme vingt ans plus tôt le fragile Philadelphe – la consolait d'avoir été impuissante autrefois à sauver son jeune frère d'une mort tragique.

Quant à ses jumeaux, ses « vengeurs », elle ne les voyait que rarement : il n'était pas encore temps de les aiguiser comme des poignards. De toute façon, la tête sous le capuchon et le nez morveux, les enfants au maillot l'attiraient moins qu'autrefois, et puis, ces deux-là, elle leur en voulait encore des souffrances qu'ils lui avaient infligées. Elle leur en voulait, mais se reprochait en même temps de leur en vouloir. À la fin, ces sentiments si contraires faisaient en elle tant de nœuds qu'elle n'avait plus la force de les desserrer.

Ce fut dans ces années-là qu'elle commanda la « Coupe d'Afrique » qu'on admire aujourd'hui au Louvre : une large patène en argent repoussé, probablement destinée à orner l'un de ces dressoirs que les riches Romains plaçaient au fond de leur atrium pour frapper le visiteur dès l'entrée. Il y eut toujours à Rome, chez les patriciens distingués, un côté « parvenu » qui les poussait à exhiber leurs richesses en présentant en vrac leurs objets d'or et d'argent, leurs bronzes de Corinthe et leurs vases murrhins. Ils agissaient déjà comme ces milliardaires de « la nouvelle économie » qui prétendent exposer des œuvres d'art quand ils n'exposent que leurs dollars.

La « Coupe d'Afrique » représente la jeune souveraine coiffée d'une dépouille d'éléphant, l'emblème africain par excellence. Séléné tient dans sa main gauche une corne d'abondance surmontée d'un croissant de lune, allusion à son nom. Dans sa main droite, se dresse le cobra pharaonique. L'une de ses épaules est découverte, comme si sa tunique glissait le long du bras. La manche, fendue et attachée un peu plus bas par des boutons, disparaît en partie sous le dessin d'un lion couché, tandis qu'une panthère prête à bondir masque le sein gauche.

Autour du visage de Séléné et sur son vêtement sont disposés une quinzaine de symboles tous destinés à indiquer son identité. Car il s'agit d'un portrait blasonné : les objets et les animaux qui figurent sur le médaillon soudé au fond de la coupe sont les « armes parlantes » de la reine.

Quant à savoir si ce buste est fidèle au modèle désigné, la chose est impossible à décider, faute que nous puissions confronter l'œuvre à d'autres portraits. Tout juste disposons-nous de quelques profils de Séléné plus ou moins adroitement gravés sur des monnaies ; quoique plus flatteurs que ceux de sa propre mère, ils sont trop conventionnels pour nous donner une idée précise de ses traits.

À ne s'en tenir qu'au buste d'argent, la jeune reine, sans être régulièrement belle, semble avoir eu un gentil minois : une frimousse de chat siamois. Le visage est triangulaire, et les yeux semblent immenses, presque extatiques. Mais l'impression d'étrangeté que donne ce grand regard un peu vide, un peu triste, provient peut-être de la décoloration des pupilles qui étaient, à l'origine, dorées à la feuille comme le croissant de lune. Telle quelle, Séléné est loin d'être laide, alors qu'elle a sans doute cru l'être : la renommée de grâce et de beauté de sa mère, même usurpée, était écrasante pour une enfant. Écrasante aussi, la beauté sensuelle, presque violente, de Juba lui-même…

Ce chef-d'œuvre d'orfèvrerie qui rend discrètement justice au charme singulier de la reine, pour qui fut-il fabriqué ? Du fait de sa qualité comme de sa datation, la coupe est généralement considérée comme un cadeau fait à un proche de la famille impériale romaine, sans autre précision, car là s'arrêtent les propositions des historiens. Libre alors au romancier de s'avancer… Silencieuse Séléné, petite âme visiteuse de mes nuits, laisse encore une fois mon rêve glisser sur toi : le destinataire, il me semble que je le devine, que je le connais…

Antonia, oui : ce fut à sa demi-sœur Antonia que Séléné offrit son portrait en argent repoussé. Pourtant, elle se sentait plus proche de Prima, avec qui, parfois, elle correspondait dans le langage secret qu'elles avaient inventé dix ans plus tôt. Elles en avaient emprunté le code à l'*Hécube* d'Euripide, une tragédie sur la destruction de Troie et l'assassinat de la famille régnante, désastre dans lequel la fille de Cléopâtre croyait lire en filigrane le destin d'Alexandrie et de sa propre famille. N'était-ce pas, de surcroît, une célébration de la vengeance ? Elle en savait le texte par cœur... Mais pour ne pas attirer l'attention de ces espions qui, selon Prima, traînaient dans toutes les grandes maisons, les deux jeunes femmes n'usaient de ce cryptage qu'avec parcimonie – à la toute fin des lettres, pour railler Livie en deux mots ou ironiser en une demi-phrase sur la sévérité croissante du régime. Si réduit que fût ce jardin secret, Séléné y tenait : ces gribouillis n'étaient-ils pas leur dernier espace de liberté ?

Néanmoins, c'est à Antonia, la calme et réaliste Antonia, belle-fille dévouée de cette Livie dont « les cousines » aimaient à supposer le pire, que Séléné offrit la coupe fabriquée à sa demande par un orfèvre venu d'Alexandrie. Pourquoi Antonia ? Parce que la benjamine d'Octavie semblait désormais la mieux placée à Rome pour exercer un jour une influence sur le Prince : Drusus, son jeune mari, plaisait tant au vieux couple « impérial » ! Or on disait que la santé d'Agrippa, reparti combattre le long du Danube, commençait à s'altérer ; s'il lui arrivait malheur, les deux petits qu'il avait vendus à son ami Auguste seraient encore trop jeunes pour être utiles à l'État. Le Prince, qui jugeait Tibère arrogant et le rabrouait plus souvent qu'il ne le méritait, miserait alors plutôt, pour une régence éventuelle, sur le cadet de ses beaux-fils, l'aimable et populaire Drusus…

Par de menues attentions – un beau portrait d'argent, un rouleau de laine pourpre, une paire de petits Gétules ou un guéridon en thuya de Maurétanie –, Séléné faisait donc sa cour à la plus jeune de ses sœurs romaines. Sans scrupule, et avec la bénédiction de Prima qui avait hérité de sa mère Octavie une certaine lucidité quant aux rapports de force.

Les jeunes « dames de Rome », y compris celle qui gouvernait maintenant Césarée, pouvaient bien avoir l'air uniquement occupées de futilités, toutes, de la plus fine à la plus sotte, avaient été plongées dès leur naissance dans un fleuve plus noir que le Styx : le sombre flot des affaires publiques. Immunisées, comme Achille, contre la plupart des blessures qu'on risque au combat politique, elles savaient en outre deviner très tôt d'où venait le courant. Prêtes, s'il le fallait, à le remonter illico ou à fuir les premières, pour éviter la nasse ou le filet. Des anguilles, les filles de cette famille ! Les anguilles du Styx…

À l'heure où, sur l'horizon, le bleu de la mer s'empourpre, Séléné monte sur la plus haute terrasse du palais. Là, elle échappe enfin à la poussière de la ville, au vacarme des chantiers, aux cris des porteurs d'eau, au martèlement des batteurs d'or et au braiment des ânes. En regardant vers le port et la toiture brillante du temple d'Isis, elle peut contempler sur la gauche, entre les dernières maisons et la Porte de l'ouest, la chevelure argentée des oliveraies plantées par Juba lorsqu'il est entré en possession de son royaume. À l'écume de la mer succède cette écume des jeunes oliviers, à peine trouée par les ifs couleur d'encre qui marquent l'entrée de la nécropole. Une harmonie de noir et d'argent qui comble de beauté son âme inquiète dans le soir tombant.

Puis la reine tourne son fauteuil vers la terre, vers la montagne où, à longueur de journée, des centaines d'ouvriers s'efforcent de tracer la route en lacet qu'elle a ordonnée. Dans les vergers où parvient désormais l'eau des rigoles descendues du sommet, commencent à pousser des caroubiers aux longues gousses, des pistachiers luisants et des figuiers violets, protégés des voleurs de fruits par des clôtures de roseaux séchés. Mais sur les pentes qu'on n'a pas irriguées, la colline offre en cette fin d'été un spectacle de désolation : l'herbe est si pelée que la pierre se fait jour au travers. Quelques moutons noirs semblent, au loin, paître ces ossements jaunâtres ; mais ce ne sont pas des moutons, juste des buissons d'épines – des touffes rondes et brunes, qui piquent sitôt qu'on en approche. À peine si l'on aperçoit parfois, entre deux rochers, les branches d'un genévrier rabougri…

L'air sent la pierre sèche. Le pays est rude. Huit mois par an, le royaume de Juba est noir de soleil – et plus noir encore à Volubilis, éloigné des mers, qu'ici, à Césarée. Si noir, ce royaume, et si brûlé que Séléné croit parfois avoir épousé le dieu des Enfers ! Mais il faut sans doute imaginer Perséphone heureuse – puisqu'elle-même n'est pas malheureuse avec son roi…

Elle regrette seulement d'être sans nouvelles de lui depuis longtemps. Peut-être, courant derrière ses chimères, a-t-il enfin réussi à contourner l'Afrique ? Peut-être, de sa terrasse, verra-t-elle un soir rentrer sa flottille chargée des parfums d'Arabie et d'épices de l'Inde ? Elle regarde les navires aux voiles carrées qui doublent le phare, elle écoute le bruit des rames qui frappent l'eau et le chant triste des rameurs… Quand reviendra-t-il ? et reviendra-t-il ?

Elle ne se plaint pas des charges qui pèsent sur elle. Au contraire, elle se plaît à gouverner. Mais combien de temps le Prince des Romains s'accommodera-t-il de la situation ? Les jumeaux promis au trône commencent tout juste à marcher…

Elle prie : « Souveraine des dieux du Ciel, régente des dieux de la Terre, puissante maîtresse de l'Univers, Isis dont le nom est distingué entre toutes les mères, toi qui cherchas à travers le monde le corps de ton époux assassiné, fais que l'Afrique soit très petite et que mon mari me revienne bientôt. »

Plus tard, quand elle fera réaménager tout le palais à son goût, elle ne touchera pas à la terrasse d'en haut. Car c'est sur cette terrasse baignée d'une douce lumière que, soir après soir, elle a attendu dans une paix confiante, dans une espérance pleine d'amour, le retour de son Ulysse.

À propos d'Ulysse, chaque fois qu'on l'interrogeait comme géographe, Juba refusait de s'appuyer sur le récit d'Homère pour reconstituer le parcours du roi grec et de ses guerriers à leur retour de Troie. À l'époque, la question divisait encore les érudits : la plupart s'attachaient à situer précisément sur les côtes de la Méditerranée chaque étape de l'*Odyssée* ; seule une minorité – dont faisait partie le roi des Maures – osait considérer le grand poème comme une fable. Certes, la guerre de Troie avait bien eu lieu ; certes, Ulysse en proie à la vindicte du dieu des mers avait tardé à rentrer chez lui ; tout cela était exact, Juba en convenait ; pour autant, il se refusait à identifier le pays des Cyclopes avec la Sicile, à loger la nymphe Calypso à Malte ou à reconnaître dans une colline des marais Pontins l'île de Circé.

Il en allait tout autrement dans le cas de son ancêtre Hercule : lui, avait effectivement passé le détroit qui portait désormais son nom : n'était-ce pas en naviguant sur l'Océan qu'il avait découvert les Hespérides, ces îles merveilleuses où poussaient des fruits délicieux ? Quant au « géant » qu'il avait dû combattre, ce géant qui portait le ciel sur ses épaules, il ne s'agissait pour le coup, selon Juba, que d'une allégorie : avant d'accéder aux îles, Hercule avait dû vaincre une très haute montagne, celle-là même qui bornait au sud la Maurétanie et que les savants grecs nommaient maintenant « l'Atlas ».

Puisque le fondateur de sa lignée avait ainsi affronté successivement des vagues inconnues et des cimes inviolées, le roi se sentait tenu de l'égaler. Mais il n'avait pas osé le dire aussi clairement à Séléné, par crainte de lui sembler présomptueux. Mieux valait parler de frontières, de peuples insoumis, de mesurages exigés par Agrippa et de contournement de l'Afrique… Les explorateurs sont rarement des êtres rationnels ; s'ils l'étaient, ils resteraient chez eux. Ce qui les pousse est donc moins l'appât du gain ou l'appétit de connaissances que le désir têtu de prolonger un rêve d'enfant : découvrir un pays mythique – l'Eldorado, l'Atlantide, le royaume de la reine de Saba ou celui du Prêtre Jean…

À la recherche de ses mirifiques Hespérides, Juba quitta donc le fleuve Sébou et le petit port de Sala avec les quarante navires qu'il avait fait construire à Lixus et à Tanger ; à bord, mille marins, huit cents soldats, plusieurs centaines d'esclaves-artisans et une dizaine de guides indigènes ramassés sur les bords du fleuve. L'expédition emportait d'importantes provisions de vivres et d'eau, et le roi, trois récits de voyage : le *Périple d'Hannon* le Carthaginois, le *Traité sur les régions équatoriales* de Polybe le Grec et le *Voyage* d'Euthyménès le Marseillais.

Les vents étaient favorables. En suivant la côte ils trouvèrent, après quatre jours de cabotage, une rade accueillante où deux îlots se faisaient face. Le plus grand portait les ruines d'une ancienne jetée punique. Les rochers du rivage étaient couverts de coquillages, ces murex à partir desquels on pouvait produire la célèbre pourpre de Maurétanie. Ravi de découvrir ces gisements, Juba décida d'établir là des ateliers de broyage et de teinture et de reconstruire le port, ce port qu'il nomma « Migdol », en punique, et qui entrerait plus tard dans l'histoire de la région sous le nom portugais de « Mogador » et, arabe, d'« Essaouira ».

Les Berbères locaux étaient des Autotoles, des « Indépendants », autre façon de nommer les *Imazighen*. C'était une petite tribu gétule, détachée du rameau principal depuis assez longtemps pour avoir renoncé au nomadisme. Plutôt pacifiques, ces Autotoles, grands éleveurs de chèvres, parlaient la même langue libyque que les habitants de Sala et de Volubilis ; il fut facile de s'entendre. Juba passa deux semaines auprès de leurs chefs et conclut des accords pour l'approvisionnement de son nouveau comptoir ; puis, ayant laissé sur place quatre cents hommes pour reconstruire un quai et creuser les bassins des futures fabriques de pourpre, il reprit la mer. D'après le récit d'Hannon, les soixante navires carthaginois étaient allés beaucoup plus loin en effet, parcourant vers le sud, depuis Lixus, une distance égale à celle qui séparait Carthage des Colonnes d'Hercule : les marins d'alors ne s'étaient arrêtés qu'à l'embouchure d'un grand fleuve, où ils avaient trouvé une petite île qui leur avait paru propre à l'établissement d'une colonie. C'est cette île que Juba voulait retrouver, la première, pensait-il, de l'archipel des Hespérides.

Encore deux jours de navigation, et, ayant doublé un cap formé par les contreforts d'une montagne, ils mouillèrent dans une baie que ses habitants nommaient « Agadir », ce qui signifiait en libyque « la pente, le talus ». Il n'y avait là aucune trace de port, ils durent jeter l'ancre en eaux profondes et aborder en chaloupes. Le village, construit sur une colline au-dessus du rivage, vivait de la pêche. Les villageois montrèrent aux voyageurs les sardines énormes qu'ils prenaient dans leurs filets. Peu d'arbres, peu d'herbe, mais le climat semblait agréable. Juba résolut d'y établir une base ; il suffirait de quelques décuries pour la défendre, car les indigènes semblaient peu nombreux et bien intentionnés – aussi longtemps, du moins, qu'on ne leur laisserait pas l'occasion de piller ! La flotte maurétanienne s'allégea de trois cargos chargés de vivres, d'une centaine de soldats et de deux guides.

Le roi se réjouissait de constater que la côte semblait enfin s'infléchir vers l'est. Tout géographe est d'abord un géomètre. Connaissant les propriétés du triangle rectangle, la longueur de la côte africaine du côté de la mer Rouge et la distance qui séparait ensuite le delta du Nil de Tanger, il en avait déduit que, depuis les Colonnes d'Hercule à l'ouest jusqu'au cap des Somalis à l'est, l'hypoténuse ne devait pas excéder trois cent mille pas – environ quatre mille kilomètres. Qu'il parvînt ou non à retrouver le grand fleuve d'Hannon et son île mystérieuse, il était résolu à parcourir au moins la moitié de cette distance pour fonder un comptoir qui ne se trouverait plus alors qu'à mi-chemin de l'Arabie Heureuse. Il suffirait qu'une expédition égyptienne, au lieu de partir vers l'Inde, sortît de la mer Rouge en direction de l'occident, pour qu'on pût rallier ce port en longeant la côte océane. Alors l'Afrique, la petite Afrique, serait contournée !

Malheureusement, la côte que Juba et ses hommes avaient suivie jusqu'à présent filait maintenant droit vers le sud sans plus s'infléchir vers l'orient ; après un jour de mer supplémentaire, elle dévia même carrément vers l'ouest : le triangle africain n'avait pas de sommet ! En observant les étoiles, les pilotes du bord furent forcés d'admettre que toutes les suppositions qu'on avait faites jusqu'alors sur la forme de l'Afrique étaient fausses : ce continent n'était pas un triangle, mais un polygone quelconque, et il fallait souhaiter que la côte qu'ils suivaient ne fût pas plus longue que ne l'était, à l'opposé, la côte arabique !

Mettre cap au sud, c'était donc maintenant mettre aussi cap à l'ouest… Après deux jours de navigation sans escale, ils parvinrent, les vents soufflant à merveille, à un petit village de pêcheurs que ses habitants nommaient Ifni. Ces Autotoles isolés n'étaient pas très coopératifs, ils accueillirent les premières chaloupes avec des flèches et des harpons, mais comprirent vite que les étrangers étaient en nombre et bien armés : ils n'en viendraient pas à bout sans le secours des tribus du désert, et elles étaient loin… Ce qui laissa à Juba le temps de négocier.

Sur ces rebelles, l'or ne produisait aucun effet – qu'en auraient-ils fait ? –, mais le vin les amadoua : ils ne fabriquaient même pas d'alcool de palme, faute de palmiers ; en fait de fruits, ils ne connaissaient que les figues de Barbarie. En échange de quelques amphores d'un petit vin d'Espagne des plus ordinaires, les « envahisseurs » furent généreusement approvisionnés en sardines, thons et daurades. Les Barbares avaient de l'huile aussi, en abondance, et très fine. Le roi en fut surpris : il ne voyait pas d'oliviers ; du reste, le pays, semi-aride et sablonneux, ne se prêtait guère à une telle culture.

Dans la langue libyco-punique qu'il parlait de plus en plus couramment, Juba s'enquit du fruit qui produisait cette huile au goût d'amande. Le chef de la tribu lui désigna, dans la courte plaine côtière, de petits épineux tordus et rabougris, les arganiers, dont les chèvres noires broutaient les feuilles, les épines et les baies. Ces bêtes maigres semblaient tellement affamées que, faute d'herbe, elles grimpaient jusque dans les arbres et, se tenant en équilibre sur leurs branches, dévoraient feuillage et fruits. Les indigènes ne paraissaient pas s'en émouvoir… Le roi s'indigna : ces gens avaient trop de chèvres et, s'ils ne les surveillaient pas mieux, ils n'auraient bientôt plus ni arbres ni huile ! Le dialogue avec le chef fut difficile car, si ces Autotoles parlaient un dialecte berbère, ils n'y mêlaient plus aucun mot punique ; l'un des guides embarqués à Sala parvint quand même à comprendre quelques phrases et il expliqua au roi que l'huile n'était pas tirée du fruit, dont la coque était plus dure qu'une noix, si dure que son nom berbère, *argan*, signifiait « bois de fer ». L'huile provenait du noyau dûment concassé de ce fruit si résistant. L'argan étant presque impossible à ouvrir, on attendait des chèvres à la forte mâchoire qu'elles fissent le travail. Le plus souvent, elles avalaient le fruit avec le noyau ; mais quand leur intestin avait digéré la coque et sa chair, on retrouvait ce noyau intact dans leurs crottes, des crottes qu'on recherchait et qu'on ouvrait avec soin… Et le chef de montrer fièrement deux couffins contenant, l'un, quelques amandes claires péniblement extraites du fruit lui-même, l'autre, des amandes noirâtres prédigérées par les chèvres et prêtes à être écrasées.

Juba, l'estomac retourné, recommanda aussitôt à ses soldats de n'user de cette huile que pour s'en oindre. Plus question d'en boire…

Après Ifni et toujours en poursuivant vers l'ouest contre leur gré, ils longèrent une plaine de dunes interminable, fermée au loin par une montagne. Le vent était tombé. Le temps leur parut d'autant plus long que, dans la journée, aucun bruit ne parvenait de ces cimes et de ces sables, pas même un chant d'oiseau. Sur la côte, inabordable, on n'apercevait pas un homme, pas une bête. Cet affreux silence ne cédait qu'à la nuit tombée. Alors on voyait s'allumer des feux au creux des ergs, on entendait le son lointain de flûtes et de tambourins, et les sommets écartés retentissaient de cris sauvages – c'étaient, sans nul doute, des satyres et des faunes qui dansaient… Pétrifiés, les marins se taisaient ; Juba, lui, notait avec fébrilité tout ce qu'il entendait ou supposait, car seuls les mots écrits tiennent les démons à distance.

Enfin, ayant doublé une ultime colline de sable, ils parvinrent à un fleuve au bord duquel ils découvrirent un village de huttes : les premières habitations qu'ils rencontraient depuis Ifni. Comme on était dans la saison chaude, le fleuve, dont le nom berbère est Ghir Drâa (« la rivière Drâa »), se trouvait presque asséché, il n'occupait plus qu'une faible partie de son lit ; la troupe fut heureuse, néanmoins, de pouvoir renouveler l'eau croupie des grandes *dolia* installées dans l'entrepont des navires, quelques-uns des marins osèrent même se baigner. Les villageois – des N'ghir ou Nigrites, « gens du fleuve » – poussèrent les hauts cris : les bêtes de la rivière allaient les manger ! Quelles bêtes ? Ils décrivirent de grands lézards aux dents acérées. Des crocodiles ? Vraiment ? Mais s'il y avait là des crocodiles, c'est donc qu'on approchait du Nil ! Du moins, de sa source…

Juba, fébrile, fit aussitôt comparaître les chefs du village. Au terme d'un interrogatoire serré, ceux-ci reconnurent que ces « lézards » n'avaient plus été vus dans le Drâa depuis un certain temps, mais ils assurèrent qu'on en rencontrait encore dans des vallées de la montagne, ainsi que dans quelques oasis du désert où ces monstres avaient récemment dévoré des enfants imprudents. Pourrait-on procurer à ses hommes quelques-unes de ces bêtes monstrueuses ? s'enquit le roi. Simple question de prix : l'or n'ayant pas plus cours ici qu'à Ifni, on eut recours à une monnaie plus universelle, les armes. Moyennant vingt poignards et une dizaine de glaives, les Nigrites apporteraient aux étrangers, lorsqu'ils repasseraient, deux ou trois crocodiles. Le roi désirait-il aussi qu'on capturât quelques jeunes beautés ? On pouvait enlever pour lui de jolies Nigrites de la montagne, elles appartenaient à une autre tribu que la leur… Le roi répondit qu'il avait à bord tout le nécessaire. Sur son navire amiral, il avait embarqué une douzaine de petites servantes de Séléné parmi les plus affriolantes du palais – ce serait un très long voyage, n'est ce pas, et un marin responsable ne s'embarque pas sans biscuit.

Long, ce voyage le serait d'autant plus qu'à défaut de contourner l'Afrique, dont il commençait à soupçonner qu'elle était plus vaste qu'on ne l'avait supposé et qu'il se pouvait même qu'elle s'étendît jusqu'au parallèle qui divise la terre en deux, Juba restait résolu à découvrir les Hespérides et leurs fabuleux jardins. Puisque à son tour il avait dépassé l'Atlas, qu'il l'avait, lui aussi, « vaincu », il n'était sûrement plus très loin des îles occidentales dont les pommes d'or avaient ébloui son ancêtre – encore un effort, et ce trésor lui appartiendrait !

Ayant repris la mer et suivi pendant plusieurs jours vers l'ouest une côte déserte, la flotte relâcha enfin près d'un cap inconnu ; le roi débarqua en canot sur la plage. Il fut accueilli par les autochtones avec curiosité, mais sans hostilité : c'étaient des Nigrites encore, mais des Nigrites à la peau plus sombre – « des Mélano-Gétules », expliqua Euphorbe ; leur langue était bigarrée de tant de mots étrangers au berbère qu'ils ne purent communiquer avec eux que par gestes. Les indigènes leur firent comprendre qu'il existait en effet de grandes îles au large, là-bas, vers l'occident, à deux doigts – deux jours ? – de navigation. Sur le nombre de ces îles, cependant, ils ne s'accordaient pas : quand les uns montraient trois doigts en hochant vigoureusement la tête, d'autres en présentaient six ou sept avec un grand air de conviction. Et les fruits ? les fruits d'or ? Juba et ses officiers dessinèrent des pommes sur le sable et firent semblant de les manger ; les Nigrites, attendris par ces étrangers si affamés qu'ils semblaient prêts à avaler du sable, leur apportèrent aussitôt des poissons… Lorsque, à force de mimiques et de gestes, les Nigrites eurent enfin compris qu'on les interrogeait sur les îles, plusieurs d'entre eux se mirent à courir à quatre pattes en jappant. « Ah, fit Euphorbe, ils nous disent que ces îles sont peuplées de chiens. Ou de loups. — Les gardiens du Trésor, sûrement », opina Juba.

Maintenant qu'ils avaient compris à quoi s'intéressaient les étrangers, les pêcheurs multipliaient les indications : ils s'enterraient dans le sable ou formaient des arceaux de leurs corps, sous lesquels d'autres se glissaient après s'être dénudés. « J'ai l'impression, dit Euphorbe, qu'ils nous signifient que les insulaires sont troglodytes et plutôt primitifs… » Attrapant alors le bras de Juba, il feignit, d'un air interrogateur, de le mordre et de le manger ; les Nigrites éclatèrent de rire : non, non, les insulaires n'étaient pas cannibales… « Il faut en avoir le cœur net », dit le roi.

Laissant la plus grande partie de sa flotte dans un camp établi dans les règles de l'art militaire, il repartit droit vers l'ouest et la pleine mer, accompagné de dix navires seulement, sur lesquels il avait embarqué ses meilleurs pilotes et deux jeunes Nigrites du village qui, effarés d'avoir été enlevés, pleuraient d'angoisse en voyant la côte s'éloigner.

Les vents étaient favorables. Après un ou deux jours de navigation, des oiseaux vinrent voleter autour des bateaux et, bientôt, la vigie signala une terre. L'île était enveloppée d'une brume de chaleur, et quand ils y abordèrent, il se mit à pleuvoir. « Nous l'appellerons *Ombria* », décréta Juba en grec, un nom qu'il traduisit aussitôt en latin pour ses marins : *Pluvialia*.

Les historiens identifient aujourd'hui cette *Pluvialia* à Fuerteventura, l'île la plus proche de la côte africaine, mais cette île n'est pas précisément pluvieuse, surtout en été, et Juba, n'y trouvant aucune source, regretta sûrement de l'avoir trop vite nommée. Les soldats lancèrent de brèves reconnaissances vers l'intérieur, ils ne rencontrèrent pas âme qui vive. Pourtant, les petits Nigrites embarqués contre leur gré assuraient, avec de grands gestes, qu'il y avait des habitants : la troupe, trop bruyante, avait dû les effrayer, ils se cachaient. Heureusement, on distinguait déjà à l'œil nu l'île suivante, elle n'était qu'à une dizaine de kilomètres plus au nord. Ils rembarquèrent.

Ce fut une nouvelle déception : à Lanzarote, les montagnes étaient pelées, le vent omniprésent, et la végétation rare. Même les cactus avaient du mal à percer la croûte rougeâtre. Néanmoins, les visiteurs découvrirent des traces de vie – quelques poteries phéniciennes, les restes d'un temple et, dans les décombres de ce sanctuaire, une statuette de terre cuite dont la tête manquait ; à en juger par ses énormes seins et ses cuisses disproportionnées, elle avait dû représenter quelque déesse de la fécondité. « Junon », trancha Juba. Et il appela cette deuxième île *Junonia*. Ne laissant aucun campement sur *Pluvialia* et *Junonia*, il embarqua tout son monde en direction de l'ouest, suivant toujours les indications mimées avec force par leurs deux petits guides, dont même les Autotoles embarqués à Ifni peinaient à saisir les paroles.

La troisième île semblait plus prometteuse : de loin, elle paraissait plus grande et très verte. Une montagne la dominait, qui la signalait d'assez loin. En s'approchant de cette île ronde, ils virent que des forêts de pins la couvraient presque entièrement. Le sable de ses plages était blanc, et des palmiers nains, pas plus hauts qu'un enfant de cinq ans, poussaient sur le rivage. Ils ne produisaient pas de dattes, mais des baies, guère plus grosses que des olives ; ces petits fruits, bien qu'un peu fades, se révélèrent comestibles.

Les marins de l'expédition venaient à peine d'établir leur camp non loin de leur mouillage quand de grands dogues, aux mâchoires puissantes, sortirent de la forêt en grondant : les gardiens du Trésor ! Ces Cerbères dont leur avaient parlé les Mélano-Gétules sur la côte : des monstres plus impressionnants encore que des molosses de Laconie ! Les archers de Juba se chargèrent des plus menaçants, la meute recula en hurlant.

Ce ne fut qu'après avoir rencontré des indigènes attirés par le spectacle que les soldats de Juba comprirent qu'il s'agissait de chiens sauvages d'une force exceptionnelle, mais qu'on pouvait, paraît-il, domestiquer. Ils en capturèrent deux couples, dans l'espoir de les ramener en Méditerranée où l'espèce était inconnue. Sur-le-champ, Juba donna à l'île le nom grec de *Kynica*, en latin *Canaria*, « l'île aux chiens ».

Bien que les autochtones fussent assez sauvages pour vivre à demi nus et habiter plus souvent dans des grottes que dans des huttes, ils se montrèrent plutôt accueillants aux étrangers, dont ils admirèrent les armures métalliques, les glaives et les boucliers : eux-mêmes ne savaient pas travailler les métaux. En échange de quelques ferrailles, ils montrèrent aux nouveaux venus leurs puits, leurs citernes et leurs sources. Ils ne cultivaient rien, vivaient de la chasse, de la pêche et de la cueillette. Le roi leur fit donner du vin, de l'huile d'olive, et poussa les plus audacieux à goûter du pain ; eux lui offrirent un miel de palme excellent. En attendant le retour d'une petite troupe envoyée vers le cœur de la forêt dans l'espérance d'y trouver, malgré les chiens, le « Jardin aux pommes d'or », le roi, resté sur la côte, s'efforça de progresser dans la connaissance du langage de ses hôtes. Ils étaient berbères, à l'évidence, et parlaient la langue amazighe, mais déformée et abâtardie, comme si les sons longtemps détrempés dans les mêmes bouches, par la même salive, avaient fini par former une pâte, une sorte de bouillie indistincte : l'homme est un animal social qui ne gagne rien à vivre loin de ses semblables… Le chef de la tribu qui avait accueilli Juba et ses hommes conduisit le roi jusque dans une clairière où se dressaient des stèles couvertes d'écriture. Juba, qui lisait facilement le punique des Carthaginois, n'avait jamais su déchiffrer le libyque de son peuple. Ici, cette mystérieuse écriture semblait en outre comporter des signes jamais vus, des signes dont le sens avait été perdu par ceux mêmes qui venaient encore déposer des colliers de coquillages au pied des stèles. Qui honoraient-ils ainsi ? Des ancêtres ? des dieux ? Le roi mima ses questions, et le chef de la tribu mima son ignorance…

Après quelques jours, la petite expédition militaire envoyée dans la forêt revint sans avoir trouvé le moindre jardin, ni aucun fruit hors du commun. Les molosses de « l'île aux chiens » ne protégeaient rien.

Pressé d'explorer l'île suivante dont on apercevait, depuis la *Canaria*, le très haut sommet couvert de neige, Juba donna l'ordre de lever l'ancre.

La quatrième île de l'archipel était la plus belle : une montagne encore enneigée au milieu de l'été occupait son centre. Le surnom latin que lui donna le roi s'imposait : *Nivaria*, « la neigeuse ». Ce surnom ne s'éloignait guère d'ailleurs du nom berbère que les habitants firent connaître aux marins et que Juba comprit parfaitement : *Tener'if*, « l'île Blanche ». Si le sud de cette « île blanche » était aride et sec, le nord semblait plus humide, et la terre brune, très fertile. Les habitants y cultivaient l'orge. De nombreuses variétés de cactus poussaient le long des grèves, Euphorbe prétendit même rattacher l'une de ces espèces, malgré ses nombreux piquants, à son « euphorbe » de l'Atlas.

« Si on te laisse faire, dit Juba, tu imposeras ton nom à tout ce qui pousse ! As-tu un si grand désir de passer à la postérité ?

— Et toi, Seigneur ? Pourquoi écris-tu des livres ? Pourquoi fais-tu des enfants ? »

« C'est toujours pareil avec les affranchis ! songea Juba avec humeur. Celui-là, que je traite trop bien, finira par se montrer aussi insolent que le Pygmée de Séléné ! »

La mer devenant franchement mauvaise, le roi décida de passer le reste de l'hiver à *Tener'if*. Toujours à la poursuite de ses pommes d'or, il voulait explorer l'archipel entier : on lui avait assuré qu'il comportait encore plusieurs terres. Il remit donc au printemps le moment de regagner la côte africaine et son royaume.

Alors, il aurait déjà passé près de dix-huit mois loin de Césarée… Évidemment, c'était beaucoup – qu'en dirait le Prince ? Agrippa, qui cadastrait l'Empire, serait ravi, lui : les renseignements inédits qu'on rapportait allaient lui permettre de compléter son inventaire du monde ; le gendre d'Auguste comptait en effet présenter au public, dans une galerie dédiée, une *chôrographie* spectaculaire de l'Empire et des royaumes alliés – une image s'il se pouvait, mais, surtout, une description, région par région, qui donnerait sous forme de listes gravées dans le marbre les noms des cités, des colonies, des provinces, et le chiffre de leur population. En attendant, mieux valait, pour l'avenir du roi voyageur, que les Numides de Kirta, leurs cousins de Gétulie ou les Garamantes des Syrtes n'eussent pas profité de son absence pour chercher querelle aux colons de la Province romaine ! Auguste aurait été en droit, alors, de requérir l'appui militaire de la Maurétanie, et Juba souriait à l'idée d'une Séléné en cuirasse portée à la tête de l'armée : elle pouvait à peine tenir sur un cheval ! Certes, sa mère, la grande Cléopâtre, avait autrefois dirigé sa propre flotte et participé aux réunions d'état-major, mais de là à porter une armure et à manier une épée, même pour cette souveraine impudente il y avait loin !

Quant à Séléné, sa petite reine fragile, elle n'avait jamais partagé l'ordinaire des troupes, jamais assisté au moindre combat, jamais pansé une seule blessure. Comment se la représenter sur le front des troupes ?... Lorsqu'il songeait à elle du fond de l'Afrique, Juba l'imaginait avec ses livres, ses fleurs, sa cithare, il croyait l'entendre chanter un poème d'Ovide ou psalmodier, au milieu des vapeurs d'encens, une longue litanie à l'Isis Stellaire de son enfance. Si rêveuse, sa Cléopâtre à lui, si délicate, que le monde réel la blessait. Or la guerre est terriblement concrète, c'est un problème de poids et de mesures, une histoire de vis et de boulons, de physique et de géométrie, et, pour finir, une affaire de viande. Sa nymphe n'était pas faite pour la vie militaire... Du moins était-ce l'idée que Juba se faisait de son épouse, une épouse qu'il avait hâte maintenant de retrouver.

Non qu'elle lui manquât vraiment, l'organisation de l'expédition, les hypothèses sans cesse nouvelles qu'il devait envisager, les choix qu'il lui fallait effectuer en hâte occupaient tout son esprit ; pour le reste, il s'était attaché à l'une des jeunes esclaves gauloises embarquées sur le navire amiral et il en avait fait sa concubine attitrée. Cette Callista, qu'il ne partageait plus désormais avec aucun de ses officiers, était enceinte et il ne doutait pas de sa paternité.

Ce qui ne l'empêchait pas de penser à Séléné avec tendresse et de se demander comment, en son absence, elle gouvernait Césarée. Si par chance elle s'en était bien tirée, il la chargerait à l'avenir des fonctions protocolaires et administratives qui lui pesaient ; lui se garderait du temps pour réfléchir, écrire et voyager. Combattre aussi, bien sûr... L'idéal serait que le Prince Auguste désignât Séléné comme cosouveraine. À la manière égyptienne. De la sorte, s'il venait à mourir à la guerre ou à périr en mer et que leurs enfants ne fussent pas encore en âge de régner, le royaume de Maurétanie ne disparaîtrait pas : pour peu que sa veuve, reine en titre, fût à la hauteur de sa tâche, les Romains n'auraient aucun prétexte pour annexer le pays.

« Je vais commencer, se disait-il, par autoriser ma femme à émettre plus souvent des monnaies à son nom seul. Et je passerai par Agrippa, ou peut-être par Octavie, pour suggérer au Prince d'accepter une sorte de monarchie à deux têtes – après tout, la Maurétanie est assez vaste pour avoir été autrefois gouvernée par deux rois... Et quand l'aîné de mes fils en aura l'âge, il remplacera sa mère et montera sur le trône avec moi. » Telles étaient les pensées du roi voyageur tandis que, sous la pluie fine de janvier, il contemplait, depuis le rivage de *Tener'if*, le sommet de l'île suivante : elle se trouvait à plus d'une journée de navigation, mais elle était si montagneuse, elle aussi, qu'on l'apercevait de loin. Les indigènes la disaient verdoyante, riche en forêts et en gibier. Dans les notes qu'il dictait, Juba, sur la foi de ce qu'on lui en disait, l'appela par avance *Herbania*. Mais il commençait à douter d'y trouver les pommes d'or espérées. Aussi, lorsqu'il chercha un nom pour désigner l'ensemble de l'archipel dont il effectuait la reconnaissance, abandonna-t-il le nom d'Hespérides pour celui d'« îles Fortunées » – non que ces îles fussent très fertiles ou d'un climat agréable, mais on n'y voyait ni fauve ni serpent, ces deux fléaux de l'Afrique. Une exception aussi miraculeuse méritait d'être célébrée.

Aux premiers jours du printemps, Juba traversa enfin le détroit qui séparait *Nivaria* de sa voisine *Herbania* : les matelots admirèrent les dauphins et les baleines qui croisaient là en grande quantité. L'île elle-même, qu'on appelle aujourd'hui « la Gomera », était alors très humide et couverte aux trois quarts d'une ancienne et épaisse forêt de lauriers. Les soldats de Juba y découvrirent les vestiges de quelques sanctuaires où les autochtones, des troglodytes, semblaient avoir adoré un « Grand Esprit » guérisseur ; ils embaumaient leurs morts, mangeaient des oiseaux de mer, des chèvres sauvages, des fougères grillées et, quelquefois, l'un des lézards géants qui s'échouaient sur leurs grèves. Mais ce qui parut le plus étrange aux hommes du roi, c'est qu'ils utilisaient entre eux pour communiquer à distance des sifflements stridents et modulés : d'une colline à l'autre, ils se parlaient comme des chauves-souris ! Impossible de comprendre cette langue-là… De hautes fleurs violettes en forme d'épi, inconnues ailleurs, poussaient à l'ombre de la forêt ;

Euphorbe en fit placer dans des pots pour pouvoir en étudier à loisir les vertus cachées. « Pourquoi parles-tu de "vertus cachées" ? demanda Juba. La beauté n'est-elle pas la première de toutes les vertus ? Or la beauté de ces fleurs crève les yeux. »

Au moment où il prononçait le mot « beauté », une tristesse sans cause fondit sur le roi… Il eut envie de pleurer. De se blottir. D'être consolé. Il se sentit tout à coup comme un arbre déraciné, comme une aile brisée. Un nuage voilait son soleil… Une mauvaise fièvre peut-être ? ou un fâcheux pressentiment ? Ce que nous cherchons aujourd'hui dans nos souvenirs – une explication aux maux de notre âme –, les Anciens le cherchaient dans leur avenir. Or, depuis quelque temps, les dieux semblaient adresser au roi des avertissements inquiétants : deux de ses bateaux, attaqués par des monstres marins, s'étaient perdus corps et biens dans la traversée entre *Tener'if* et *Herbania*, la jeune Callista avait accouché trop tôt d'un enfant mort-né, et un orage avait foudroyé l'autel que ses rameurs venaient d'élever à Neptune. N'était-ce pas le signe qu'il fallait rentrer ? Rentrer sans plus poursuivre vers l'ouest, sans chercher d'autres îles, ni avoir trouvé les pommes d'or de son ancêtre. Rentrer comme on fuit.

Ils mirent cap à l'est, firent de l'eau au sud de *l'île Blanche*, puis longèrent la pointe méridionale de *Nivaria*. Nulle part le roi n'établit de comptoir : il y avait trop peu à tirer de ces peuplades clairsemées et de ces montagnes jetées, selon un mot d'Euphorbe, « comme des crottes de chèvre dans la mer »…

Ils eurent quelques difficultés, en touchant l'Afrique, à retrouver le cap où ils avaient installé deux de leurs cohortes. En remontant vers le nord, ils craignirent d'avoir laissé ce camp derrière eux, parmi les dunes de sable toujours semblables. Mais en serrant la côte de plus près, ils aperçurent, sous le soleil, l'éclat métallique de leurs enseignes, et c'est avec les quatre navires laissés à l'aller que la flotte repartit vers l'embouchure du fleuve Drâa.

Une bonne surprise y attendait le roi : un crocodile... Les Nigrites avaient tenu leur promesse et rapporté d'un oued de l'Atlas l'un de ces monstres mangeurs d'enfants. Ils ne l'avaient pas trouvé dans le Drâa, mais dans un autre cours d'eau qu'ils appelaient « Ghir » tout court qui, prenant sa source dans la même montagne que le fleuve et ne se dirigeait pas vers la mer : il coulait vers l'est. Vers ce grand désert où, selon les nomades, son cours disparaissait brusquement pour ressortir, rafraîchi, au milieu des sables.

La joie de Juba fut immense. Aussi vive qu'en découvrant les îles Fortunées : ce Ghir infesté de crocodiles, qui prenait sa source dans l'Atlas pour couler vers l'orient, qu'était-ce, sinon le Nil ? Le Nil naissait en Maurétanie ! Et s'il n'irriguait pas les déserts des Garamantes et des Éthiopiens, c'est qu'il les traversait en souterrain, rejaillissant ici ou là pour former un lac ou faire surgir une palmeraie.

Maintenant le roi comprenait tout de l'Afrique : le continent pouvait bien être contourné ; simplement, c'était un quadrilatère ; sans doute un trapèze, dont la base, parallèle à la côte méditerranéenne, se trouvait au sud des îles Fortunées. On devait supposer qu'il existait, au-delà du vaste désert de sable qu'ils avaient commencé à longer, d'autres montagnes qui, fermant ce territoire au midi, empêchaient un fleuve né en Maurétanie de s'écouler vers l'Océan. Cette barrière avait obligé les eaux à bifurquer vers l'Éthiopie et la Nubie, puis à irriguer l'Égypte avant de se jeter dans la Méditerranée. L'Égypte, « don du Nil », était surtout un don de l'Atlas ! Et ce saurien capturé dans les montagnes en apporterait la preuve au monde. Sans parler du bonheur de Séléné qui pourrait installer un crocodile dans le bassin de son nouveau temple et, fait unique dans l'histoire, un crocodile « occidental » !

Les navires maurétaniens reprirent la route du nord : Agadir, les îles Purpuraires, puis Sala, récupérant au passage les soldats et les vaisseaux que le roi n'entendait pas laisser à demeure. À Migdol-Essaouira, Juba maintint cependant une forte colonie d'artisans pour produire la pourpre qu'il voulait vendre en Europe. Partout, il élevait des autels aux Dieux Maures, *Dii Maures*, ou à Hercule, *deus patrius*, « dieu de la patrie », affirmant ainsi clairement la souveraineté maurétanienne sur la côte nouvellement découverte. Le reste du temps, sur le pont de sa trirème, il dictait des notes de voyage qu'il remettrait en ordre à Césarée : il comptait publier ses découvertes dans un livre qu'il intitulerait simplement *Libyca*, « De l'Afrique ».

Le roi de Maurétanie voyageait pour se perdre et il écrivait pour se trouver. Car il ne savait toujours pas comment répondre à la question, pourtant simple, que posent à l'Ulysse d'Homère tous les hommes qu'il rencontre au cours de son « odyssée » : « Qui es-tu ? Quels sont tes parents et quelle est ta cité ? »

Où était la patrie de Juba l'étranger ? Il ignorait le nom de sa mère, et le visage de son père n'avait laissé aucune trace dans sa mémoire ; sa famille, sa tribu, son peuple, tous étaient massaésyles ou numides ; son pays était celui des hauts plateaux orientaux, depuis Zama jusqu'à Kirta ; sa langue maternelle, le phénicien des Carthaginois ; ses dieux, la vierge Tanit et Baal Hammon « le Cornu ». Mais sa patrie appartenait désormais aux légions d'Auguste, et lui régnait loin de sa terre et de ses montagnes : sur le littoral, au nord, et sur les peuples de l'ouest, sur Iol et sur Volubilis, dont la langue était le libyque, l'écriture le tifinagh, et les dieux, Macurtam, Iunam et Vihinam. Si bien qu'il se sentait déplacé dans son propre royaume. Et il l'était, en effet. D'autant plus que la langue de son enfance romaine était le grec et qu'il avait épousé une Égyptienne ! Bref, tout lui semblait posé de travers dans sa vie, son trône même était de guingois.

Seuls les rayonnages de ses bibliothèques restaient d'aplomb. D'aussi loin qu'il se souvenait, les bibliothèques avaient toujours été là pour lui, autour de lui, solides, enveloppantes, rassurantes, et parfaitement fixes. Il y avait trouvé un nid bien clos, parmi les milliers de papyrus qu'elles abritaient ; comme un manuscrit rare, les bibliothèques l'avaient protégé ; comme un enfant sans mère, elles l'avaient nourri ; et il les aimait aujourd'hui d'un amour filial.

C'était d'elles que tout dans sa vie procédait, même ce qui pouvait a priori sembler le plus éloigné de leur immobilité – sa vocation d'« explorateur », par exemple. Aurait-il découvert la côte africaine, les îles Fortunées et la source du Nil, s'il n'avait un jour lu, dans la bibliothèque du riche Salluste, le *Périple d'Hannon* ? Demain, à côté de ce *Périple*, dans le même casier, on glisserait son *Libyca...* Ainsi, tout venait de l'écrit et tout y retournait : des livres qu'il lisait naissaient ses voyages, et de ses voyages naissaient les livres qu'il écrivait.

Couchée sous une tente sur le pont du navire amiral, Callista, seize ans, concubine du roi, ne se remet pas de son accouchement. La fièvre ne quitte plus la petite esclave norique. Elle brûle, elle divague, et Euphorbe ne peut rien pour elle. Elle va mourir, comme l'enfant qu'elle portait, elle va mourir, elle le sait, et ne tient même pas à vivre jusqu'au port de Césarée : ce n'est pas son pays, ce ne sont pas ses dieux, et il y fait trop sec, trop chaud. Elle regrette les aubes brumeuses, les étangs gris, les tourbières et les prunelliers de son enfance. Elle regrette l'automne aux pluies rouillées et le duvet des premières neiges. Elle est fatiguée du sable qui fuit sous ses pieds, des palmiers sans ombre, et des hommes moites, des hommes en sueur qui labourent son corps. Elle ne veut plus sentir leur odeur de fauve, ni le parfum amer des absinthes mêlé à la puanteur des entrailles de poisson. Elle craint la terre aride, la noirceur de l'été : elle ne reviendra pas à Césarée.

Elle se souvient des hivers d'autrefois. Une eau glacée délicieuse courait dans les fontaines, on voyait se dessiner dans l'air l'haleine tiède des chevaux… Elle aimerait, une dernière fois, apercevoir un peuplier, un bouleau, deviner, au loin, la pluie bleue qui noie les collines ou le brouillard léger qui monte des lacs en novembre, elle voudrait se perdre dans la fraîcheur des forêts. Mais elle ne se rappelle plus vraiment le village où elle est née, elle se souvient seulement des maisons qui brûlaient, des flammes qui brûlaient les maisons, et du hurlement sauvage des femmes auxquelles on prenait leurs enfants… Quel âge avait-elle ? quel âge a-t-elle ? Elle ne sait plus, n'a jamais su, elle flotte dans sa mémoire, sans âge, sans nom, sans pays. Et tout à coup – quelle main froide se pose sur son front ? –, tout à coup elle revoit l'éclat de la neige sous la lune, si pur, si éblouissant : une clarté fulgurante… Elle ferme les yeux.

Asinius Pollion chauffe ses vieux os au soleil de Césarée. Il a près de soixante-dix ans, lui, et c'est un bel âge pour l'époque – celui qu'aurait aujourd'hui Marc Antoine si… D'ailleurs, tous deux avaient été de grands amis. Mais ce n'est pas pour cette raison que Pollion est venu rendre visite à Séléné dans son royaume. Non, il y a été poussé par Octavie : « Pourquoi n'irais-tu pas visiter la Maurétanie ? Il paraît que le pays est riche, qu'on peut y faire pousser de la vigne, et que les terres reprises aux nomades s'y vendent pour rien… » Elle voulait surtout savoir, lui dit-elle, comment son ancienne protégée se tirait du mariage et de la royauté. Il y avait quatre ans qu'elles ne s'étaient plus croisées. Depuis les noces d'Antonia, exactement.

Il y a quatre ans, Octavie était déjà mourante. Elle est mourante depuis la mort de son fils, et Pollion s'en agace : déjà dix ans d'agonie, un record ! Si elle le pouvait sans ridicule, elle se couvrirait encore la tête de cendres et se raserait les sourcils. Pollion s'irrite de la trouver toujours vêtue de gris et cachée dans ses voiles, toujours triste et toujours malade – a-t-on jamais vu un deuil aussi exagéré chez une femme bien élevée, une femme intelligente qui a appris à philosopher ? Mais, bon, il ne peut rien refuser à une si vieille amie – elle était tellement belle en jeune répudiée, tellement désirable que tous auraient aimé la consoler. Comment Antoine avait-il pu l'abandonner ? Et pour qui ? Pour une traînée !

Pollion, cependant, ne prend pas Octavie pour une innocente ; en politique, elle n'a rien d'une novice. Que veut-elle donc savoir aujourd'hui sur la Maurétanie ? Peut-être, dans cette affaire, n'est-elle que l'intermédiaire de son frère ? C'est Auguste qui a besoin d'un avis éclairé sur les jeunes souverains qu'il a placés à la tête du pays : songerait-il déjà à les remplacer ? les soupçonne-t-il de faiblesse ou de conspiration ?

En tout cas l'avis de Pollion, après un mois de séjour, est que la reine gouverne sa capitale sans mollesse. Il a vu les travaux qu'à la suite de son mari elle a entrepris pour transformer Césarée en ville moderne : après avoir percé des avenues, elle vient de lancer la construction d'un hippodrome et parle maintenant de bâtir des arènes – il est vrai que, jusqu'ici, la population locale n'a pas été très gâtée en fait de courses de chevaux et de combats de fauves.

Heureusement, la fille de Cléopâtre est aussi à l'aise sur un chantier que les dames de Rome devant leur métier à tisser : elle parle maintenant d'embellir son palais, qui, pour l'heure, semble encore de bric et de broc. Mais Pollion a déjà pu admirer la bibliothèque personnelle du roi, que la jeune reine vient d'agrandir. Au charmant péristyle végétal qui abrite les philosophes, elle a ajouté une partie de l'aile récupérée sur les bureaux transférés dans la *basilique* toute neuve, près du forum. Cette extension de la bibliothèque, consacrée aux copies d'ouvrages puniques (une rareté !), est joliment ornée ; la reine y a employé des mosaïstes alexandrins remarquables et les tesselles sont si petites que les mosaïques ont la finesse des peintures. Le dégradé des chairs, le jeu des lumières, les nuances de la mer, le modelé des figures, tout a été rendu avec délicatesse – même si Pollion regrette que, plutôt que des paysages nilotiques, Séléné l'Égyptienne ait fait représenter sur les sols de son palais des sujets mythologiques éculés : il y a pléthore d'Orphée-chantant, de Laocoon-hurlant et d'Hercule-étranglant...

Il est vrai qu'il s'agit là des salles « officielles », les choses semblent différentes dans les appartements privés. Il a pu admirer, dans la chambre de la reine, une chasse à l'hippopotame avec lotus et Pygmées, et un Triomphe bacchique. Pollion trouve d'ailleurs que ce Dionysos guidant son attelage de tigres ressemble furieusement à Marc Antoine quand, jeune tribun, il se promenait dans Rome avec un lion. « Le mosaïste s'est-il inspiré d'un portrait de ton père ? »

Séléné semble surprise : « Il n'y a plus de portraits de mon père. Ses ennemis les ont détruits. »

Le mot « ennemi » pour parler du Prince amuse

Pollion, la pupille d'Octavie serait-elle imprudente ? Il sourit : « Si tu veux voir le portrait de ton père, il te reste ses monnaies d'or et d'argent, qui circuleront en Orient aussi longtemps qu'on pourra les peser.

— Sur ses monnaies, mon père a l'air d'une brute…

— Et ta mère, d'une sorcière, en effet. Je ne sais pas si c'était sa figure véritable : en dépit de l'insistance de ton père, je n'ai jamais voulu la rencontrer… En vérité, si tes parents semblent affreux, c'est qu'ils avaient trop d'ateliers de monnayage – hors d'Alexandrie ils en avaient partout, à Ascalon, Antioche, Tripoli, Damas, Salamis… Difficile pour eux de contrôler la qualité de toutes ces gravures. Alors ils ont tout bonnement renoncé à s'en soucier : *De minimis non curat praetor*, "Le juge n'entre pas dans les détails". Quelle erreur ! Il n'y a pas de "détails" en politique ! Sur ses monnaies, notre Auguste, lui, est toujours magnifique – et toujours jeune, bien qu'il ait perdu la moitié de ses dents ! Il sait que les peuples ne se gouvernent pas par la raison et qu'ils s'arrêtent aux premières impressions. Le bougre a compris très tôt que l'action des puissants importe moins que leur réputation, et que, pour la réputation, la noblesse d'âme ne compte pas tant que la façon de marcher ou le nez, tiens, la forme du nez : il y a des nez de chefs d'État et des nez de jean-foutre, voilà ! Montre-moi donc les monnaies de ton mari. Non, ne proteste pas, je le connais depuis assez longtemps pour savoir qu'il est beau garçon. Mais là n'est pas la question, la question est : que vaut son atelier de gravure ?… Ah, parfait, très joli. Un profil régulier qui respire la sérénité. Et sa beauté de jeune dieu grec fait vraiment de lui un petit frère d'Apollon, le digne émule de son "grand aîné" : ton mari fait dans l'augustéen, j'applaudis ! Cependant…

— Cependant ?

— … il ne devrait pas s'éloigner si longtemps. Oh, je n'ignore pas que les rois de Maurétanie ont toujours été itinérants. Mais tout de même, un an et demi ! »

Est-ce là l'avis qu'il s'apprête à donner à sa vieille amie du Palatin, un avis qui remontera jusqu'au Prince ? Séléné a bien conscience que, dans l'arrière-pays de Césarée, son propre pouvoir ne s'étend guère au-delà d'une ou deux journées de cheval. Le royaume qu'elle gouverne, qu'elle a bien en main, c'est la côte, avec, à l'est, le massif du Chénoua, puis cette grande plaine fertile qu'on appellera un jour « la Mitidja ». En somme, elle règne sur des plages et quelques bouquets d'oliviers… Le pouvoir du roi quand il est présent, son pouvoir effectif et incontesté, ne va guère plus loin, mais il prend régulièrement la tête de l'armée et chevauche plusieurs jours d'affilée à travers les montagnes pelées ; s'il faut se montrer, il pousse même jusqu'à Biskra et jusqu'au fleuve Nigris[1] à la limite théorique du royaume. Devant lui, les tribus gétules et leurs cousins musulames reculent sans combattre, ils le craignent tellement qu'ils rentrent sous terre : quand ils voient les soldats du roi en tenue de combat, avec leurs casques à couvre-joues qui ne laissent deviner ni mâchoire, ni nez, ni sourcils, de grands soldats sans visage dont le corps disparaît lui aussi sous une carapace, ces Barbares croient voir des

1. L'oued Djedi, à deux cent cinquante kilomètres de la côte.

géants moitié hommes moitié insectes, et ils s'enfuient, terrifiés. Ils s'évanouissent dans le désert comme des mirages. Mais tôt au tard ils reviendront…

Les frontières du royaume ne sont pas sûres, elles tremblent sans cesse, bougent pendant la nuit, profitent de l'ombre et du silence pour déraper, elles glissent, glissent, glissent, et Séléné a toujours peur de ne plus pouvoir les rattraper.

Césarée n'est qu'un *jardin trompeur*, une toile peinte au-delà de laquelle le pays n'existe pas.

« Je n'ai pas l'intention, dit Asinius Pollion, de faire savoir à Rome que ton mari abandonne trop volontiers sa capitale pour courir le monde – étrange monarque, entre nous, que celui qui étend son royaume avant de l'avoir conquis… Mais si je le blâmais, ce cochon de Plancus serait trop content ! C'est lui qui répand le bruit que tu gouvernes seule et que tu gouvernes mal. D'où les inquiétudes de notre chère Octavie… Que veux-tu, Plancus a pris l'habitude de nuire à ta famille : il a nui à tes parents qui l'avaient comblé de bienfaits, aujourd'hui il bave sur Juba et sur toi. Non qu'il vous haïsse, il ne vous connaît même pas ! Mais personne n'ignore qu'il a odieusement trahi ton père : quelle infamie que de révéler, avant la mort du testateur, le contenu du testament d'un ami, qui le lui avait confié pour le remettre aux vestales ! C'était un crime sans précédent ! Le Prince lui-même, bénéficiaire de sa trahison, le méprise. Si bien qu'aujourd'hui, pour ne pas mourir de honte, Plancus se justifie à ses propres yeux en persévérant : il attaque tout ce qui touche, de près ou de loin, aux Antonii ! Il n'épargne pas tes sœurs non plus. Il ne vous pardonne pas le mal qu'il vous a fait... Ne t'inquiète pas, je réserve à son héritière, la petite Plancine nourrie par Livie au miel de cour, un cadeau de ma façon : une satire que j'ai écrite contre ce faux-cul et que je publierai après sa mort. Comme il a su mon intention, il se répand dans la Ville en répétant qu'"il n'y a que les vers qui fassent la guerre aux morts"... Je lui ai fait répondre que "la vermine la plus méchante n'attend pas que les morts soient morts : c'est une mangeuse de papyrus qui bouffe les testaments des vivants" ! »

Assis dans de grands fauteuils d'osier, la reine et son hôte bavardent aimablement sur la terrasse. Théa joue à leurs pieds, surveillée par sa nourrice qui ne peut l'empêcher de monter sur les genoux de sa mère ; l'enfant caresse la joue de la reine, puis sa robe de soie, puis, de nouveau, sa joue, elle dit : « Douces... » et, en riant, enfouit son visage dans les plis de la robe. Mais elle n'y reste pas longtemps cachée et recommence le même manège dix fois sans se lasser. À la surprise de Pollion, la reine ne se fâche pas... Comme chaque année, le printemps d'ici la met de bonne humeur. Le soleil bourdonne toute la journée et, réveillé par cette chanson, le pays semble soudain gonfler : les fleurs éclosent, les légumes percent leurs cosses, les fruits éclatent, et l'acanthe aux larges feuilles qui bouillonne le long des sentiers s'élance à l'assaut des ruines et des rochers.

Un soir d'avril tombe sur Césarée. C'est l'heure où la mer pourpre devient verte, où le ciel vert tourne au pourpre. Séléné laisse son regard errer sur l'horizon... et brusquement, là-bas, au loin, se détachant sur le soleil couchant, une voile carrée ! Puis une autre, et encore une ! Dix, vingt, trente navires, toutes voiles dehors, montent de l'horizon et voguent vers le port.

Pollion et Séléné se sont levés. « C'est Juba, s'écrie Séléné, mon Juba rentre ! »

À mesure que les vaisseaux approchent, ils carguent leurs voiles et se mettent à la rame pour franchir la passe. Des centaines de rameurs invisibles manœuvrent trente nefs étroites, vernies de noir, qui semblent ne plus avoir pour se diriger que les grands yeux peints sur leurs proues. Les navires glissent autour du phare comme de gros insectes, des araignées d'eau qui marcheraient sur la mer. C'est à peine s'ils effleurent la vague du bout de leurs longues pattes, qui se meuvent en cadence au rythme sourd des tambours de bord dont l'écho parvient jusqu'au rivage. Mais Séléné ne compte que trente vaisseaux, pas un de plus, et elle s'étonne : au départ de Sala, dix-huit mois plus tôt, Iobas ne lui avait-il pas écrit qu'il embarquait avec quarante bateaux ? Il en manque dix. Où est le roi ?... Déjà, les habitants de Césarée accourent, ils se massent au-dessus du port militaire ; certains, au risque d'être précipités dans les flots, se pressent sur la longue jetée ; et de cette foule immense montent des cris de joie quand le navire de tête jette l'ancre dans le sable de la baie.

Séléné se détourne, le spectacle de cette liesse l'effraie. Elle se souvient encore des chants des Alexandrins quand ils ont vu rentrer d'Actium les vaisseaux de sa mère parés d'oriflammes : la flotte égyptienne était au complet – pas une seule trirème perdue, signe que la victoire d'Antoine sur Octave était totale ! Le lendemain, pourtant, on pleurait dans toutes les maisons… Elle a peur de provoquer les dieux en se réjouissant trop tôt, peur de découvrir après tout le monde une vérité cruelle. Où est Juba ? Il manque dix navires, dont le vaisseau amiral. Se peut-il que le roi soit à bord d'un des autres ? Une voix intérieure lui souffle qu'il est mort.

En descendant de la terrasse, elle rate une marche et doit, c'est un comble, s'appuyer sur le bras du vieux Pollion ! Puis, à pas lents, comme si elle se refusait par politesse à devancer cet hôte âgé qui marche avec précaution, ils traversent les cours, les péristyles – dehors on entend les vivats du peuple, les fanfares. La reine n'est pas pressée d'apprendre son malheur : ils se traînent dans le petit jardin de Bocchus, progressent doucement vers l'atrium. Au même moment, un groupe de soldats plus barbus que des naufragés passe la porte du vestibule. Au milieu de leurs tuniques brunes, une tache pourpre…

C'est lui, elle le voit ! Le roi ! Il est revenu, elle est sauvée ! Il est revenu, Iobas est là ! Elle se jette dans ses bras.

« Marcus Agrippa est mort. »

Ce sont les premiers mots du roi ; il serre encore sa femme contre lui quand, découvrant Pollion à deux pas derrière elle, il lui lance cette nouvelle incroyable qui va bouleverser l'Empire : « Agrippa est mort. » Le Prince a perdu son gendre, il n'a plus de dauphin...

Cette catastrophe, Juba l'a apprise à Tanger ; la colonie romaine venait d'être informée par un messager de Cadix et tous étaient affligés. Lui aussi pleure Agrippa depuis trois jours. D'autant qu'en établissant un relevé précis des côtes d'Afrique, à sa manière il travaillait pour lui, pour ce « cadastre » géant de l'*orbis terrarum* que le gendre du Prince voulait exposer aux Romains.

Le roi s'étonne : « Comment se fait-il qu'ici vous n'ayez pas reçu la nouvelle ?

— Ces derniers jours, dit Séléné, il a soufflé un fort vent de terre, un vent du sud qui a dû retarder le courrier.

— À l'heure qu'il est, remarque Pollion, les funérailles de notre Marcus doivent être achevées. Dommage que je n'aie pas eu le temps de commander au petit Horace un poème de circonstance… Marcellus, puis Agrippa : décidément, le Prince enterre ses héritiers l'un après l'autre ! Deux gendres déjà, et Julie n'a encore que vingt-six ans… Ah, on peut dire qu'elle ne porte pas chance à ses maris !

— La pauvre, proteste la reine, la voilà veuve au moment où elle se trouvait de nouveau enceinte. De cinq ou six mois, selon ma sœur… C'est terrible, elle va mettre au monde un enfant posthume. Puisse ma déesse la protéger et Ilithya, “Celle qui fait venir”, veiller sur ses tristes couches !… Elle était à Ravenne, je crois, pour attendre le retour de son Agrippa qui préparait une offensive en Pannonie. J'ai cru comprendre qu'il comptait franchir le Danube pendant que Drusus franchirait le Rhin… Que s'est-il passé ? A-t-il été blessé au combat ?

— Non, il est mort dans sa *villa* de Campanie, à ce que m'ont dit les Tangérois. Quant au reste, je n'en sais pas plus que vous. »

En savons-nous davantage ? À peine. Début mars, Agrippa, ce colosse au visage de boxeur, cette « force de la nature », était rentré brusquement de Pannonie, malade. L'hiver est rude là-haut, du côté de la Hongrie, sur le Danube. Avait-il pris froid ? Sans s'arrêter à Rome où le Prince était retenu par sa récente élection à la dignité de Grand Pontife – le seul titre qui lui manquait encore pour égaler César –, il avait foncé vers la Campanie : les brises délicieuses de la baie de Naples, la mer aux reflets d'améthyste, les premières violettes et les myrtes en fleur… Espérait-il guérir en se plongeant dans les eaux thermales, chaudes et soufrées, de Baïes ? Ou voulait-il seulement, lui qui avait tant travaillé, connaître avant de mourir le bonheur de l'*otium* et la douceur de vivre ?

Auguste apprit le retour imprévu de son gendre alors qu'il s'apprêtait à dédier, dans sa maison du Palatin, un autel à la déesse Vesta. Pas question de différer la cérémonie : déjà le peuple s'étonnait que son nouveau Pontife ne voulût pas habiter sur le Forum, dans la résidence officielle liée à sa fonction, cette vieille demeure étriquée accolée au temple des vestales. Trop petite, cette maison ? Mais César et Calpurnia s'en étaient bien contentés, voyons !... Pour ne fâcher ni la déesse protectrice des Romains ni la populace, le Prince avait fait transporter dans son palais la grande statue de Vesta et lui avait élevé un autel qu'il s'apprêtait à inaugurer quand on vint lui apporter la nouvelle du retour inopiné d'Agrippa. Il en fut plus contrarié qu'inquiet : une mauvaise grippe sans doute ? ou un énième accès de goutte ? Dommage, car cette petite maladie risquait de les obliger à différer l'attaque simultanée qu'ils avaient mise au point pour repousser les Germains au-delà des deux grands fleuves frontaliers. C'est ensuite seulement qu'on pourrait espérer la paix, cette Paix universelle qu'il avait promise en prenant le pouvoir, une paix qui s'étendrait, malgré leurs réticences, « jusqu'aux Garamantes de Libye et aux peuples de l'Inde ».

« La paix ? Mais elle est comme ton nouvel âge d'or, la paix, toujours pour demain ! » ironisait sa sœur Octavie, de plus en plus souffrante elle aussi, et de plus en plus aigrie.

Avant ou après l'inauguration de « sa » Vesta, Auguste reçut sans doute de Baïes une ou deux lettres d'Agrippa. Elles ne semblent pas l'avoir alarmé au point qu'il ait renoncé à célébrer lui-même les cinq jours de fête traditionnels en l'honneur de Minerve, les Quinquatries qui se tenaient du 19 au 24 mars. Il prenait très au sérieux ce nouveau rôle de Pontife qu'il avait désiré – rien de tel que les fonctions religieuses pour contraindre la canaille au respect... Fut-ce le 21 ou le 22 mars, en pleines célébrations, qu'il reçut un nouveau message, très alarmant celui-là ? S'agissait-il d'une lettre de Julie, qui avait sûrement rejoint son mari, ou d'un rapport des médecins – de Musa par exemple, le frère d'Euphorbe ?

Cette fois, les nouvelles étaient si mauvaises qu'aussitôt achevée la danse sacrée des Saliens, le Prince demanda à l'un de ses proches – Mécène peut-être, ou Messala Corvinus, ce Messala que raillaient ses nièces – de présider à sa place la suite des festivités. Ce brusque départ pour la Campanie, les historiens le situent vers le 23 ou 24 mars. En allant vite (mais Auguste, fragile, n'allait jamais aussi vite que César), il pouvait faire la route en trois jours. Trop long : lorsqu'il arriva, Agrippa venait de mourir.

Le Prince, qui n'était pourtant pas sentimental, montra dans le deuil la force de son amitié ; il ramena le corps à Rome, bien décidé à lui faire des funérailles grandioses – et même davantage : alors qu'Agrippa s'était fait construire un tombeau modeste près du Panthéon qu'il venait d'offrir aux Romains, Auguste décida d'inhumer les restes de son plus fidèle lieutenant dans son propre mausolée, celui qu'il avait fait bâtir pour lui-même et où ne reposaient jusqu'alors que les cendres de son neveu, l'infortuné Marcellus.

Il organisa la cérémonie avec toute la pompe prévue pour ses propres funérailles et ne laissa à personne le soin de prononcer l'éloge funèbre, debout sur les marches du temple de César, face à la dépouille cachée derrière un immense voile noir tendu à la verticale – un Grand Pontife ne doit jamais voir un cadavre. Dans le cortège qui traversa ensuite la Ville, il exigea la présence des sénateurs. C'était risqué. Les plus nobles d'entre eux faisaient depuis plusieurs mois la grève des emplois publics pour protester contre l'omnipotence du Prince ; plus aucun des grands patriciens n'était candidat aux *magistratures*, pas même au consulat... Pour marcher jusqu'au bûcher derrière les *images de cire*, si peu nombreuses, des ancêtres d'Agrippa – ce plébéien était d'une famille obscure, tout juste connaissait-il le nom de son père –, les sénateurs ne s'empressèrent pas. Mais ce fut pire le lendemain. Quand, avec Domitius, le mari de Prima nommé consul de l'année, le Prince ouvrit dans le Grand Cirque les Jeux funèbres donnés en mémoire de son gendre et ami, il fut obligé de constater que les plus éminents des hommes « aux souliers rouges » n'étaient pas là. Au vu de tout le peuple romain, les sénateurs avaient laissé vides les premiers rangs de l'hippodrome, ceux qui leur étaient réservés...

En dictateur intelligent, Auguste n'aimait guère les courtisans, ce qui ne l'empêchait pas, bien sûr, de détester les opposants. Mais depuis qu'il était entré en politique, il avait dû avaler tant de couleuvres qu'il pouvait les garder longtemps sur l'estomac sans montrer le moindre haut-le-cœur. Certes, la haute noblesse lui paierait un jour son insolence. Simple question de temps... Dans l'immédiat, il avait des affaires plus urgentes à régler. À commencer par la situation sur le front de l'est : informés de la mort du seul Romain qu'ils respectaient, les Pannoniens de la rive droite recommençaient à s'agiter ; s'ils parvenaient à ouvrir l'Empire aux Barbares de la rive gauche, encore plus dangereux qu'eux, les Alpes suffiraient-elles à les arrêter ? Et sinon, qu'adviendrait-il de Rome ? Il fallait au plus vite nommer là-haut un soldat expérimenté, et surtout un soldat fidèle. Or, dans les moments critiques, les fidèles se font plus rares et plus délicats, ils ont des états d'âme, des vapeurs, des scrupules... Auguste se vit contraint de chercher la perle rare dans sa famille ou parmi ses amis. Mécène ? Non, avec ses danseurs, ses tuniques à manches longues et ses cothurnes dorés, il aurait fait rigoler les légions ! Messala ? Trop vieux désormais, et peu combatif. Drusus ? Il avait pris position sur le Rhin, et une excellente position qu'il eût été dommage d'abandonner. Tibère ? Occupé, lui, à pacifier l'Illyrie en exécutant avec méthode tous les hommes en âge de porter les armes – une bonne formule, mais qui demande du temps... Alors, qui d'autre ?

À l'heure où la nouvelle de la mort d'Agrippa parvint à Césarée, le Prince commençait déjà à s'apercevoir qu'aucun de ses proches n'était à la fois disponible et compétent : après vingt-cinq ans de gouvernement, il n'avait plus de « réserve ». Un constat inquiétant...

À Césarée, dès qu'il apprend la mort de « celui qui commandait à tous et n'obéissait qu'à un seul », de l'homme qui était l'alter ego du Prince plus encore que son second, Asinius Pollion mesure parfaitement la gravité de la situation. Juba, conscient lui aussi que la donne vient de changer, propose aussitôt au vieux sénateur l'une des trirèmes qu'il a ramenées de Sala. Séléné, elle, songe d'abord à Julie, au chagrin de Julie, à la position de Julie. « Que va-t-elle devenir ?

— Aucun problème, dit Pollion, son père va la remarier.

— Mais elle est enceinte !

— Ce n'est pas ce genre de détails qui peut arrêter un homme comme Auguste, rappelle-toi la manière dont lui-même s'est marié… Mais, cette fois-ci, il est tenu de respecter la loi qui interdit à une veuve de convoler avant dix mois. Bon, j'admets que dans le cas de Julie, qui est près d'accoucher, le doute sur une éventuelle grossesse n'est guère permis ! N'importe, c'est la loi. Notre Prince devra se contenter de fiancer sa fille, et on célébrera les noces l'année prochaine. » Asinius marqua une pause. « Seulement, la fiancer, c'est vite dit : la fiancer à qui ? La mort d'Agrippa relance les dés, les prétendants ne vont pas manquer, mais compte tenu de la mauvaise humeur du Sénat, on en trouvera davantage dans le Second-Ordre, chez les *chevaliers*, que dans la vraie noblesse… Allons, allons, jeunes gens, le chagrin n'a qu'un temps, il y a une partie à jouer, c'est à Rome qu'il faut être maintenant. Et sans traîner ! »

Au moment où Pollion s'apprête à embarquer, Séléné ose lui demander s'il a terminé ses Mémoires.

«J'ai hâte de lire ce que tu dis de la bataille d'Actium…

— Rien du tout, je n'en dis rien du tout ! Me prends-tu pour un fou ? D'abord, je n'y étais pas, à Actium, moi, je l'ai déjà dit à ta sœur Prima. Ensuite, j'ai beau rester un esprit libre, je ne cherche pas les ennuis : j'arrête mon récit à la bataille de Philippes, livrée contre Brutus à une époque où ton père et Octave étaient encore unis… Sache une chose, pourtant, c'est Agrippa, et Agrippa seul, qui a vaincu ton père et l'Égypte. Il n'était pas seulement un grand administrateur, qui nous laisse des routes, des aqueducs, des temples, des thermes, et tout ce qu'il faut d'"esclaves publics" formés à leur entretien, il était aussi un très grand soldat. Mais à Actium, contrairement à ce qu'on raconte, sa supériorité ne résidait pas dans la tactique, mais dans la technique. Les batailles, vois-tu, se gagnent bien avant d'être livrées. C'est vrai dans tous les domaines… En prévision de l'affrontement des deux armées, Agrippa avait inventé un grappin volant, l'*harpax*, qu'il ferait projeter par des catapultes placées sur ses vaisseaux – c'est cet *harpax* qui, en facilitant les abordages, a vaincu les trop lourds navires de ton père… De la stratégie jusqu'à l'intendance, pas une seule activité militaire où notre Agrippa n'ait excellé ! Trois fois, nous lui avons décerné le Triomphe pour ses exploits, le sais-tu ? Et trois fois, il nous l'a refusé. Il craignait de monter trop haut. Ce grand homme était un sage : il savait que la foudre ne tombe que sur les sommets élevés… »

L'enfant de Julie est né le 26 juin de l'an 12 avant notre ère, sous le signe du Cancer. Important, le ciel de naissance, pour les Romains. D'après l'astrologue de service, l'horoscope du petit est prometteur. Ah oui, au fait, c'est un garçon. Comme il n'a plus de père, son grand-père maternel a eu, selon la loi, la lourde responsabilité de le « relever ». On raconte qu'Auguste a hésité. Il a longuement examiné le visage de l'ultime rejeton d'Agrippa, cherchant une ressemblance avec les traits du défunt, une ressemblance qui l'aurait rassuré. On lui avait parlé, à mots couverts, des libertés excessives que prenait Julie lorsqu'elle était loin de son mari. « On », qui ? Peut-être Livie : « Ta fille ne fait sûrement rien de mal. Mais elle ne devrait pas se laisser conter fleurette par nos jeunes patriciens… Et puis, elle accueille dans sa maison toutes sortes de petits poètes. Il paraît qu'elle aime la poésie – trop, peut-être ? » Auguste a regardé attentivement l'enfant : le nouveau-né avait eu le nez un peu écrasé en sortant du ventre de sa mère, il avait la peau rougie, les yeux tuméfiés, on ne trouvait en lui rien d'Agrippa, rien non plus de ses frères Caius et Lucius, les aînés de Julie que le Prince avait rachetés à son gendre pour remplacer les fils que Livie n'avait pu lui donner.

Vingt siècles après, en visitant les musées où figurent les bustes des fils d'Agrippa, on doit convenir que Julie faisait des enfants fort différents les uns des autres : si Caius a le visage rond et plein, et Lucius, triangulaire, celui du dernier-né est osseux et allongé. Mais ces différences n'étaient sans doute pas aussi flagrantes à la naissance, et même si tel était le cas, nous savons, maintenant, qu'on n'en saurait rien déduire. Mais il se peut que la diversité de ces petits minois ait alors plongé Auguste dans la perplexité.

De ses doutes il sortit, comme de tous ses embarras, par la politique – un sixième sens chez lui… Regardons donc les choses comme il les vit : Agrippa était resté immensément populaire auprès du petit peuple qui le reconnaissait comme l'un des siens, « Il n'est pas fier », disait-on sur les quais du port fluvial ou dans les ruelles de l'Aventin. Cette popularité avait été encore accrue par les largesses du Prince au moment de l'ouverture du testament de son gendre. Agrippa avait en effet légué à son beau-père l'immense fortune qu'il avait accumulée – ses propriétés de Sicile, ses domaines d'Égypte, ses possessions en Thrace, ses immeubles romains et ses milliers d'esclaves. Pour rester fidèle à ce que le défunt aurait souhaité, Auguste fit verser deux cents deniers d'argent à chaque citoyen inscrit sur les états de « l'Aide alimentaire » ; c'était une somme importante – de quoi garder longtemps un souvenir ému du mari de Julie. Comment réagiraient ces mêmes gens s'ils apprenaient que le Prince avait jeté aux ordures l'enfant posthume de leur bienfaiteur, cet « enfant du miracle » ? D'autant que Julie elle-même, belle et toujours généreuse, était adorée du petit peuple, qui l'avait vue grandir, s'épanouir, fleurir – puis pleurer à deux reprises, la tête couverte de cendres et les pieds nus, derrière le convoi funèbre de ses maris.

Sans balancer davantage, Auguste, par politique, reconnut l'enfant et lui donna le nom de Marcus Agrippa Postumus : le posthume. En tendant le nouveau-né à la nourrice qui l'emmailloterait, il soupirait, un peu agacé. Julie, elle, respirait. Alors qu'elle venait d'enfanter dans la douleur le seul fils qu'elle pût espérer garder dans sa maison, qu'avait-elle ressenti en attendant le verdict paternel ? Sans doute ce que ressent, dans le box des accusés, un prévenu qui encourt la peine de mort... Finalement, elle était acquittée ! Et son pauvre Postumus, si malingre et si laid, l'était avec elle. Ses servantes la mirent aussitôt dans un lit, et on lui banda étroitement les seins afin d'empêcher la montée du lait. Épuisée, elle s'endormit.

À son réveil, elle trouva une tablette de cire scellée, posée sur son chevet : une lettre de son père, qui lui annonçait qu'on célébrerait ses fiançailles dès qu'elle serait remise de ses couches. L'heureux élu ? Tibère.

« Tibère ? Mais Tibère est marié ! s'exclama Séléné quand un courrier de Prima lui apprit la nouvelle dans son palais de Césarée. Il est marié, il est heureux, il aime Vipsania et il en est aimé. En plus, elle attend un deuxième enfant... » Seulement, à l'inverse de Julie, Vipsania ne pouvait pas se prévaloir d'un

« délai de viduité » – son mari était en vie –, donc ce mari pouvait, et il devait, la répudier sur-le-champ ; on la sortirait du jeu en la remariant illico avec un autre. Sa grossesse, dans l'affaire, était secondaire : à la naissance de l'enfant qu'elle portait, son nouveau conjoint pourrait toujours empaqueter le bébé et l'expédier chez Tibère… « J'ai beaucoup réfléchi à ce qui vous conviendrait, joyeux enfants du Palatin dont les rires ont égayé ma jeunesse austère, avait écrit Auguste à sa fille. Je suis content de Tibère, qui a admirablement redressé la situation en Pannonie après la mort de mon cher Agrippa. Sur le Danube, la frontière est stabilisée. Et pour autant l'Illyrie dont j'ai dû tirer notre Tibère pour parer au plus pressé, l'Illyrie, saignée par ses soins, ne s'est pas révoltée : ce garçon est un pacificateur-né. En Pannonie, il est en train de déporter au-delà du fleuve tous les habitants des villages rebelles et il vend les petits garçons à Rome. Ma Livie m'a toujours dit que je le sous-estimais, c'est un fait. Je lui préférais Drusus, j'ai même un instant pensé à vous unir, lui et toi, vous vous entendiez si bien autrefois… Mais je ne peux pas lui faire répudier ma nièce pour le remarier à ma fille, j'ai déjà joué ce coup-là il y a neuf ans quand j'ai obligé Marcella à quitter Agrippa pour te le donner. Si, après le mari de Marcella, je prenais maintenant le mari d'Antonia, Octavie m'en voudrait, *bis repetita non placent* ! Et elle est trop malade pour que je me risque à la chagriner… Je suis sûr, en tout cas, que tu seras contente de retrouver un mari de ton âge. Notre Agrippa bien-aimé avait une foule de qualités, mais il aurait pu être ton père, n'est-ce pas ? »

Voilà, c'est tout simple : on déplace les enfants du

Palatin d'un mariage à l'autre comme on déplace les légats d'une légion à une autre.

Quand, grâce au code secret établi avec Prima, Séléné eut connaissance de la teneur de cette lettre singulière, elle fut atterrée. Pourtant, il était possible, elle en convenait, que Julie fît contre mauvaise fortune bon cœur car, au moins, Tibère était jeune. Et même si son visage semblait toujours contracté, son regard dur, sa bouche pincée, même s'il était parfois embarrassé de sa haute taille et toujours gauche avec les femmes, il avait le charme triste des mélancoliques. Un charme d'autant plus puissant que son corps musclé par la vie des camps, ses mains fortes et ses cuisses fermes écartaient tout soupçon de fragilité. « Il peut plaire, songeait Séléné sans comprendre qu'il lui avait déjà plu… Il peut plaire, se disait-elle, mais pas à Julie ; elle aime trop les compliments, les bijoux, les beaux parleurs, les acteurs, la fantaisie, le luxe, l'effronterie, et elle est tellement femme surtout – trop de fesses, de seins, de robes et de parfums pour un austère républicain ! Tibère devait trouver Vipsania plus rassurante, c'est un fait : une fillette sans expérience, une poupée fabriquée pour lui seul, élevée dans l'obéissance et la discrétion. »

Plus tard, même les chroniqueurs hostiles à Tibère reconnaîtront que pendant sept ans il avait formé avec Vipsania un couple uni. Mieux, un couple touchant. Et d'autant plus amoureux sans doute qu'il n'était qu'intermittent ; car Auguste, qui ne ménageait guère son beau-fils, l'envoyait sur toutes les frontières de l'Empire pour boucher les trous : Arménie, Hispanie, Illyrie, Germanie, Dacie, Pannonie… Un jour, les épouses des généraux romains oseraient les suivre dans les camps, mais on n'en était pas encore là. Aussi Vipsania restait-elle à l'arrière. Époux timides et dévoués l'un à l'autre, Tibère et Vipsania ne se rencontraient qu'à Rome et rarement : quand Tibère bénéficiait d'une permission. Aussi n'avaient-ils eu jusqu'à présent qu'un seul enfant, Drusus, surnommé « Castor », mais Vipsania attendait un deuxième bébé pour l'automne.

Ce fut alors que le Prince lui intima l'ordre de « faire ses paquets ».

Elle venait de perdre son père, fallait-il qu'elle perdît aussi son mari ? Pire, c'est parce qu'elle avait perdu son père qu'elle devait perdre son mari… Bouleversée, elle se trouva mal, et, le jour même, elle perdit aussi l'enfant qu'elle portait. Père, mari, enfant : d'un coup, un dieu jaloux lui prenait tout…

Vipsania pleurait, Tibère pleurait aussi. D'impuissance autant que de chagrin : *Invitus invitam dimissit*, « il la renvoya malgré lui, malgré elle »… Quant à Julie, qu'on affublait pour la troisième fois du voile flamboyant des jeunes mariées, elle ne s'amusait pas davantage : depuis l'enfance elle haïssait les fils de sa marâtre et, plus que Drusus, Tibère, dont la sévérité maladroite l'agaçait. Si encore, se disait-elle, si encore ce soudard avait la moindre chance d'accéder un jour au pouvoir, mais ne rêvons pas !

Bien que Julie ne fût pas raisonnable, il faut convenir qu'elle savait raisonner. Le Prince avait maintenant deux fils – ses fils à elle, ceux qu'on lui avait volés –, deux héritiers en parfaite santé, deux Julii élevés par Livie. Ceux-là, lorsqu'ils auraient grandi, seraient les maîtres, et son nouveau mari, leur subalterne. Car, en dépit d'apparentes similitudes, la situation n'était plus du tout la même que du vivant d'Agrippa : non seulement, alors, les « dauphins » (qu'on appellerait bientôt « Princes de la jeunesse ») étaient ses fils biologiques, mais, si Auguste était mort avant que l'aîné fût en âge de gouverner, leur père naturel, devenu leur beau-frère légal, aurait été leur tuteur – une régence qu'il aurait pu, en cas de besoin, prolonger jusqu'à sa propre mort. Tibère, lui, n'était rien de plus qu'un soldat au service de l'Empire, et il ne serait jamais davantage.

Donc Julie boude, Vipsania sanglote et Tibère se tait... Mais sa tristesse redouble quand, sans attendre, Auguste remarie Vipsania. Et à qui ? Je vous le donne en mille : à Asinius Gallus, un fils encore célibataire d'Asinius Pollion. Ah, Pollion a bien joué – il n'est pas tombé de la dernière pluie, « l'esprit libre », le railleur attitré ! Ainsi verra-t-on à d'autres époques des révolutionnaires patentés se rallier brusquement à l'économie de marché et devenir ministres ou P-DG, sans pour autant cesser de se croire subversifs et de se dire insurgés : milliardaires révoltés, patrons insoumis, ils gagnent sur tous les tableaux... Bien avant eux, le sympathique Pollion fut un réaliste, lui aussi. Sa franchise ne servait qu'à rendre plus désirables ses flatteries. Rebelle de cour... Accordons-lui cependant qu'il eut le courage (après sa mort) de laisser entendre dans ses Mémoires que, pendant les guerres civiles, le rôle militaire du jeune Octave n'avait jamais été décisif... Les troufions, qui ne savaient pas manier la litote, eux, disaient que le Prince était plus couard qu'un lièvre phrygien !

À Césarée, Séléné, elle, est pleinement heureuse d'avoir retrouvé son beau mari, le corps et les caresses de son mari. Parce qu'elle a beaucoup pensé à Tibère ces derniers temps, beaucoup souffert d'Auguste avec lui, beaucoup songé au Prince aussi, à ce *Père de la Patrie* qui, « paternellement », explorait des fillettes avec elle dans les sous-sols du Palatin, l'« inconnu de la nuit » s'invite à nouveau dans le lit conjugal, et le plaisir avec lui…

Rassasié de voluptés, comblé dans tous ses désirs, Juba témoigne publiquement sa reconnaissance à sa reine « régente ». Il organise une grande cérémonie pour placer le crocodile africain dans le temple d'Isis. Comme un présent pour Séléné et un ex-voto grandeur nature destiné à la déesse qui a si bien protégé la flotte durant sa longue expédition. Pour célébrer l'événement, il émet même plusieurs monnaies « au crocodile », et un denier d'argent représentant la façade du temple surmontée d'un croissant de lune, hommage conjoint à la déesse et à la reine.

Bientôt, ayant plusieurs fois éprouvé dans les bras de son mari cette étrange sensation qu'elle reconnaît, Séléné ne doute plus d'attendre un autre enfant. Et elle en est ravie, elle commence à être très attachée aux trois premiers, jumeaux compris.

Tous ces bambins l'appellent *Mamilla*, « Petit cœur ». Quand ils l'embrassent, elle savoure leur haleine blonde, caresse leur peau douce comme la mousse et se perd dans leurs yeux rêveurs où passent des envols de papillons et des processions de nuages… À sa fille, elle dit : « Ma colombe, ton plumage est si tendre ! », et la petite, par jeu, pose ses lèvres délicieuses, ses lèvres suaves, sur la bouche de sa mère. « Ne fais jamais ce baiser-là au vieux Diotélès. Même s'il te le demande ! Promets-le-moi, Théa. Ce baiser, tu dois le garder pour tes frères… »

Ses frères… Elle aimerait bien, en effet, marier un jour Théa et Alexandre, quel joli couple ils feraient ! Et la lignée des Ptolémées s'en trouverait renforcée… Bon, mais c'est Hiempsal, moins aimable, qui va régner. Et puis, elle n'est pas sûre que Iobas, si fier soit-il de son mariage égyptien, serait prêt à adopter toutes les coutumes pharaoniques… Jamais plus, sans doute, les frères n'épouseront leurs sœurs. Jamais plus la sœur ne respirera la douce odeur d'huile et de sueur mêlées qui monte du corps de son frère lorsqu'il rentre, victorieux, de la palestre. Et plus jamais le frère ne guidera la menotte de sa sœur pour renverser le cornet de bois où tintent trois dés de serpentine. Plus de cœur de lotus à partager, plus de frais *paradis* où dormir à l'ombre des palmiers. L'enfance est un pays où l'on ne revient jamais…

Séléné n'a plus désormais d'autre patrie que son mari, d'autre famille que la descendance qu'ils engendrent – ses racines poussent à l'envers.

Au début de la nouvelle année, la reine mit au monde une fille, que Juba appela Élissa, d'après le nom phénicien qu'avait porté Didon avant de régner sur Carthage et de mourir de son amour trahi.

C'est à un petit concert donné dans le nouvel *odéon* de Mécène que Tibère a vu Vipsania, elle était déjà assise au deuxième rang, auprès de son mari. Même dans le brouillard ou la fumée, un amant reconnaîtrait la femme qu'il aime : en ne la voyant que de dos, Tibère a reconnu celle qu'on lui avait destinée depuis l'enfance. À l'implantation de ses petits cheveux fous dans la nuque, au gracieux tombé de ses épaules, à cette manière aussi qu'elle a de vérifier machinalement, de la main gauche, la bonne tenue de son chignon…

Vipsania ! Ils ne s'étaient plus revus depuis leur divorce forcé – près d'un an déjà. Lui avait été aussitôt renvoyé en Germanie, puis en Illyrie pour guerroyer contre les Dalmates, abandonnant sa nouvelle épouse à Milan, puis à Aquilée au pied des Alpes, sous la garde du Prince son père. Auguste leur avait juste laissé le temps de consommer leur mariage. L'habileté de Julie, sa fougue naturelle avaient eu raison des préventions de Tibère, glacé d'angoisse et persuadé d'abord qu'il n'y arriverait jamais… Finalement, il l'avait baisée, cette femme qu'on lui imposait, et comment ! Il l'avait tringlée, « ramonée », comme disait autrefois Marc Antoine en parlant de sa Cléopâtre. Lui aussi, Tibère, était un soldat, mais un soldat pudique et les mots crus qui lui venaient à l'esprit ne passeraient jamais ses lèvres. Il n'empêche qu'il l'avait magnifiquement enfilée, cette fille à papa qui le méprisait, et elle en redemandait, la salope ! Et il recommençait – « tiens, prends ça, chienne ! ». Cette mijaurée aux fureurs de bacchante, il lui avait fait l'amour avec acharnement. Mais, il en est conscient, moins peut-être par plaisir que par désespoir. Il lui avait fait l'amour comme il buvait certains soirs, seul sous sa tente : pour s'assommer. Au point que, jouant sur son patronyme de *Tiberius Claudius Nero*, ses soldats d'Illyrie le surnommaient maintenant *Biberius Caldius Mero* – « Encore un coup de vin chaud !… »

Et c'est l'ivresse, en effet, l'abrutissement de l'ivresse qu'il lui aurait fallu ce soir-là dans les *Jardins* de Mécène après avoir aperçu Vipsania assise à trois rangs devant lui. Il tremblait d'émotion. À la fin de la mélodie, qui célébrait la victoire d'Apollon sur le satyre Marsyas, un suppôt de Dionysos, la citharède rhodienne et le flûtiste athénien firent une pause : c'étaient les gagnants du dernier concours organisé en l'honneur du dieu préféré d'Auguste lors des Fêtes pythiques de Delphes, qui n'avaient lieu que tous les quatre ans. Mécène ne s'étant procuré ces vedettes qu'à grands frais, il avait cédé à leurs caprices : le flûtiste avait exigé de pouvoir faire une pause toutes les demi-heures ; les spectateurs se levèrent donc pendant les applaudissements pour prendre les rafraîchissements que de petits échansons parfumés et couronnés de roses leur apportaient.

Tibère s'empara d'un gobelet d'ambre déjà rempli, mais la couleur du contenant l'avait trompé sur la nature du contenu : ce n'était que de l'eau miellée... Il vit que le nouveau mari de sa femme (il ne pouvait encore s'empêcher de penser, ou de dire, « ma femme »), ce nouveau mari l'entraînait vers la porte. Il tenta de se frayer un chemin derrière eux au milieu des groupes bavards, mais, ne pouvant les rattraper, il se résigna à ne suivre que des yeux la femme aimée, cette femme qui s'éloignait.

Les nobles patriciens qui se trouvaient là virent changer l'expression de son regard : c'était un regard poignant – à la fois heureux et malheureux, empreint d'une tendresse sans joie, quelque chose comme l'émerveillement désolé d'un grand vieillard devant l'exquis nouveau-né qu'il ne verra pas grandir... Il n'entendait plus les fadaises que débitait à côté de lui Messala Pot-de-chambre, il regardait « sa femme », sa femme qui lui échappait et qui, peut-être, commençait à l'oublier.

Au moment où le nouvel époux de Vipsania plaça lui-même, avec prévenance, la *palla* de la jeune femme sur sa tête et ses épaules – ils quittaient donc définitivement la soirée –, au moment où elle allait disparaître tout à fait de la vue de Tibère, elle se tourna pour saluer Plancine et il la vit de trois quarts : son ventre qu'il avait tant aimé caresser, ce petit ventre plat, presque creux, était si gros maintenant qu'il pointait ! Elle attendait donc un enfant ? Déjà ! Un enfant de ce voleur, de ce violeur d'Asinius Gallus ! Il conçut dès ce moment une haine profonde, viscérale, pour son « remplaçant », tant de haine que ses traits se déformèrent : il avait envie de courir vers son rival, de le bourrer de coups de poing, de frapper son visage contre terre pour en voir jaillir le sang. Mais, reprenant brusquement conscience de la présence de Messala et d'autres courtisans, il fit un effort pour se contrôler et détourna le regard.

Cependant, son malaise n'avait échappé à personne. De bonnes âmes rapportèrent la scène au Prince, insistant sur l'émotion violente qu'avait manifestée Tibère à la vue de son ex-épouse. Auguste, pour qui Tibère était à la fois un gendre et un beau-fils, intervint « en bon père de famille », comme disent les juristes : sous peine de sanctions, il interdit désormais à la bonne société d'inviter en même temps, où que ce fût, le couple de Tibère et celui de Vipsania. Les ex-époux ne se croisèrent plus ; et comme il n'était pas question de se priver, dans les dîners, du jeune ménage le plus en vue du Palatin, celui de Julie, Vipsania vécut cloîtrée…

Mais, dans sa maison, elle eut bientôt de quoi s'occuper : treize mois après son remariage, elle donna à Asinius Gallus un premier fils, bientôt suivi d'un autre, et d'un autre encore ; en quelques années, à la grande fierté du vieux Pollion, six fils vinrent ajouter leurs noms à la lignée déjà longue des Asinii. Et à chaque naissance, Tibère, informé par la rumeur publique, recevait un coup de couteau en plein cœur… Mais il s'était rendu maître de son visage, sinon de ses sentiments, et plus il haïssait Gallus, plus il le traitait avec politesse lorsqu'il le rencontrait au Sénat : Gallus n'avait-il pas été nommé consul, puis proconsul d'Asie, le plus beau poste de « la Carrière » ?

Le Prince le récompensait généreusement de ses services matrimoniaux, aussi loyaux que réguliers. Pour assouvir sa haine, apaiser enfin la bête qui lui dévorait les entrailles, Tibère devait patienter. Il attendrait…

Il attendrait encore quarante années : si la vengeance est un plat qui se mange froid, lui pouvait le manger congelé.

Une vengeance différée est une douleur chaque jour renouvelée, et Séléné ne se sentait pas assez forte pour raviver la souffrance de ses blessures anciennes aussi constamment que Tibère. Son désir de venger les siens, de nuire à Rome et aux Romains, connaissait, grâce à Juba, des moments de relâche. Avec lui, elle bâtissait une famille, une ville, un royaume, et la joie qu'elle éprouvait à construire occultait parfois le plaisir qu'elle aurait eu à détruire.

Cependant, même si personne n'avait encore inventé ce « devoir de mémoire » qui habille avec élégance l'appétit de revanche, Séléné se souvenait par intervalles qu'elle se devait à ses morts. Et comme l'amour conjugal qui l'unissait à Juba faisait, avec le temps, plus de place aux débats qu'aux ébats, ils eurent un jour, à propos du passé, l'une de ces querelles philosophiques dont le roi raffolait. Juba soutenait, à l'exemple de certains stoïciens, que l'homme, ne possédant jamais que l'instant présent, ne saurait être privé ni du passé ni de l'avenir puisque, de toute façon, ils ne lui appartiennent pas. Séléné se rebiffa : « Eh bien, moi je connais mon passé et je ne veux pas le perdre ! Car mon passé est le seul avenir qui reste à ceux des miens morts qui sont avant moi. »

Ce fut elle, en vérité, qui choisit pour son quatrième enfant le prénom d'Élissa, tout en persuadant le roi que l'idée venait de lui. En donnant ainsi au nouveau-né le premier nom qu'avait porté Didon, elle rappelait le destin de la reine de Carthage et s'obligeait à ne pas oublier les imprécations que celle-ci, en mourant, avait lancées contre le fondateur de Rome, l'ancêtre des Julii : « Lève-toi, inconnu né de mes os, mon vengeur ! »

Ce nom, Élissa, n'était qu'un aide-mémoire, puisque les vrais vengeurs des dynasties maure et égyptienne étaient nés déjà – Hiempsal et Alexandre –, et que, chaque jour, ils gagnaient en force. Elle, leur mère, devait les aiguiser pour le destin que l'Histoire leur assignait. Quand elle les regardait courir de leurs petites jambes maladroites sous les colonnades du palais, elle avait hâte de les voir assez grands pour leur transmettre la mission dont l'avaient chargée, croyait-elle, sa patrie enchaînée et sa famille massacrée : « Je meurs, souviens-toi de moi. Je meurs. Souviens-toi pour moi. Souviens-toi ! »

Perché sur un rocher en bois décoré d'une toile peinte, le lion rugit pour effrayer deux grandes autruches noires qui s'enfuient à l'autre bout de l'arène sous les rires des spectateurs. Il secoue paresseusement sa crinière saupoudrée d'or (ses gardiens l'ont pomponné), s'étire et se recouche ; la femelle, elle, s'intéresse aux antilopes qui se tiennent en bas, tremblantes et serrées les unes contre les autres. Leur peau a été teintée de vermillon pour laisser croire aux fauves qu'elles saignent déjà.

Et les choses se passent comme elles doivent se passer : la lionne saute sur une antilope, l'égorge et l'emporte au pied du rocher, elle y goûte à peine, réservant le meilleur morceau pour son mâle ; mais lui, brusquement et pour la gloire, se lance à la poursuite des autruches. Seulement, sur une courte distance, ces oiseaux courent plus vite que le roi des animaux ; ensemble, ils font deux fois le tour de l'arène et les autruches ont l'avantage. Alors le lion dédaigneux revient lentement vers le rocher, renifle l'antilope en précieux dégoûté, puis, distraitement, la dévore avant de remonter s'allonger. D'un œil mi-clos il guette encore les autruches. Elles l'ont déjà oublié et cherchent des graines sous le sable ; l'une d'elles s'est rapprochée du faux rocher ; quand elle passe à sa portée en se dandinant, le fauve bondit et se jette sur son dos. Grand envol de plumes ! Hélas pour l'agresseur, l'autruche n'est pas une colombe, et sa longue patte griffue est une arme redoutable. Le lion n'a pas encore eu le temps d'assurer sa prise que, déjà, l'autruche a recommencé à courir, il glisse sur son plumage, elle se retourne et lui assène un puissant coup de griffes sur le museau. Et voilà le roi des animaux, penaud, qui saigne du nez… Les enfants applaudissent. Séléné aussi, ravie de constater de visu ce que Diotélès, ancien dresseur d'autruches, lui a raconté cent fois : quand il les chevauchait dans l'hippodrome d'Alexandrie pour courir contre des chameaux, il n'en menait pas large – ces grands oiseaux sont, assure-t-il, aussi méchants qu'ils sont bêtes. En tout cas, le lion, lui, se le tient pour dit et retourne à son rocher…

La scène se passe dans les arènes de Carthage. L'amphithéâtre est petit, quatre mille spectateurs, mais construit en pierre – ce qui est rare – et tout neuf. Il sert ce jour-là pour la première fois : le nouveau proconsul d'Afrique l'inaugure.

Voici déjà près de vingt ans que, sur l'ordre du Prince, la ville abandonnée – dont les rues avaient été labourées et les jardins semés de sel –, cette ville maudite depuis plus d'un siècle, est en reconstruction : les Romains ont décidé de transporter d'Utique à Carthage le chef-lieu de leur Province d'Afrique. Alors, on relève les ruines des remparts puniques pour remonter une enceinte romaine par-dessus, on débarrasse de ses derniers débris la colline de Barca pour y établir un forum dallé et une sorte d'acropole qui regroupera deux temples, l'un dédié à Apollon et destiné aux colons, et l'autre à Saturne, plus prisé des indigènes. Partout, on trace des voies parallèles ou orthogonales ; on quadrille à la manière d'un camp militaire cette ville future encore vide où, du passé lointain, ne subsiste plus que le célèbre port militaire, rond comme un œil.

Au peuple de la petite cité, le proconsul offre des Jeux qui, pour l'instant, sont ce qu'on peut faire de mieux dans le pays : combats sans merci d'animaux exotiques ; pseudo-chasses menées contre de redoutables prédateurs par des bestiaires indigènes seulement armés d'un arc ou d'un pieu ; lutte entre une vingtaine de gladiateurs venus d'Italie (il n'y a pas encore d'école de gladiature en Afrique) ; et, pour occuper l'heure du déjeuner, exécution publique de quelques criminels condamnés « aux bêtes ». En 11 avant notre ère, ce proconsul généreux est Lucius Domitius Ahenobarbus, le mari de Prima. Et Prima, comme le Sénat y autorise encore les épouses, a accompagné son mari dans la province qu'il gouverne. Aussi n'a-t-elle rien eu de plus pressé que d'inviter aux fêtes de l'inauguration sa sœur Séléné, dont elle devient « la voisine » : « Tu ne connais pas encore Carthage, ni cette Numidie qui est, paraît-il, le pays de naissance de ton mari. Viens et amène-nous tes enfants, je vous ferai visiter la Province. Tu découvriras aussi ma Lépida, qui vient de percer une deuxième dent, et tu verras combien tes neveux, Domitia et Cnæus, ont grandi ! Moi, je connaîtrai enfin tes aînés.

Viens, ma sœur, moitié-de-moi-même ! Viens et nous causerons. Librement. » Ce dernier mot, codé.

Séléné n'avait pas dit non. Au contraire. Son palais, qu'à sa demande Juba avait décidé de remanier encore pour lui donner plus d'unité, était en travaux. Face à la mer, on remplaçait d'un bout à l'autre la colonnade de marbre numide par un plus long portique en marbre rose du Chénoua, la carrière la plus proche ; et l'on ouvrait l'ancien jardin de Bocchus sur une exèdre à claire-voie encadrée d'énormes piliers vert sombre visibles du dehors – des fûts monolithes de porphyre égyptien. Vert et rose : au premier coup d'œil, le visiteur verrait que la résidence royale sortait de l'ordinaire. Mais en attendant, il y avait des gravats partout. Autant s'évader.

En son absence, Juba ne comptait faire qu'une courte excursion militaire, histoire d'acheter – toujours cher – la loyauté de quelques chefs de tribu. Le reste du temps, il surveillerait lui-même les travaux. Séléné pouvait partir et laisser les enfants, Euphorbe et Diotélès veilleraient sur leur santé, et Izelta la masseuse, devenue intendante de la reine, régenterait les nourrices. Séléné voulut pourtant emmener sa douce Théa : la petite parlait, elle dansait, elle récitait son alphabet, et sa mère la trouvait si belle qu'elle mourait d'envie de la montrer au monde entier !

Dans les arènes de Carthage, Lucius Domitius a pris place au premier rang de la tribune proconsulaire avec, à sa droite, dans des fauteuils, la reine étrangère et la jeune Théa, princesse royale : c'est le protocole, une reine n'est pas une femme comme les autres, d'autant que Juba la traite en co-souveraine. Les sénateurs romains présents dans la Province, les *chevaliers*, et les officiers les plus gradés de la Troisième Augusta sont assis, eux, de chaque côté de la tribune sur des gradins garnis de coussins. Quant à Prima, pour obéir aux ordres universels de son oncle Auguste, elle est, en tant qu'épouse sans titre particulier, reléguée avec ses enfants et leurs nourrices loin au-dessus de la loge d'honneur, au « poulailler ». Au moins ne risque-t-elle pas de se faire dévorer par un lion ou blesser par un javelot, car les balustrades qui entourent l'arène ne sont pas bien hautes et on a beau les avoir doublées, ici et là, de grilles démontables, l'ensemble n'inspire guère confiance.

Quand, après les combats entre animaux, on en est venu aux pseudo-chasses qui opposent les hommes aux fauves, Séléné a demandé à Domitius de laisser Théa quitter la tribune et s'installer plus haut avec ses cousins, pour qu'elle s'amuse davantage.

La petite s'était déjà beaucoup intéressée au début du spectacle. Tous les enfants, et dans tous les temps, rêvent d'affrontements improbables, de batailles chimériques dans lesquelles s'opposeraient des bêtes d'espèces si différentes qu'elles n'ont en commun que d'alimenter les terreurs infantiles : « Maman, si un loup attaque un crocodile, c'est lequel qui gagne ? Et si un ours brun charge un hippopotame, est-ce que l'hippopotame mange l'ours ? Et si un cobra mord une baleine, est-ce que la baleine peut tuer le serpent ? Et si un tigre rencontre un ours polaire, et si un taureau et un rhinocéros, etc. » Tous ces duels impossibles dans la nature, mais dont la simple hypothèse suffit à fasciner les enfants, ces rêves puérils, les Romains les ont réalisés. Pas sans peine, d'ailleurs. Car non seulement l'ours ne risque guère de croiser la route de l'hippopotame, mais si, par extraordinaire, la chose arrivait, tous deux resteraient trop ébahis pour en découdre ! Dans l'Empire d'Auguste, pourtant, tout arrive : poussés par des piqueurs armés d'aiguillons, de fouets et de fers rouges, l'un finit toujours par déchiqueter, encorner ou dévorer l'autre...

En ce jour d'inauguration, les combats de fauves avaient ravi la plèbe et les enfants. Les pseudo-chasses leur plurent aussi : les bestiaires, combattants dont la plupart étaient du pays, rencontrèrent le succès que méritaient leur vaillance et leur habileté ; il n'y eut qu'un ou deux blessés dans la troupe, et les lions finirent tous en descentes de lit.

Le programme de l'après-midi semblait à Séléné moins tentant. Pourtant, Domitius avait dû dépenser beaucoup d'argent : trente paires de gladiateurs importés, des gladiateurs de première qualité tous formés dans l'école qui avait appartenu à César avant de devenir la propriété du Prince. Mais la fille de Cléopâtre, que son enfance égyptienne n'avait guère préparée à goûter ce genre de spectacles, jugeait ces exhibitions vulgaires ; et agaçants, les flonflons d'orgue hydraulique et les couinements de trompettes qui accompagnaient les phases du combat – on aurait pu suivre le déroulement de l'affaire du dehors, rien qu'à l'oreille, tant les bruits de l'orchestre et les cris de la foule soulignaient chaque péripétie de la lutte… Cette musique pathétique et redondante lui donnait toujours mal à la tête.

Du reste, au contraire de ses amis et des philosophes dont ils suivaient les préceptes, elle ne voyait pas dans ces démonstrations de force une leçon de courage, mais l'apogée du chiqué ; rien n'était vrai là-dedans, sauf la mort, qui ne survenait que rarement… Car ces prétendus héros savaient faire durer le plaisir : il fallait voir comme ils s'épargnaient tout en feignant de se haïr, comme ils surjouaient l'expression de leur peur ou de leur douleur ! Des complices, voilà ce qu'ils étaient, des cabotins qui, d'un commun accord, trompaient le public ! On les payait des sommes folles pour s'étriper, et ces tricheurs ne mouraient que par accident ! Sauf dans les combats dits *sine missio*, « sans rémission », qui avaient, eux, toutes les vertus de la guerre ; mais les *lanistes* pourvoyeurs, qui risquaient de perdre une vedette à chaque combat, facturaient si cher ces grands spectacles que seul le Prince pouvait encore en offrir au peuple…

« Il n'existe pas de bons gladiateurs, disait parfois Séléné à Juba qui prétendait, comme Auguste, apprécier de temps en temps un beau combat. Soit on jette dans l'arène des prisonniers de guerre ou des condamnés à mort, et ce n'est plus de l'art, c'est du massacre ! Soit on y produit des hommes libres ou des esclaves bien entraînés, et ils n'ont plus qu'une idée : s'en tirer ! Faire fortune, plaire aux femmes, devenir célèbres… et s'en tirer. Ce n'est plus du sport, c'est du commerce. Au point où nous en sommes, donnons-leur des épées en bois !

— Tout de même, il y a du sang !

— Ah, ça, c'est le pire, disait Séléné qui n'était pas à une contradiction près. Pour moi, c'est le pire. Je ne supporte pas la vue de ce sang sur le sable… sur le sable blanc… c'est… répugnant ! Cette tache sombre qui s'élargit sous le corps du blessé, les gargouillis de l'homme qu'on égorge… Horrible ! Horrible ! Veux-tu que je te dise ? Les arènes puent – la sueur, la pisse, et l'abattoir ! L'abattoir surtout. Cette affreuse odeur du sang chaud… Pourquoi les Romains ne préfèrent-ils pas de beaux acrobates, des cracheurs de feu, des dompteurs ? J'ai vu à Alexandrie des bestiaires qui chevauchaient des taureaux, des dresseurs dont les lions apprivoisés attrapaient des lièvres pour les rapporter vivants, des charmeurs de cobras et de vipères des sables…

— Mon doux miel, tu es restée une petite fille… C'est ce qui me charme. »

Séléné est bien décidée à avoir l'air d'une souveraine adulte devant les colons de Carthage, d'ailleurs elle veut faire plaisir à son hôte, qui est aussi son beau-frère et la traite en reine véritable : à l'heure du déjeuner, elle compte ramener Théa à la résidence du proconsul, puis elle reviendra applaudir la *pompa*, le défilé solennel des gladiateurs – ces brutes frappées d'« infamie » qu'on habille en guerriers exotiques et que la foule prend pour des dieux ! Ensuite, par politesse, elle assistera aux trois premiers combats avant de prétexter une migraine qui lui permettra de se retirer avec élégance. Mais les choses ne vont pas se passer comme elle l'espérait…

À midi, une partie du public évacuait les gradins pour aller déjeuner ou laisser la place aux spectateurs de l'après-midi qui ne venaient que pour les gladiateurs. Il y avait des bancs vides et beaucoup de mouvement. Les producteurs de jeux occupaient alors le terrain avec des divertissements de moindre qualité : des bouffons, ou des exécutions. La plèbe restée sur place grignotait des calamars frits ou des pois chiches grillés que des marchands ambulants vendaient en cornets.

À Rome, le commanditaire du spectacle quittait généralement les lieux pendant cette médiocre *méridienne*. Mais, à la surprise de Séléné, Lucius Domitius ne se leva pas. Il s'en expliqua auprès de son invitée : nouveau proconsul, il devait montrer au petit peuple qu'il ne méprisait aucun de ses plaisirs. En outre, les condamnés à mort qu'on allait exécuter tout à l'heure n'étaient ni des esclaves ni des assassins de droit commun : c'étaient des Gétules rebelles – pire, des traîtres qui, ayant feint de se rallier, puis abusant de leur rôle de guides, avaient attiré toute une centurie dans un piège. Il fallait montrer aux indigènes que lui, Domitius, ne plaisantait pas avec la Paix romaine : ces faux transfuges périraient dans d'affreux tourments et sous ses yeux mêmes. *Ad bestias*, donc... « Mais, rassure-toi, ce ne sera pas long. La mort lente, c'est celle qu'on trouve sous la patte des ours, mais je n'ai pas eu le temps d'en faire venir de Gaule. Alors, je les livre aux lions et aux panthères – c'est l'affaire d'un petit quart d'heure. Ensuite, nous irons déjeuner tranquillement avec les enfants. »

Séléné rappela Théa auprès d'elle pour la faire patienter ; Domitia et Cnæus voulurent descendre dans la loge avec leur petite cousine ; leur père, indulgent, leur fit apporter des coussins – pendant la *méridienne*, tout le monde circulait, on pouvait négliger le protocole... Les bestiaires avaient déjà repris possession de la piste : quand ils ne combattaient pas dans un spectacle de chasse, ils étaient bourreaux. Eux seuls savaient à la fois diriger les fauves et s'en protéger – pas de condamnation aux bêtes possible sans le secours de ces seconds rôles de la gladiature. Pour la circonstance, on les avait déguisés en suppôts des Enfers, et de la manière la plus ridicule possible ; car s'il fallait faire peur, il fallait en même temps faire rire. Ils étaient masqués, ou grimés de blanc, affublés de défroques noires et armés de fers rougis au feu, de torches, de fouets, de marteaux, pour singer les dieux des Ténèbres, Charon ou Pluton et leurs apprentis démons.

Ils amenèrent les condamnés dans l'arène en cabriolant autour d'eux et en leur grillant les mollets pour les obliger à marcher. Mais ils durent traîner quelques-uns d'entre eux. Parce qu'il était d'usage de fouetter les prisonniers en coulisses avant de les livrer aux bêtes, certains étaient déjà tellement ensanglantés et affaiblis que les bouffons des Enfers se virent contraints de les porter pour les attacher au poteau.

Quand le public s'aperçut que les protagonistes n'étaient plus très frais, ni vraiment conscients, il protesta : cherchait-on à priver le peuple de son plaisir ? Pourquoi l'empêcher d'observer la progression délicieuse de la peur sur le visage des condamnés ? « Aux bêtes, les bourreaux ! Fouettez les fouetteurs ! » La plèbe locale tapait des pieds, apostrophait le proconsul, jetait des pois chiches dans l'arène, et les légionnaires de la Troisième, venus pour voir venger leurs camarades, promettaient aux bestiaires à la main lourde les supplices les plus raffinés…

Heureusement, dès qu'on ouvrit les cages des fauves affamés, les premiers rugissements réveillèrent les prisonniers épuisés, les traîtres rouvrirent les yeux, relevèrent le menton, et la foule fit silence pour les entendre crier. Séléné se demanda si ce spectacle de midi, qu'elle n'avait encore jamais vu, était bon pour les enfants, pour leur éducation : trop grossier et peut-être, elle le craignait, un peu cruel ?

Cruel pour les fauves, surtout. Il y avait ce jour-là, dans le lot, deux panthères qui, faute d'habitude sans doute, ne montraient pas une grande envie de manger de l'homme… Les bestiaires finirent par les poursuivre au fer rouge, elles aussi, et ils les aiguillonnaient de leur pique pour les pousser vers les poteaux. « Mamilla, dit Théa, ces gens sont très méchants avec les lions…

— Mais les "lions" sont méchants avec les gens, ma chérie. »

Quand les panthères paresseuses arrivèrent enfin près des poteaux, elles sentirent l'odeur du sang qui imprégnait déjà les tuniques des condamnés et elles firent leur métier. Les lions de l'Atlas, eux, s'y étaient mis tout de suite, avec un bel appétit. Sans perdre leur temps à flairer ni à se faire les griffes, ils avaient commencé à s'attaquer au ventre des rebelles, dévidant leurs intestins du bout de la patte comme des chats déroulent une pelote.

« Mamilla, Mamilla, cria Théa, ces lions sont méchants avec les gens !

— Mais ces gens ont été méchants avec d'autres gens, ma chérie. »

Les hurlements des Gétules emplissaient tout l'espace. « En quelle langue crient-ils ? » se demanda Séléné pour s'accrocher à un détail. Théa avait jailli de son siège et, tournant le dos à l'arène, elle cachait maintenant son visage dans le cou de sa mère. Domitia tremblait, sanglotait, et le petit Cnæus avait posé sa main sur ses yeux.

Le public, remarquant soudain le désarroi des petits princes, se mit à rire. Il avait retrouvé sa bonne humeur. Et même son bon cœur : ces terreurs enfantines, ces pudeurs effarouchées lui semblaient touchantes – un peu comme celles d'une jeune fille qui s'enfuirait devant une souris… « Hé, consul, va falloir les endurcir un brin, tes gamins ! » lâcha un voyou depuis les gradins supérieurs. La foule, complice, s'esclaffa sans méchanceté, tandis que des femmes, aussi attendries qu'amusées par la frayeur des bambins, leur envoyaient des baisers. « Voyons, Cnæus, dit le proconsul à son fils, un peu de cran, je t'en prie !

Tu es un homme, et un Ahenobarbus, un vrai – tu connais la devise qu'on nous prête, “Barbe d'airain et cœur de fer” ? Alors, montre-toi digne de ta lignée, mon garçon ! » Comprenant qu'il admonestait son fils, qu'il cherchait à en faire un vrai Romain, le peuple, charmé, applaudit. Ces bravos couvrirent les derniers cris gétuliques – à supposer qu'il restât à l'un ou l'autre des condamnés assez de poumons pour crier…

Au premier rang, Théa pleurait, Domitia claquait des dents et Cnæus gardait sa main plaquée sur ses yeux. Mais, lentement, très lentement, il écarta les doigts. Pour voir, voir un peu, voir de mieux en mieux… Encore quarante ans d'entraînement, et cet enfant sensible qui n'arrachait jamais les pattes des hannetons assisterait aux exécutions les plus atroces en amateur éclairé : aux *ad bestias* vulgaires, il saurait préférer les reconstitutions mythologiques raffinées – un pseudo-Procuste raccourci à la dimension de son lit de douleur, des Attis émasculés à la chaîne, ou une fausse Pasiphaé défoncée par le sexe du taureau… Ce petit-fils d'Antoine et d'Octavie sera le père de Néron.

Les bestiaires avaient fait rentrer les bêtes dans leurs cages à coups de fouet ; ils avaient délié les condamnés, et l'un de ces bourreaux, habillé en Mercure avec un pétase et deux petites ailes aux pieds, cherchait maintenant sur leurs corps un lambeau de chair pour y appliquer son fer rouge afin de s'assurer que le déchiqueté était bien mort. Si, sous la brûlure du fer, le reste humain semblait frissonner, le « bestiaire au marteau », déguisé, lui, en dieu des Enfers, s'approchait et donnait le coup de grâce – droit sur le crâne, puisque en général les fauves ne dévoraient pas les têtes… Pendant cette inspection finale, les autres chasseurs vêtus de noir dansaient sur la piste avec des gestes grotesques et jouaient à saute-mouton sur le sable imbibé de sang pour dédramatiser l'Hadès et mieux ridiculiser les divinités du Styx – l'un d'eux même, exagérément maquillé, tortillait du derrière et se trémoussait comme une femme : il jouait Proserpine, reine des Ténèbres, cherchant à émoustiller le dieu des morts.

Profitant de ce joyeux intermède et des rires des spectateurs, des esclaves publics étaient entrés discrètement dans l'arène en portant de longues perches munies d'un croc avec lequel ils tiraient les cadavres vers la porte de Libitine, déesse des rites mortuaires, une porte qui, dans toutes les arènes de l'Empire, ouvrait directement sur la morgue où s'entassaient bêtes crevées et hommes égorgés. Si les carcasses d'hommes devaient être incinérées, les carcasses d'animaux pouvaient être valorisées : on les revendait aux bouchers. Rien de plus facile, dans une grande ville, que de se procurer, les lendemains de fêtes, un steak d'hippopotame ou un rôti d'ours. Le morceau le plus prisé ? L'estomac d'un lion qui venait de manger de la chair humaine...

Pour leur déjeuner sur le pouce dans le jardin de la Résidence, Séléné, Prima et Lucius se contentèrent, eux, de tapenade étalée sur des tartines, accompagnée d'œufs durs et de dattes fourrées. Les enfants jouaient à la balle ; ils semblaient avoir déjà oublié le spectacle effrayant auquel ils venaient d'assister. Mais Séléné avait l'appétit coupé et elle s'en sentait désolée : dans son for intérieur, elle convenait qu'il fallait que justice fût faite et de telle manière qu'elle ôtât aux populations rebelles l'envie de recommencer. Mais elle regrettait que Lucius Domitius eût cru devoir assister lui-même – et faire assister ses enfants – à cette grossière, cette sale *méridienne* que la plupart des hommes de goût fuyaient.

Aussi, pour se dispenser du spectacle de l'après-midi, prétexta-t-elle la migraine prévue. « Mais tu vas manquer le meilleur ! protesta Domitius. Ce que j'offre à nos Carthaginois, ce n'est pas du gibier de potence, de la raclure d'ergastule, mais deux grandes vedettes sorties de l'école même du Prince : le Thrace Aureolus aux quarante victoires et Pugnax le mirmillon, l'homme qui monte – dix-sept combats, seize palmes.

— Comptes-tu les opposer l'un à l'autre ?

— Tu rêves ! Au prix qu'il me faudrait dédommager leur loueur en cas "d'accident" ! Non, j'ai formé les paires en suivant les conseils de l'entraîneur lui-même, il ne devrait y avoir aucun risque pour ces deux-là, c'est notre intérêt à tous... J'ai déjà vu combattre Aureolus à Rome, il est prodigieux ! Et je produis ensuite, pour la première fois hors d'Italie, des gladiateurs montés – je parie que tu n'en as jamais vu, leurs chevaux sont superbes ! Assiste au moins à la *pompa* : mon défilé d'entrée sera magnifique, j'y paraderai dans un char doré que j'ai fait venir de Rome spécialement. Tu as déjà vu une *pompa* ? Comment rester insensible à la beauté du spectacle ? Les soigneurs et les valets d'armes à demi nus qui portent sur des coussins la panoplie des combattants étincelante de soleil. Puis, derrière ces armes, les futurs adversaires, encore tout brillants d'huile, la démarche fière et la mine grave – ils vont se battre, n'est-ce pas, mourir peut-être ? On voit qu'ils prennent la chose au sérieux, qu'ils prient tout bas Fortuna ou Némésis. C'est à ce moment-là, vois-tu, que j'aime le mieux observer leur visage – si noble, soudain, chez des hommes si vils ! Rien de tel que la proximité de la mort pour porter à la grandeur... Mais, derrière eux, voici que déjà s'avancent leurs chevaux, fringants, impatients, puis, sur des brancards, les statues des dieux couronnées de roses et rhabillées de frais. L'orchestre de l'entraîneur les suit – cors, clairons, trompettes, cymbales – et boum, boum, on a de la musique plein les oreilles ! Les spectateurs nous ovationnent, ils nous jettent des fleurs, on crie le nom des vedettes, on scande le nom du *magistrat*, celui des arbitres. Là-haut, pour protéger les spectateurs du soleil, nos marins tendent le vélum, on prend des paris d'un rang à l'autre, on se pousse du coude, on chante, les outres circulent dans les gradins et le vin coule à pleins gosiers... Quel bonheur nous offrons aux humbles, *Regina* ! Et un bonheur que nous partageons : nobles et plébéiens réunis dans une même passion, n'est-ce pas là l'essence même de Rome ? Le couronnement de la paix civile et le commencement d'une paix mondiale, la Paix d'Auguste...

— J'assisterai au défilé, Domitius, j'ai vu les tentes dressées par les indigènes des campagnes jusqu'au milieu des carrefours, je sais tout ce qu'ils attendent de tes Jeux. Moi aussi, je veux honorer Rome et ta Province. Simplement, ne me place pas dans la tribune, je t'en prie, je ne suis qu'une femme, laisse-moi m'asseoir sur les derniers gradins avec Prima et ses servantes. Si ma migraine ne cède pas, je pourrai m'échapper discrètement en profitant d'une des pauses accordées aux combattants pour ressangler leurs jambières... »

Quand la reine parvint enfin à quitter les arènes, elle remarqua, face aux arcades, de l'autre côté de la place déserte, une vieille taverne. Sur un panneau, on annonçait pour le soir du cuissot d'antilope et du ragoût d'autruche. Une tonnelle, où de petites roses pâles se mêlaient avec grâce aux feuilles nouvelles de la vigne, abritait les clients du soleil ardent.

C'est là qu'elle vit avec stupeur, attablés sous les roses, des êtres au long manteau noir surmonté de masques blancs. De loin, elle crut même distinguer leurs yeux livides et leurs lèvres barbouillées de sang.

Des lémures ! Vision affreuse que celle de ces fantômes misérables, de ces esprits errants : des morts sans sépulture, marins noyés, voyageurs assassinés, criminels crucifiés, enfants jetés aux ordures, soldats disparus dans des combats lointains… Leurs âmes, toujours repoussées par le passeur des Enfers, revenaient hanter les vivants dont elles aspiraient la vie goulûment. Séléné avait toujours redouté les lémures, car elle ne savait pas si l'on avait inhumé ses frères comme il convenait, ni même où ils étaient… Sous la tonnelle, les lémures avaient tous tourné la tête vers elle d'un même mouvement et ils regardaient fixement sa litière, comme s'ils lui reprochaient sa fuite : « Où vas-tu, Séléné ? Veux-tu encore nous abandonner ? » Les pieds cloués au sol, le souffle coupé, la reine sentit son cœur s'arrêter, ses yeux s'obscurcirent…

Mais, brusquement, l'un des lémures entonna une chanson à boire. Alors elle reconnut les bestiaires grimés qu'elle avait vus à midi dans leurs œuvres de bourreaux – c'était sans doute leur moment de repos… Elle frissonna, monta dans sa litière et tira le rideau de cuir. Une phrase dépourvue de sens lui trottait dans la tête, une phrase dont elle ne savait pas si elle l'avait lue quelque part ou si c'était un message de l'Au-Delà : « Les hommes sont les larmes des dieux. » De toute façon c'était faux : les dieux ont les yeux secs.

Magasin de souvenirs

Catalogue, vente aux enchères publiques, archéologie, Drouot-Montmartre :

... 66. Lampe à huile dont le disque est orné d'un bestiaire attaqué par un fauve. Terre cuite orangée. Dépôt calcaire. Belle conservation. Anatolie, époque romaine Ier siècle.

L : 11,5 cm *200/250*

... 71. Lampe à huile ornée de deux gladiateurs à cheval à la fin de leur combat. Celui de droite semble faire sa soumission. Terre cuite jaunâtre. Nîmes, époque romaine.

L : 12,7 cm *00/550*

... 72. Médaillon d'applique représentant le combat d'un rétiaire contre un Secutor, *avec deux arbitres et deux porteurs de panneaux. Céramique rouge sigillée. Syrie, Ier siècle.*

D : 15 cm *1200/1500*

Dans le grand jardin de la Résidence proconsulaire sur les hauteurs de Barca, la reine de Maurétanie berçait sur ses genoux sa fille Théa qui venait de perdre sa première dent et ne s'en consolait pas. « Mais ce n'est pas une perte, Théa, c'est un gain. Le signe que tu grandis et que de nouvelles dents, plus belles, plus solides, vont remplacer tes quenottes ! » Debout, Domitia, neuf ans, appuyée contre sa tante, caressait gentiment les cheveux de sa petite cousine, posant parfois sur ses boucles un baiser léger.

À son enfant morose, Séléné se mit à chanter l'une de ces chansons de nourrice faites pour informer les fillettes des réalités de la vie. Mais, curieusement, cette chanson ne lui venait à l'esprit qu'en grec et ne pouvait donc pas lui avoir été fredonnée par sa propre nourrice, Cypris la Thébaine, qui chantait en égyptien. Lui aurait-elle été murmurée autrefois par la grande Cléopâtre elle-même quand celle-ci l'avait ramenée de Syrie dans la litière royale ? Le refrain, doux et triste, disait : « Il relèvera ton voile et ton visage lui appartiendra. Il libérera ta chevelure et tes boucles seront siennes. Il dénouera ta ceinture et ton ventre deviendra son bien. De ce qu'il dénude tout est à lui. Contre lui, ne te défends de rien.» C'était si vrai et si beau que Séléné regretta de ne pas s'en être souvenue le jour de ses noces pour donner, dès la première nuit, au singulier Barbare dont elle devenait l'épouse tout ce qu'elle lui avait alors refusé. Elle eut envie de rentrer tout de suite à Césarée pour retrouver dans la chambre nuptiale celui dont elle était enfin l'amante: «Iobas, je suis ton bien, ta chose. Iobas, tu me manques, je me meurs sans toi. Libère-moi de la nuit, libère-moi de moi-même…»

Mais impossible de repartir aussi vite: Domitius tenait à lui faire visiter la Province qu'il gouvernait. En outre, ils attendaient la visite de Nicolas de Damas, son ancien précepteur, devenu le premier conseiller du roi Hérode et le biographe du Prince. «Songe, Séléné, à la joie qu'il aura en retrouvant là son ancienne élève! disait Domitius. Et il sera accompagné de mon nouveau beau-frère, Messala Messalinus, le troisième mari de Claudia.»

Claudia venait en effet d'enterrer son deuxième époux, Messala Barbatus, neveu de Messala Pot-de-chambre; comme disait Julie, jamais en retard d'un mot d'esprit: «Claudia se rapproche chaque fois un peu plus des latrines. La voilà qui, en troisièmes noces, épouse Messalinus, le propre fils du Pot-de-chambre!»

Comment Octavie avait-elle pu se résigner à l'union de sa fille avec le fils d'un homme qu'elle méprisait? «Ma mère n'a plus son mot à dire depuis longtemps. Le monde des intrigues et des combinaisons, des courtisans et des rampants, ce monde de bassesses, son esprit l'a quitté il y a dix ans. Son corps même n'y séjourne plus que de loin en loin… S'il n'y avait pas le vieux Mécène, toujours influent, et notre jeune Drusus, qui est encore capable de résister avec grâce à sa chère maman, tout serait désormais entre les mains de Livie. C'est elle, la vieille carne, qui fait et défait nos mariages… »

Prima exagérait un peu. Auguste tenait toujours la bride courte à son épouse ou, plutôt, il lui faisait vivre, non sans perversité, une alternance de faveurs et de défaveurs qui la maintenaient dans la docilité. Ainsi, sur la frise du nouveau monument appelé « Autel de la paix », *Ara Pacis*, que le Sénat avait décidé d'offrir au Prince trois ans plus tôt et qu'on se préparait à inaugurer, Livie ne figurait-elle pas à la meilleure place.

Cette frise en relief qui ornerait l'enceinte de marbre représentait une procession religieuse à laquelle participait toute la famille du Prince. C'était un portrait de groupe officiel. Le maître de Rome avait compris avant tout le monde l'importance de la représentation et de ce qu'on appellerait plus tard « l'opinion » : il voulait montrer au peuple une famille nombreuse et unie, capable d'assurer la pérennité des institutions. Mais, en qualité de Grand Pontife, il avait dû, sur la fresque, accepter d'être visuellement séparé de ses proches par le cortège de prêtres qu'il conduisait. Du coup, c'était Agrippa qui, suivi de Caius, l'aîné des fils qu'il avait vendus à Auguste, semblait mener la famille proprement dite. Caius, d'un geste gracieux, se retournait vers Julie, sa vraie mère, et, derrière eux, venaient Tibère en toge, puis Drusus en habit militaire, enfin Lucius Domitius

– tous, à l'exception de Tibère, accompagnés de leur épouse et de leurs enfants. Comment ne pas voir là l'ébauche d'un ordre de succession ?

Par malheur, Agrippa était mort pendant l'exécution de l'ouvrage. Auguste n'avait pas voulu qu'il fût pour autant éliminé du défilé, il resterait sur la frise. Mais pas sa fille Vipsania, qui figurait autrefois au second plan et avait disparu du cortège.

Du coup, Tibère avait l'air d'un célibataire... Quant à Julie, coincée entre Agrippa qui la précédait et Tibère qui la suivait, elle semblait, bigame effrontée, s'avancer entre deux maris ! Prima riait : « Si encore, comme disent les mauvaises langues, si encore elle n'en avait que deux ! » Mais, au fond, elle trouvait la plaisanterie injuste : « Julie est fidèle à Tibère. Bien obligée : son père s'est installé avec elle à Aquilée et il la garde à vue ! Et puis, elle semble attachée au petit garçon dont elle vient d'accoucher, ce Tiberius Parvus dont elle espère qu'il remplacera dans le cœur de Tibère le Drusus « Castor » de Vipsania. Mais son pauvre petit Tiberius n'a pas de santé et on craint qu'il ne vive pas. »

Aux yeux de Prima, le plus savoureux dans cette histoire de fresque n'était pas la bigamie apparente de Julie, mais la place de Livie, reléguée dans une autre partie du cortège avec « les vieilles » de la famille et les seconds couteaux, les Iullus, Marcella, Claudia et autres : « Bien entendu, Livie est furieuse, mais c'est une colère à la Livie – doucereuse et contenue... »

Et voilà que, soufflant le chaud après avoir soufflé le froid, Auguste avait décidé d'inaugurer la fresque au jour anniversaire de la naissance de sa femme, le trente janvier de l'année qui venait ! Quelle plus belle preuve d'amour pouvait-il lui donner ?

« C'est à n'y rien comprendre ! dit Prima. En tout cas, Rome attend cette inauguration avec impatience. Surtout le sculpteur, qui voit son travail sans cesse dépassé par la disgrâce des uns, la mort des autres et les naissances multiples survenues depuis la commande. Considère seulement le nombre d'enfants que nous avons eus en trois ans et qui seront absents du portrait de famille : ma Lépida, bien sûr, mais aussi les deux derniers-nés de Julie, le posthume qu'elle a eu d'Agrippa et le fils de Tibère ; manquent aussi Marcus, le benjamin de Claudia, et, chez Antonia, la jeune Livilla et ce pauvre Claude dont elle vient d'accoucher à Lyon. Tu sais qu'elle l'a raté, cet enfant-là, mais vraiment raté ! Autant son Germanicus est beau, autant son Claude est laid ! Pire que laid même, à ce qu'il paraît : anormal. Il convulse, il bave, il louche... Antonia l'appelle "l'avorton". Elle en veut même à son mari d'avoir "relevé" ce bébé ! Tu connais ma sœur : pas de sensiblerie, la *Virtus* romaine incarnée ! Mais Drusus, lui, aime tellement sa femme qu'il n'imagine même pas d'en éliminer les déchets... »

L'arrivée à Carthage de Messala Messalinus, le nouveau mari de Claudia, et de Nicolas de Damas permit aux deux sœurs de s'intéresser à d'autres familles que la leur. Celle d'Hérode par exemple, Hérode dont Nicolas, d'abord simple précepteur, était devenu l'ambassadeur. La progéniture du roi de Judée, encore plus nombreuse que celle d'Auguste, était aussi plus divisée : Hérode ayant eu neuf épouses simultanées ou successives, tout laissait présager une succession mouvementée.

C'était surtout aux princes Alexandre et Aristobule que s'intéressaient Prima et Séléné. Ils avaient été élevés avec elles chez Octavie, et Séléné, privée de ses frères, s'était prise alors d'une tendre affection pour le cadet du roi de Judée, qui lui rendait cette amitié ; lorsque Hérode avait soudain exigé le retour de ses fils à Jérusalem, le garçon s'était séparé d'elle en pleurant : « Je ne te reverrai pas, mon père nous tuera, il nous tuera… » Il est vrai que le roi avait déjà assassiné leur grand-père, leur oncle et leur mère, une jeune femme ravissante que Cléopâtre avait longtemps protégée.

Séléné ne s'était sentie rassurée sur le sort de ses amis qu'en apprenant leur mariage précoce, puis la naissance de leurs premiers enfants : n'étaient-ils pas, malgré l'abondance des prétendants au trône, les seuls héritiers légitimes – les seuls qui, issus par leur mère de la vieille dynastie des grands-prêtres, pouvaient donner a posteriori l'apparence du bon droit à l'usurpation sanglante autrefois commise par leur père ?

Mais quand Séléné avait abordé le sujet avec Juba, il l'avait mise en garde contre un optimisme exagéré : « Je ne crois pas qu'Hérode se soit jamais soucié de légitimer un pouvoir qu'il a conquis par la force et ne garde que par l'assassinat… Connaissant les rois comme je les connais désormais, je dirais même qu'au sein de sa progéniture il craint davantage les descendants des princes qu'il a éliminés pour régner que les rejetons interchangeables de concubines médiocres. »

Les conversations que les deux sœurs eurent avec Nicolas confirmèrent le point de vue de Juba. « Que veux-tu, soupirait l'ancien précepteur d'Aristobule et d'Alexandre, tes amis d'enfance nous écrasent de leur morgue. Ils sont encore plus imbus de leur naissance hasmonéenne que de leur éducation romaine… J'ajoute qu'Alexandre est devenu terriblement grec depuis son mariage avec Glaphyra, la fille du roi de Cappadoce. Il lit plus volontiers Aristote que la Loi de Moïse ! Aristobule, lui, est resté un peu plus juif grâce à sa femme Bérénice et à sa belle-mère Salomé qui l'obligent à respecter nos commandements.

— Ils n'ont choisi leurs épouses ni l'un ni l'autre. C'est leur père qui les a mariés.

— Certes, certes… Mais ils n'ont qu'à mieux tenir ces deux chipies, Glaphyra surtout, qui prend de haut toutes les femmes de la Cour. Et puis ils vivent entre eux, comme des assiégés, ils fréquentent peu le reste de la famille. On dirait même qu'ils fuient ceux de leurs frères dont leur père goûte la sagesse : Antipater et le jeune Arkhélaos. En agissant de la sorte, ils alimentent les rumeurs de complot. Le roi devient méfiant – mets-toi à sa place…

— Oh, je ne le voudrais pour rien au monde ! Pas plus qu'à la tienne, d'ailleurs, tu n'as pas de chance avec tes anciens élèves. D'abord, mes frères, arrêtés, emprisonnés, puis assassinés. Et maintenant Alexandre et Aristobule, menacés d'être accusés de conspiration contre leur père… Heureusement que tu sais lâcher tes écoliers à temps ! »

Elle se rappelait la fuite honteuse de Nicolas au moment du siège d'Alexandrie, on l'avait cherché partout, Marc Antoine craignait même pour la vie du jeune homme qu'il avait fini par regarder comme un ami. Inquiétude superflue : le précepteur-philosophe était déjà passé à l'ennemi, avec dans son bagage une petite ode bien tournée à la gloire d'Octave…

« Et te voilà maintenant premier conseiller du roi de Judée. Ambassadeur extraordinaire, par-dessus le marché, et biographe officiel du maître de l'Empire universel ! Pour un petit précepteur, quelle carrière !

— Et je te ferai remarquer, *Regina*, que, pour autant, je n'ai jamais cessé de philosopher…

— Ni de rafler, à la saison, les plus beaux fruits de Damas pour gâter les dames du Palatin. Livie est folle de tes pruneaux… Quel homme tu fais, mon cher Nicolas, quel homme précieux pour tes amis ! Si dévoué, si capable. Capable de tout… »

Messala Messalinus mit fin à l'échange qui risquait

de virer à l'aigre. Ce Messala de la dernière génération avait beau n'être pas des plus fins (Prima et Séléné se rappelaient l'interminable séance de *recitatio* que, tout jeune homme, il leur avait infligée dix ans plus tôt quand il se prenait pour un grand poète tragique), il appartenait à une famille politique habituée depuis si longtemps à progresser en zigzag que l'évitement diplomatique était devenu chez lui une seconde nature : il détourna la conversation en récitant quelques vers d'Horace sur l'amitié, puis enchaîna sur les mérites, encore discutés, du jeune Ovide.

À propos d'Ovide, Prima avait choisi son camp : aussi impertinente en paroles qu'elle était prudente en amour (« Mieux vaut un bon cuisinier qu'un bel amant », disait-elle à Séléné), elle prenait plaisir à défier Livie et ses amies en proclamant son admiration pour le poète libertin. Elle fit apporter à Séléné le dernier livre reçu de Rome et sa propre cithare en la priant de bien vouloir donner à Messalinus un aperçu de ses talents de chanteuse : « Chante, Séléné, chante pour nos hôtes l'une de ces *Lettres d'amour* que le libraire d'Ovide vend au public. Laquelle choisis-tu ? Celle de Didon à Énée ? de Phèdre à Hippolyte ?

— Je me demande, dit Nicolas de Damas, retrouvant soudain ses vieux réflexes de précepteur, je me demande s'il est bien convenable qu'une reine chante... Et des *Lettres d'amour*, en plus !

— Grâce aux dieux, répliqua Séléné, je ne suis plus ton élève, Nicolas ! Ce qui me laisse, je pense, quelques chances de te survivre... Je vais chanter, avec les mots d'Ovide, la plainte que je chantais l'an passé quand j'attendais mon roi, qui tardait à revenir des îles de l'Afrique. Je ne crois pas, mon cher Nicolas, que ton austère vertu d'ambassadeur d'un roi polygame puisse prendre ombrage de ce chant-là quand on le destine à un unique époux : "J'erre dans la grotte tapissée de mousse qui nous offrit souvent un lit de verdure, j'ai reconnu les herbes que j'avais foulées, les plantes que notre poids avait courbées, j'ai touché la place où tu étais et mouillé l'herbe de mes larmes ; les oiseaux faisaient silence, comme au cœur de la nuit… Je voudrais que les zéphyrs ramènent tes voiles, que Vénus, fille des vagues, ouvre la mer et que les vents favorisent ta course. Mais quitte le rivage, mon aimé, je t'en prie, reviens-moi !" »

Prima, qui avait toujours été bon public pour sa demi-sœur, reniflait d'émotion : « Comme ta voix est restée belle ! » Nicolas, qui avait besoin de rentrer en grâce auprès de son ancienne élève, s'extasia lui aussi : « Tu tires de ta voix des sons plus purs que ceux d'une lyre. » Puis, toujours pour regagner les faveurs de Séléné – qui était reine après tout, et parente d'une bonne partie de la famille du Prince –, l'ambassadeur lui demanda des nouvelles de son ancien *pédagogue*, Diotélès le Pygmée. « Il va bien, dit la reine, mais il croit qu'il va mal. Certes, il vieillit. Comme tout le monde. Mais il pense que ce malheur n'arrive qu'à lui… Il ne se préoccupe plus que de son futur cadavre et de sa future tombe. Les Maures ne savent pas embaumer les corps ni fabriquer des sarcophages, mais il s'est fait peindre sur un panneau de bois et je suis chargée, le moment venu, de fixer ce portrait funéraire sur son linceul. Linceul et corps dont il demande que nous les inhumions dans le mausolée royal de Maurétanie. "Je veux finir à tes pieds", me dit-il. Humilité qui ne suffit pas à m'abuser sur ses rêves de grandeur… »

Parce que Théa adorait jouer avec sa grande cousine Domitia, parce que Lucius Domitius voulait faire admirer à sa belle-sœur les *municipes* de vétérans qu'il établissait au plus près du golfe de Syrte pour faire barrage aux Garamantes libyens, parce que Prima voulait lui présenter quelques dames d'Utique « dont les anciennes demeures coloniales datent de notre grand Scipion l'Africain », Séléné prolongea son séjour bien au-delà de ce qu'elle avait prévu. Elle se sentait en confiance avec sa demi-sœur, toujours affectueuse et bien renseignée sur les affaires publiques et privées.

Ce fut par elle qu'après le départ de Nicolas elle apprit les vraies raisons du séjour du « philosophe » à Carthage : sous prétexte de retrouvailles amicales, il avait aussi rencontré Marcella à Rome, Antonia à Lyon et Claudia à Baïes. « Il prend le pouls des femmes de la famille. Pour préparer sa plaidoirie, expliqua Prima.

— Quelle plaidoirie ?

— Celle qu'il devra prononcer devant le Prince aussitôt qu'Hérode aura fait arrêter Alexandre et Aristobule.

— On en est déjà là ?

— À peu près. Mais Hérode est bien conscient que, tout roi qu'il est, son trône dépend du Prince et que, pour faire exécuter ses enfants et modifier l'ordre de sa succession, il lui faudra d'abord l'accord de Rome. Il est conscient aussi que l'éducation que ses deux fils ont reçue chez nous les a rendus très sympathiques à notre famille – d'où ces visites aux unes et aux autres… L'affaire se plaidera ensuite discrètement devant mon oncle.

— Oh, tant mieux ! Nicolas est éloquent et fort apprécié de ton oncle, il saura défendre ces innocents.

— Les défendre ? Tu n'y songes pas ! Nicolas va plaider, en effet, mais contre eux. Il va plaider pour son maître. N'est-ce pas naturel ? »

Naturel, oui. Vingt siècles ont passé, mais les motivations et le parcours de Nicolas de Damas nous restent parfaitement compréhensibles. Car si le sentiment amoureux évolue d'une époque à une autre, rien, à travers le temps, ne change moins que l'ambition. De même qu'un avare reste un avare quelle que soit la nature de la monnaie qu'il amasse, il n'y a pas, pour un ambitieux, trente-six façons de grimper : il s'agit toujours d'aller de bas en haut en s'accrochant fermement aux barreaux. Son désir peut, au fil des siècles, se porter sur des objets nouveaux – il ne rêve pas forcément de « tenir le bougeoir » du roi –, mais les méthodes qu'il déploiera pour atteindre ses buts resteront proches et reconnaissables de loin. Nicolas était le type de l'arriviste mondain, bien décidé à ne pas rater un seul échelon.

La fille de Cléopâtre, qui se piquait de n'avoir plus d'illusions sur les hommes de pouvoir, se reprocha d'avoir parlé trop vite. Hérode tuerait ses enfants, en effet, et leur ancien précepteur l'y aiderait, à moins qu'Octavie… Devait-elle alerter elle-même Octavie, la supplier d'intervenir ? Iobas lui objecterait sûrement, non sans raison, que la reine de Maurétanie n'avait pas à se mêler de la succession du roi de Judée. Et puis, Octavie ne l'avait-elle pas trahie, vingt ans plus tôt, en lui cachant le sort affreux réservé à sa nourrice ? La sœur d'Auguste n'était incapable ni de mensonge ni de cruauté…

Séléné se sentit soudain très fatiguée. Elle n'avait reçu aucune lettre de Césarée depuis deux ou trois semaines. Elle eut envie de prendre Élissa dans ses bras, elle avait besoin de candeur et même d'inconscience – à six ans, Théa était déjà trop grande et trop bien dressée pour lui offrir cette fraîcheur qui lui nettoierait l'âme. Elle décida de rentrer, sans même passer par Utique : elle était lasse des mondanités, des intrigues et des banquets – *taedium vitae*…

Debout sur le pont du navire royal, Séléné salua le phare de Césarée comme un vieil ami. Mais dès que le bâtiment fut à quai, le commandant de la garde royale monta à bord pour l'empêcher de débarquer : elle devait repartir immédiatement vers la petite baie de Tipasa, c'est là que le roi l'attendait. « Mais pourquoi ?

— Le mauvais air, *Regina*. Des miasmes. Depuis trois semaines, la ville en est remplie… Va-t'en vite. »

À Tipasa, qui n'était encore qu'un village, il n'y avait pas de port. Juste une plage étroite sur laquelle les pêcheurs tiraient leur barque. C'est en barque que Séléné et sa fille quittèrent leur trirème pour gagner la rive où Izelta les attendait avec leurs litières. La jeune Mauresse, pressée de questions, leur assura que le roi se portait bien. Par contre, le vieux Pygmée…

« Il est malade ?

— Malheureusement, *Domina*… il est mort.

— Oh, quelle tristesse ! Je le connaissais depuis si longtemps ! Depuis toujours, Izelta… Lui, mort ? Et je n'étais pas là ! Comme il a dû avoir peur, le pauvre petit ! Il voulait tant qu'au dernier moment je lui tienne la main… C'était un enfant, tu sais… Avez-vous pensé au moins à fixer son portrait sur le linceul ?

— Nous n'en avons pas eu le temps, *Regina.* Il y avait déjà beaucoup de morts dans le port. Nous devions brûler les corps au plus vite, les uns avec les autres. On entretenait des feux dans les rues pour brasser l'air, et des bûchers dans les deux nécropoles… Mais nous avons évité à ton *pédagogue* le charnier où l'on a jeté les esclaves que la maladie emportait. Ton Pygmée, lui, était un affranchi, il portait la bague de fer, n'est-ce pas ? Il a été incinéré avec des serviteurs libres. »

Bien qu'il ne fût qu'un Égyptien d'adoption, Diotélès avait toute sa vie pensé à sa mort, préparé sa mort, et voilà qu'au dernier moment elle lui échappait. Ni embaumement, ni sarcophage, ni épitaphe, ni portrait. Des cendres mêlées à d'autres cendres. Une poussière innommée. Comme s'il n'avait jamais existé…

« Et mes petits ? demanda la reine, mes tout-petits, en prends-tu bien soin ? Ont-ils grandi ? Dans sa dernière lettre, le roi me disait qu'Élissa avait un peu de fièvre : une première dent, sans doute… Va-t-elle mieux ?

— C'est le roi, *Regina*, qui te donnera des nouvelles de tes enfants. »

Juba ne s'était pas installé dans le village même, mais un peu en dehors, dans la *villa* d'un riche *chevalier* romain. Quand les porteurs déposèrent les litières devant le perron et que la reine, serrant Théa contre elle, entrouvrit le rideau, elle fut surprise de voir son mari vêtu d'une tunique sombre. Elle était encore couchée sur les coussins, Théa se roulait sur elle en babillant, des tourterelles roucoulaient, les abeilles fredonnaient, une bergère chantait. Juba seul se taisait… Aussitôt Séléné comprit, elle crut du moins qu'elle comprenait ; et elle aurait voulu arrêter le temps, enrouler le livre, retourner à Carthage, à Alexandrie… Rester en arrière, ou partir ailleurs.

Mais comme Juba se taisait toujours, c'est elle qui dut trouver la force de parler – pour en finir au plus vite : « Élissa, n'est-ce pas ?

— Élissa, oui. Élissa est morte… La première. »

« La première » ? Alors, lequel des autres… ? Comme s'il avait entendu la question qu'elle ne posait pas : « Tous, dit brutalement Juba. Ils ont tous succombé à la maladie. Les jumeaux aussi. Hiempsal a tenu le plus longtemps. C'était le plus fort, le plus vaillant. De la graine de roi. Un petit Hercule… Mais à la fin, il… » Sa voix se brisa, il reprit en s'efforçant de s'en tenir aux faits : « Cette épidémie a été apportée chez nous par un navire de ma bonne ville de Carthagène. Une forte fièvre, des flux de ventre… Les miasmes qui montaient du port ont tué surtout les jeunes enfants et les vieillards. D'après Euphorbe, c'est ton bouffon, Diotélès, qui aurait introduit cette "peste" au palais : il était monté à bord du cargo maudit pour acheter l'un de ces sifflets à eau en forme d'oiseaux que les potiers ibériques fabriquent pour amuser les enfants. Il avait, paraît-il, promis une récompense à Hiempsal si le petit parvenait à lui réciter sans faute les premiers vers de l'*Iliade* : "Chante, Déesse, la colère d'Achille, qui précipita chez Hadès tant d'âmes de héros dont les corps furent livrés en pâture aux vautours…" À trois ans ! Tu te rends compte ! Il n'y comprenait rien, le pauvre enfant, mais à force d'entendre Diotélès lui seriner ces vers, il y est arrivé – tant bien que mal, comme un corbeau dressé, en oubliant un mot sur deux. Mais il voulait tellement le gagner, cet affreux sifflet… »

De nouveau, sa voix faiblit, il eut du mal à poursuivre, même si un épicurien n'ignore pas qu'un corps humain est formé d'atomes et que ces atomes, libérés, recomposeront d'autres objets dans l'Univers. Il était aussi historien et savait que depuis la nuit des temps la moitié des enfants mouraient en bas âge : sa famille n'était pas la seule aujourd'hui à Césarée à pleurer ses nourrissons. Les petits princes ne sont pas moins mortels que les enfants des bergers, se répétait-il depuis trois semaines, et l'esclave est dans la mort l'égal de Darius. Mais comment faire entendre raison à Séléné, qui prenait le choc de plein fouet ?

Ses porteurs durent aider la reine à sortir de la litière, car elle ne voulait plus lâcher Théa. Elle prétendit ensuite monter sans assistance les marches du perron, mais elle n'y parvint pas et Izelta dut se précipiter pour la soutenir. Pourtant, pas un cri ne sortit de sa bouche, pas une larme de ses yeux. Puisque Juba, lui, ne pleurait pas… Une seule pensée lui traversa l'esprit : Niobé, elle était Niobé – une mère trop orgueilleuse de sa fécondité nouvelle, qu'un dieu jaloux avait ramenée à plus de modestie en tuant d'un coup tous ses enfants, ses enfants si beaux et si bien portants…

Quant aux sentiments, elle n'en était pas encore au désespoir, pas même au chagrin. Juste à la colère. Elle avait envie de hurler, de mordre, de frapper. Besoin de détruire, casser, piétiner. Tuer, surtout. Et d'abord les tourterelles de cette volière posée près de l'entrée. Des pigeons imbéciles, dont les roucoulades monotones et continues lui rappelaient soudain le gargouillis des oiseaux-siffleurs. Ces jouets chanteurs, autrefois on lui en avait offert, à elle aussi, à Alexandrie ; en quittant l'Égypte elle les avait oubliés ; mais eux, ces siffleurs de mort, ils l'avaient poursuivie jusqu'ici. Depuis trente ans, ils la guettaient, ils l'attendaient à Césarée, ils l'attendaient à Tipasa… Un hasard, cette maladie ? Non, le Destin. Son destin maudit, son destin de tragédie : Hécube, Niobé…

« Tue ces tourterelles, cria-t-elle au portier de la *villa*. Fais cesser leur horrible chant, étouffe-les, tords-leur le cou ! Vite ! » Et comme l'esclave, ahuri par cette sortie, restait planté là, elle le gifla. Par deux fois. À toute volée.

Juba, alors, posa sa main sur l'épaule de la reine et la poussa doucement à l'intérieur de la maison. Cette main sur son épaule fut le seul contact entre eux ce soir-là, et dans les jours qui suivirent il n'y eut, de l'un à l'autre, aucun geste plus intime. Ils firent chambre à part. Les jours suivants, ils évitèrent de se regarder, ils se parlaient à peine : il n'y avait plus rien à dire, et ils n'auraient pas supporté de se toucher. S'ils s'étaient serrés l'un contre l'autre, ils se seraient effondrés ensemble. La mort d'un jeune enfant n'avait rien de scandaleux, mais trois tout de même, et en si peu de jours, ils avaient quelques raisons de se croire ensorcelés ! Dans l'épreuve, chacun dut garder pour soi le peu de forces et de fierté qui lui restait. Pour se donner mutuellement le change, ils affectèrent de s'occuper beaucoup de Théa, la survivante – même si ce n'était qu'une fille…

Une fois les tourterelles sacrifiées, Séléné fit briser les gargoulettes à bec qui gardaient l'eau au frais – la forme de ces cruches lui rappelait trop celle des sifflets. Puis elle ordonna d'enchaîner les chiens de garde loin de sa vue : comment en croiser un sans penser à Cerbère, le dogue des Enfers, que ses enfants avaient dû affronter seuls ? ou à Anubis, le dieu à tête de chien, le chacal noir qui hante les cimetières la nuit pour dévorer les cœurs qu'Osiris a rejetés ? Les chiens attachés, sa colère changea d'objet : maintenant, c'était à Diotélès qu'elle en voulait. Ce Pygmée ridicule, gonflé de ses succès ! Ce parasite impudent qui s'était faufilé derrière elle partout, jusque dans la chambre des rois ! Un vieil égoïste, qui craignait tant le royaume des ombres qu'il n'avait voulu y descendre qu'accompagné ! Les petits qu'il aurait dû protéger, il les avait entraînés dans sa mort en les appâtant avec des jouets… Encore heureux qu'il n'eût pas de tombeau, elle aurait été obligée d'y inscrire une épitaphe vengeresse !

Mais cette colère aussi tomba. Il ne resta plus en elle qu'une immense lassitude. Juba, lui, s'absorbait dans le travail : il venait d'entreprendre une grande *Histoire du théâtre*, depuis Eschyle jusqu'aux dernières pantomimes à la mode. Mais sa bibliothèque lui manquait. Dès qu'il apprit la fin de l'épidémie qui avait frappé sa capitale, il quitta Tipasa.

La reine, qui craignait encore pour la vie de Théa, resta dans la *villa*. Par une lettre de Rome, elle apprit la mort d'Octavie. Sans émotion : la sœur d'Auguste s'était coupée depuis longtemps du monde des vivants ; elle se dérobait à toutes les cérémonies, ne répondait à aucune lettre, ne recevait plus personne ; seule dans sa maison fermée, elle s'absorbait dans une unique pensée : son fils, la mort de son fils… Le peuple, qui ne la voyait plus, avait oublié jusqu'à son existence, et c'est devant une foule clairsemée que ses quatre gendres – Drusus, Lucius Domitius, Messala Messalinus et Iullus Antoine – avaient porté son cercueil sur leurs épaules jusqu'au mausolée du Prince. Les os d'Octavie y avaient enfin rejoint les os de Marcellus, l'enfant qu'elle avait adoré. On avait accolé leurs deux noms sur la même épitaphe…

Fut-ce à cause de ce mélange des cendres de la mère et du fils que Séléné songea enfin aux corps de ses enfants ? Elle fut saisie du besoin de leur porter des fleurs, des aliments, des jouets, et d'y faire, au nom d'Isis, quelques libations de parfum. Justement, le mausolée royal de Maurétanie – un énorme tumulus orné de colonnes et de fausses portes, que surmontait un cône de trente rangs de pierres superposés –, ce mausolée était plus proche encore de Tipasa que de Césarée et elle le trouvait beau.

Séléné envoya un courrier à son mari pour lui demander de faire ouvrir le tombeau afin qu'elle pût, sur le chemin du retour, s'y recueillir sur les restes de leurs enfants. « Nos enfants étaient trop jeunes, *Regina*, pour être inhumés dans le mausolée, répondit aussitôt Juba. La chambre funéraire est étroite et réservée aux couples royaux. D'ailleurs, un prince enfant n'est pas un prince, c'est un enfant. Sois raisonnable, Cléopâtre, rentre à Césarée. »

Lentement, elle revint par la terre pour apercevoir encore une fois le mausolée construit pour le roi Bocchus : on l'avait bâti au sommet d'une petite colline, et la masse de pierres était si haute, vue de la plaine, que l'ensemble se détachait sur le ciel blanc comme une montagne. Ce tombeau barbare était plus imposant qu'en Égypte le *Sôma* d'Alexandre, elle était même persuadée qu'il dépassait en taille les fameuses pyramides des Pharaons. Il s'agissait en tout cas d'un monument gigantesque, mais puisque, selon son mari, la chambre funéraire de cette tombe colossale était trop petite pour accueillir ses enfants, elle refuserait qu'on y mît un jour son propre corps. Iobas voulait garder assez de place pour lui ? Eh bien, de la place, elle allait lui en laisser ! Elle exigerait par testament de rejoindre ses petits où qu'ils fussent.

Mais où étaient-ils au fait ? S'ils n'étaient pas dans le mausolée, où les avait-on cachés ? Trois enfants ne disparaissent pas ainsi, sans laisser de trace. Trois ! Trois à la fois…

Quand la reine arriva à Césarée, Juba ne portait plus le deuil, il avait repris ses riches vêtements et les ornements convenables à un souverain.

Elle ne lui en demanda pas la raison, elle la connaissait : à Rome, on ne portait pas le deuil des enfants de moins de trois ans ; quant aux autres, morts avant l'âge de dix, le temps de deuil qu'on leur accordait, toujours bref, restait proportionnel à la durée de leur vie. Selon ce qu'on appelait « la loi de Numa », les jumeaux de Séléné n'avaient droit qu'à quinze jours de regrets.

Si son tempérament de philosophe portait toujours Juba dans un premier temps à douter des idées toutes faites et à récuser les traditions, sa fonction de roi lui interdisait de violer sans nécessité un usage établi et une loi commune. Contrairement à ce que Séléné avait cru au tout début de leur mariage, plus encore qu'un penseur et un érudit, son Iobas était un fin politique. Affaire d'hérédité sans doute : il gouvernait d'instinct, comme d'autres font de la musique. Et, dans son domaine, il avait l'oreille absolue… Il s'en était donc tenu aux quinze jours rituels pour ne pas heurter la population, et il les avait prolongés de trois semaines à Tipasa pour ménager sa femme.

En l'occurrence, d'ailleurs, ses principes philosophiques venaient heureusement conforter le pragmatisme politique auquel l'obligeait sa position : ne répétait-il pas volontiers, après Épicure, que « rien ne meurt de toutes choses et rien ne vient qui n'existait déjà auparavant » ? La forme éphémère de leurs enfants avait disparu, rien de plus. Faute d'héritiers mâles, la forme éphémère de son royaume risquait de disparaître aussi, et après ?

Désireuse de montrer au peuple et aux notables le respect qu'elle avait pour la coutume et pour le roi, Séléné mit une étole d'or sur sa robe sombre dès leur premier dîner commun. « Tu es pâle, Cléopâtre, dit-il en lui faisant une place sur son lit de banquet. Bien pâle mais encore bien belle, ne laisse pas des larmes vaines user tes yeux. »

Les jours suivants, Séléné pressa de questions son intendante Izelta : elle voulait en savoir plus sur la maladie, les funérailles, et l'inhumation de son « bouffon » et des enfants que ce lâche *pédagogue* avait emmenés avec lui.

Elle interrogea sa servante – en punique, comme elle le faisait toujours lorsqu'elles étaient seules ensemble. Au vrai, la reine se sentait assez fière de son trilinguisme – dans la langue des indigènes, elle était maintenant plus à l'aise que le roi lui-même, et il lui semblait que la jeune servante devait se sentir flattée de cette marque de sympathie pour son peuple et sa patrie. Elle ignorait qu'Izelta voyait dans ce recours au libyco-punique un signe de mépris : la reine la croyait-elle incapable de saisir les finesses du grec ? Il en allait des rapports de la reine avec son intendante comme de toutes les initiatives qu'elle prenait dans ce pays qu'elle aurait aimé aimer : quoi qu'elle fît, elle restait étrangère à cette culture, à cette terre, comme elle était restée étrangère au peuple romain.

Quant à l'Égypte, sa terre natale, elle ne la reverrait jamais, même pour une courte visite : Auguste avait interdit par décret à tous les monarques, comme à toutes les familles sénatoriales, la sienne comprise, de jamais y poser un pied – l'Égypte était son bien exclusif, sa propriété privée. Il n'y aurait aucun visiteur de qualité sur les bords du Nil. De toute façon, Séléné restait persuadée qu'elle n'aurait rien reconnu là-bas – surtout maintenant qu'elle se trouvait privée du secours de Diotélès... Plus d'abri donc, plus d'échappatoire, de chambre close, plus même la fausse marche d'un escalier « trompeur »... « Je suis citoyen du monde », répétait autrefois son père. Citoyen du globe ? Quelle sotte prétention ! On voyait bien que ce « Nouveau Dionysos » n'avait jamais rien semé dans la vallée du Nil ou les jardins du Palais Bleu ! Sinon, il aurait su qu'aucune plante ne s'enracine sur une sphère...

Par Izelta, la reine apprit tout de même qu'ayant constaté dès son retour que la vie reprenait son cours ordinaire dans Césarée, le roi avait ordonné la construction d'un columbarium dans le cimetière de l'est. Au sommet de ce haut mur on inscrirait bientôt un nom générique, « Aux affranchis du roi Juba », et, dans les niches, on placerait les poteries toutes identiques dans lesquelles, sous les bûchers, on avait ramassé pêle-mêle les esquilles d'os des scribes et les cendres des valets libérés. Çà et là, mêlés à d'autres, se trouvaient sans doute quelques dés à coudre de la poudre laissée en ce bas monde par Diotélès… Jamais on ne pourrait lire en son nom cette interpellation que lance le mort au passant pour en appeler à la mémoire des vivants, cette apostrophe qui flotte à la surface du Temps comme le bouchon de liège qui, en mer, empêche le filet du pêcheur de couler… Tant pis pour son Pygmée ! Cet oubli éternel, « l'assassin » ne l'avait pas volé !

Mais en causant plus longuement avec sa servante, Séléné découvrit avec effroi qu'il n'y aurait pas non plus de « bouchon de liège » pour ses trois petits princes, à jamais engloutis eux aussi.

En ce qui concernait Élissa, morte la première, la disparition de son corps était l'effet d'un malheureux concours de circonstances. Comme tous les enfants qui n'avaient pas encore de dents, Élissa ne pouvait être incinérée, c'était la règle. Les nourrissons de la ville avaient donc été couchés dans des jarres coupées en deux dans le sens de la longueur : on en rabattait la partie supérieure sur le petit corps, comme le couvercle d'un cercueil. Toutes ces amphores avaient été inhumées dans un même coin du cimetière de l'ouest, considéré depuis toujours comme « la nécropole des nouveau-nés ».

C'était Tisdat, l'un des *nomenclateurs* du palais, qui, encore en bonne santé, avait été chargé par le roi d'enfouir la jarre d'Élissa dans l'un des nombreux trous préparés à cet effet. « Repère bien l'endroit, lui avait recommandé le roi, on y posera une petite dalle gravée dès que nos lapicides ne craindront plus le mauvais air des cadavres. » Mais le *nomenclateur* avait été à son tour enlevé par la maladie, emportant son secret sur le bûcher. On ne pouvait même pas espérer retrouver par déduction l'emplacement de la sépulture du bébé, car les derniers carrés de terre ne portaient aucune inscription. Pas d'épitaphe provisoire, même gribouillée sur une tablette ou une brique : souvent, c'était la famille entière qui avait disparu et ces petits morts, devenus orphelins, resteraient éternellement anonymes.

Impossible désormais d'aller verser sur le petit corps d'Élissa, de la pure Élissa, les parfums d'Arabie et les douceurs sucrées que son âme réclamait. À moins de retourner la terre du cimetière et d'en briser les jarres à la recherche d'un visage informe, d'une chair puante qu'on n'identifierait qu'à ses amulettes et ses bijoux… Si toutefois on ne les avait pas déjà pillés !

Pour les jumeaux, l'affaire était un peu différente. Certes, eux aussi avaient été incinérés de nuit et discrètement, un jeune enfant est trop proche encore de l'animal pour appartenir vraiment à la société des humains. Prince ou non, on devait donc s'en tenir pour lui à l'enterrement des pauvres : ni pleureuses, ni *images* du mort, et ses cendres enfouies avant le lever du jour. Ce rituel hâtif était celui même qu'on avait observé à Rome, vingt ans plus tôt, pour le petit Ptolémée Philadelphe et pour son frère Alexandre, sans que Séléné pût assister à ces obsèques au rabais, ni qu'elle eût jamais su où leurs restes avaient été inhumés. Dans la pure tradition de l'ancienne Rome, à laquelle Auguste tenait, il était même déconseillé de retourner sur la sépulture du jeune mort…

Mais Séléné l'Égyptienne, bien que déjà marquée par le syncrétisme ambiant, restait attachée, sinon à la conservation des corps, du moins à la matérialité du souvenir ; aussi était-elle décidée à forcer la coutume si elle parvenait à retrouver les restes de ses jumeaux : elle voulait baigner leurs os d'hydromel, les envelopper d'un tissu précieux, elle désirait surtout que les deux chiots avec lesquels ils aimaient jouer les rejoignissent dans l'Hadès. On les sacrifierait sur leurs tombes, car l'âme des enfants morts réclame leurs jouets favoris, l'âme des enfants morts exige des caresses et des baisers, l'âme des enfants morts a besoin d'être consolée.

Or, à cette consolation, la triste destinée de la reine mit encore une fois obstacle : le fragile Alexandre étant mort le premier (trois jours avant Hiempsal, qui avait pourtant gardé pour lui seul le sifflet et soufflé dedans à en fatiguer tout le palais), on avait incinéré le petit corps nuitamment, sur un bûcher « privé », mais hors de la présence du roi. Provisoirement, les croque-morts avaient enfermé les os dans un coffret d'ivoire, qu'ils avaient dissimulé dans une fosse du cimetière. Puis était arrivé le corps d'Hiempsal, qu'on avait brûlé de la même façon et mis dans une urne reconnaissable à sa forme spécifique. Mais lorsqu'on avait voulu, un peu plus tard, transférer les cendres d'Alexandre dans une urne pareille à celle de son frère afin de les placer côte à côte, on n'avait pas retrouvé le coffret d'ivoire, probablement volé. Certes, les petits os de l'enfant étaient là, mais jetés à même le sol au milieu d'autres ossements tirés, eux aussi, de boîtes et de pots qui avaient paru trop précieux aux voleurs pour être laissés à de si jeunes morts. Comment, maintenant, distinguer un prince dans ce tas de débris ? Pressés, les croque-morts avaient ramassé le tout et avaient ajouté ce mélange confus aux os d'Hiempsal, dont ils avaient refermé l'urne.

Il y avait donc désormais, à l'entrée de la nécropole de l'est, dans une urne sans épitaphe qui portait simplement, inscrit au charbon de bois, le nom d'« Hiempsal, fils du roi Juba », un fouillis d'ossements calcinés provenant de cinq ou six enfants...

« Tu peux toujours, dit Izelta rassurante, sacrifier les deux chiots devant cette urne-là. Tes fils n'étaient sûrement pas les seuls à aimer jouer avec des chiens, l'arrivée de deux jolis chiots dans l'Au-Delà réjouira toute la petite bande d'enfants serrés dans l'urne. Quoi de pire, d'ailleurs, pour un jeune mort que de n'avoir pas de compagnie ? Aux Enfers, au moins, les tiens sont en groupe, *Regina*, ils se réchauffent avec d'autres, ils s'amusent...

— Dans quelle langue se parlent leurs âmes ? Se comprennent-elles seulement ? Mes garçons étaient si petits, si petits... Et puis, quelle épitaphe mettrai-je sur le tombeau de marbre où le roi voudrait déposer cette poterie ? Si je n'y parle que de mes jumeaux, leurs compagnons d'urne seront fâchés : privés de leur nom, ils viendront nous hanter, des lémures inconnus nous poursuivront en vagissant dans tous les coins du palais, des *larves* sorties du pays des ombres nous suceront le sang... »

Découragée, la reine décida de laisser les débris d'ossements tels qu'ils étaient, elle ne se rendit même pas dans la nécropole. Mais, chaque nuit, elle voyait des enfants laissés au bord du Styx, qui tendaient leurs mains vers la barque du passeur des Enfers dans le désir d'atteindre l'autre rive…

Triste et privée de but, elle alla au temple d'Isis.

C'était l'un des rares lieux que la maladie semblait avoir épargnés. Aucun des scribes sacrés qui vivaient là cloîtrés n'était mort en effet, ce qui avait, a posteriori, prouvé aux Berbères comme aux riches Romains de la ville la puissance extraordinaire de la déesse. La fréquentation du sanctuaire s'en trouvait sensiblement augmentée. Des demandes étaient maintenant suspendues en banderoles autour des colonnes de la première cour ou bien pliées en quatre et glissées çà et là entre les pierres ; dans la seconde cour, le podium de la déesse commençait à se couvrir de petits ex-voto d'argent tout neufs ; quant au crocodile de « la source du Nil », il faisait l'objet d'une dévotion particulière et les prêtres devaient empêcher les néophytes de lui jeter en cachette des friandises sanglantes pour obtenir son intercession.

Séléné pria la Mille-Noms d'accompagner ses pauvres enfants dans l'Hadès : « Puisse ton époux Osiris, le Juge suprême, avoir trouvé le cœur de ces innocents plus léger qu'une plume dans la balance du Jugement. Qu'il les accueille pour l'éternité dans ses plaines de roseaux ! »

La reine trouva un peu d'apaisement dans ces prières. Elle prit l'habitude de venir tous les jours, elle aimait ces lieux humides et ombreux et le beau visage d'or, le visage de lumière, qu'elle avait autrefois offert à sa déesse nocturne. Les prêtres égyptiens accompagnaient sa tristesse de leurs chants et de leurs conseils. Ces chastes célibataires savaient parler aux femmes – c'était bien d'ailleurs ce que leur reprochait, en Italie, le pouvoir romain ! Séléné trouva du réconfort dans leurs paroles. Même le grincement intermittent des sistres, destiné à chasser les démons, lui parut agréable et nécessaire.

Une fois retombée sa colère contre le monde entier, elle avait tourné sa rancœur contre elle-même et se reprochait d'avoir délaissé ses derniers-nés pour se divertir à Carthage ; elle s'ouvrit de ce remords à des prêtres ; ils l'apaisèrent et multiplièrent les libations sur l'autel de l'Enfant-Horus. Elle brûla beaucoup d'encens et fit importer d'Égypte des amphores d'eau du Nil, une eau bénite que les officiants gardaient dans une grande citerne pour en verser un peu chaque jour aux pieds de la déesse, en sa présence.

Elle amenait parfois Théa avec elle. Elle s'asseyait sur un banc de pierre en forme de sphynx derrière la *cella* et rêvait, les mains et l'esprit vides, tandis qu'à ses côtés l'enfant jouait calmement avec ses poupées sous le regard attentif des vieilles *habilleuses* de la déesse. Bientôt elle fit l'effort d'apprendre à sa fille à tresser des guirlandes de fleurs pour Isis – comme elle en avait elle-même tressé à Alexandrie. Mais il n'y avait en Maurétanie ni lotus ni nénuphars bleus, et les pauvres colliers qu'elle confectionnait lui semblaient indignes de la toute-puissance de l'*Unique*.

« Est-ce qu'Isis est plus puissante qu'Apollon ? » lui demanda un jour sa fille qui avait déjà assisté à des actions de grâce en l'honneur du dieu d'Auguste.

« Peut-être, songea Séléné, les dieux s'affrontent-ils là-haut dans des duels aussi saugrenus que ceux des bêtes sauvages dans l'arène : le lion contre l'ours, Apollon contre Isis… ? » Et soudain, dans un éclair de lucidité, elle comprit. Elle sut qui lui avait pris ses enfants – le même qui, selon la légende, avait tué à coups de flèches tous les fils et filles de Niobé pour punir cette reine de Thèbes de son orgueil maternel : Apollon ! L'« Apollon-Bourreau », l'Apollon-Archer qui, du haut de son temple, dominait le Palatin, l'Apollon qui régnait à Rome et que le Prince vénérait… De quel poison, quel sortilège, avait usé Auguste pour plaire à son dieu, elle l'ignorait, mais, sûrement, il ne laisserait rien survivre de la descendance des rois-pharaons. Même Théa si douce, même Théa succomberait un jour à ses traits.

Izelta savait pourquoi les enfants de sa maîtresse mouraient : Apollon n'y était pour rien, la reine seule était coupable, car c'est sa fille Théa qu'elle aurait dû sacrifier. La jeune Berbère, adepte de Baal Hammon que les autochtones les plus romanisés appelaient « Saturne », n'ignorait pas que l'on doit dès la première naissance donner l'enfant au dieu suprême pour protéger les fils à venir et ceux qui naîtront d'eux.

Elle avait assisté autrefois dans son village à d'émouvantes cérémonies sacrificielles : les mères s'y montraient admirables – une bonne mère n'a-t-elle pas l'obligation morale de dominer sa sensiblerie, et d'accepter de souffrir dans son cœur pour assurer la survie de sa progéniture ultérieure ?

Comme avant la défaite de Carthage, on continuait dans les campagnes à offrir le premier-né à Baal pour s'assurer une nombreuse descendance ; en ville, on remplaçait l'immolation du bébé par celle d'un bélier – Izelta avait d'abord été choquée de ce laxisme urbain, *ô tempora, ô mores*, mais, après tout, pourquoi s'interdire cette facilité si Baal s'en accommodait ?

La reine, malheureusement, n'honorait le Saturne africain en rien, elle ignorait ses autels aussi ostensiblement que ceux des Dieux Maures – pas même un petit grain d'encens par-ci par-là ! Il n'y en avait que pour sa déesse… Cette Égyptienne n'acceptait pas les divinités des autres. Une vraie Juive ! Elle en était punie, voilà tout.

Cependant Izelta était bonne fille, et elle aimait sincèrement sa *Domina* qui ne la battait jamais et qui parlait aux esclaves avec autant de chaleur qu'aux hommes libres. Alors, elle priait pour elle. Priait Tanit, Baal-Saturne, Vihinam et tout son panthéon, pour que la *Regina* revînt dans son bon sens. Et elle la massait, la massait longuement dans les bains pour détendre ce corps si tendu qu'on aurait cru la corde d'un arc – mais contre qui la pauvre reine espérait-elle en diriger la flèche ?

Le roi aussi souhaitait tirer Séléné de la mélancolie dans laquelle elle s'enfonçait. Il craignait en outre que les prêtres ne fissent d'elle « une initiée » – les Égyptiens n'avaient-ils pas surnommé « Nouvelle Isis » la grande Cléopâtre, sa mère ? Elle avait sans doute mille raisons de se croire chez elle au bout de la jetée… Pour la divertir et la sortir de cette dévotion exclusive, il entreprit de bâtir sur un éperon de la colline, en contrebas de la Porte du sud, le « palais d'été », la *villa* dont elle avait rêvé.

Il fit venir de Judée l'architecte qui avait dirigé la construction du palais qu'Hérode venait d'édifier dans sa nouvelle capitale, Césarée-Maritime – globalisation politique et rabotage culturel aidant, la terre entière se couvrait alors de Césarées, de Juliades et d'Augustas… Hérode était un grand bâtisseur et si, pour la longueur de ses remparts, Juba le battait, le roi juif restait hors concours pour la taille des palais et des temples. Le palais d'été d'Iol-Césarée serait donc beaucoup plus modeste que ceux de Césarée-Maritime ou de Jéricho, d'autant qu'il fallait ici rattraper la forte déclivité de la colline.

L'architecte envisagea un bâtiment un peu massif, étagé sur trois niveaux. En bas, des voûtes et des arcades pour soutenir l'ouvrage ; sur la terrasse du milieu, un rang de colonnes ; plus haut, et en retrait, une vaste salle de réception, fermée d'un dôme au sud et ouverte vers la mer, au nord, par une immense baie en exèdre ; latéralement, quelques salons secondaires et des chambres. Au niveau inférieur, dans la pente même, ce grand pavillon donnerait sur un jardin suspendu, creusé d'un bassin en croissant de lune qui recueillerait les eaux du plateau.

Comme toujours à Césarée, devenue la ville la plus peuplée d'Afrique, le gros problème restait en effet celui de l'alimentation en eau. On commença donc par ouvrir de nouvelles galeries dans le calcaire pour amener, d'au-delà des remparts, l'eau des quelques ruisseaux qu'on n'avait pas encore captés ; on rechercha aussi, en perçant horizontalement le cœur de la montagne, des nappes d'eau plus anciennes et plus profondes. Partout, on creusa des citernes supplémentaires et des puits verticaux pour accéder aux galeries drainantes. « Un travail de Romain » ? Non, une fois de plus, un travail d'Alexandrins. Seuls, les ingénieurs gréco-égyptiens possédaient le savoir-faire nécessaire. Cependant, à la demande du roi, ils formèrent à leurs techniques des jeunes Maures capables par la suite d'entretenir les ouvrages. Bientôt, un réseau souterrain où l'on pouvait circuler debout se développa sous la colline comme sous le Quartier-Royal d'Alexandrie. « Une ville sous la ville », disait autrefois Césarion à sa sœur Séléné – n'était-ce pas au bout de ce lacis invisible que, juste avant sa vaine tentative de fuite, le jeune Pharaon lui avait donné rendez-vous ? et par ce labyrinthe qu'elle avait elle-même tenté de faire évader son demi-frère Antyllus ?

Pourtant, en dépit des efforts de Juba, l'entreprise ne parut pas, d'abord, retenir l'attention de la reine. Son intérêt ne se réveilla un peu que lorsqu'il fut question du jardin. Impossible à Césarée d'imaginer l'un de ces jardins romains éternellement verts – lierre, ifs, buis taillés, lauriers – et cette abondance de nymphées murmurants et de fontaines moussues où fougères et capillaires semblent s'enraciner dans la pierre. Concevoir, pour sa *villa* d'été, un jardin proprement africain aurait pu constituer un défi intellectuel stimulant pour une femme qui avait tant aimé les *paradis* orientaux. Mais si la reine s'intéressa bien au projet, ce fut tout autrement que le roi ne l'avait espéré : elle voulut y représenter l'opinion qu'elle se faisait de la vie, de la sienne en particulier. Offrir à l'œil du visiteur l'intérieur de son cœur. Un cœur fossilisé et vide de tout projet, un cœur en cendres…

Depuis trente ans en effet, la fille de Cléopâtre ne survivait qu'en se cherchant dans la vie des autres des raisons d'être et de continuer : enfant, à Alexandrie, elle s'était guérie de ses tristesses en se persuadant qu'elle devait sauver son petit frère Ptolémée ; plus tard, à Rome, elle n'avait supporté sa captivité qu'en projetant d'assassiner le Prince ; à Césarée, enfin, elle avait cru son bonheur justifié si elle donnait une descendance à ses parents suicidés et faisait survivre dans le monde des vainqueurs la lignée des vaincus.

Mais maintenant, dévastée par la mort de ses enfants et brusquement débarrassée de l'illusion que son avenir dépendait de sa volonté, elle acceptait de faire sa part au Hasard. Le Hasard, oui, bien qu'elle ne le reconnût que sous la forme du *Fatum*, l'une des deux figures que lui prêtaient les Romains.

Si injuste que fût la Fatalité, du moins gardait-elle aux yeux de Séléné un semblant de cohérence qui la rendait presque rassurante : c'était le Destin majuscule, le Sort contraire qui vous frappe avec constance, le Malheur qui vous poursuit jusqu'à ce que mort s'ensuive. N'allait-on pas jusqu'à appeler *Fata* les terribles Parques ? Ce *Fatum* assez entêté pour avoir l'air délibéré, la reine commençait à croire qu'il avait joué un rôle décisif dans les événements de sa vie, même si elle lui donnait un autre nom : colère d'Apollon et jalousie d'Auguste, tous deux envieux du Dionysos d'Antoine, de l'Isis de Cléopâtre et de la descendance de Séléné.

L'autre figure romaine du Hasard, *Fortuna*, n'avait en revanche jamais retenu l'attention de la souveraine. Car la Fortune était loin de marcher aussi droit que le *Fatum* : elle zigzaguait comme une femme ivre ou tournait sur elle-même. Là où elle allait, elle allait sans mémoire et les yeux bandés. En tâtonnant, en se trompant… C'est pourquoi la « roue de la Fortune » dont parlaient les poètes, cette roue qui n'était jamais qu'une vulgaire loterie, offrait ceci de particulier que les numéros n'y étaient pas tous perdants : la vraie chance – richesse, amour ou gloire – y sortait aussi fréquemment, et sans plus de raisons, que le désastre et la ruine. Avec ses engouements soudains, ses brusques tocades, ses cadeaux imprévus et ses générosités sans lendemain, la Fortune dérangeait donc souvent les projets du Destin et elle embrouillait à plaisir l'écheveau trop bien peigné des Parques…

Si Séléné avait connu la puissance de cette déesse un peu folle, elle n'aurait peut-être pas désespéré de la suite. Avec *Fortuna*, tout restait possible… Mais, ignorant la force de cette divinité inconstante, elle imagina, pour son palais d'été, un jardin voué tout entier au *Fatum* : le plus stérile, le plus abstrait et le plus sombre de tous les *paradis* du monde hellénistique – mais aussi, parce qu'elle avait un rang à tenir, le plus rigoureux et, dans sa minéralité, le mieux construit de tous les jardins « impériaux », en même temps que le plus singulier. Un jardin sans éclat d'où la lumière du jour se serait retirée et que seule la lune pourrait éclairer. Un jardin où aucune plante ne prendrait vie, où seuls pousseraient des cénotaphes et des colonnes brisées – comme si l'on ne pouvait cultiver que la mort à Césarée…

C'est ainsi que Cléopâtre-Séléné conçut le Jardin de cendres, sans se douter que d'autres bonheurs et d'autres victoires l'attendaient au-delà du deuil, et qu'il y aurait d'autres soleils après la nuit.

NOTE DE L'AUTRICE

À chacun sa conception du roman historique. Pour ma part, je me sens tenue de respecter les faits chaque fois qu'ils me semblent établis. Ah, ce n'est pas sous ma plume que Cyrano de Bergerac, né dans le Hurepoix, se serait retrouvé gascon ! Tant pis pour moi, et tant mieux pour le théâtre... Simplement, j'ai besoin de croire à ce que j'écris. D'où les longues recherches dont je fais précéder l'écriture de chaque roman. Ce besoin de se persuader soi-même avant de convaincre les autres est-il vertu d'historien ou simple vice de conteur ? Je ne vois pas assez clair en moi pour en décider.

En tout cas, c'est pour ne pas devoir violer l'Histoire que j'évite de choisir mes héros parmi les figures historiques de premier plan. Une fois l'époque reconstituée aussi fidèlement que possible – exploration des lieux [1], découverte des modes de vie et des « mentalités » –, j'y introduis des

1. Ainsi, à Rome, l'emplacement des maisons des uns et des autres dans le roman, même lorsqu'il s'agit de personnages secondaires, est rigoureusement conforme à ce que nous savons. On peut noter par exemple avec amusement que la « maison des Carènes » fut successivement occupée par Pompée, Marc Antoine, Agrippa, Messala, et Tibère : elle « tournait » avec le pouvoir.

personnages soit imaginaires (*L'Enfant des Lumières* ou *Couleur du temps*), soit inconnus ou méconnus du public (aujourd'hui Séléné et Juba, hier Mme de Maintenon).

Pour le reste, qu'il s'agisse des sentiments des protagonistes ou des dialogues, je suis bien forcée de laisser courir mon imagination, et Dieu sait si, au naturel, elle galope ! Mais quoique, dans le principe, je rende alors au roman un peu de la liberté qui lui est nécessaire, je ne lui lâche jamais tout à fait la bride, car la quête de l'authentique, du « petit fait vrai », ne connaît pas de limites, surtout lorsqu'il s'agit d'époques très éloignées de nos mœurs et de nos façons de penser… Combien en ai-je lus, en effet, de ces romans historiques qui, traitant avec science de l'action des personnages principaux, perdaient soudain toute crédibilité en achoppant sur une vétille, un à-côté : le beau prince italien, si soigneusement documenté, croquait par inadvertance une tomate en plein XIVe siècle, ou bien la jeune mariée du XIIe siècle sortait de son église romane sous une pluie de grains de riz… Ah, il manquera toujours au romancier l'aide d'un costumier, d'un décorateur et d'un accessoiriste. À l'inverse, quelle chance de pouvoir lancer d'un coup quarante trirèmes sur les flots sans qu'un producteur vous reproche la facture !

*

En ce qui concerne LE ROI JUBA, j'ai pu ne pas laisser une trop grande place à l'invention : même si les sentiments du monarque nous restent inconnus, les principaux événements de sa vie sont aujourd'hui bien répertoriés grâce à ses monnaies, ses multiples portraits[1], les livres qu'il écrivit

1. Sur le classement de ces portraits en fonction de l'âge du roi, je ne partage pas totalement le point de vue exposé par

et les monuments qu'il construisit. Bien sûr, il ne reste de ses livres que des extraits cités par d'autres, de ses victoires que des dates et des monnaies, et de ses monuments que des ruines. C'est peu lorsqu'on s'est voulu, comme lui, le fondateur d'une nouvelle et puissante dynastie, mais c'est assurément beaucoup pour un « roi barbare »...

De ce qui est dit, dans ce volume et dans *Le Jardin de cendres*, de ses activités de linguiste et d'historien, d'explorateur et de géographe, d'urbaniste et de collectionneur, de guerrier et de chef d'État, presque tout est exact et doit beaucoup à trois ouvrages essentiels : la thèse de l'archéologue Philippe Leveau[1], celle de l'historienne Michèle Coltelloni-Trannoy[2], et l'ouvrage de l'universitaire américain Duane Roller[3].

Je me suis également efforcée de respecter les connaissances géographiques et astronomiques des savants de l'époque.

De nombreuses incertitudes subsistent toutefois, qui m'ont obligée, comme romancière, à prendre parti.

Il s'agit, en premier lieu, de l'étendue des explorations menées par Juba aux confins du monde connu et rapportées par lui dans son *Libyca* (« Sur l'Afrique »), un ouvrage en plusieurs volumes que l'encyclopédiste Pline l'Ancien exploita largement dans son *Histoire naturelle*. Le roi

---

l'archéologue allemande Christa Landwehr (« Les portraits de Juba II, roi de Maurétanie », *Revue archéologique*, PUF, 2007). Comme la plupart des historiens, je pense que le portrait en bronze trouvé à Volubilis est un portrait de jeunesse.

1. *Caesarea de Maurétanie*, École française de Rome, Palais Farnèse, 1984.

2. *Le Royaume de Maurétanie sous Juba II et Ptolémée*, CNRS Éditions, 1997.

3. *The World of Juba II et Kleopatra Selene*, Routledge, New York, 2003.

avait-il lui-même participé à ces expéditions, comme je l'ai supposé ? Ou bien s'était-il borné à envoyer des soldats et des savants explorer pour son compte le Moyen et le Haut Atlas (ou, du moins, contourner ce dernier par la mer), puis suivre la côte atlantique jusqu'au fleuve Drâa ? Est-ce pour obéir à ses instructions que des explorateurs maures descendirent jusqu'au cap Juby, à mille kilomètres au sud de Sala (Rabat), et que de là, voguant vers l'ouest, ils découvrirent les Canaries, dont la première île se trouve à une centaine de kilomètres de la côte ? J'ai choisi l'hypothèse la plus romanesque – la présence de Juba à la tête de l'expédition –, mais c'est bien lui, de toute façon, qui, le premier, nomma, d'après leurs principales caractéristiques, ces îles « fortunées ». Des îles qui devaient être ultérieurement décrites par Pline en s'inspirant du texte de *Libyca*, puis totalement oubliées pendant quatorze siècles jusqu'à l'arrivée des Espagnols : avait-on cru que Juba et Pline après lui fabulaient ? Ce fut aussi Juba qui redécouvrit l'ancien comptoir punique de Migdol-Essaouira et les îles Purpuraires, où il fit reprendre l'exploitation du murex, initiative dont le royaume allait tirer de grands profits.

Certains textes indiquent, en outre, qu'il élevait à la cour de Césarée deux dogues d'une espèce inconnue et un crocodile, tous rapportés du Sud. La découverte de crocodiles dans le Drâa ou l'un de ses affluents n'a rien d'invraisemblable. Aujourd'hui encore, on trouve des crocodiles de petite taille dans des oasis sahariennes ou des cuvettes rocheuses, comme la guelta d'Archaï au Tchad ou les gueltas de Mauritanie. Deux siècles auparavant, dans son *Traité sur les régions équatoriales* aujourd'hui perdu, l'historien grec Polybe avait déjà mentionné la présence de crocodiles dans les rivières de l'Atlas. Qu'à partir de là, Juba ait imaginé une communication entre ces oueds et le Nil, seul fleuve alors connu pour abriter des sauriens, semble logique puisqu'il ignorait, comme tout le monde, l'existence d'une autre Afrique où prospéraient d'autres crocodiles. De l'avis de la plupart des bons esprits d'alors, l'Afrique n'était en effet qu'un continent des plus réduits qui s'achevait par le Sahara, d'un côté, et la corne des Somalis, de l'autre… Le Nil, dont on cherchait depuis si longtemps la source vers le sud, ce Nil si majestueux, ce dieu des fleuves, naissait-il donc, finalement, à l'ouest du continent ? Parions, sans tomber dans la psychanalyse de bazar, que le roi, qui avait déjà, du fait des circonstances de son enfance, tant de points communs avec sa jeune épouse égyptienne, fut ravi d'apprendre – et de faire savoir au monde – que le Nil qui coulait chez elle prenait sa source chez lui…

Je sais bien qu'on a parfois taxé Juba, en tant que savant, de crédulité excessive. C'est tout bonnement la crédulité de son époque : il prend l'euphorbe pour un remède, mais, plus tard, Dioscoride et le célèbre Gallien en feront autant ; l'expérimentation prudente n'était pas le fort des médecins de l'Antiquité… Il croit aussi que les éléphants – dont, à la vérité, il n'a vu aucun spécimen depuis sa petite enfance [1] – pleurent quand ils sont blessés, n'oublient jamais le visage

1. Faute qu'on ait trouvé jusqu'à présent d'autres ossements que quelques dents et un ou deux tibias, de bons esprits ont remis en cause l'existence d'un éléphant propre à l'Afrique du Nord. Les mastodontes, qui formaient une troupe redoutable dans les armées carthaginoises, puis dans les armées numides, auraient été importés des Indes… Ce n'est guère sérieux. En fait, il s'agissait probablement d'une population résiduelle, parvenue dans ces régions avant la désertification du Sahara et piégée par le changement climatique dans une zone peu favorable à son extension. La capture des pachydermes pour les armées ou pour les spectacles, de même que la recherche de l'ivoire et la dévastation des forêts firent presque totalement disparaître, vers le début du Ier siècle de notre ère, cette population peu nombreuse.

d'un homme qui les a maltraités, aiment et soignent leurs semblables, et sont extrêmement religieux : la nuit, ils lèvent leur trompe pour saluer la lune et, le jour, ils honorent le soleil en lui offrant des palmes qu'ils arrachent. Juba, s'il n'était pas encore « animaliste » et « antispéciste », était, bien sûr, anthropomorphiste…

Reste que sa curiosité intellectuelle et sa production savante furent sans égales jusqu'à Pline l'Ancien, lequel sut reconnaître sa dette [1]. Compte tenu de la similitude des projets que poursuivirent ces grands esprits et du travail de compilation qui dut être le même pour tous deux, je me suis autorisée à prêter au roi de Maurétanie le système de documentation et d'archivage qu'utilisa Pline [2] – pas facile, en effet, d'imaginer ex nihilo le maniement d'un fichier d'extraits à l'époque du rouleau de papyrus et de la tablette de cire !

Sur l'enfance du mari de Séléné, je m'en suis tenue à ce que nous apprennent les historiens latins : la fin tragique de son père le roi Juba Ier, après sa défaite à Thapsus, et la présence du jeune « Youb », encore *infans*, dans le défilé du Triomphe sur l'Afrique.

Mais à qui ce petit prisonnier fut-il confié après l'assassinat de César ? Chez la plupart des historiens modernes, on lit que ce fut à Octavie. J'ai déjà dit quelques-unes des raisons pour lesquelles je crois cette hypothèse peu probable [3]. Aux arguments développés alors, j'ajouterai que l'homme auquel était alors mariée la jeune Octavie – le consulaire Caius Claudius Marcellus Minor – s'était

---

1. On trouve aussi certains fragments des œuvres de Juba dans Plutarque, Philostrate, Elien, Athénée, etc.

2. Valérie Naas, *Le Projet encyclopédique de Pline l'Ancien*, École française de Rome, 2002.

3. *Les Dames de Rome*, Albin Michel, 2012, « Note de l'auteur ».

montré, au cours de la première guerre civile, favorable à Pompée et totalement hostile à César ; même chose pour son cousin et homonyme, également consul, qui était intervenu avec tant de vigueur contre le *Dictateur* qu'il avait dû, par prudence, s'exiler ensuite dans l'île de Lesbos. Bien sûr, ces deux Marcelli avaient fini, si l'on en croit Cicéron, par revenir à des opinions plus réalistes, et ils avaient même réussi à se faire pardonner leur moment d'égarement... Mais certainement, en 44, Octave et Antoine n'avaient aucune raison de confier à cette famille d'une fidélité douteuse l'éducation des otages de César tombés entre leurs mains. N'oublions pas, d'ailleurs, qu'Antoine garda seul la main sur l'héritage césarien jusqu'au retour d'Octave à Rome, retour qui n'eut lieu que deux mois et demi après l'assassinat de son grand-oncle : à ce moment-là, il est probable que les otages avaient déjà été « placés ». Ajoutons qu'on voit mal pourquoi Antoine, qui refusa toujours de transmettre au jeune Octave les archives de César, lui aurait alors remis, par sœur interposée, des otages étrangers qui pouvaient lui être utiles en cas de conflit.

À l'inverse, la famille de Calpurnia, la jeune veuve de César, m'a semblé faire admirablement l'affaire. D'abord, parce que Lucius Calpurnius Pison, le père de Calpurnia, avait été désigné par César lui-même comme son exécuteur testamentaire. Ensuite, parce que cet ancien consul qui avait abandonné la politique pour la philosophie présentait l'avantage de n'appartenir à aucune faction – il était tout à fait neutre politiquement et, de surcroît, estimé de tous les sénateurs. Dès lors que rien, dans les faits, n'interdisait de supposer que Juba, ce fin lettré, ce collectionneur averti, avait pu être élevé à Herculanum dans la *villa des Papyrus*, propriété des Calpurnii, haut lieu des arts, pourquoi n'aurait-il pas été permis à l'historienne de laisser rêver la romancière ? D'autant que, grâce au déchiffrage récent des papyrus calcinés retrouvés dans la bibliothèque de la *villa*, nous connaissons mieux aujourd'hui l'œuvre du « gourou » de Calpurnius, le grec Philodème de Gadara, et, partant, l'idéal philosophique qui animait le cercle des épicuriens de Campanie. Il se trouve enfin que le jeune Juba avait le même âge que Lucius Calpurnius Pison Frugi, frère de Calpurnia et fils du propriétaire de la *villa* : Frugi l'épicurien fit par la suite, à la grande fureur des stoïciens (et de Sénèque en particulier), une très honorable carrière auprès d'Auguste. Il aurait pu être, pour la jeune dynastie maurétanienne, un correspondant utile dans l'entourage du Prince. Tout cela se mettait admirablement en place. Alors, *se non e vero*...

En ce qui concerne le mariage de Juba et de Séléné, la plupart des spécialistes s'accordent à le placer en 19 avant notre ère, sur la base d'une monnaie commémorative émise alors par le roi. Juba régnait depuis six ans, il avait été « nommé » par Octave Auguste pendant la guerre menée en Espagne contre les Cantabres et les Astures. Il est probable qu'il s'y était illustré, mais on ignore quelles étaient précédemment ses attributions militaires et s'il se rendit en Maurétanie directement depuis Tarragone ou après être repassé par Rome. On ignore aussi, même si quelques spécialistes considèrent le fait comme probable, s'il avait participé à la guerre en Égypte contre Antoine et Cléopâtre. Compte tenu de l'âge auquel les jeunes patriciens rejoignaient d'ordinaire une légion, on peut seulement dire que cette participation est possible – de même qu'on ne peut exclure que, lors du retour de l'armée victorieuse, Juba ait fait une brève *excursio* dans l'Arabie nabatéenne depuis la Judée, voyage qu'il put ensuite mettre à profit dans son *Arabica* dédiée à Caius, le petit-fils d'Auguste.

Il est clair, en tout cas, que son mariage avec la fille de Cléopâtre fit la fierté de Juba, un roi plus hellénisé que romanisé. Cette alliance lui permettait aussi, politiquement et culturellement, de contrebalancer l'influence de Rome : associé certes, mais pas vassal et, encore moins, esclave… S'il n'émit plus de monnaies en libyco-punique comme le faisait son père, il garda l'habitude d'émettre des monnaies bilingues : à l'avers le latin, au revers le grec ; côté face, son portrait, côté pile, celui de la reine ; côté face, un symbole africain (un éléphant, un lion, un épi de blé), côté pile, un symbole égyptien (la vache Hathor, un crocodile, un sistre), etc. De même, s'il dédiait à Auguste un temple ou un bois sacré (« côté face »), il construisait aussi un temple à Isis[1] (« côté pile »)… Jamais, en tout cas, il ne fut contraint, comme les rois « amis et alliés » d'Orient, de faire figurer sur ses monnaies les noms ou les portraits des empereurs romains. Ce qui prouve sa grande autonomie.

Quant à la conservation du passé berbère et carthaginois de son royaume, Juba s'y montra très attaché. Il fut le premier à traduire certains des *Livres puniques* qu'avait possédés son grand-père et que l'historien Salluste avait volés. On constate, par exemple, que les savants gréco-

1. L'emplacement de ce dernier n'est pas clairement identifié ; en situant cette construction près du phare, où une abside a été retrouvée, j'ai suivi l'opinion du meilleur archéologue ayant travaillé sur Césarée, Philippe Leveau. Il semble qu'au fil des siècles la mer ait sensiblement grignoté l'îlot du phare, car, dans son état actuel, on voit mal comment on pourrait y loger un temple de quelque importance. Pour ce qui est du temple d'Auguste, que l'archéologie place près du théâtre, il est représenté sur les monnaies tantôt avec un portique de six colonnes, tantôt avec un portique de quatre, ce qui n'est pas clair. D'aucuns prétendent même qu'il n'y eut pas de temple, mais seulement un bosquet consacré. On a en tout cas découvert dans les ruines de Césarée une très grande statue d'Auguste (2,40 mètres).

romains n'ont commencé à connaître et citer le très ancien *Périple d'Hannon* qu'à partir de Juba[1]. Le mari de Séléné fut aussi le premier à consacrer un gros ouvrage, *Libyca* aux aspects géographiques, historiques et ethnographiques de l'ensemble du continent africain (à l'exception de l'Égypte, toujours rattachée à l'Asie). À la même époque, le Grec Strabon – qui avait pourtant lu Juba, dont il mentionnait, à deux reprises, la mort récente – ne consacrait à l'Afrique (la « Libye ») que quelques paragraphes sur les dix-sept livres de sa *Géographie*: c'était peu, même si, évidemment, l'« Afrique noire » n'existait encore pour personne.

Je ne me suis pas étendue, dans *L'Homme de Césarée*, sur les expéditions militaires et les victoires de Juba ; dans les trente premières années de son règne, le royaume, sans être totalement en paix, ne subissait pas encore le contrecoup de la politique de Rome dans l'*Africa* voisine ; on était loin de la grande rébellion des tribus du Sud tunisien et des Aurès que cette politique finirait par susciter. Bien sûr, Juba ne contrôlait qu'imparfaitement le vaste territoire que Rome lui avait concédé, mais, comme la plupart des monarques autochtones qui l'avaient précédé, il semble avoir gardé longtemps une approche souple et pragmatique des problèmes – plus féodale, en somme, que centralisatrice. C'est qu'il lui fallait gérer au mieux la coexistence difficile de populations hétérogènes : nomades et sédentaires, éleveurs et cultivateurs, colons et indigènes, Numides et Maures... Son propre couple n'était-il pas, d'ailleurs, aussi bigarré que son pays ? Un Berbère citoyen romain marié à une Égyptienne d'origine grecque ! Ce roi « cosmopolite » négociait sans doute plus volontiers qu'il ne combattait – ses immenses domaines personnels, bien exploités grâce à un nombre croissant

1. Duane Roller, *op. cit.*, p. 189.

d'affranchis, ne le rendaient-ils pas assez riche pour s'acheter les fidélités nécessaires ?

En tout cas, ce serait un anachronisme que d'imaginer, au début de notre ère, une « nation » berbère susceptible de se dresser un jour contre un roi trop « assimilé »...

*

LA PERSONNALITÉ DE SÉLÉNÉ nous est moins connue que celle de son mari.

Physiquement, d'abord. Alors que les statues de Juba II (une bonne douzaine) sont assez nombreuses pour que l'on puisse suivre, étape par étape, son vieillissement, nous ne disposons d'aucun buste de la reine en bronze ou en marbre. Deux bustes assez abîmés trouvés à Césarée, aujourd'hui Cherchell, et exposés au petit musée de cette ville, ont certes été présentés parfois comme des portraits de Séléné : de même qu'« on ne prête qu'aux riches », on n'attribue toujours qu'à des célébrités les portraits non identifiés.

L'un de ces bustes (une femme d'un certain âge au nez fortement busqué, à laquelle manque une partie de la bouche) ne porte aucun diadème ; la statue est simplement coiffée d'un voile – il pourrait certes s'agir de la *palla* des *matrones*, mais ce voile-là est si épais qu'il a l'air d'un pan de toge[1]. Or, aux premiers siècles de notre ère, c'était d'abord à leur diadème qu'on reconnaissait les reines : un long ruban noué dans les cheveux ou, exceptionnellement, un cercle d'or. Ici pas de diadème, donc pas de reine... Du reste, le profil de cette femme ne correspond aucunement à

1. Le grand archéologue Stéphane Gsell, omettant que ce buste a les oreilles percées, ce qui suppose le port d'un bijou féminin, écrivit, peu après sa découverte, qu'il s'agissait d'un « Romain anonyme qui aurait relevé sa toge sur sa tête ».

celui de Séléné tel qu'il figure sur les monnaies. S'agirait-il, alors, de sa mère ? Le nez busqué ferait l'affaire, mais, là encore, la coiffure étonnerait et détonnerait : non seulement il n'y a pas de diadème, mais les cheveux qui apparaissent en avant du voile ne sont ni torsadés en *côtes de melon* ni disposés en accroche-cœur sur le front, comme chez Cléopâtre VII. La frange à la frisure serrée que porte l'inconnue ressemble davantage à une frange « claudienne » ou « flavienne » à bouclettes superposées. Il pourrait s'agir, dès lors, d'un buste postérieur tant à la grande Cléopâtre qu'à sa fille : peut-être une figure mythique quelconque, une dame de la famille impériale, ou, tout simplement, l'épouse, plutôt hommasse, d'un riche colon romain ; car il n'y a aucune raison pour qu'à chaque coup de pioche donné dans les ruines d'une cité antique on déterre une reine…

L'autre buste est en plus mauvais état encore : il se trouve privé d'une partie de la coiffure, du nez et de tout le menton. Il semble cependant plus intéressant parce qu'il est, lui, coiffé d'un diadème. Le morceau qui manque à la coiffure juste en avant de ce diadème a laissé en creux une trace régulière, arrondie ou légèrement ovale : l'*uraeus* pharaonique ? une fleur de lotus ? Dans ce cas, il pourrait s'agir d'un portrait de Cléopâtre VII commandé par sa fille. Mais si la pièce absente était un *nœud romain* (ce qui n'est pas exclu), le buste pourrait représenter Séléné, laquelle, sur une monnaie de bronze très usée, semble arborer cette coiffure typique de Livie et d'Octavie[1]. Cependant, sur toutes les autres monnaies, mieux conservées, on ne voit jamais la reine coiffée de la sorte : elle est coiffée « à la grecque », cheveux tirés pour être réunis en chignon sur la nuque. Et, à l'inverse de sa mère, elle n'a presque jamais de guiches sur le front et les tempes : ses mèches de cheveux,

1. Voir Duane Roller, *op. cit.*, p. 246.

longues et lisses, sont souplement coiffées vers l'arrière. Je crois donc qu'il faut écarter comme douteux ce buste mutilé – qui peut, à la rigueur, avoir été celui de la reine d'Égypte[1].

Les profils de Séléné gravés sur les pièces des souverains maurétaniens, plus fiables à tout prendre, font apparaître une femme qui, sans être d'une beauté exceptionnelle, est quand même plus jolie, plus douce, que l'autre Cléopâtre... Cette impression est confirmée par la « Coupe d'Afrique » de Boscoréale, dont j'ai dit brièvement, dans le roman, qu'il fallait la considérer comme une représentation de Cléopâtre-Séléné.

Il faut maintenant revenir plus longuement sur cet étrange médaillon soudé au fond d'un plat d'argent qui, depuis sa découverte à la fin du XIXe siècle à Boscoréale, au nord-ouest de Pompéi, a alimenté de nombreux débats entre historiens de l'art.

Ce plat se trouvait caché dans les ruines d'une *villa rustica*[2], au fond d'une cuve à vin remplie de cendres. La cachette contenait aussi plusieurs tasses d'argent sculptées – dont certaines représentaient Auguste, Tibère et Drusus – et un sac de mille pièces d'or de la même époque. À côté, gisait le squelette d'un homme que l'éruption du Vésuve avait tué sur place : s'agissait-il du propriétaire ? d'un de ses serviteurs ? ou d'un voleur ? Était-il venu là pour entreposer cette petite fortune avant de s'enfuir, ou bien cherchait-il à la récupérer ?

---

1. La coupe du visage et le reste de la coiffure rappellent la Cléopâtre de Berlin et, plus encore, celle du Vatican, toutes deux considérées aujourd'hui comme les plus « authentiques ».

2. La *villa della Pisanella* (mille mètres carrés de bâtiments), qui se dressait au milieu d'un ensemble de *villas* luxueuses construites dans des vignobles (certaines étaient dotées de celliers pouvant contenir jusqu'à dix mille litres de vin).

L'identité du mort et ses intentions restent plus mystérieuses encore que le nom de l'inconnue du portrait et de son destinataire.

Portrait en tout cas, car, malgré la présence du cobra pharaonique qui renvoie à l'Égypte, et celle de la dépouille d'éléphant qu'on associait alors aux figurations de l'Afrique, ce buste n'est pas celui d'un être mythique ou abstrait : ni déesse, ni vertu, ni ville. Outre que les *emblema*, ces médaillons d'argent rapportés sur une patène, sont généralement réalistes [1], les traits de l'inconnue semblent trop précis et individualisés pour n'être pas ceux d'une personne réelle.

La femme de Boscoréale n'a rien d'une beauté conventionnelle, en effet. Son visage triangulaire est peu commun : une frimousse féline, avec de très grands yeux et un menton petit, quoique bien marqué. Vu de profil, son nez, très droit, semble, avouons-le, un peu trop long pour une Vénus, et son front, que dissimule à moitié une frange de boucles, serait trop bas pour une Minerve. Quant à ses cheveux, sous la dépouille d'éléphant qui la coiffe, ils n'ont été ni frisés au fer, ni disposés en guiches autour du visage : pas d'accroche-cœur, pas de *nœud romain*, pas de raie, pas de *côtes de melon* et même, probablement, pas de chignon. Rien d'habituel : la chevelure, abondante et ondulée, retombe de chaque côté du visage en dégageant juste assez les oreilles pour qu'on ait pu, à l'origine, admirer les bijoux véritables qui les ornaient. Cette physionomie particulière, de même que le vêtement aux manches fendues, où quatre boutons de bois recouverts d'étoffe remplacent la plus traditionnelle fibule, n'a rien de très « classique ».

C'est à partir du rébus figuré autour du buste que l'on

1. Les deux autres *emblema* trouvés dans la même citerne le sont, en effet, jusqu'à la caricature.

peut découvrir quel personnage venu du fond des siècles pose sur nous ce grand regard immobile.

Une partie des symboles gravés ne présentent guère d'intérêt pour le déchiffrement de l'énigme : il s'agit des dieux les plus répandus du panthéon gréco-romain – Jupiter, Junon, etc. – évoqués ici par leurs attributs les plus courants. Pour respecter les convenances, on a doté la jeune femme d'un environnement protecteur « standardisé ». La plupart de ces signes, d'ailleurs, n'ont pas été mis en relief, et l'orfèvre, qui avait parfois oublié telle ou telle divinité de l'Olympe, l'a simplement rajoutée au poinçon, dans un petit coin ; ainsi du dauphin de Neptune, dont l'artiste n'a pu, faute de place, faire apparaître que la queue…

Quant à la corne d'abondance que tient la femme du portrait, elle ne serait guère parlante en elle-même – elle apparaît dans tous les monnayages antiques – si son traitement n'était ici des plus curieux : elle est surmontée d'un énorme croissant de lune. Un croissant qui fut à l'origine, comme les oreilles de l'éléphant, soigneusement doré à la feuille. Et, de même que la trompe et les défenses de la dépouille qui sert de coiffe, ce croissant de lune au relief marqué sort des limites du médaillon central et empiète sur le pourtour du plat. Ce rapprochement – dans l'espace comme dans la technique employée – de l'éléphant et de la lune fournit une première indication : ce que désigne l'artiste avec tant d'insistance, c'est en même temps l'astre lunaire (*Séléné*, en grec) et l'Afrique, traditionnellement suggérée par l'éléphant et par le lion, ici figuré sur la manche. Une Séléné d'Afrique, donc…

Mais il y a plus. La corne que le personnage tient dans sa main droite porte gravés plusieurs signes complémentaires : en haut, on a dessiné le dieu solaire, Hélios, avec sa couronne de rayons ; en bas, la double étoile et les deux bonnets qui symbolisent Castor et Pollux, héros de la gémellité.

Pouvait-on s'y prendre plus habilement pour rappeler que la Séléné représentée eut un frère jumeau, et que ce jumeau se nommait Alexandre *Hélios* ?

L'identification se précise encore quand on considère le cobra pharaonique que la jeune femme tient dans son autre main et le sistre isiaque gravé du même côté – une façon de souligner que « l'Africaine » jumelle d'un Hélios entretient un lien privilégié avec l'Égypte. Et, par crainte que nous n'ayons toujours pas saisi, l'orfèvre en rajoute : face au cobra, il place une panthère. De même que la lyre, qui figure à gauche du personnage, la panthère est l'un des attributs de Dionysos, et « Nouveau Dionysos » fut précisément le titre royal que porta Marc Antoine en Égypte. L'*uraeus* pharaonique et la panthère dionysiaque qui se font face au premier plan représentent donc, l'un, Cléopâtre, et l'autre, Antoine, les géniteurs de Séléné. Précisons enfin que, dans les signes figurant autour du personnage, Hercule est « cité » deux fois. Il était, en effet, l'ancêtre supposé tant de Juba que de Séléné.

La « Coupe d'Afrique » est donc bien un portrait blasonné : les objets et les animaux qui figurent autour du buste sont des « armes parlantes ». Et ce « discours » gravé ne renvoie pas, comme quelques-uns l'avaient supposé autrefois, à la grande Cléopâtre VII : dans l'art et la numismatique de l'époque, la dépouille de l'éléphant qui coiffe la jeune femme symbolise l'Afrique ; or, dans l'imaginaire collectif, l'Égypte appartenait alors, non à l'Afrique, mais à l'Orient, et les géographes, comme Strabon, rattachaient clairement le delta et la rive droite du Nil à l'Asie. Au surplus, la femme représentée ne ressemble ni de face ni de profil aux bustes de la reine d'Égypte et à ses nombreuses monnaies. Les conservateurs du Louvre partagent ce sentiment puisque, lors de l'exposition organisée sur Auguste en 2014 au Grand

Palais, ils ont présenté la coupe comme un portrait de la jeune reine de Maurétanie.

Quant à savoir comment cet unique portrait s'est retrouvé à Boscoréale, c'est une autre histoire. Compte tenu de la valeur de cette « Coupe d'Afrique » et de la présence dans le même trésor de deux grandes tasses d'argent ornées de scènes en relief représentant Auguste et Tibère jeune, les historiens considèrent que le destinataire du portrait de Séléné ne pouvait être qu'un membre, ou un proche, de la famille impériale romaine. Mais, entre la fabrication de ces objets précieux au début du Ier siècle de notre ère et l'éruption du Vésuve en 79 apr. J.-C., il s'était écoulé plus de soixante-dix années. Les œuvres d'art en question avaient fort bien pu être volées à leur premier propriétaire ou, plus vraisemblablement, être remises en gage par celui-ci, ses héritiers ou ses donataires, à un banquier ou un usurier qui les aurait ensuite soit revendues, soit conservées en garantie de ses prêts : l'argenterie jouait alors, dans toutes les grandes familles, le rôle d'un placement de précaution, comme l'encaisse-or de nos banques centrales ou les comptes sur livret des particuliers. On achetait et gardait cet outil d'épargne pour le cas où l'on aurait besoin de liquidités. Tel fut sans doute le cas de la « Coupe d'Afrique », puisque la *villa* dans laquelle elle a été retrouvée appartenait à un banquier de Pompéi, Caecilius Jucundus. Difficile de remonter au-delà de cet ultime propriétaire probable et de retrouver le destinataire initial. Mais les demi-sœurs de Séléné restent, a priori, des hypothèses vraisemblables. Quant à la suite du « circuit » de transmission depuis le Palatin jusqu'à Jucundus, n'oublions pas que la *villa della Pisanella* était au cœur d'un quartier riche et aristocratique, même si ses propriétaires voisins n'ont, pour la plupart, pas encore pu être identifiés.

Si nous ne connaissons donc que de manière assez imprécise le physique de Cléopâtre-Séléné, moralement en savons-nous davantage sur elle ? De quelle manière, par exemple, était-elle reine : simple épouse du roi, ou co-souveraine ? La double mention royale sur les monnaies et le fait que Séléné ait pu parfois émettre des monnaies à sa seule effigie feraient pencher pour une cosouveraineté. D'un autre côté, Juba ne s'étant marié que six ans après être « monté sur le trône », toute égalité juridique entre les deux souverains semble exclue ; un tel partage serait d'ailleurs exceptionnel à l'époque. Certains tenants de la co-souveraineté suggèrent que Séléné aurait épousé Juba en 25 avant notre ère et que la monnaie émise en 19, et dûment datée, ne correspondrait pas au mariage, mais au sixième anniversaire de ce mariage : c'est l'hypothèse de l'universitaire américain Duane Roller. Mais fêtait-on alors les anniversaires de mariage, comme on le fait parfois de nos jours ? On peut en douter. Et pourquoi le sixième anniversaire, plutôt que le premier ou le dixième ?

Ignorant quels étaient les fondements juridiques du pouvoir de Séléné – simple épouse du roi, ou reine à titre personnel –, j'ai pris le parti, dans le roman, de faire alterner les périodes de relatif effacement politique avec des périodes de régence : une régence intermittente, justifiée tant par les voyages lointains de Juba que par l'étendue du royaume et les difficultés de communication entre sa partie occidentale et sa partie orientale.

Si Séléné ne prétendit jamais, au contraire de sa mère, jouer un rôle militaire, rôle royal par excellence mais rôle masculin, les historiens lui reconnaissent une action culturelle importante et une influence diplomatique.

Sa formation l'orientait sans doute plus naturellement vers la Grèce et l'Égypte que vers Rome. Aussi semble-t-elle avoir appuyé dans le royaume des initiatives « hellénisantes» en matière d'architecture. C'est ainsi que, la configuration du terrain s'y prêtant, le théâtre de Césarée est un théâtre à la grecque (creusé dans la colline), et non à la romaine (bâti sur des arcades). Influence gréco-égyptienne également en ce qui concerne l'approvisionnement en eau : les captages furent organisés sur le mode alexandrin. Des couloirs de drainage souterrains creusés dans la roche, et souvent assez hauts pour permettre le passage d'un homme debout, aboutissaient à des citernes, des bassins et des réservoirs, selon la méthode utilisée à Alexandrie. Il est probable que, dans un premier temps, ce système fut pensé et réalisé par des ingénieurs venus d'Égypte[1].

L'apport de Séléné est évidemment majeur dans la construction d'un temple isiaque, d'ailleurs placé, comme à Alexandrie, sur l'îlot du phare. Mais, à part l'existence d'un bassin où s'ébattait, selon Pline, le fameux crocodile, on ne sait plus grand-chose de ce temple, représenté, peut-être, sur certaines monnaies du couple. Il semble néanmoins qu'on puisse lui rattacher la petite statue du grand-prêtre de Memphis, Pétubastès, mort lors de la chute d'Alexandrie, et la grande statue en granit du pharaon Thoutmôsis III (plus de deux mètres de haut), dont seule la partie inférieure, retrouvée sur la rampe d'accès au port, est visible à l'ancien musée de Cherchell. De même est-ce certainement à Séléné qu'on doit la commande de la grande et belle statue d'Isis en marbre de Paros (deux mètres de haut) découverte à Cherchell en 1921.

Les souverains aimaient, semble-t-il, le monumental, « à

---

1. Philippe Leveau, « D'Alexandrie d'Égypte à Césarée de Maurétanie, transfert de technologie hydraulique », *in* Colloque international, *Entre Afrique et Égypte, relations et échanges à l'époque romaine*, sous la direction de Stéphanie Guédon, Ausonius Éditions, 2012, diff. CNRS.

l'égyptienne». Car, outre l'Isis et l'Auguste de 2,40 mètres, ont été retrouvées, près de la porte orientale de la ville, une statue de Déméter en marbre pentélique de 2,10 mètres de haut et, dans les thermes de l'ouest, une statue d'Hercule (supposé ancêtre commun au roi et à la reine) qui atteint 2,60 mètres.

Est-ce aussi à l'influence culturelle de la Grecque Séléné qu'on doit les curieuses «arènes» dont fut dotée la ville? Des arènes immenses, qui ne semblent pas vraiment d'inspiration romaine puisque leur forme n'est pas elliptique mais rectangulaire[1], et qu'elles sont adaptées à toutes les sortes de jeux, sauf à la gladiature... En fait, cet amphithéâtre a la forme d'un stade grec. Et c'est le théâtre qu'on dut réaménager plus tard pour pouvoir y donner des combats de gladiateurs, dont les Berbères se montrèrent vite aussi friands que les Romains.

À l'origine, ce théâtre ne servait pourtant qu'à donner des pièces – et des pièces grecques. L'acteur le plus célèbre de la troupe permanente était un Grec, Léonteus d'Argos (sur lequel Juba écrivit, en grec, une épigramme moqueuse dont nous avons encore le texte); les souverains entretenaient également à la Cour un auteur de comédies, Arthéniôn, grec lui aussi, et une danseuse de pantomime, grecque encore. Sans doute toute la troupe était-elle grecque, mais nous ne pouvons identifier comme tels que ceux qui nous sont connus par leurs épitaphes découvertes par hasard – forcément une infime minorité.

Peut-être est-ce aussi à Séléné qu'il faut attribuer l'idée d'une seconde résidence royale, bâtie sur le haut de la colline pour servir, comme dans le Quartier-Royal d'Alexan-

1. La forme rectangulaire est adoucie toutefois par la présence, aux deux extrémités, de deux demi-cercles. L'amphithéâtre de Césarée occupe, mentionnons-le par parenthèse, une superficie supérieure à celle du Colisée...

drie, de palais d'été ou de pavillon de réception[1] ? Mais la trace la plus évidente du rôle politico-culturel de la reine se trouve incontestablement sur les monnaies émises par le couple d'abord à Siga, un atelier situé à deux cent cinquante kilomètres de la capitale, puis à Césarée même, des monnaies riches en symboles égyptiens et isiaques. Sur ces monnaies, Séléné revendique bien haut son identité d'étrangère à l'Empire romain, puisqu'elle ose parfois aller au-delà du simple *Kleopatra Basilissa* et faire graver (en abrégé) *Reine Cléopâtre fille de la reine Cléopâtre* – à une époque où sa mère passait pour avoir été la pire ennemie d'Octave Auguste et symbolisait pour le monde entier l'ultime défi à la puissance romaine.

Pourtant, le rôle de la jeune reine dans la conduite de l'État reste difficile à appréhender. En politique, Juba n'avait sans doute pas besoin de conseils : il savait jusqu'où aller trop loin et ménageait habilement l'allié romain – on ne parvient pas, comme lui, à assurer en parallèle, et pendant près de cinquante ans, le développement de l'économie locale, l'affirmation d'une culture gréco-berbère et le maintien de l'alliance romaine, sans être doué de quelque talent d'équilibriste... S'il a jamais utilisé la reine, ce fut sûrement moins pour défier Rome du dehors que pour infléchir sa politique du dedans : Séléné avait réussi peu à peu à se faire une place dans la famille impériale ; grâce à ses demi-sœurs, elle était considérée comme un membre (un peu exotique) de cette illustre et nombreuse famille. Caligula, par exemple, tiendra clairement les souverains maurétaniens pour ses cousins. Ce qui ne leur portera pas bonheur...

---

1. Philippe Leveau, « Le bâtiment d'Ennabod à Cherchell, un pavillon royal à Césarée ? », et Rita Amedick, « La création d'une résidence royale », in *Séminaire du centre national de recherches en archéologie*, Alger, juin 2014.

À travers cette famille – en jouant tant des rivalités entre ses membres que des complicités qu'elle entretenait avec certains depuis l'enfance –, Séléné put-elle exercer une influence en faveur de sa propre dynastie ? Il n'est pas défendu de l'imaginer, de même qu'il semble acquis qu'elle faisait à Rome des séjours fréquents puisqu'on a trouvé dans les cimetières romains le nom de certains de ses domestiques.

Quant à l'autre pouvoir dont disposait Séléné – sa progéniture –, l'analyse en sera faite plus complètement dans la « Note » du *Jardin de cendres* quand, Séléné ayant passé l'âge d'être mère, sa famille sera devenue « définitive ». À ce stade, il suffit de savoir que le nom et le destin de ceux de ses enfants qui moururent en bas âge sont une invention de ma part. Si la mortalité infantile était énorme dans le monde antique (de l'ordre de 50 %), nous ignorons généralement, sauf à retrouver leurs épitaphes, le sort, et tout simplement l'existence, des bébés disparus. Ne se trouvent mentionnés par les historiens romains que les nourrissons dont la survie aurait pu avoir des conséquences politiques – par exemple, le fils de Tibère et de Julie. Mais il est, en vérité, improbable que les deux Antonia ou les deux Marcella n'aient eu, pour leur part, aucun enfant mort-né ou emporté en bas âge (leur cousine Agrippine [1], l'épouse de Germanicus, si fameuse pour sa fécondité, perdit trois enfants sur neuf), mais le nom de tous ces petits

1. Dans le roman, je l'ai appelée « Agrippina » pour la distinguer de sa fille Agrippine, mère de Néron. Comme je l'ai déjà indiqué dans *Les Enfants d'Alexandrie*, j'ai utilisé pour certains personnages des surnoms réels ou inventés, afin de les distinguer de leurs homonymes. Il m'est arrivé aussi d'avancer dans le temps un surnom réel employé plus tard, ainsi « Germanicus » pour Drusus II, surnom qu'il ne porta qu'à l'âge de six ans, ou « Castor » pour Drusus III, surnom attesté par Dion Cassius.

nous reste inconnu. Dans le cas de Séléné, qui semble avoir donné la vie jusque vers la quarantaine, il fallait, pour la vraisemblance, imaginer ces jeunes inconnus et leur très bref destin.

*

À propos de LA FAMILLE IMPÉRIALE, si j'ai inventé des scènes et des dialogues, j'ai respecté, pour la vie de chacun de ses membres, les dates connues, les traits de caractère et même, dans le cas de Julie, plusieurs bons mots. Leur apparence physique nous est familière grâce aux bustes, assez nombreux, qui nous restent et grâce à la procession figurée à Rome sur *l'Ara Pacis*, « l'Autel de la Paix ». Mais nous ne savons pas, évidemment, si Séléné se sentait plus proche d'Antonia l'Aînée (qui apparaît dans le roman sous le nom de Prima) que d'Antonia la Jeune, qui – femme de Drusus, belle-sœur de l'empereur Tibère, mère de Germanicus et de l'empereur Claude, puis grand-mère de l'empereur Caligula – eut plus d'influence que son aînée sur la politique romaine[1]. Comme romancière, j'ai préféré donner la première place dans le cœur de Séléné à celle de ses deux sœurs qui était restée politiquement dans l'ombre : la personnalité d'Antonia l'Aînée offrait une plus grande

1. « Prima » (Antonia major) aura cependant, elle aussi, une descendance illustre, tristement illustre puisqu'elle sera grand-mère à la fois de l'empereur Néron (par son fils) et de l'impératrice Messaline (par une de ses filles). Des fous ? En tout cas des déboussolés… L'obsession dynastique d'Auguste et son mépris des êtres, puis la solitude paranoïaque de Tibère vieillissant auront réussi ce prodige que du mélange de sang d'individus remarquables – Antoine, Auguste, Agrippa, Livie, Octavie – ne naîtront plus que des insensés…

liberté à l'imagination et, à défaut de violer l'Histoire, il faut savoir profiter des permissions qu'elle nous laisse…

Sont fidèles aussi aux faits historiques les actions de personnages secondaires comme Nicolas de Damas[1], Alexandre et Aristobule de Judée, Euphorbe, Mécène, Asinius Pollion[2], Plancus, ou Calpurnius Pison et son fils Frugi. J'ai peu de sympathie pour Messala Corvinus, dont je dois reconnaître que le talent d'orateur et le cercle littéraire étaient, en leur temps, fort célèbres, mais j'ai beau faire, je ne parviens pas à estimer ceux qui, en politique, fouillent sous les lits de leurs adversaires pour en tirer les pots de chambre…

Octavie, à l'époque où se place *L'Homme de Césarée*, s'était complètement retirée du monde et de la compétition avec Livie. C'est Julie qui avait pris le relais de sa tante. Quant à Livie, dans sa jeunesse et même dans sa maturité, elle reste un personnage énigmatique. On ne la voit clairement que dans sa vieillesse, lorsqu'elle révèle soudain un insatiable appétit de pouvoir et d'honneurs. « Nous ne savons à peu près rien de Livie pendant les trente premières années de son mariage », constate un historien, avec

---

1. Nicolas sut toujours faire sa cour. Non seulement sa grande *Histoire universelle* fait indirectement un éloge bien senti d'Hérode, mais sa *Vie d'Auguste* dut être bien agréable à l'ego du Prince romain… Quant à son consentement à l'assassinat de trois des fils d'Hérode, il est plus net pour le troisième, contre lequel il plaida directement, que pour les deux premiers ; mais dans son réquisitoire contre le troisième fils, il évoque plusieurs fois le « complot » ourdi par les deux précédents (ce sont ses propres termes, repris par Flavius Josèphe), ce qui fait douter de son influence modératrice en faveur de ses deux anciens élèves.

2. Pollion, cependant, n'est allé en Maurétanie que pour les besoins du roman…

un brin d'exagération, mais il est vrai que, pendant longtemps, on ne connaît l'épouse du Prince qu'indirectement : par les modes qu'elle lance, les richesses qu'elle amasse, les remèdes qu'elle invente, les propriétés qu'elle gère, ou la domesticité extraordinairement nombreuse qu'elle entretient[1]. Il faudra qu'en vieillissant Auguste « descende », pour que Livie monte, et qu'il disparaisse, pour qu'elle existe.

*

LES LIEUX OÙ VÉCUT SÉLÉNÉ nous sont mieux connus que ses traits. Il s'agit essentiellement de Volubilis au Maroc et de Césarée (Cherchell) en Algérie.

Plus personne n'accepte aujourd'hui la thèse de Jérôme Carcopino, qui voulait que Juba ait eu deux capitales d'égale importance[2] entre lesquelles il circulait : VOLUBILIS fut sans doute une résidence royale, mais ne fut jamais une capitale. L'unique capitale du nouveau royaume était l'ancienne capitale de la Maurétanie orientale, Iol, rebaptisée Césarée.

Reste que Volubilis, vieille bourgade berbère, puis punique, et avant-poste fortifié du royaume de Juba dans le Moyen Atlas, eut en tout temps un rôle stratégique : Pline l'Ancien qualifie d'*oppidum* cette ville bâtie sur un plateau. Il est possible qu'ait existé là, outre une garnison[3], un petit palais bâti par Bocchus Ier ou son fils Bogud. Du

1. Voir la « Note de l'auteur » dans *Les Dames de Rome*, *op. cit.*, et Anthony A. Barrett, *Livia, First Lady of Imperial Rome*, Yale University Press, 2002.

2. Jérôme Carcopino, *Le Maroc antique. Volubilis, résidence de Juba*, Gallimard, 1943.

3. Au IIe siècle de notre ère, trois camps et deux mille soldats auxiliaires assuraient la défense de Volubilis.

temps de Juba, cette modeste capitale régionale n'occupait qu'une douzaine d'hectares et ne comptait que trois à cinq mille habitants, alors qu'au siècle suivant elle occupera une quarantaine d'hectares et accueillera dix à quinze mille personnes – aux trois quarts des indigènes et, pour le surplus, des Espagnols, des Italiens et une communauté juive.

Si l'on a trouvé dans les ruines dégagées au XXe siècle de nombreux édifices publics et de riches maisons privées, presque tous sont postérieurs au règne de Juba : ils datent des IIe et IIIe siècles de notre ère, lorsque la ville connut sa plus grande extension, fondée sur la culture de l'olivier et la production d'huile. Mais c'est dès la seconde moitié du Ier siècle qu'on avait dû construire un aqueduc et que la population avait débordé la vieille enceinte de briques crues, dont ne reste aujourd'hui qu'un seul vestige.

Juba vint-il régulièrement à Volubilis pour faire manœuvrer ses troupes, organiser quelques expéditions punitives et passer des accords avec la tribu des Baquates, généralement disposée à traiter ? Séléné l'accompagnait-elle lors de ces visites ? On l'ignore. Mais c'est sûrement dans cette région que le roi et son médecin trouvèrent l'euphorbe, qui abonde dans le Moyen Atlas. C'est aussi probablement à l'époque de Juba que le temple de Baal Hammon, construit sur un ancien cimetière carthaginois d'enfants sacrifiés, fut transformé en temple de Saturne. C'est enfin à Volubilis que fut découvert le plus beau buste de Juba que nous connaissions, un bronze réalisé au moment où le jeune roi accédait au pouvoir [1]. Outre ce buste, de nombreuses statuettes d'éphèbes d'une

1. Ce buste est présenté au Musée de l'histoire et des civilisations, à Rabat. Il a figuré dans une exposition organisée en 2014 par le Mucem de Marseille, et de belles photographies en ont été faites pour l'ouvrage *Splendeurs de Volubilis*, Actes Sud, 2014.

grâce remarquable, un jeune Dionysos grandeur nature à la tête couronnée de lierre et un buste représentant Caton d'Utique (allié de Juba Ier contre César et, comme lui, acculé au suicide), tous en bronze, ont été retrouvés dans les ruines ; ils semblent, à peu d'exceptions près, dater d'une même période : celle où Juba, grand amateur d'œuvres grecques, régnait sur Volubilis et Césarée. Toutefois, n'ayant encore fouillé que la moitié du site, les archéologues n'ont jusqu'à présent rien trouvé qui s'apparente à un palais royal.

Pour l'époque des « rois ptolémaïques », CÉSARÉE, LA CAPITALE, est plus riche en ruines, mais ces ruines ont été mal conservées : la ville moderne s'est construite sur la ville antique, dont certains matériaux ont été remployés dans des constructions dès le XIXe siècle. Des statues de marbre ont même été réduites en poussière pour fabriquer la chaux nécessaire aux travaux… L'immense rempart a presque totalement disparu. Plus la moindre trace du palais royal (sauf, peut-être, un bassin), ni du temple d'Auguste, du temple d'Esculape ou du temple d'Isis (à part, sans doute, sur l'îlot du phare, les restes d'une abside qui fermait, semble-t-il, un bâtiment aujourd'hui détruit par la mer). Cependant, on discerne encore bien le théâtre et l'amphithéâtre dont subsistent la forme générale, la *cavea* et quelques rangées de gradins. Même chose pour certains thermes, comme les Thermes de l'ouest, dont on reconnaît les substructions et des pans de mur. Le tracé de l'hippodrome (le « cirque ») n'est, lui, bien visible que d'avion. Le pavement d'un forum, situé près du théâtre, subsiste encore ; il ne s'agit pas, toutefois, du forum de Juba, mais d'un forum ultérieur. Enfin, de nombreuses et très belles mosaïques trouvées dans les édifices publics et dans les riches *domus* ont été transportées dans les deux petits musées de Cherchell.

Ce qui a le moins changé à Césarée, c'est la topographie. La colline, aujourd'hui encore peu construite et couverte d'un taillis désordonné, borne toujours la ville au sud. On y a découvert, en un lieu nommé « Ennabod », les restes d'un bassin en demi-lune de seize mètres de long, d'importantes adductions d'eau et les traces d'un bâtiment en *opus réticulé*, que les archéologues ont considéré d'abord comme une salle de banquet, puis comme une résidence royale[1]. À partir des relevés effectués, Jean-Claude Golvin, spécialiste de la restitution picturale des villes antiques, a proposé un dessin de la façade du bâtiment ainsi qu'une vision en coupe[2] : je m'en suis inspirée pour dépeindre ce que j'ai nommé « le palais d'été ». Quant au palais principal, les archéologues le placent généralement au nord de la ville, face à la mer, au lieu-dit « l'Esplanade », une place arborée en bordure du plateau : c'est l'hypothèse que j'ai adoptée. Mais s'il s'agit de décrire plus précisément ce grand palais dont ne subsiste aucun vestige, l'historien ne peut s'y risquer et, bon gré, mal gré, le romancier doit prendre le relais…

En contrebas du palais, le port, lui, a peu changé : ce n'est plus le même phare, mais il est sur le même îlot ; du côté de l'ancien port militaire, ce n'est pas la même digue, mais elle est construite au même endroit ; et, du côté du

1. Philippe Leveau, « Le bâtiment d'Ennabod, un pavillon royal à Césarée ? », in *Séminaire du CNRA*, Alger, 2014, et *Journées d'études du Centre Camille-Jullian*, université d'Aix-Marseille.

2. Voir notamment la fig. 8 de l'article de Philippe Leveau dans les *Séminaires du CNRA* d'Alger précité, ainsi que les fig. 1 et 2 de la note de présentation des *Journées d'études du Centre Camille-Jullian.*

port marchand, l'ancienne jetée romaine, aujourd'hui submergée, reste marquée par une ligne continue d'écume qui ferme à demi le bassin. On s'y retrouve… Ce port, qui nous semble aujourd'hui petit, fut, du temps des Romains, le premier port d'Afrique, devant Carthage et Tanger. Mais le plus frappant est qu'il a l'air d'une reproduction en miniature du port antique d'Alexandrie : comment Séléné n'en aurait-elle pas été frappée ?

Plus tard, annexée par Rome, la ville devint la capitale provinciale de la Maurétanie césarienne (désormais séparée de la Maurétanie occidentale) et atteignit à peu près la même population que Leptis Magna en Libye, soit une cinquantaine de milliers d'habitants ; jamais, bien sûr, elle n'occupa la totalité de l'espace enclos dans son enceinte[1]. On estime la population de cette « métropole » à quinze ou vingt mille habitants seulement à l'époque de Juba, bien que la ville s'étendît déjà assez loin du fait de la grande dimension des *domus* construites par les classes aisées (mille cinq cents à deux mille mètres carrés en moyenne) : Césarée fut moins un centre commercial, en effet, qu'une ville résidentielle. Juba et Séléné l'avaient « rebâtie[2] », non pour en faire une cité romaine (il n'y eut jamais à Césarée ce plan orthogonal rigoureux qui caractérise les camps romains), mais pour « l'helléniser ».

Cette hellénisation se traduit aussi dans l'onomastique : moins de noms indigènes, soit puniques, soit berbères, qu'à Kirta-Constantine par exemple, mais davantage de noms

---

1. Même du temps où l'Algérie était « française », la surface urbanisée de Cherchell ne dépassa jamais le sixième de la capitale projetée par Juba. Ce qui montre bien que sa magnifique enceinte était une réalisation de prestige plus qu'un ouvrage défensif nécessaire.

2. C'est le mot même qu'emploie, à l'époque, le géographe Strabon pour parler de Césarée.

grecs. Bien entendu, ces noms sont aussi, très souvent, des noms d'origine servile : quelle que fût la provenance des esclaves, on aimait, même à Rome, les rhabiller de noms grecs, c'était plus chic. Or, aux IIe et IIIe siècles, une grande partie de la population de Césarée sera constituée d'anciens affranchis de Juba et de leurs descendants ; ces fils d'esclaves deviendront *magistrats* municipaux et accéderont à l'ordre des *chevaliers* romains – « le haut du pavé » à Césarée, où il n'y avait ni famille patricienne ni famille sénatoriale[1]. La proportion d'esclaves étant plus forte dans la capitale de la Maurétanie que dans les autres villes d'Afrique, ce sont sans doute ces esclaves et les souverains leurs anciens maîtres, plus que les artisans et commerçants, qui donnaient à cette ville portuaire son aspect cosmopolite[2].

Si l'on excepte le culte d'Isis, qu'on peut sans aucun doute relier à Séléné, les cultes orientaux semblent avoir eu peu d'emprise sur cette population, qui s'adapta vite aux cultes romains tout en restant fidèle à deux cultes indigènes « transposés » : celui de Saturne, qui prit la suite du Baal Hammon punique, et celui d'Hercule, confondu avec le Melquart carthaginois. Dans l'arrière-pays, les sacrifices d'enfants, le *molk*, ne cessèrent jamais tout à fait, et ils étaient encore attestés par Tertullien au début de l'époque chrétienne.

*

Entre Tipasa (à l'époque, un simple village) et Iol-Césarée, les anciens rois avaient érigé leur TOMBEAU, celui où, dans le roman, Séléné aurait voulu faire enterrer ses enfants. Les constructeurs étaient-ils les derniers rois

1. Philippe Leveau, *Caesarea de Maurétanie*, *op. cit.*
2. Philippe Leveau, *ibid.*

numides, ancêtres de Juba (Mastanabal ou Hiempsal), ou bien les rois maures (Bocchus Ier ou Bocchus II) ? On l'ignore. En tout cas, comme le note l'archéologue Stéphane Gsell, « c'est une construction de type indigène, couverte d'une chemise grecque » – un énorme tumulus de soixante mètres de diamètre et trente-deux mètres de haut, surmonté d'un dôme de pierre et ceinturé d'un mur orné de soixante colonnes engagées et de quatre immenses fausses portes, toutes décorées d'un motif géométrique en forme de croix. L'entrée véritable, autrefois défendue par une herse, se situait dans le soubassement du monument ; elle mène à une galerie circulaire ; ce long couloir plonge brusquement au cœur du tombeau vers une petite chambre funéraire qui ne comporte que trois niches.

Après la conquête arabe, ce mausolée impressionnant fut surnommé « Tombeau de la Romaine[1] », probablement par allusion à Séléné. Ce qui prouverait que son souvenir, même vague, a longtemps perduré dans la région de Césarée. Mais la reine y fut-elle effectivement enterrée ? Juba reposait-il, lui aussi, dans l'une des niches du caveau ? Nous l'ignorons : la chambre funéraire était totalement vide quand des archéologues y pénétrèrent. Vide comme le Médracen, cet autre tombeau royal numide situé dans les Aurès et qui passe pour avoir été la dernière demeure de Massinissa ou Micipsa, tous deux ancêtres de Juba. De même que dans les pyramides d'Égypte et les tombes de la Vallée des Rois, des pillards avaient fait le ménage avant que les historiens n'y entrent.

Quant aux autorités algériennes d'aujourd'hui, elles ne semblent guère s'intéresser à ce passé où se mariaient avec

1. « Tombeau de la chrétienne », nom parfois employé pour désigner le mausolée, est en l'espèce une traduction erronée du mot arabe *Roumia*, la Romaine, qui n'a signifié « chrétienne » que plus tard.

bonheur les génies grec et berbère : les tombeaux ne sont pas entretenus, le Médracen est en ruine et le Tombeau de la Romaine, qui perd des pierres depuis une canonnade du XVIe siècle, prend peu à peu le même chemin. Est-ce l'effet d'un manque de moyens ? Ou bien, dans ce pays fortement marqué par la décolonisation et même par le « décolonialisme », les derniers rois berbères, et Juba en particulier, sont-ils censés être trop proches du colonisateur romain ? Espérons du moins qu'il ne s'agit pas, comme dans d'autres régions d'Afrique ou d'Orient, de laisser disparaître ces chefs-d'œuvre au seul motif qu'ils sont antérieurs au colonisateur arabe et à l'islam…

Mais peut-être l'indifférence de ces descendants des Numides à leur ancienne culture participe-t-elle simplement de l'esprit du temps ? Comme nous, ils ne veulent plus s'inscrire dans la « longue durée », ils refusent de n'être que les maillons d'une chaîne ; isolés dans leur être, enfermés dans le présent, ces hommes « modernes » ignorent le passé collectif, l'histoire des peuples, le monde d'avant. Ils vivent sans mémoire. Ils vivent pour vivre, sans doutes et sans rêves. Comme nous.

Certaines sources étant communes aux quatre volumes de ce roman, l'ensemble de la bibliographie est reporté à la fin du *Jardin de cendres*.

Je tiens à remercier Cécile Giroire, conservateur aux Antiquités romaines et étrusques du musée du Louvre, qui m'a permis, un jour de fermeture du musée, d'examiner de très près le Trésor de Boscoréale et m'a fourni une ample documentation sur la Coupe d'Afrique. Je remercie également Philippe Leveau, le meilleur spécialiste français de Césarée, dont la thèse, à elle seule, est un monument : il m'a adressé de nombreux articles et communications sur la ville et ses environs ; et c'est grâce à lui, et à l'un de ses anciens compagnons de fouilles qui eut la gentillesse de me guider sur les sites, que mon enquête fut fructueuse.

LISTE DES PRINCIPAUX PERSONNAGES DES PREMIER ET DEUXIÈME VOLUMES

Je ne rappelle pas ici le rôle politique ni le destin des personnages de tout premier plan, Octave Auguste, Agrippa, Tibère, Antoine et Cléopâtre : ils sont connus de tous. Je me borne, pour le confort du lecteur, à remettre au clair leur situation familiale, souvent complexe[1], et à rappeler quelques dates, sans toujours mentionner certains événements abordés seulement dans *L'Homme de Césarée* et *Le Jardin de cendres*. Quelques personnages secondaires que j'ai inventés, et dont le nom et le parcours peuvent être utiles au lecteur, figurent en italique, de même que certains surnoms.

AGRIPPA (Marcus Vipsanius)

Né en 63 av. J.-C. Meurt à l'âge de cinquante-cinq ans.
Marié trois fois :
— vers -37, avec la très riche Pomponia Attica.
D'où une fille, Vipsania, vers -32.
— en -28, avec Marcella, fille aînée d'Octavie.

1. Cette complexité est telle qu'il est impossible de dresser un arbre généalogique intelligible.

D'où une fille, Marcellina.

— en -21, avec Julie, fille unique d'Octave Auguste.

D'où cinq enfants (le dernier, posthume) : Caius (né en -20), Julia dite *Julilla* (née en -19), Lucius (né en -17), Agrippine, dite *Agrippina* (née en -14), Marcus Agrippa Postumus (né en -12).

ALEXANDRE-HÉLIOS

Fils de Marc Antoine et de Cléopâtre, né en 40 av. J.-C. Frère jumeau de Cléopâtre-Séléné. Fait prisonnier par les Romains lors de la chute d'Alexandrie, il figure, chargé de chaînes d'or et attaché à sa jumelle, dans le Triomphe d'Octave sur l'Égypte en 29 av. J.-C. Il meurt probablement chez Octavie.

ANTOINE (Marc)

Né le 14 janvier 83 av. J.-C. Mort le 1er août 30 av. J.-C. à Alexandrie, à l'âge de cinquante-trois ans.

Marié quatre fois, dont :

— en -47, avec la richissime Fulvia, descendante des Gracques et veuve d'un célèbre politicien populiste, Clodius. Morte en -40.

D'où deux fils : Antyllus (né en -46, mort en -30) et Iullus (né en -45).

— en -40, avec Octavie, sœur d'Octave Auguste, veuve d'un premier mari et déjà mère de trois enfants. Il la répudie en -32.

D'où deux filles : Antonia l'Aînée (dite *Prima*), née en -39, et Antonia la Jeune, née en -37.

— en -37, selon le rite égyptien, avec Cléopâtre, sa maîtresse depuis -41 (la reine d'Égypte n'étant pas citoyenne romaine, Antoine, bien que marié à Rome, n'était pas juridiquement bigame).

D'où trois enfants : des jumeaux, Alexandre-Hélios et Cléopâtre-Séléné, nés en -40, et Ptolémée Philadelphe, né en -36.

Quand Antoine se suicide, il laisse au moins sept orphelins : quatre en Égypte (dont l'un exécuté sur-le-champ) et trois à Rome.

ANTONIA (Minor)

Deuxième fille d'Antoine et d'Octavie. Nièce d'Octave Auguste. Appartient à la fois à la famille des Antonii et à celle des Julii. Mariée à Drusus, fils cadet de Livie, en 16 av. J.-C. : il s'agit du premier mariage julio-claudien.

D'où trois enfants : Drusus, dit Germanicus (né en -15), Livilla (née en -13) et Claude (né en -10), le futur empereur.

ANTYLLUS

Fils aîné d'Antoine et de Fulvia. Élevé par Octavie après la mort de sa mère, puis réclamé par Antoine et confié à Cléopâtre à Alexandrie pour y être élevé avec ses demi-frères et sa demi-sœur égyptiens. En 30 av. J.-C., il est égorgé par des soldats romains sur les marches du temple de César, dans le Quartier-Royal d'Alexandrie, après avoir été livré par son précepteur.

CÉSARION (ou Kaïsariôn, en grec)

Fils de Cléopâtre, né à Alexandrie le 23 juin 47 av. J.-C., jour de la fête d'Isis, selon la stèle du Sérapéum conservée au Louvre. Plutarque donne la même date. Son nom véritable est Ptolémée XV ou Ptolémée César (après autorisation expresse de César, selon Suétone). Il est associé au pouvoir de sa mère sur les stèles et les papyrus après la disparition de Ptolémée XIV, dernier frère-époux de Cléopâtre.

Conçu, comme Alexandre le Grand, par le dieu solaire Amon-Rê selon la version officielle, il est considéré par les Alexandrins comme le fils de César. Octave, petit-neveu et fils adoptif de César, fait exécuter Césarion dès la prise d'Alexandrie, persuadé qu'« il ne saurait y avoir deux Césars ». L'adolescent avait été livré à l'armée romaine par son *pédagogue* Rhodôn, chargé par Cléopâtre de lui faire gagner le sud de l'Égypte.

Il était le demi-frère d'Alexandre-Hélios, de Cléopâtre-Séléné, à laquelle il était sans doute promis, et de Philadelphe.

CLAUDIA (MARCELLA Minor, dite)

Seconde fille d'Octavie et de son premier mari, Caius Claudius Marcellus. Nièce d'Octave Auguste. Appartient à la famille des Marcelli et à celle des Julii. Née en 41 av. J.-C., elle se marie au moins trois fois, à des sénateurs et des consulaires.

D'où quatre enfants : Claudia Pulchra, Marcus Valerius Messala Barbatus, Paul Émile Regillus et Valeria (née de son union avec Messala Messalinus, fils de Messala Corvinus, surnommé dans le roman *Matella*, « Pot de chambre », ami intime de Mécène et d'Octave Auguste).

CLÉOPÂTRE

Morte à l'âge de trente-huit ans, en 30 av. J.-C. Mariée trois fois :

— avec son frère Ptolémée XIII, mort en -47 à quinze ans.

— en -47, avec son frère Ptolémée XIV, mort en -45/44 à quatorze ans.
— en -37 (selon le rite égyptien) avec Marc Antoine, mort en -30.

D'où quatre enfants, tous illégitimes selon le droit romain :
* de César (alors marié à Calpurnia), Ptolémée XV, né en -47 et surnommé Césarion (« Petit César ») par les Alexandrins ;
* de Marc Antoine (alors marié à Fulvia), Alexandre-Hélios et Cléopâtre-Séléné, nés en -40 ; et du même Marc Antoine (alors remarié à Octavie), Ptolémée Philadelphe, né en -36.

CYPRIS

Nourrice égyptienne de Séléné. Après la chute d'Alexandrie, retrouve à Samos la jeune princesse prisonnière. Accompagne les petits princes à Rome, s'installe avec eux chez Octavie en 29 av. J.-C. Accusée de magie et suspectée, à tort, de tentative d'empoisonnement sur Séléné, elle est exécutée en 28 av. J.-C. dans la maison du Palatin, sur l'ordre d'Octavie.

DIOTÉLÈS

Esclave pygmée né dans la Ménagerie d'Alexandrie. Devient « jockey » d'autruches, puis assistant d'un médecin du Muséum. Affranchi par Cléopâtre, il est choisi comme pédagogue *pour Séléné, dont il a sauvé la vie quand elle avait quatre ans. Séparé d'elle lors de la chute d'Alexandrie, il la retrouve à Rome trois ans plus tard. Rétabli dans ses fonctions de* pédagogue *par Octavie, puis nommé assistant du médecin Euphorbe. Il accompagne Séléné en Maurétanie avec le titre de* préposé aux remèdes d'Asie *lorsqu'elle est fiancée à Juba.*

Drusus (Claudius Nero)

Né en 38 av. J.-C. dans la maison d'Octave Auguste. Fils de Livie et de son premier mari, Tiberius Claudius Nero, auquel il est « réexpédié » le jour même de sa naissance. Appartient à la famille des Claudii. Élevé par son père avec son frère aîné Tibère, il ne rejoint sa mère et son beau-père, Octave, qu'après la mort de son père. Brillant général, il pénètre en Germanie jusqu'à l'Elbe. Épouse en 16 av. J.-C., à l'âge de vingt-deux ans, Antonia, fille cadette d'Antoine et d'Octavie, qui appartient à la famille des Julii. Fonde avec elle la dynastie des Julio-Claudiens.

D'où trois enfants : Germanicus (né en -15), Livilla (née en -13) et Claude, futur empereur (né en -10).

Euphorbe

Originaire de Marseille, ce Grec est fait prisonnier par les Romains, en même temps que son frère Musa, lors de la guerre des Gaules. Ces deux frères, médecins, sont affranchis par Marc Antoine. Après la mort de Marc Antoine, Antonius Musa devient le médecin personnel d'Auguste, et son jeune frère Euphorbe, le médecin de Juba.

Fulvia

Née vers 82 av. J.-C. dans une très riche famille romaine. Mariée trois fois :

— Vers -60 avec Publius Claudius Pulcher, dit « Clodius », célèbre chef du parti populaire, mort en -52.

D'où deux enfants, Claudia (mariée à douze ans avec Octave et répudiée deux ans plus tard) et Publius Claudius Pulcher (dont un proche – neveu ou fils – se trouvera condamné à la suite du complot de -2 contre Auguste).

— vers -50 avec Caius Scribonius Curion.

D'où un fils, Scribonius Curion, exécuté par Octave à l'âge de dix-neuf ans.

— en -47 avec Marc Antoine.

D'où deux fils, Antyllus, assassiné à l'âge de quinze ans en -30 par les troupes d'Octave, et Iullus, élevé par Octavie et condamné à mort en -2 par Auguste.

Morte en -40 en Grèce.

IULLUS

Fils cadet d'Antoine et de Fulvia, né en 45 av. J.-C. à Rome et élevé chez Octavie après la mort de sa mère. Après l'assassinat à Alexandrie de son frère aîné Antyllus, et la disparition de ses deux demi-frères égyptiens, il est le dernier représentant mâle de la lignée des Antonii. Poète estimé d'Horace, auteur d'une *Diomédie* en douze chants. Consul, et plus tard proconsul d'Asie.

Marié à Marcella, fille aînée d'Octavie, lorsque Agrippa eut divorcé d'elle pour épouser Julie.

D'où deux enfants, dont un fils : Lucius Antonius.

JULIE

Unique enfant d'Octave Auguste. Née du deuxième mariage de son père, avec Scribonia. Sa mère ayant été répudiée par Octave pour « mauvaise conduite » dès la naissance de la fillette, celle-ci est confiée à sa « marâtre » Livie, troisième épouse de son père. Laquelle l'élèvera bientôt avec les enfants de son premier lit, Tibère et Drusus. Mariée trois fois :

— à l'âge de quatorze ans, avec son cousin germain Marcellus, fils aîné d'Octavie, qu'Auguste considère comme son successeur potentiel, mais qui meurt à dix-neuf ans.

— à l'âge de dix-sept ans, avec Marcus Agrippa, quarante et un ans, « premier lieutenant » d'Auguste, qui, pour l'épouser, divorce de la cousine germaine de Julie, Marcella.

D'où cinq enfants : Caius (né en -20), Julia dite *Julilla* (née en -19), Lucius (né en -17), Agrippine dite *Agrippina* (née en -14) et Marcus Agrippa Postumus (né après la mort de son père).

— à l'âge de vingt-huit ans, avec Tibère, qu'Auguste fait divorcer de Vipsania, fille aînée d'Agrippa, pour le remarier à sa propre fille. Mariage julio-claudien par excellence… et échec éclatant.

D'où un fils, Tiberius, mort en bas âge.

LIVIE (Drusilla)

Née en 58 av. J.-C. dans la famille des Claudii, la plus haute aristocratie romaine. Mariée deux fois :

— à l'âge de quinze ans, avec Tiberius Claudius Nero, descendant, lui aussi, des Claudii, politicien républicain et malchanceux.

D'où deux fils : Tibère (né en -42) et Drusus (né en janvier -38 dans la maison d'Octave Auguste, alors que sa mère, enceinte de six mois, vient de divorcer du père pour se remarier avec Octave). Ces deux enfants sont doublement des Claudii.

— à l'âge de dix-neuf ans, avec Octave, petit-neveu et fils adoptif de César, chef de la lignée des Julii.

Sans postérité commune.

MARCELLA (Major)

Fille aînée d'Octavie et de son premier mari, Caius Claudius Marcellus. Nièce d'Octave Auguste. Sœur aînée de Marcellus et de *Claudia*, et demi-sœur de

Prima et Antonia. Cousine germaine de Julie. Mariée deux fois :
— avec Marcus Agrippa, ami de son oncle et « co-régent » de l'Empire. Divorce en -21.
D'où une fille : Marcellina.
— en -21, avec Iullus Antoine, fils de Marc Antoine et de Fulvia.
D'où un fils, Lucius Antoine.

MARCELLUS

Fils d'Octavie et de son premier mari. Neveu et gendre d'Octave Auguste.
Marié à dix-sept ans avec Julie, sa cousine germaine, âgée de quatorze ans, unique enfant d'Octave Auguste.
Meurt à Baïes en 23 av. J.-C.
Sans postérité.

MÉCÈNE

Né en 70 av. J.-C. Bien qu'il n'appartienne pas à la classe des patriciens, ce financier assure descendre des rois d'Étrurie. Ami d'Octave depuis la mort de César, il se révèle excellent diplomate. Il dirige aussi la police secrète. Mais, très vite, ce milliardaire raffiné décide de faire de la politique autrement : il entretient une cour de poètes – Virgile, Horace, Properce et d'autres – capables de chanter les mérites du nouveau régime.
Marié à la belle Terentia, dite « Terentilla », qui fut longtemps la maîtresse d'Auguste. Après avoir répudié plusieurs fois sa femme et l'avoir toujours reprise, Mécène se console avec l'un des artistes qu'il patronne, le célèbre danseur Bathyle.
Pas de postérité.

Nicolas de Damas

Né à Damas en 64 av. J.-C. Précepteur des trois enfants d'Antoine et de Cléopâtre[1], il devient, après la chute d'Alexandrie, le précepteur d'Alexandre et d'Aristobule, fils d'Hérode, puis le secrétaire, l'ambassadeur et le conseiller personnel du roi de Judée. Il est l'auteur d'une *Histoire universelle* en quatre-vingts livres (où il présente Hérode comme le « souverain idéal ») ; il est aussi l'auteur d'une biographie d'Auguste, et d'une « Autobiographie » (de toutes ces œuvres, ne subsistent que des fragments).

Octave Auguste

Petit-neveu de César. Marié trois fois :

— avec la jeune Claudia, âgée de treize ans, fille de Fulvia et belle-fille de Marc Antoine dont il souhaite alors se rapprocher. Il la répudie cinq ans plus tard.

— avec une veuve, Scribonia, parente de Sextus Pompée qui, à l'époque, occupe la Sicile et la Sardaigne. Il la répudie dix mois plus tard, les équilibres politiques ayant changé.

D'où une fille, Julie, née en novembre -39, qui restera son unique enfant.

— avec Livie (Drusilla), qui appartient à la plus haute aristocratie romaine et qu'il fait divorcer, enceinte de six mois, de son mari Tiberius Claudius Nero, un « proscrit » républicain, et épouse trois jours après la naissance de Drusus.

Sans postérité commune.

Après la mort de Tiberius Claudius Nero, il élève les fils de Livie, Tibère et Drusus.

1. Selon Sophronios de Damas.

Octavie

Sœur aînée d'Octave Auguste. Petite-nièce de Jules César. Mariée deux fois :

— à l'âge de quinze ans, avec Gaius Claudius Marcellus Minor, consul et opposant à César.

D'où trois enfants : Marcellus (héritier présomptif de son oncle Octave), Marcella, et *Claudia* (Marcella Minor).

— à l'âge de vingt-neuf ans, avec Marc Antoine, qui la répudie huit ans plus tard.

D'où deux filles : *Prima* (Antonia Major) et Antonia. Élève, avec ses cinq enfants (dont les deux filles qu'elle a eues d'Antoine), les autres enfants survivants de son ex-mari : Cléopâtre-Séléné et son jumeau Alexandre, ainsi que Iullus, né de Fulvia. Elle accueille aussi plusieurs otages, dont deux des fils d'Hérode.

Plancus (Marcus Munatius)

Ancien proconsul de la Gaule transalpine et fondateur de Lyon. D'abord rallié à Marc Antoine et établi à la cour d'Alexandrie, il passe pour un « vil adorateur de la Reine ». Mais, changeant brusquement de camp, il révèle à Octave l'existence d'un testament d'Antoine, qu'il a lui-même déposé chez les vestales. Octave exige de la Grande Vestale qu'elle viole le secret des actes privés, et il fait lecture du testament au Sénat du vivant même de son adversaire. Aux yeux des Romains, Plancus est non seulement un transfuge, mais l'archétype du traître : « Trahir était chez lui une maladie », écrit l'historien Velleius Paterculus, qui l'a personnellement connu. C'est Plancus qui propose à Octave de prendre le titre semi-religieux d'« Auguste ».

Père de Plancine, jeune amie et protégée de Livie.

Pollion (Asinius)

Ancien lieutenant de Jules César en Gaule. Présent lors du passage du Rubicon. Participe à la bataille de Pharsale, puis à la guerre d'Afrique contre les partisans de Pompée, dont Juba Ier de Numidie, père de Juba II. Après la mort de César, soutient Marc Antoine. Mais refuse de voir Cléopâtre et, à la veille d'Actium, opte pour la neutralité.

Retiré de la vie politique, il se consacre à la littérature. Il construit sur l'Aventin la première bibliothèque publique. Ses *Guerres civiles*, réputées pour leur objectivité, sont perdues.

Plusieurs fils, dont Asinius Gallus, marié à l'ex-épouse de Tibère, Vipsania. Nombreux petits-fils, dont trois seront consuls.

***Prima* (Antonia Major, dite)**

Fille aînée d'Antoine et d'Octavie. Nièce d'Auguste. Sœur aînée d'Antonia. Demi-sœur de Marcella et de *Claudia*, de Séléné, d'Alexandre-Hélios, de Iullus et d'Antyllus.

Épouse Lucius Domitius Ahenobarbus, fils de l'amiral Cnæus Domitius Ahenobarbus, lequel, dans les guerres civiles, avait opté pour Pompée, puis pour Antoine, avant de rejoindre Octave in extremis.

Lucius Domitius, qui a osé marquer publiquement son mépris au traître Plancus, fait une grande carrière civile (consul, puis proconsul d'Afrique) et militaire (le premier après Drusus, il pousse ses conquêtes jusqu'à l'Elbe). Le couple apparaît comme un bon couple.

D'où trois enfants : Domitia (qui épouse le riche Sallustius Crispus), Cnæus (futur père de Néron) et Domitia Lépida (future mère de Messaline).

Ptolémée Philadelphe

Frère cadet des jumeaux Cléopâtre-Séléné et Alexandre-Hélios. Demi-frère de Césarion, d'Antyllus et de Iullus. Nommé par Antoine roi de Macédoine à l'âge de deux ans, lors des « Donations d'Alexandrie ». N'est pas mentionné lors du Triomphe d'Octave sur l'Égypte. Peut-être déjà mort ?

Scribonia

Née en -63 av. J.C.

Belle-sœur de Sextus Pompée, fils du grand Pompée et ennemi du triumvirat d'Octave, Antoine et Lépide.

— Veuve d'un consul dont l'identité reste discutée. Sans descendance.

— Divorcée de Publius Cornelius Scipion.

D'où une fille, Cornelia (mariée à un Paul Émile Lépide), et un fils, Publius Cornelius Scipion, consul en -16, puis proconsul d'Asie, peut-être impliqué (lui-même ou l'un de ses cousins) dans le complot contre Auguste en -2.

— Remariée en troisièmes noces avec Octave Auguste, dont c'est le deuxième mariage, elle est répudiée en décembre -39, officiellement « pour mauvaise conduite ».

D'où une fille, Julie, née en novembre ou décembre -39.

Meurt en 16 ou 17 apr. J.C.

Tibère

Fils de Tiberius Claudius Nero et de Livie Drusilla, tous deux appartenant à la grande famille aristocratique des Claudii. Le père de Tibère est républicain, puis antonien.

À trois ans, le divorce de ses parents le sépare de sa mère, qu'il ne rejoindra qu'à la mort de son père.
Frère aîné de Drusus, né en 42 av. J.-C. Se marie deux fois :
— vers -16, à l'âge de vingt-six ans, avec Vipsania, fille d'Agrippa et de Pomponia Attica, âgée d'une quinzaine d'années. Divorce forcé en -12.
D'où un fils, Drusus, dit Castor, né à Rome en -13.
— en -11, avec Julie, fille d'Auguste. Divorce en -2.
D'où un fils, né à Aquilée en -10 et mort en bas âge.

VIPSANIA

Fille d'Agrippa et de la riche Pomponia Attica, sa première femme. A pour demi-frères et sœurs Marcellina, fille de Marcella et d'Agrippa, puis les cinq enfants de Julie et d'Agrippa, dont Caius et Lucius adoptés par Auguste. Après la mort de sa mère, Vipsania est élevée soit par sa jeune belle-mère, Marcella, fille d'Octavie, soit par Livie, dont le fils Tibère est depuis très longtemps son fiancé. Après le divorce de Marcella et Agrippa en 21 av. J.-C., elle ne semble pas avoir rejoint Julie, sa nouvelle belle-mère. Sans doute demeure-t-elle chez Livie jusqu'à son premier mariage.
Mariée deux fois :
— vers l'âge de quinze ans, avec Tibère, qui a dix ans de plus qu'elle. Divorce imposé par Auguste quelques années plus tard.
D'où un fils, Drusus, dit Castor, né en -13.
— à vingt et un ans, avec Caius Asinius Gallus, sénateur et fils d'Asinius Pollion.
D'où six fils au moins.

De la même autrice :

L'Allée du roi, roman, 1981.

Leçons de ténèbres, roman :

La Sans Pareille, 1988.

L'Archange de Vienne, 1989.

L'Enfant aux loups, 1990.

L'Allée du roi, monologue pour le théâtre (en collaboration avec Jean-Claude Idée), 1994.

L'Enfant des lumières, roman, 1995.

La Première Épouse, roman, 1998.

Maintenon, essai (en collaboration avec Georges Poisson), 2001.

La Chambre, roman, 2002.

Couleur du temps, roman, 2004.

La Voyageuse de nuit, roman, 2007.

Liberté pour l'histoire, essai (en collaboration avec Pierre Nora), 2008.

Vie de Jude, frère de Jésus, roman, 2015.

Quand les femmes parlent d'amour, une anthologie de la poésie féminine, 2016.

La Reine oubliée, roman :

Les Enfants d'Alexandrie, 2011.

Les Dames de Rome, 2012.

L'Homme de Césarée, 2020.

Le Jardin de cendres, 2022.

PAPIER À BASE DE FIBRES CERTIFIÉES

Le Livre de Poche s'engage pour l'environnement en réduisant l'empreinte carbone de ses livres. Celle de cet exemplaire est de :
300 g éq. CO_2
Rendez-vous sur www.livredepoche-durable.fr

Composition réalisée par MAURY-IMPRIMEUR

Achevé d'imprimer en France par
CPI BRODARD & TAUPIN (72200 La Flèche)
en mai 2023
N° d'impression : 3053046
Dépôt légal 1re publication : juin 2023
LIBRAIRIE GÉNÉRALE FRANÇAISE
21, rue du Montparnasse – 75298 Paris Cedex 06

73/2574/1